原罪 1

迷案追踪

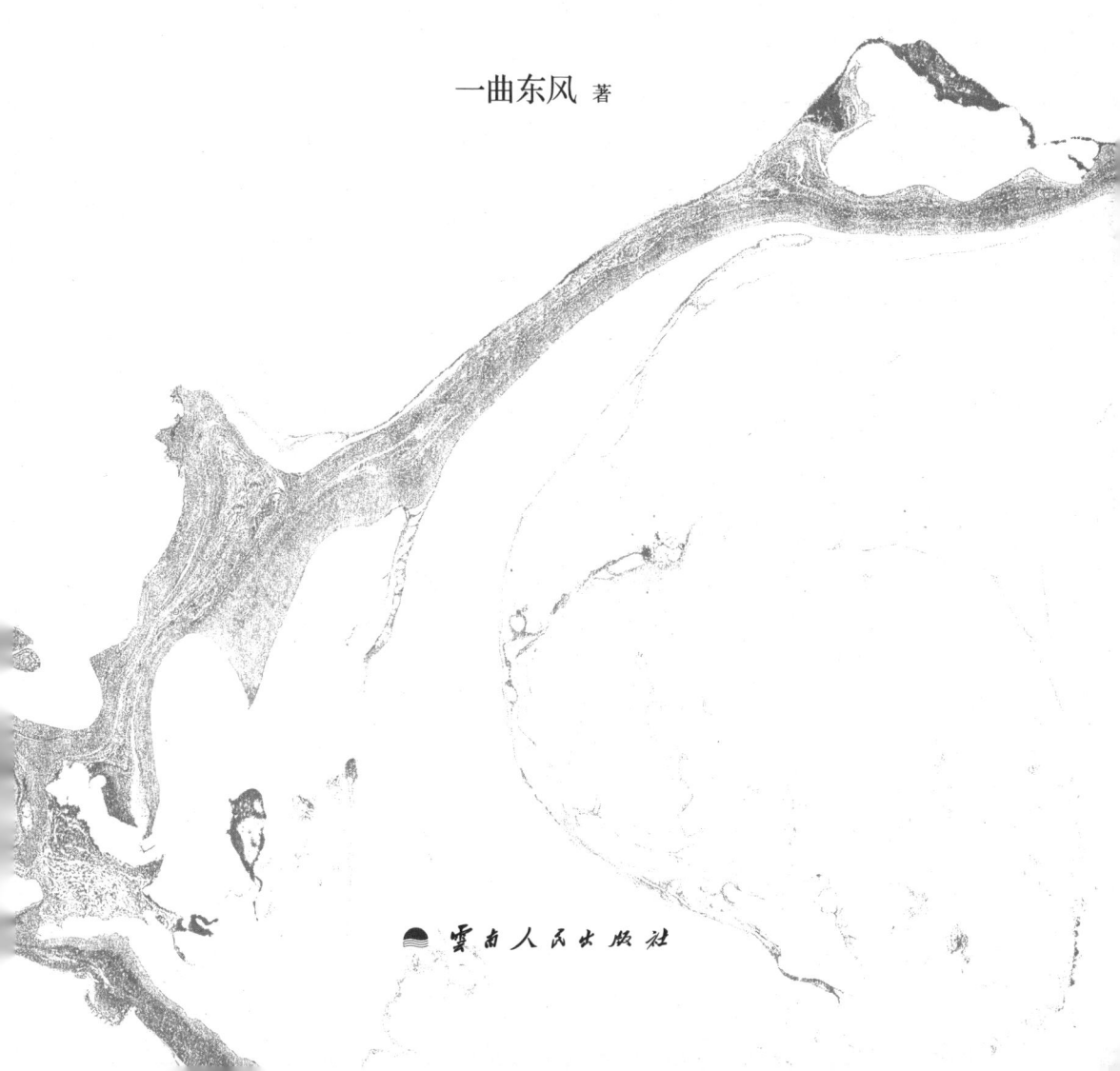

一曲东风 著

云南人民出版社

图书在版编目（CIP）数据

原罪.1,迷案追踪/一曲东风著.--昆明：云南人民出版社,2020.10（2024.6 重印）

ISBN 978-7-222-19531-8

Ⅰ.①原… Ⅱ.①一… Ⅲ.①长篇小说—中国—当代 Ⅳ.①I247.5

中国版本图书馆 CIP 数据核字 (2020) 第 150946 号

责任编辑：刘　娟
策划编辑：仪雪燕
装帧设计：仙　境
版式设计：聚贤阁
责任校对：陈　迟
责任印制：李寒东

原罪 1：迷案追踪
YUANZUI 1：MIAN ZHUIZONG

一曲东风　著

出版	云南人民出版社
发行	云南人民出版社
社址	昆明市环城西路 609 号
邮编	650034
网址	www.ynpph.com.cn
E-mail	ynrms @ sina.com
开本	710mm×1000mm　1/16
印张	18.25
字数	262 千字
版次	2020 年 10 月第 1 版　2024 年 6 月第 2 次印刷
印刷	三河市新毅彩色印刷有限公司
书号	ISBN978-7-222-19531-8
定价	68.00 元

如有图书质量及相关问题请与我社联系

审校部电话：0817-64164626　印制科电话：0817-64191534

云南人民出版社公众号微信号

目录
Contents

第一章　游戏　　　　　　1
第二章　分析　　　　　　25
第三章　线索　　　　　　48
第四章　原罪　　　　　　73
第五章　请柬　　　　　　97
第六章　遗书　　　　　　121
第七章　恐惧　　　　　　144
第八章　往事　　　　　　168
第九章　真相　　　　　　192
第十章　臭味　　　　　　215
第十一章　动机　　　　　238
第十二章　执念　　　　　262

第一章　游戏

何为原罪？

人与生俱来的罪恶和犯罪的本心，便是原罪！

我们的故事，便从"原罪"开始……

金陵刑警学院，坐落于江南金陵市，是一所建于民国时期的百年古校，底蕴深厚，历史悠久。

清晨，忙碌的学子奔走于校园内，一片向上之景。忽的，一阵阵急促的警笛声，打破了宁静的校园，数辆警车呼啸着驶过操场，停在了金陵警校九号楼的女生宿舍门前。

警员们娴熟地在九号楼正门前拉起了警戒线。随后，一众警员和法医鱼贯奔进了九号楼内。

这时候，一辆标着"警察"字样的帕萨特汽车驶进了校园，驾驶座的车门从里面打开，只见一名模样有些邋遢的中年男子从车上走了下来。

这人上身套着满是褶皱的半袖衬衫，下身穿着洗到有些发白的牛仔裤，国字脸上布满了杂乱的胡须，那双眼睛虽然布满了红血丝，但却时而透出锐利的锋芒……他叫郑祺，是金陵市公安局重案组组长，屡破奇案，正直不阿。

"里面什么情况？"邋遢的中年男子郑祺，娴熟地点燃了一支香烟，深深地吸了一口，旋即对身边的警员问了起来。

那名警员的脸上露出了些许迟疑，说道："郑队，里面死了一名大学生,听说死状很恐怖,死法也很诡异,具体的报告还没出来……"

听了那警员的话,郑祺的眉头不由得微皱了起来,正当郑祺准备迈步走进九号楼的时候,忽的,不远处传来几名学生的窃窃私语,飘然传进了他的耳中,迫使他下意识地停下了脚步,侧耳聆听起来……

"学妹,九号楼里是不是死人了?具体是怎么回事?"

一名衣着干净、面色漠然的短发年轻男子,手里拿着一本泛黄的老式笔记本,一边拦住了一名从宿舍楼中走出来的女学生,一边准备用笔在本子上记录。

"你是马浩然学长!"显然,那女学生认识这个名叫马浩然的男子。当即,女学生的俏脸上立刻浮上了惊恐的表情,眼瞳中还闪烁着充满恐惧的光芒,说道:"学长,一零一的储藏室里死人了,死的是一名大三的学姐,死得很惨,听说……是被吓死的!"

"吓死的?"马浩然那张冷漠的脸上突然闪现出了一抹异色,如剑般斜插入鬓的黑眉,情不自禁地挑了挑。

"是被吓死的!"那女学生紧张地四下张望一番,便用一种略微发颤的声音对马浩然说道,"我听说,那名大三的学姐,好像在昨天晚上,玩了一种叫作'血腥玛丽'的招魂游戏,结果她真的招来了阴魂,就在一零一储藏室内,然后被阴魂索了命,活活被吓死了!"

那女学生一边说着,一边用手轻轻拍着胸脯,脸色很难看地继续说道:"我刚才去储藏室外看了一眼,正巧储藏室的废弃卫生间的门是打开的,我看见了……我看见学姐倒在地上,那眼睛瞪得可大了,差点吓死我。还有,卫生间的洗漱台上,也就是镜子前面,一左一右地摆放着两支红色的蜡烛,这不就是召唤'血腥玛丽'的方法吗?"

"'血腥玛丽'?好像是我们学校最近比较流行的一种招魂游戏吧?"马浩然若有所思地说了一句。

"我们女生宿舍里,几乎每天都有人在玩这种招魂游戏,不过,谁能想到,这种招魂游戏竟然真的能招来索命阴魂呢?"女学生无比惊惧。下一刻,她好像为了岔开这个沉重的话题,话锋一转,又向马浩然问道:"浩然学长，今天是公安局来我们学校招聘的日子吧？你这么喜欢调查，怎么不去应聘？难道要等过几天毕业之后再报考吗？"

"我喜欢调查，但不一定非要去警局工作……"马浩然抬起了头，仰望蔚蓝的天际，颇有感触地轻声念叨了一句，"况且，警察这份工作，未必能解开我心中的疑问……"

那女学生没说什么，她好像又想起了当时的惨状，忍不住地唏嘘一声，便飞一般地逃离了九号楼。

而另一边，马浩然似乎并没有注意到那名女学生的离开，他收回了望向天际的目光，似乎是在全神贯注地思索着什么，口中还时不时地轻声念叨着几个词语，"'血腥玛丽'……招魂游戏……阴魂索命……"

马浩然一边说着，一边动笔，在泛黄的老式笔记本上"沙沙"地写了起来……

郑祺饶有兴趣地打量着全神贯注的马浩然，郑祺感觉，他眼前的这名学生，有故事……

就在这时候，一名警员从九号楼内跑了出来，直接停在了郑祺身前，惊疑地对郑祺说道："郑队，这案子不太一般，你还是进去看看吧……"

郑祺闻言，又深深地看了马浩然一眼，随即，郑祺便将烟头狠狠踩灭，头也不回地走进了九号楼。

九号楼，一零一储藏室，几名警员守在门口，不让九号楼内的学生接近这里，当这几名警员见到郑祺之后，做出了一个明显的吐气动作，好像悬着的那颗心，找到了主心骨似的。

"郑队！"

几名警员纷纷向郑祺敬礼，郑祺也只是淡淡地点了点头，算是回应，旋即便走进了一零一储藏室。

一零一储藏室内，堆满灰尘和杂物，只有刚进门处的卫生间，还算是空敞，不过，此时的卫生间里，却已经站满了人：研究尸体的法医、寻找证物的警员，本就狭小的卫生间，已经没有郑祺的容身之地了。

郑祺咳了一声，当即，几名警员便纷纷退出了卫生间，只有那名穿着白大褂、身材高挑、气质冷艳的女法医，还留在尸体旁边，继续研究着尸体。

　　走进卫生间，首先映入郑祺眼帘的，是一具歪倒在地上的女尸，那女尸双目瞪得溜圆，嘴巴张得老大，好像在她濒临死亡的那一刻，见到了无比恐怖的某种场景！

　　郑祺又将视线转移到了卫生间的洗漱台上……

　　连通着两堵墙壁的巨大洗漱台上，一面大镜子直接镶在了墙上，就像窗户似的。而镜前的洗漱台上，除了一些宿舍堆放的杂物之外，还有两根燃烧了一半的红烛，整个卫生间的空气中，都弥漫着一股灰尘与燃烧的东西混合在一起的异味。

　　郑祺皱着眉头，又抽出一支香烟叼在嘴里，将其点燃之后，郑祺猛地吸了一口，便开始打量起了卫生间的四周，卫生间三面都是被封死的石墙，唯一的出入口，甚至是出风口，就只有那扇简易的木门而已。

　　郑祺又在卫生间里转了一圈，但他并没有发现任何可疑的线索，随后，郑祺走出了卫生间，开始打量起了这间储藏室。

　　储藏室和普通的寝室几乎一致，只有十几平方米，唯一的通风口，是一扇已经被钢筋焊死的窗户，还有那道并没有任何破坏痕迹的防盗门。

　　"现场勘查报告出来了吗？"郑祺面色凝重地随口问了一句。

　　当即，便有一名年轻警员拿着记事本，走到了郑祺身边，道："郑队，死者名叫陈钰，是金陵警校治安管理专业大三的学生，来自外省，是江北人。"

　　"根据现场勘查，储藏室的窗户被钢筋焊死，唯一的出入口，只有那扇防盗门，而那扇防盗门并没有遭到任何被破坏的痕迹，这说明防盗门是死者走进房间之后，被死者自己关上的！"

　　"还有，在案发现场，并没有发现任何可疑的凶器和血迹，甚至一些关键的位置，比如卫生间的门把手、洗漱台等位置，也都只有死者一人的指纹而已！"

　　听了那小警员的汇报，郑祺的眉头拧得更紧了！

第一章 游戏

经过警方的勘查，储藏室应该算是一处完全密封的绝对密室，可是，在这样的绝对密室之中，一名女大学生却不明不白地死了，这未免太过诡异了……

"报警的人，录完口供了吗？"郑祺将烟头扔到了地上，狠狠地踩了一脚，有些心烦意乱地问向那名年轻警员。

"报警的人，是这栋楼的宿舍管理员，口供也录完了！"年轻警员继续说道："根据宿舍管理员周冬梅讲述，昨天晚上，死者陈钰以一二一寝室椅子损坏为由，向周冬梅借了储藏室的钥匙，早上周冬梅碰巧要到储藏室拿些东西，就打开了储藏室的防盗门，进入储藏室之后，便发现了已经死在卫生间的陈钰，这才报了警！"

"根据周冬梅讲述，她走进储藏室的时候，防盗门是紧闭着的，她也需要用备用钥匙才能打开，而且，周冬梅走进储藏室之后，也并没有动过案发现场任何一件东西，发现死者之后，周冬梅立刻报警，并且退出了案发现场，还始终守在案发现场门口，保证了案发现场的完整。"

年轻警员话音刚落，郑祺立刻反问道："储藏室的钥匙，一共有几把？"

"两把！一把在周冬梅手里，另一把还放在案发现场的洗漱台上！"年轻警员回答道。

"九号楼里有监控设备吗？"

"郑队，这里是女生宿舍，楼内并没有任何监控设备，不过，这间储物室里就有一个摄像头，小妹……不，冉潇已经去校方的监控室查调监控录像了！"

郑祺听罢，便扫了一眼储藏室的棚顶角落，很容易就找到了摄像头的位置……摄像头悬挂在西南角，刚好对着卫生间的正面墙壁，最关键的是，卫生间是侧墙开门，监控设备只能将防盗门录进视频之中，完美地避开了卫生间的门，以及卫生间内的一切……

虽然无法将卫生间内部所发生的场景重现，但最起码，摄像头还能录到防盗门，能够将走进储藏室的人全都记录下来。

"让冉潇快点把监控录像拿到手！"郑祺又道，"全力排查任何可疑的人，尤其是宿管周冬梅，一定要严查，毕竟她是除了死者之外，唯一有钥匙的人……还有，马上联系全市所有在档记录的修锁刻钥匙店铺，开始排查，看看有没有人私自复刻过储藏室的钥匙！"

年轻警员应了一声，便跑出了储藏室。

待到那年轻警员离开储藏室之后，郑祺又走进了卫生间，向那名对尸体仿佛很执着的女法医问道："苏叶，有什么发现？"

女法医听了郑祺的话，缓缓地转过了头，露出了一张年轻而且异常精致的绝美俏脸，这张俏颜如果认真化一化妆，绝对不会比那些所谓的明星差！

"郑队，人死亡后三至四小时，尸体会与室内气温保持一致，而这具尸体已经开始发冷，证明最起码要死亡四小时以上。

"而且这具尸体的尸僵（尸体僵硬）现象已经蔓延至全身，这需要四至六小时的时间，而尸僵达到顶峰，则需要十二至二十四小时，但这具尸体的尸僵程度并没有达到顶峰，因此断定，死者的死亡时间是在六至十二小时之内。

"现在是上午九点，按照时间推算，死者应该是在昨夜九点至今天凌晨三点的这段时间发生了意外。"

"死亡时间的间隔太长了。苏叶，能不能确定死者的具体死亡时间？"郑祺皱着眉头，问向法医苏叶。

"郑队，你看这具尸体的尸斑……"苏叶一边说着，一边掀开了尸体腹部的衣服，露出了平滑但却已经开始出现成片尸斑的腹部，"尸体上的尸斑应该是刚刚开始扩散，而尸体从死亡之后，到扩散期，需要八至九个小时的时间，也就是说，死者的正确死亡时间，应该是在昨天的午夜十二点至今天凌晨一点。"

"而且……"苏叶顿了顿，颇为不解地说道："死者身上，没有任何的致命伤，死于心搏骤停，至于有没有被投毒，这需要把尸体带回警局，进行解剖才能知道。"

第一章 游戏

苏叶话音刚落，留在储藏室内的几名年轻警员，脸色立刻变得不自然起来……

其中一名警员试探性地问向郑祺："郑队，午夜十二点到凌晨一点，那属于子时，出了名的凶时……"

郑祺狠狠瞪了那名年轻警员一眼，正准备出言呵斥，忽的，一名看起来有些瘦弱的年轻警员，抱着一台笔记本电脑，跑进了储藏室。

"郑队，储藏室的监控录像调出来了！"这名年轻警员，就是去调取监控录像的冉潇……很女孩子气的一个名字，所以警队里的人都叫他"潇妹"，久而久之，就变成了"小妹"。

然而，此时冉潇那张还算英俊的脸庞，却很是难看，甚至可以用惨白来形容，神色更是无比的诡异，好似见了鬼一般，就好像，那监控录像里面，真的有鬼似的……

郑祺瞥了一眼面色惨白的冉潇，也没多说什么，只是用手敲击了一下笔记本电脑上的按键，随后，画面中便显现出了漆黑一片的储藏室。

这时候，留在案发现场的警员几乎都围了过来，包括那名美女法医，也走到了电脑前，所有人，无数双眼睛，全都齐齐盯着电脑屏幕……

电脑屏幕上，最初，只是一片漆黑，隐约能看到储藏室内部的轮廓，但却并没有任何的异样，一切，都风平浪静。

而郑祺身边的冉潇，见郑祺并没有打算快进监控录像的打算，便下意识地出言道："郑队，我知道你在怀疑什么……你一定是在想，凶手通过复刻钥匙，或者是其他手段，事先躲在了储藏室，等死者进入储藏室之后，再将死者杀害，然后伪造成意外死亡的假象，对吧？"

郑祺看了冉潇一眼，没有多说什么，只是轻轻地点了点头。

冉潇见状，脸上的惊恐之色又浓了几分，旋即，冉潇神秘兮兮地压低了声音，轻声言道："郑队，监控录像我已经看过一遍了，虽然是快进，但我能确定，储藏室内，除了死者之外，根本就没有第二个人！"

"那我们就先简单地看一遍，等回到警局再仔细研究。"郑祺皱着眉头，看了冉潇一眼，随即，他按了一下电脑上面的加速键，画面的运行速度顿时快了几倍。

画面中，储藏室内依旧风平浪静……

当画面中的时间，显示为十一点五十五分的时候，突然，储藏室的防盗门从外面被打开了。

郑祺见状，立刻将监控录像调回到了正常的速度。

画面中，借着走廊的灯光，郑祺等人能够清晰地从画面中看清陈钰的脸，确定走进储藏室的人，就是陈钰，而且，陈钰手中还握着两根红蜡烛，只不过，陈钰那张还很稚嫩的脸上，却写满了紧张，就好像，她正在偷偷摸摸地做什么见不得光的事似的……

这一刻，围在电脑周围的警员，包括郑祺在内，所有人都下意识地屏住了呼吸，不眨眼地紧盯着电脑屏幕……

画面中的陈钰，小心翼翼地朝着门外看了几眼，旋即，陈钰便走进了储藏室，随手关上了储藏室的防盗门，包括陈钰关门的声音，都从电脑的音响中传了出来，这样，郑祺也可以确认，防盗门的确是被陈钰关上的。

关上了储藏室的防盗门之后，陈钰一刻不停地走进了卫生间，并且关上了卫生间的木门，没多久，一缕摇曳的烛光便透过卫生间那扇木门的底部门缝，映在了电脑屏幕之中，应该是陈钰将蜡烛点燃了。

风平浪静地过了大概五分钟，就在这时候，电脑的音响中，陡然传出了一道轻微的惊叫声！

这道惊叫声并不大，但其中却充满了惊慌、失措、恐惧、惊悚，乍然一听，让人毛骨悚然，甚至于，不少盯着电脑屏幕在看的年轻警员，在听到了这声低沉而微弱的叫声之后，都下意识地打了一个冷战！

"陈钰好像已经死了！"经过了足足几分钟的沉静之后，冉潇不由得叹了一口气，出言提醒众人，"郑队，监控录像我已经都看过一遍了，这声叫喊之后，就没有任何有价值的画面了，包括整个储藏室，除了早上周冬梅打开防盗门之外，并没有任何人离开过，或者进来过，包括死者陈钰，也没有再走出卫生间。"

郑祺依旧没有说话，只是自顾自地按了一下快进键，画面始终在运行，但却并没有任何疑点出现，包括卫生间内的烛火，依旧在不停地摇曳，好像有一只无形的手，在不断地拉扯火苗似的……

当画面中的时间，到了早上八点左右的时候，防盗门再一次从外面被打开了，一名中年女人走进了储藏室，这人应该就是宿舍管理员周冬梅，也就是报警的人。

画面中的周冬梅看向了卫生间的方向，随之，她的脸上也露出了不解的神色，当即，周冬梅打开了卫生间的门，这时候，只见周冬梅好像看到了什么恐怖的画面，发出了一道震耳欲聋的尖叫声，然后便连连后退，直到退出储藏室，再关上防盗门，她的尖叫声透过厚重的防盗门，依旧还在隐约地响起……

再之后，就是半小时之后，警员打开防盗门，走进案发现场的视频录像了。

这，就是整个案发的全过程。然而，郑祺却并没有什么实质性的发现。

死一般的沉寂，充斥在整个案发现场之中，一股异样而诡异的气氛，仿佛将所有警员都包裹了起来……

足足过了半晌，一名年轻警员才出言道："郑队……这案子应该就是一起意外吧？"

一石激起千层浪，这名警员话音刚落，便有数名警员接二连三地轻声议论了起来……

"我怎么感觉，真的是'血腥玛丽'杀人事件？"

"案发现场没有任何凶器的线索，死者身上也没有明显的致命伤，而且监控录像中，除了死者之外，根本就没有第二个人出现，最关键的是，死者又是死于子时……我听学生说，好像死者在死前，正在进行什么'血腥玛丽'的招魂仪式……这根本就是意外，或者是那些事情……"

"就算不是那些事情，就算这件案子是凶杀案，可我们却一点线索都没有，这完全就是个死局！"

这群年轻警员你一言、我一语地议论了起来，可是，谁都没有注意到，郑祺的脸色，越来越阴沉……

就在这时候，之前被郑祺派出去调查复刻钥匙这件事的年轻警员，慌慌张张地跑进了储藏室。

那年轻警员气喘吁吁地对郑祺说道："郑队，金陵市所有记录在案的刻钥匙的地方，都没有任何线索……我把这把钥匙的照片发给了他们，那些人都说最近一段时间，没有刻过这种老式的钥匙。"

年轻警员的这番话，犹如炸弹一般，直接引爆了整个案发现场……因为，警方最后一丝线索，也断了。

本来，最值得怀疑的宿舍管理员周冬梅，经过了监控录像的调查之后，也差不多洗脱了嫌疑，毕竟周冬梅刚打开卫生间的门，就开始连连后退，在那只有一两秒钟的时间内，周冬梅根本不可能杀死陈钰，而且，陈钰身上也没有明显的致命伤，她是死于心搏骤停，而非外伤！

更何况，周冬梅进来的时候，陈钰应该已经死了，就是在陈钰发出惊叫声的那时候……如果陈钰活着，她应该也不太可能做到悄无声息地在卫生间里待上一整晚吧？

唯一的解释，发出惊叫声之后的陈钰，应该已经死了！

现在，这件案子，似乎真的进入了一个死局，除非是……真正的"血腥玛丽"索命！

何为"血腥玛丽"？

有两种解释。

第一种解释，"血腥玛丽"是一种鸡尾酒，这种解释与本案无关，与本案有关的，需要大家了解的，是第二种解释。

"血腥玛丽"，世界十大招魂游戏之一，来自西方：午夜十二点，独自一人，走进有镜子的黑暗卫生间，千万不能开灯，然后在卫生间的镜子前，点燃两根蜡烛，闭上双眼，心中默念"bloody mary"三次，当召唤"血腥玛丽"的人再次睁开双眼的时候，便能见到镜子中的"血腥玛丽"了……

传说，召唤"血腥玛丽"成功之后，镜子里会出现一张皮肉都被撕碎的恐怖面孔，那些突然睁眼的召唤者，会被"血腥玛丽"吓傻，或者是吓疯，再或者，干脆被吓死！

第一章 游戏

又有一说，说是，召唤"血腥玛丽"成功之后，镜子里会出现一双血红色的眼球，很恐怖的那种，而且四周的墙壁，包括镜子里，还会不断有鲜血涌出，召唤者依旧会受到惊吓，不过，大多数的召唤者，都会被"血腥玛丽"拉进镜子之中……

不过，召唤"血腥玛丽"的人，一定要是女人，至于男人召唤"血腥玛丽"会产生何等效果，至今无人知晓……

当然，这些有关于血腥玛丽的传闻，郑祺也是有所耳闻的，但是，郑祺的内心，其实并不相信这些所谓的牛鬼蛇神存在于世间。

案发现场内，郑祺听着四周那群年轻警员的轻声议论，本就紧锁着的眉头，此时差不多都已经拧到一起了，看得出来，郑祺现在非常的烦乱。

重案组的老警员们在上个月退休了两人，调离两人，请重大病假一人，所以，在上个月的时候，郑祺从其他部门抽调了一批年轻警员，可是，郑祺没想到，这些年轻警员对鬼神之事，竟然如此相信，这也不由得让郑祺对他的下属产生了不满的情绪……

可是，不满归不满，这件案子到目前为止，毕竟没有任何有价值的线索可寻，总不能在结案报告中，把"血腥玛丽"写上去吧？或者，直接归咎于意外事故？

郑祺很头疼地站起了身，又点燃了一支香烟，颇为烦闷地挥了挥手，道："把尸体带回警局，叶子向上面申请一下，解剖验尸，还有这里，封锁现场，不允许任何人出入储藏室，把宿管周冬梅的钥匙收了。"

说完了这番话，郑祺便快步走出了九号楼，他现在的大脑很乱，他需要离开这里，让自己的大脑好好沉淀一下，再来思考这件案子……

当郑祺走出九号楼之后，却发现九号楼外已经围满了人，望着那一张张稚气未脱但却又十分好奇的脸庞，郑祺不由得暗叹了一口气，心中暗忖："不知道这些孩子毕业之后，会不会像队里的年轻警员那般，碰到怪异的案子，连追查的勇气都没有……"

郑祺一边苦笑，一边摇头，缓步挤出了人群。

郑祺挤出人群之后，他意外地发现，那名衣着干净、面色漠然，好像叫作马浩然的短发青年，此时正独自坐在不远处的树下，手里仍旧拿着那本泛黄的老式笔记本，一边紧锁着眉头，一边盯着笔记本。

郑祺好奇地打量着马浩然，他记得，这名叫作马浩然的警校学生，对这件"血腥玛丽"杀人案也很感兴趣……

鬼使神差一般，郑祺并没有走上他的那辆帕萨特，而是朝着马浩然迈出了步子，也许，是因为马浩然的神秘吸引了郑祺，又可能，是因为队里的年轻警员让郑祺太过无奈，而马浩然，却让郑祺眼前一亮，总而言之，郑祺为什么会走向马浩然，其实连郑祺自己都不清楚……

"年轻人，你叫马浩然，对吧？"郑祺走到了马浩然的身前，低头望着那张俊秀、几乎没有一丝表情的脸，好奇地开口问道，"你对这件案子有兴趣？"

马浩然闻言，缓缓地抬起了头，脸上依旧没有任何表情，那双眼瞳，好似无波的古井，不泛起一丝波澜，"我对这件案子没兴趣，我感兴趣的，是凶手作案的动机，以及凶手心中的原罪……"

"原罪……"郑祺皱着眉头，似乎是在仔细品嚼这两个字，片刻后，郑祺突然笑出了声，"年轻人，你刚才说，这是一件凶杀案，那么，你是不是掌握了什么线索？或者，你发现了什么破绽？不妨与我分享一下，我叫郑祺，是金陵市局重案组组长，这件案子的总负责人。"

郑祺一边说着，一边盯着马浩然看，心中暗忖道："这小伙子身上一定有故事，对案子不感兴趣，却偏偏对凶手心中的原罪感兴趣，很特别……"

这边，郑祺话音刚落，那边，马浩然便淡淡地出言说道："我认识你，在报纸和电视上见过。"

马浩然言罢，便将手中那本泛黄的老式笔记本递给了郑祺。

郑祺见状，连忙接过了马浩然递过来的笔记本，也不和马浩然客气，视线直接便定格在了那本老式笔记本上面……

笔记本上面记载的东西很简单，一张平面图，一段有关"血腥玛丽"的介绍，还有一张类似于树形的人际关系网，而中心点，便是死者陈钰！

郑祺看了一眼那张平面图，这张平面图很熟悉，郑祺只是略微地思索了片刻，便看出了其中的端倪……正是案发现场，以及储藏室隔壁的一零二寝室，还有储藏室对面的一二一寝室。巧的是，一零一储藏室的卫生间，和一零二寝室的卫生间，只有一墙之隔，和一二一寝室的卫生间，隔着一条走廊……

郑祺没有发表任何的言论，只是继续看起了陈钰的人际关系网，包括陈钰的男朋友、闺蜜、比较要好的同学，还有一些比较交恶的同学……这是一张陈钰在大学中的人际关系网，其中，并没有涉及她老家江北的人际关系。

对于人际关系图，郑祺并没有太过在意，因为上面记载的人名，郑祺都不认识，就算想看，也得等到将那些人全都调查清楚之后再看！

旋即，郑祺便将视线定格在了笔记本最后记载的，有关"血腥玛丽"的事情……

整篇关于血腥玛丽的介绍，几乎和郑祺知道的信息一模一样，唯一不同的一点便是："……召唤血腥玛丽的时候，一定要符合以下几个条件：独自一人，有镜子的卫生间，两根红烛，不能开灯，以及……将自己反锁在卫生间内。"

尤其是，这句话已经被马浩然用笔圈了起来，并且在这句话的旁边写上了两个字："破绽"。

破绽……

难道，陈钰没有将卫生间的门反锁，便是破绽？

所有的一切，陈钰都符合，只有那条，"将自己反锁在卫生间内"，陈钰并没有做到。因为，郑祺在观看监控录像的时候，清楚地记得陈钰进入卫生间，关上门之后，监控录像里并没有传出上锁的声音。还有宿管周冬梅进入案发现场之后，只是碰了一下卫生间，门就开了，这就证明，当时案发现场的卫生间门，并没有被陈钰反锁。

是不是说，陈钰没有将卫生间的门反锁，导致卫生间并不是真正的密封空间，所以，才会成为破绽？

可是，就算卫生间的门没有反锁，又能如何？

储藏室的防盗门是被陈钰从里面关上的，而且根据监控录像显示，当时的案发现场，除了陈钰之外，并没有第二个人在，这是无须质疑的，所以说，案发现场依旧是绝对密室，卫生间的门是否反锁，并不影响密室的绝对密封性。

"小马，卫生间的门没有反锁，这又能说明什么呢？"

郑祺很好奇地望着马浩然，一边将笔记本还给马浩然，一边等待着马浩然的下文，因为，郑祺相信，马浩然既然将那里用笔圈了起来，并且给他看，这就证明，马浩然会为他解开心中的谜团。

"我刚才躲在窗外，听到了你们在案发现场的对话，还有那段视频，我也隐约看到了一些。"马浩然将笔记本合上，脸上依旧没有泛起一丝波澜，"卫生间的门没有反锁，这就代表，死者陈钰并没有真正地完成召唤'血腥玛丽'的所有程序。

"直白地说，我认为，陈钰召唤'血腥玛丽'，其实是以失败告终。虽然我并不相信鬼神，但是，退一步说，就算'血腥玛丽'真的存在，鬼神这种充满了未知的生物，会随叫随到吗？

"在你们查案的过程中，我用手机查阅了许多有关'血腥玛丽'的资料。在西方，有许多好奇的女人都尝试过召唤'血腥玛丽'的灵魂，但差不多都失败了。这就说明，想要真正召唤到'血腥玛丽'，并不是一件容易的事情，更何况，陈钰并没有将召唤'血腥玛丽'的所有步骤都做全。

"打个比方，我们小的时候，都是先会爬，再会站，然后是走路，最后才是奔跑，总不能，先会爬，会爬之后，直接就能跑了吧？

"任何事情，都有其规律，一旦规律被打破，那便是绝对不成立的事情！

"原本，'血腥玛丽'就未必存在，陈钰未必会召唤到'血腥玛丽'的灵魂，更何况，陈钰破坏了召唤'血腥玛丽'的规律，那就更加不可能召唤到'血腥玛丽'的灵魂，所以，我才会将陈钰没有反锁卫生间门的事情，用笔圈起来，这也是我目前所发现的破绽之一！"

马浩然洋洋洒洒地说了这么一大篇话，由始至终，他脸上的表情都没有产生过任何的变化，就好像，他是在述说一件很普通的事情那般。

然而，马浩然的这番话，却给了郑祺一个相当巨大的启发！

"按照你的思维逻辑去分析，陈钰这件案子，并不是所谓的'血腥玛丽'杀人，而是真正的密室杀人，或者是完全意外？"郑祺的脸涨得微微发红，很显然，他现在很激动！

郑祺之所以激动，不是因为其他什么，而是因为，他终于碰到一个不惧怕所谓的'血腥玛丽'以及那些牛鬼蛇神的人了，甚至郑祺还从马浩然的身上，隐约看到了十几年前的自己……

"我现在还不太确定，陈钰究竟是真的死于意外，还是死于一场精密的谋杀，因为我现在掌握的线索还太少，而且，我写的那张人际关系网上面的人，我还没有调查清楚……但是，我的直觉告诉我，陈钰死于意外的可能性，很小。"马浩然冷静地对郑祺说道。

"小马，直觉可不是证据，我们警方办案，要的是真凭实据！"郑祺大笑一声，旋即便抬起了手，用力拍了拍马浩然的肩膀，正色道，"小马，我听说你已经大四了，马上就要毕业了，怎么样？有没有兴趣来重案组帮忙？我可以破例将你的档案直接提入重案组，当然，你的身份是临时的实习警员……"

说完这番话，郑祺便一脸期待地望着马浩然……

其实，郑祺的心中是非常希望马浩然能够加入重案组的，不为别的，只因为，马浩然能够看到连郑祺都看不到的破绽，这一点，便足够了。

再加上，重案组的成员大多都对'血腥玛丽'心存忌讳，而马浩然，却不然，这种人，其实正是郑祺想要的人。甚至于，郑祺已经开始在心中盘算，如果马浩然真的能解决这件"血腥玛丽"杀人事件的话，他还会破例向上面申请，将马浩然正式列入重案组的队伍中！

现在，一切，只等着马浩然作出决定了。

"如果我没有加入重案组，那你们所掌握的情报，是不是就不能与我分享了？"马浩然极其平静地望向郑祺，这份平静，让郑祺这位警界的风云人物，有些难以捉摸。

"按照我们的规矩，恐怕是这样。"郑祺耸了耸肩，如实回答道，"我们警方，不会向外界透露一丝和案件有关的信息。"

"那好吧！"马浩然轻轻点了点头，道，"我加入重案组，不过，我希望有人协助我……"

"我可以派遣两名重案组的警员协助你……"

郑祺的话还没说完，便被马浩然打断了："我是希望我的两名室友，影帝和拳王协助我，而不是重案组的警员。因为，许多事情，你们只能调查到表面，而不能深入其中，就比如笔记本上画着的那张人际关系网，你们并不能深入地追查陈钰在学校的人际关系，而我和我的室友们，可以。"

郑祺若有所思，沉吟片刻，便朝着马浩然缓缓点了点头，道："好！我会把你和你两名室友的档案，直接提到重案组，小马，可不要让我失望。"

说实话，郑祺将马浩然和他两位室友，影帝和拳王三人的档案调入重案组，可是顶着很大的压力，因为这完全不合规矩。

可是，郑祺别无选择，因为，这件诡异的案子，不仅对重案组的年轻警员们造成了心理恐慌，更重要的是，这件案子发生在金陵警校，这个整个江南地区最著名的警员摇篮。

如果，这件案子不能完美地解决，那么，对于这些尚未从警校毕业的未来警员，一定会造成极大的心理冲击，甚至还会影响到这些孩子将来工作之后的心态！

郑祺可不想让这些还没走出大学校门的孩子，警界未来的苗子，都变成如今重案组里那些年轻的警员！

所以，为了解开这件案子带来的困扰和迷惑，郑祺不得不答应马浩然的要求，因为，郑祺隐隐觉得，想要解开这件案子，马浩然绝对是不可或缺的力量，哪怕他还没有毕业，哪怕他只是一名警校的大四学生。

郑祺决定，赌一次，而他的全部筹码，则都押在了马浩然的身上……

"我尽力而为！"马浩然见郑祺答应了他的要求，那张俊秀的脸庞上，仍旧没有任何的表情变化。

第一章 游戏

言罢,马浩然便合上笔记本,站起了身,转身走出了郑祺的视线范围。

"奇怪的小家伙!"郑祺望着马浩然逐渐淡化的背影,不由得笑了起来,喃喃自语地嘀咕,"普通的警校毕业生,如果被直接调入重案组,肯定会露出欢天喜地的表情,哪怕再稳重的小家伙,也会笑容满面,可这马浩然,却一点反应都没有,我对你越来越好奇了……"

郑祺一边嘀咕,一边拿出了电话,拨出了一串号码,待到电话的另一边被接通之后,郑祺便直接出言道:"小冉,帮我查一下金陵警校的大四毕业生,一个叫马浩然的小家伙……对,我要他的详细资料!"

说完这番话,郑祺挂断了电话,才反身走回到那辆帕萨特上,转瞬之间,帕萨特便风驰电掣地消失在了金陵警校之内。

没多久,九号楼外的警车,也都纷纷离去,唯一不同的是,被称作案发现场的储藏室,已经被封锁起来……

再来看马浩然。

离开了九号楼之后,马浩然没有任何停留,直接返回到了一号寝室楼,他所居住的四二零寝室。

用钥匙打开了四二零寝室的防盗门,马浩然一言不发地走进去,关门,然后直接坐到了椅子上。

四二零寝室的布局很简单,除了一间独立卫生间之外,便只有四张上铺床,床下连接着四张写字台和衣柜,但是,有一张床铺却是空着的……

马浩然坐在了靠窗的那张写字台前,淡淡地望着一名短发憨厚、身材高大、肌肉发达、好像职业拳击运动员似的猛汉。此时,那年轻猛汉正趴在地上,单手支撑身体,不断做着俯卧撑,那夸张的肌肉和近乎完美的线条,时而张开,时而松弛,就算与电视里的那些健美冠军相比,都丝毫不落下风。

他叫王大全,绰号"拳王",来自西北的小乡镇,为人老实憨厚,热情开朗,但家境比较清贫。

"拳王,影帝呢?"马浩然淡然地问向王大全。

王大全停下了单手做俯卧撑的动作,随意坐到了地上,一边喘着粗气,一边指了指上铺的位置。

这时候,仿佛是在配合王大全似的,一名睡意蒙眬但模样极其英俊的年轻人,从床上探出了头,小心翼翼地理了理有些凌乱的中长发,对马浩然答道:"我在这。"

影帝,江南金陵市人,名叫沈家辉,和影帝梁家辉只差一字,但是,马浩然之所以称沈家辉为影帝,是因为这家伙极具表演天赋,而且口才超赞,一个陌生人,只要给他十分钟的时间,绝对能变成他的朋友,当然,如果是陌生女孩子,沈家辉大概只需要五分钟,甚至更少,因为,这家伙真的很帅,而且很讨女孩子喜欢。

影帝和拳王,都是马浩然的室友,也是马浩然大学四年仅有的两位朋友!

马浩然看了一眼二人,便轻声说道:"刚刚九号楼发生了命案,金陵警局重案组的郑队长,想让我们协助他办案……"

马浩然的话还没说完,拳王便热血沸腾地握起了拳头,沉声道:"我愿意协助警察办案,为社会出一分力气……"

可是,拳王的话还没说完,便被影帝给打断了:"九号楼出了命案?那不是女生寝室楼吗?校花好像就住在九号楼,该不会是校花香消玉殒了吧?"

拳王在乎的是,为人民服务,为社会出力,而影帝在乎的是,九号楼的命案,死者是不是校花……

其实,这就是二人性格上的缩影。

"死者名叫陈钰,是大三的学生。"马浩然好像已经习惯了二人的说话方式,语气依旧平淡。随后,马浩然将陈钰的死亡过程和死状,详细地说给了拳王和影帝听。尤其是当马浩然说到,陈钰是在召唤"血腥玛丽"灵魂的时候,莫名其妙暴毙在储藏室的卫生间内时,影帝和拳王的脸上都露出了惊恐的表情。

人,对于未知的事物,总是会抱有一丝好奇和一丝敬畏,甚至是一丝恐惧,就比如,警校学生对于"血腥玛丽"杀人事件来说,也是如此。

第一章 游戏

"老大，你该不会是答应了那个什么郑队长，帮他查'血腥玛丽'吧？"影帝一边说着，一边跳下了床，他下床之后的第一件事，就是对着镜子摆弄起自己的发型，用影帝的话说，"头可断，发型不能乱"！

"我答应了郑队长，帮忙查这件案子，因为，我很好奇，陈钰到底是死于意外，还是他杀？如果是他杀，那凶手心中的原罪，又会是什么？"

"原罪……老大，从我认识你开始，你就一直在研究一些国内外凶手的杀人动机和犯罪心理，这个什么原罪，对你而言，真的那么重要吗？"影帝好奇地问了一句。

马浩然没有回答影帝，只是自顾自地站起了身，走到了窗前，静静地望着楼下人来人往的学生……

就在这时候，一阵敲门声，打破了四二零寝室内的沉默。

拳王连忙跑去打开了寝室的防盗门，只见，一名戴着眼镜、眼睛极小的男生，先是蔑视地瞥了拳王一眼，转而，又无比鄙视地对马浩然说道："训导主任找你们三个去办公室。"

马浩然三人对望了一眼，当即，影帝立刻走到了门口，搂住来人的肩膀，极其热情地说道："李大主席，发生了什么事？训导主任找我们干什么？"

这家伙叫李智，是学生会副主席，为人倨傲自负，但和影帝的关系却还不错，一见影帝发问，李智的语气也缓和了下来，"今天的招聘现场，只有你们三个没去，主任很生气，再加上你们经常无故旷课，主任好像想拿你们开刀……"

说完，李智还拍了拍影帝的肩膀，表示安慰，随后便走了。

"老大，主任想拿我们开刀是什么意思？该不会是不想让我们毕业吧？"拳王有些害怕。

没办法，能来金陵读大学，对于拳王来说，是一个极其难得的机会，如果毕不了业，那拳王可真的无言面对西北父老了。

"怕什么？"影帝撇了撇嘴，道，"毕不了业，哥们罩着你！"

"自从那件事之后，我们寝室就已经被主任针对了……"马浩然平静地看了一眼那张空着的床铺，旋即便朝着影帝和拳王招了招手，率先走出了寝室。

影帝和拳王匆忙穿好了衣服，便跟着马浩然一起离开了一号楼，朝着训导主任办公室的方向走去。

与此同时，正在驾车赶回警局的郑祺，接到了冉潇打来的电话……

"郑队，你要查的马浩然，我查到了。"

"说说看，这马浩然，到底是什么样的人？"

"马浩然……总的来说，他是一个介于疯子和天才之间的那类人……高考时，以全校最高分考入金陵警校犯罪侦缉专业，除了他的室友，他很少与人交流，性格孤僻。"

"他没有任何办案经验，而且很少去上课，但是，根据金陵警校图书馆的记录，大学四年他几乎将图书馆内关于犯罪方面的书籍，无论国内外，差不多都借了个遍！"

"家庭方面，马浩然是金陵市本地人，父母都是金陵大学的知名教授，只不过，马浩然的父亲，在十年前的一起抢劫案中，被犯罪者抢去财物之后被杀害！"

"根据案件卷宗的记载，当时只有十三岁的马浩然，就在案发现场，他目睹了父亲被劫匪杀害的全过程。"

"这是我暂时能查到的所有资料。"

"果然是个有故事的小家伙……"郑祺笑了一声，道，"马上联系警校，我要把马浩然的档案调入重案组。"

这边，郑祺已经决心将马浩然连同影帝和拳王的档案，都调入重案组，而另一边，马浩然三人也来到了训导主任办公室。

肥头大耳的训导主任趾高气扬地坐在椅子上，脸上时不时地闪过一抹不屑。

而训导主任的对面，马浩然三人一字排开，并肩而立，不同的是，马浩然脸上写满了淡然，影帝是无所谓，拳王则有些紧张。

"你们三个，不知道今天有招聘会吗？竟然谁都没去？你们还想不想工作？想不想毕业？"训导主任从椅子上站了起来，指着马浩然，冷喝道：

"你读了四年大学,自己算一算,你听过几堂课?"

言罢,训导主任又指向影帝,继续唾弃:"你,不务正业,和马浩然一起旷课,还和女朋友在校园的广场上热吻,这对学校会产生多么巨大的负面影响,你知不知道?而且这种事,光我就看见了七八次,我没看见的,又该有多少次?"

"主任你很想看吗?"影帝嬉皮笑脸地呛了训导主任一句,气得训导主任脸色铁青。

"闭嘴!"训导主任勃然大怒,"再说说挂科,你好像还有六科没有完成重修吧?就凭这一点,我就能让你毕不了业!"

训导主任说完,好像根本不想给影帝还嘴的机会,直接指向了拳王,"还有你!去年和经济刑侦专业的人打架,一打五,还把对方给揍了,你很威风是不是?你知不知道,上次打架,给你记的大过还在你的档案里呢!你也别想毕业了!"

训导主任劈头盖脸地把马浩然三人一顿痛骂。不过,马浩然依旧沉静如水,影帝还是嬉皮笑脸地望着训导主任,只有拳王,有些愧疚地低下了头。

"能不能毕业,应该是院长决定,而不是你,对吧,训导主任?"马浩然突然出言,语气之中,没有任何的情绪波动。

"就算院长让你们毕业,就你们三个这德行,还想进警局工作?简直是痴心妄想!估计还没进警局的大门,就会被轰出来!"训导主任阴沉着脸,嘴角噙着一抹嗤笑,"真是朽木不可雕!和你们寝室另外那个家伙一样,都是渣子!"

训导主任的话音刚落,突然,主任办公室的门被推开了,便见一名衣着朴素、笑容和蔼的老者,缓缓走进了办公室。

一见这老者,训导主任立刻换上了一副媚笑:"院长,您老人家怎么来了?找我有事吗?"

院长名叫许致远,是金陵市知名的老牌学者,兼任金陵市教育局副局长,在金陵市的威望很高。

"小张,我不是来找你的。"许致远轻轻朝着训导主任挥了挥手。

"不是来找我的？"训导主任狐疑地望着许致远,不解地嘀咕了一声。

"我是来找他们三个的。"许致远的笑容,似乎永远那么和蔼可亲,言罢,许致远走到了马浩然身前,轻轻拍了拍马浩然的肩膀,"你就是马浩然吧？他们两个应该是沈家辉和王大全吧？"

"是的,院长！"马浩然轻声说道。

许致远先是分别朝着马浩然三人点了点头,这才转身对训导主任说道："小张,把他们三个的档案调出来,市局重案组的郑队长亲自给我打过电话,要把他们三个调进重案组,并且让他们现在就去重案组协助办案！"

"好的,院长……等等！"训导主任先是朝着许致远躬了躬身,可下一刻,训导主任的笑容,就僵硬在了脸上,好像被人接连抽了几巴掌似的,脸上青一块、白一块,下意识地惊呼出声道："市局重案组……要把他们三个的档案调走？而且还是郑队长亲自打来的电话？"

当然了,整个办公室,惊讶的不仅仅是训导主任,包括影帝和拳王,也都瞪大了双眼,一脸不敢置信地望向了马浩然……

马浩然并没有对影帝和拳王作出任何的解释,只是微微摇了摇头,又对许致远说道："院长,那我们现在可以离开这里,去警局报到了吗？"

"去吧！"许致远一脸微笑地摆了摆手,"学校里刚刚发生了命案,你们就被重案组选中,真是给我们学校挣了脸面……好好干,你们都是有为青年。"

马浩然没说什么,转身离开,好像根本没来过一样,而拳王,则是目瞪口呆,机械般地跟着马浩然的脚步,离开了主任办公室,但是,最后的影帝,却不然……

影帝沈家辉趁着许致远转身的空隙,朝着训导主任隐秘地比画出了一个国际手势——竖中指！

随后,便听影帝轻笑道："主任,我们这些渣子要去重案组协助办案了,我想,警局的人应该不会把我们轰出去吧？"

训导主任的脸色很难看,阴沉得都快滴出水来了,可他又能怎么样呢？

院长刚刚称马浩然三人是有为青年，重案组的郑队长又亲自打电话要提他们三个的档案，他就算想阻挠，也没有这个能力。

无奈，训导主任只能目送马浩然三人大摇大摆地走出了办公室。

离开训导主任的办公室，直到走出办公楼之后，马浩然才停住脚步，这下子，影帝和拳王终于抓到机会，开始三言两语的追问了起来。

"老大，怎么回事？重案组怎么会突然来提我们的档案？是不是我们要去重案组工作了？还有，我们是不是不用被开除了？"拳王极其兴奋。

"看你那点出息，伸张正义的时候，怎么没见你害怕过？一打五，还把对方给揍了，那时候的你多威猛，怎么一听见要被开除，立刻就害怕了？"影帝鄙夷地看了拳王一眼，这才对马浩然说道："一定是重案组的那位郑队长，需要老大帮他破案，这才破例把我们的档案都提走，对吧，老大？"

马浩然朝着影帝点了点头，示意影帝，他说对了。

"果然如此！"影帝嘿嘿一笑，旋即，影帝的眼底，突然闪过了一抹悲伤，颇为感触地说道，"如果，他还在，我们四个的档案，一定会一起被提走的！"

"走吧，我们也应该去重案组了。"马浩然幽幽地叹了一口气，他脸上的表情，终于出现了那么一丝细微的变化。

言罢，马浩然便直接迈出步子，朝着学校外走去，影帝和拳王见状，立刻跟上了马浩然的脚步。

马浩然三人离开学校之后，直接拦了一辆出租车，直奔金陵市局而去。

出租车一路飞驰，二十分钟之后，便稳稳地停在了金陵市局的正门前。

影帝付了车费，便和马浩然一起走进了金陵市局。

而这时候，在金陵市局的正厅之内，冉潇一眼便认出了马浩然。当即，冉潇快步迎了上去："是马浩然吧？"冉潇走到了马浩然的身边，盯着那张没有任何表情的脸庞，微笑着伸出了手，"我叫冉潇，重案组的电脑技术员。"

马浩然倒是一点也不惊讶冉潇会认得他，因为，这点事对于重案组来说，根本就不算事！

"你好！"马浩然伸出手，和冉潇握到了一起，并且向冉潇介绍起了身后的影帝和拳王，由始至终，马浩然的脸上都没有露出任何的情绪波动，好像无波的古井，让人捉摸不透。

冉潇盯着马浩然那张有着与年纪不对等的成熟的脸，心中也是好奇万分。他也很想知道，眼高于顶的郑队长，为什么会偏偏选中眼前这名似乎并没有任何出奇地方的青年来协助办案。

"郑队长在会议室等着你们呢，我们快走吧！"冉潇松开了马浩然的手，遥遥一指，便引着马浩然三人直接穿过市局的正厅，踏上三楼之后，冉潇脚步不停，直接走向最里面的那间小型会议室。

第二章 分析

轻轻地敲了一下门，随后，冉潇便推开门，引着马浩然三人走了进去。

会议室内，坐在主位的郑祺，紧锁眉头，似乎正在思索一件极其苦恼的事情，而郑祺的右手边，美女法医苏叶，则是在全神贯注地看着手中的卷宗。

直到冉潇推开会议室的门，将马浩然三人引进会议室之后，郑祺和苏叶才回过神，将视线定格在了马浩然三人的身上，尤其是马浩然，更是让郑、苏二人目不转睛地凝视着。

"小马，坐吧！"郑祺一见马浩然来了，紧锁的眉头也立刻舒展开来，一边指着左手边的座位，一边对马浩然笑了一声。

马浩然也不客气，直接坐到了郑祺的左手边，而拳王和影帝则是依次坐到了马浩然的身侧。

当然，马浩然仍旧是一脸的冷漠，仿佛来到重案组，并没有给他带来任何情绪上的影响，但影帝和拳王，则不然……

拳王的脸上写满了拘谨，甚至连后背都不敢完全靠在椅子上；至于影帝，则始终都在盯着美女法医苏叶看，那双眼睛，好像泛着光芒似的，炯炯有神，为了吸引苏叶的注意，影帝还刻意撩了撩头发，露出了一个自认为很迷人的微笑……

然而，苏叶也只是在影帝进门的时候，微微瞥了影帝一眼而已，由始至终，哪怕是现在，苏叶都在盯着马浩然看。至于影帝，已经被她完全无视了！

马浩然坐定之后，郑祺便将一个文件夹推到了马浩然的身前，说道："小马，你们三个现在算是正式加入重案组，虽然只是临时警员，但你们有协助办案的权限。现在，你们可以对这件'血腥玛丽'杀人事件展开调查了！"

郑祺说完，坐在苏叶下首的冉潇便出言道："这个文件夹里，记载了我们最新调查出的资料。郑队说，是围绕你的笔记本上所记载的资料展开调查的，你可以先看一下。"

马浩然没有多说什么，只是淡淡地点了点头，旋即便打开了文件夹，开始仔细地阅读起了郑祺这边调查出的线索。

郑祺提供的资料中，第一张纸上，介绍了死者陈钰的家庭状况，她是家中的独生女，平时极为受宠，陈钰的父母是江北的生意人，家境还算富裕。

马浩然的注意力，并没有在陈钰家庭的资料上停留太久，只是略微地扫了一眼，便直接翻到了下一页。

资料的第二页上，记载了陈钰在学校的情况，而且极为详细，还附上了照片。

陈钰住在案发现场一零一储藏室的隔壁一零二寝室，室友有三个人：一个是经常不在寝室的李晓涵，她已经被家里安排到了某部门开始实习了，所以平时不住寝室，从照片上看，此人模样普通，并没有出奇的地方。

陈钰的第二位室友，叫作卢倩，是本地人。案发当天，卢倩因回家并没有在寝室里，但是，资料上附着的卢倩照片，却把影帝的视线从苏叶身上吸引了过来，因为，这卢倩长得很漂亮！

"这不是治安管理专业的系花吗？"影帝轻声嘀咕了一句。

"你认识她？"马浩然转过头，淡淡地看了影帝一眼。

"听说过，不认识！"影帝笑眯眯地补上一句，"不过，我倒是挺想认识一下她！"

"你会有机会的！"马浩然轻声说了一句，便继续看起了资料。

第二章　分析

陈钰的最后一位室友，叫作周翠，和拳王一样，也是来自西北。根据资料记载，周翠的家境不太好，而且，看了周翠的照片，这小姑娘长得算不上漂亮。

马浩然继续翻着资料。第三页资料上，记载了一零一储藏室对面的一二一寝室的学生。一二一寝室住的是即将毕业的大四学生，其中有两人在半年前就已经离开了寝室，如今的一二一寝室，只住着两名即将毕业的学生而已。

一二一寝室的两个人，皆是来自江南，一人叫作王青，一人叫作韩蒙，二人都是属于那种极不出彩的人，模样不出众，能力不出众，成绩也不出众。

马浩然扫了一眼之后，继续翻阅第四页资料。这第四页资料上记载的，是一名男生，叫陆刚，这人是金陵警校治安管理专业大三的学生，他是死者陈钰的男朋友，二人从两个月前开始谈恋爱，一直谈到现在，属于热恋中的状态。

陆刚，江南本地人，父母也是生意人，家境很好，经常会送陈钰一些贵重的礼物，由此可见，陆刚和陈钰之间的感情很好。

资料的第五页上，写着陈钰的死亡时间和死因，经过法医苏叶解剖之后，已经确认，陈钰死于心搏骤停。虽然在解剖尸体的过程中，苏叶发现陈钰的脑部有些许的外伤，但这外伤并不足以致命。而且，有可能是陈钰摔倒之后，与地面碰撞所产生的外伤，这外伤应该出现在陈钰心搏骤停之后。

到第五页为止，郑祺提供的资料，马浩然已经全部看完了。

"时间太仓促，我们暂时只能调查出这些事情。"郑祺见马浩然的脸上，依旧没有任何的表情变化，不由得出言解释了一下，"我下一步会派遣警员去江北，详细调查陈钰的家人和背景……"

郑祺的话还没说完，便被马浩然出言打断了。

"郑队长，我觉得，你应该换一种思维来查案……"马浩然将文件夹合上，淡淡地说道，"根据你提供的资料，我只能看出，陈钰和她的男朋友陆刚关系很好，其他方面，我没有看出任何有价值的情报。至于去江北查案，我认为，并不会有太大的收获。"

"为什么？"苏叶柳眉一蹙，忍不住地反问了马浩然一句。

说心里话，苏叶对马浩然的印象并不是很好，整个重案组，乃至整个金陵市局，没有人比郑祺更有经验，更有能力，而马浩然，竟然在刚刚加入重案组的时候，便直接否了郑祺的查案方法，这让苏叶无法接受。

不过，郑祺并没有因为马浩然的否定而发怒，相反，他朝苏叶压了压手掌，示意苏叶稍安勿躁。旋即，郑祺便好奇地对马浩然开口问道："小马，解释一下，陈钰和陆刚的关系非常好，又能代表什么？还有，你所说的，换一种思维查案，又是什么意思？"

"陈钰的家境很不错，而且和恋人陆刚的关系非常好，这就证明，陈钰并没有求死之心，基于以上两点，可以排除自杀的可能……"马浩然沉着地说道，"还有一点，陈钰的家境很不错，和恋人的关系又非常好，她完全没有理由自杀，那么，她为什么要玩'血腥玛丽'？她的动机又是什么？难道单单是因为好奇吗？我不相信陈钰会因为好奇而亲身尝试召唤凶灵的游戏。"

"这是一大疑点，毕竟，陈钰是死于召唤'血腥玛丽'的过程之中！"

马浩然的话音落地，会议室内也随之陷入了沉默之中，似乎所有人都在思索：陈钰为什么要召唤'血腥玛丽'？

这是一个很重要但却很容易被忽略的问题！

"也许，陈钰是因为大家都在玩这种'血腥玛丽'的招魂游戏，所以才会尝试去召唤'血腥玛丽'……"苏叶试探性地说了一句。不过，她说话的声音却是越来越小，好像连她自己都不太相信这个理由似的。

"的确，根据我们的调查，'血腥玛丽'这种招魂游戏，目前在金陵警校内部似乎很受欢迎，许多女学生都会尝试去玩这种游戏。这件事，我也有所耳闻，不过，真的只是因为大家都在玩，陈钰便会随波逐流吗？"马浩然的语气依旧平淡，"我没谈过恋爱，但我对人心和人性却非常了解。

"五年前，欧洲大不列颠国的首都，发生过一起人命案，嫌疑人是一名热恋中的少女，经过警方逐步排查和调查取证，证明该少女并不是真凶，直到结案的时候，有记者去采访过那名被怀疑成凶手的少女，少女只说了一句话，她说，我会把我所有的时间，都用在陪男朋友上面，我怎么可能会有时间去杀人呢？

"换而言之，陈钰，亦是如此！

"像陈钰这种热恋中的女孩子，而且和男朋友的关系非常亲密，她不会傻到浪费时间去玩这种招魂游戏。有这些时间，陈钰应该会选择和陆刚煲电话粥！"

马浩然气定神闲地分析起了死者陈钰的心理，丝毫没有因为自己没谈过恋爱而尴尬。

马浩然话音落地，影帝立刻接话道："老大分析得不错，我谈过许多女朋友，她们总是会挤出一切时间来陪我！"

没有人搭理影帝，甚至连看都没有人去看影帝一眼，这让影帝很尴尬地闭上了嘴。

"那你说说，陈钰为什么要去召唤'血腥玛丽'？她的动机，又是什么？"苏叶颇为不服地反问了马浩然一句。

马浩然淡淡地看了苏叶一眼，那双清澈漆黑的眼瞳中，没有一丝的杂念，只有无尽的深邃，"传说中的'血腥玛丽'，可以预见未来，如果能够成功召唤到'血腥玛丽'的灵魂，那么，'血腥玛丽'便会回答召唤者的问题。我猜测，陈钰之所以会去玩'血腥玛丽'，完全是想问'血腥玛丽'一些问题。

"陈钰只是没出校门的学生，她不太可能会向'血腥玛丽'询问和家里生意有关的问题。按照女大学生，尤其是热恋中的女大学生的思维来分析，陈钰一定想问'血腥玛丽'一些有关她和陆刚之间未来的事情。

"每个女生心中，都期待一场轰轰烈烈的恋爱，热恋中的女生，不仅希望自己的恋爱轰轰烈烈，还希望能够长长久久。"

苏叶虽然还想反驳马浩然，但是，不得不承认，马浩然说的这些，的确都符合正常人的思维逻辑，可是，苏叶却并不打算轻易地放过马浩然……

"你对女人似乎很了解？"苏叶轻轻地扬起了嘴角，露出了一抹似笑非笑的微笑。

马浩然淡定自若地缓缓摇了摇头,"我说过,我没有谈过恋爱,也不了解女人,我只是按照人性和人心的思维逻辑在分析陈钰。而且,国内外有许多案子,凡是涉及热恋这件事,不论是犯罪者,还是嫌疑人,都是这种心态。"

苏叶还要说什么,却被郑祺挥手制止了。郑祺便饶有兴致地望着马浩然,并且开口说道:"我对你的分析很赞同,也很感兴趣,那你说说,我们接下来,该怎么查案?用你所说的那种,转换思维的方式。"

"首先……"马浩然缓缓地竖起了一根手指,语气平和地说道:"我们最先应该调查的,应该是陈钰,到底是死于凶杀,还是意外?

"然后,我们要搞清楚,陈钰为什么要召唤'血腥玛丽',是有人怂恿的,还是她自愿的?

"接下来,我们可以对资料上记载的那些,包括一零二寝室和一二一寝室的女同学,还有陈钰的恋人陆刚展开调查。当然,我所说的调查,并不是警方的传讯,而是打入那些人的内部,调查一些隐藏在众人心底的事情。

"最后,我想去一次案发现场,还有一零二寝室和一二一寝室,考证一下现场。"

马浩然言罢,这才放下了他伸出的四根手指,转而望向了郑祺。因为马浩然知道,他提出的方法是否能施行,这就需要郑祺点头了!

然而,听了马浩然的话之后,郑祺大手一挥,直截了当地说道:"好!我们从现在开始,就围绕你提出的这四件事展开调查。"

说完这句话,郑祺还朝着马浩然伸了伸手,虚空让了一下,示意马浩然继续说出行动的细节。

郑祺这个动作,就好像是将整个案子的决定权,全都交到了马浩然的手上似的。这种放权的行为,需要很大的魄力和勇气,毕竟,马浩然只是大学还没毕业的警校学员,而且,马浩然还没有任何办案经验!

当即,马浩然见郑祺此举之后,脸上立刻闪过了一抹惊讶,虽然这一

第二章 分析

抹惊讶并不太明显,却还是被郑祺捕捉到了。

"想不到,你的脸上竟然还会出现表情,真是让我意外得很!"郑祺颇为意外地望着马浩然,继续淡笑道,"不过,你倒不用惊讶。因为,我现在对这件案子毫无头绪,如果你有更好的办法来解开重重谜团,我自然会选择无条件地支持你,让你放手去做。"

其实,郑祺还有后半句话没说出来……

郑祺之所以会如此干脆地放权给马浩然,除了对马浩然的欣赏之外,还有非常重要的一点,那就是,如今的重案组,那群年轻的警员对这件"血腥玛丽"杀人事件皆是三缄其口,甚至还抱有一丝畏惧的心态,这样的话,郑祺很难继续展开调查。

就比如今天的这场会议,郑祺也只找来了法医苏叶和电脑高手冉潇。这两个人是郑祺的绝对支持者,不论在任何情况下,苏叶和冉潇都会力挺郑祺,哪怕这件案子没人敢追查,只要郑祺一句话,苏叶和冉潇,也会一查到底的。

当然,这些内幕消息,马浩然并不知道。

"谢谢!"马浩然咬了咬牙,说实话,他真的没有想到,郑祺对他的信任和期待程度,竟然会如此之高!

暗暗地,马浩然下定了决心,这件案子他一定要漂亮地完成,不论是凶杀也好,意外也罢,总而言之,马浩然一定要给郑祺一个满意的交代。

千里马常有,而伯乐不常有,像郑祺这种敢于放权的伯乐,更是少之又少,这一点,马浩然非常清楚。

"如果你真想谢谢我的话,就把这件案子了结得漂亮一点。"郑祺笑呵呵地说了一句,随后便道,"现在,你可以继续说出你的详细计划了。"

马浩然朝郑祺点了点头,那张还算俊朗的脸上,又恢复到了往昔的冷漠和沉稳,"我刚才提出来的第一点,陈钰究竟是死于意外,还是凶杀,这个问题可以先放到最后,因为我们目前掌握的情况并不能帮助我们解开这个谜题,所以,我们可以先进行其他三件事。"

"而第二件事，也需要结合调查第三件事所获得的情报，才能判断陈钰究竟是自愿召唤'血腥玛丽'，还是受人怂恿。"马浩然一边说着，一边将视线定格在了影帝的身上，"影帝，这第三件事，需要你去完成。"

"我？"影帝愣了一下，旋即便好奇地问道："我怎么完成？我又不认识一零二寝室和一二一寝室的那些女生，也不认识陆刚！"

"你刚才不是还说，想认识一下卢倩吗？"马浩然淡淡地说道，"现在，你有机会了，你要去主动认识卢倩，还要从她那里取得有关陈钰的所有情报，包括她和所有嫌疑人的关系、矛盾，还有陈钰平时在生活上的一些小细节，包括陈钰的为人品行等，这些事情，都是那些死板的资料上无法显示的情报。"

"怪不得你刚才说，我会有机会认识卢倩的，原来你早就有主意了。"影帝露出了迷之自信的微笑，随后，耍帅一般地整理了一下他的头发，义正词严道，"这次，我要为正义献出我的巅峰颜值……"

影帝的话还没说完，马浩然便收回了停留在他身上的目光，呛得影帝硬生生把后半句话给咽了回去。

转而，马浩然望向郑祺，道："郑队长，我们现在能去案发现场吗？"

"可以！"郑祺一边说着，一边从座位上站起了身，"我们现在就去！"

言罢，郑祺便当先走出了会议室，紧跟着，马浩然三人也是鱼贯而出，直到会议室内，只剩下了冉潇和苏叶之后，二人这才相互对视了一眼，最后，苏叶和冉潇通过眼神的交流，也达成了共识——与郑祺和马浩然一起去案发现场。

其实，苏叶和冉潇的心中，始终都对马浩然抱有疑惑，二人也很好奇，郑祺为什么如此看重马浩然？而马浩然，又能在案发现场发现什么呢？

马浩然一行六人，快步离开了金陵市公安局。

马浩然三人，坐上了郑祺的帕萨特，而冉潇则是坐上了苏叶的那辆火红色的甲壳虫，就这样，两辆车风驰电掣一般朝着金陵警校驶去。

金陵警校。

此时，已经是临近中午时分了，许多没有课的学生，都已经向着食堂进军了，而有课的学生，心思也已经飘到了食堂那边……

帕萨特和甲壳虫陆续停进了金陵警校的停车场。随后，影帝独自一人离去，准备"出卖"他的巅峰颜值去接近卢倩。而马浩然和郑祺一行五人，则是朝着九号楼的方向迈出了脚步。

停车场离九号楼并不算太远，马浩然一行五人大概走了十分钟，便来到了九号楼的正门前。

此时，九号楼外的警戒线已经撤了，这是警方为了不影响学生们的正常生活做出的举动。

站在九号楼门前，马浩然并没有理会那些来来往往的女学生们的异样眼神，气定神闲地对身边的郑祺说："应该先和宿管打一声招呼，毕竟这里是女生寝室楼。"

郑祺点了点头，便朝着身边的苏叶打了一个眼色，苏叶心领神会，径直走进了九号楼。

苏叶离开之后，马浩然又问向郑祺，道："储藏室的钥匙在你们身上吗？"

"在冉潇那里。"郑祺一边说着，一边望向冉潇，冉潇也是会意地向郑祺点了点头，表示钥匙在他的身上。

就在马浩然和郑祺说话之际，苏叶已经从九号楼中快步地走了出来。

苏叶来到郑祺身旁，先是淡淡地扫了马浩然一眼，这才对郑祺说道："郑队，我已经和宿管周冬梅打过招呼了。周冬梅说，自从发现了那具女尸之后，九号楼的学生明显减少了。本地的都申请离校走读，外地的也都申请搬去其他宿舍楼的空寝室，所以，我们可以放心地进去勘查现场，不会发生那些尴尬事情。"

郑祺还没说话，马浩然便轻声的念叨了一句："这样最好！"

言罢，马浩然便率先走进了九号楼，拳王不疑有他，他只知道，马浩然去哪，他就去哪。于是乎，拳王便紧跟着马浩然，走进了九号楼，只有郑祺三人，脚步慢了几分，略微落后了马浩然和拳王几个身位。

苏叶极其不满地瞪了马浩然的背影一眼，小声嘀咕起来："他还真把自己当领导了？"

"这小家伙蛮有意思的，而且很懂规矩，说不定，他真的会带给我们惊喜呢？"郑祺不以为然地笑了一声，随后便加快了脚步，追上了马浩然。

马浩然等人进入九号楼之后，便直奔最深处的一零一储藏室而去。

如今的一零一储藏室，已经被警方贴上了封条，一般的女学生根本不会靠近这里，再加上里面刚刚死过人，女学生们就更加不敢接近储藏室范围了，尤其是紧挨着储藏室的一零二寝室和一二一寝室，更是房门紧闭，里面没有一丝的响声。

马浩然几人走到了储藏室门口之后，便由冉潇打开储藏室的防盗门，至此，整个案发现场，便毫无保留地呈现在了马浩然的眼前……

马浩然仿佛梦游般，缓缓走进了案发现场，他的脚步很轻，也很缓慢，好像是一边走，一边思考着什么事情似的。

见马浩然走进了储藏室，拳王也下意识地抬起了腿，准备跟着马浩然走进去，可就在这时候，郑祺突然横起胳膊，直接挡住了拳王前进的路，引得拳王地侧目，望向了郑祺。

郑祺倒是没说什么，只是将食指放到了唇边，对拳王做出了一个嘘声的动作，然后又向拳王摇了摇头，示意拳王不要进去打扰马浩然，也不要发出任何的声音。

再说拳王，他马上领会了郑祺所要表达的意思，便按照郑祺的指示，与郑祺、苏叶和冉潇一同站在储藏室的门口，凝望着独自漫步于案发现场之中的马浩然。

此时，已经走进储藏室的马浩然，并没有直接进入卫生间这一案发现场，相反，马浩然却在储藏室里面漫步起来，时而看一眼摄像头，时而摸摸墙壁，时而敲敲铁窗，时而观察一下杂物的摆放……

马浩然足足在储藏室里转悠了十几分钟，这才反身朝着门口的方向，也就是真正的案发现场——在储藏室一进门位置的卫生间，走了过去。

郑祺望着缓步朝门口走去的马浩然，恍若看到了十几年前的自己……在办案的过程中，无比沉着，无比冷静，会将心神完全沉浸在案件之中，仿佛自己就是案发之时的旁观者！

毫无征兆地，郑祺莫名其妙地笑了起来。

苏叶看了一眼郑祺，又看了一眼马浩然，她没有说话，只是下意识地撇了撇嘴。

苏叶对马浩然，依旧有些不满，甚至是针对，因为马浩然似乎并不太尊重郑祺，尤其是在警局的时候，当面否定了郑祺的办案方式，这让对郑祺抱有崇拜心态的苏叶很不舒服。

而且，苏叶也实在搞不懂，她心目中无所不能的郑队长，为什么会对一个没出校门的毛头小子那么信任。

但是苏叶只是撇了撇嘴，终究没有开口说话，因为郑祺说过，不要打扰马浩然，对于郑祺的话，苏叶还是会选择遵从的。

而这时候，马浩然已经缓步走到了卫生间的门口，可是，马浩然并没有直接伸手拉开卫生间紧闭的门，而是站在卫生间的门口，低头向下望去……

马浩然那双深邃的眼瞳，深深地凝望着卫生间门下方的那条不足两厘米的缝隙，好像是在自言自语，又好像是在对郑祺等人发问，"周冬梅走进储藏室之后，应该是通过门下的这条缝隙，发现了卫生间的异样，才会打开卫生间的门，对吧？"

郑祺没说话，只是望向了身边的冉潇。

见郑祺望向自己，冉潇便开口说道："根据周冬梅的口供，她走进储藏室之后，闻到了一股味道，就是那种蜡烛燃烧的味道，而味道就是通过卫生间门下的缝隙传出来的，所以周冬梅才会打开卫生间的门。门一打开，周冬梅就见到了陈钰的尸体！"

"这么说，周冬梅是通过蜡烛燃烧的味道，发现了卫生间里的异样，而并非通过烛火，对吧？"马浩然的语气依旧平缓，就好像他面对的是一件很平常的琐事，而并非诡异的案件那般。

"根据周冬梅提供的口供，事情的确如此。"冉潇轻声说了一句。

马浩然没有继续发问，只是抽了抽鼻子，一股淡淡的尸臭和燃烧的混合味道，便飘入了马浩然的鼻中，随后，马浩然便缓缓地伸出了手，拉开了卫生间的门。

卫生间的门一被拉开，一股夹杂着蜡烛燃烧味道的尸臭味，便涌了出来。

马浩然好像毫无知觉那般，他先是看了一眼略高于储藏室地面的卫生间地面，随后，便自顾自地走进了卫生间。

马浩然站在卫生间中，盯着陈钰尸体倒下的位置，也就是被警方用白线圈起来的位置，看了好一会儿……

那处被白线圈起来的位置的正前方，是一面仿佛镶到墙里、连接着两堵墙壁的大镜子。

白圈的右边，是卫生间的门，左边则堆满了杂物，那些杂物不仅把便池掩盖住了，更是直接通到了穹顶，好像一面墙壁似的。

旋即，马浩然又将视线转移到了白圈的后方。在白圈的后方，堆放了一些废弃的床垫，这些废弃的床垫是被整齐划一地摞到了一起，大概摞到了一米六七的高度，至于床垫的上面，则是空空如也，只露出了一截已经开始脱落墙皮的墙壁。

马浩然微微地跳了起来，借助腾空那一瞬间的高度，他伸出了手，敲了敲床垫上面露出来的那一截墙壁，然而，回应马浩然的是"嘭嘭"的闷响声。

待到马浩然落地之后，他又走到了镜子前，伸手敲了敲镜子上面的墙壁，回应他的依旧是"嘭嘭"的闷响声。

做完这些之后，马浩然便转身走出了卫生间。直到此时，郑祺等人才发现，走出卫生间之后的马浩然，眉头是紧锁的，而且脸上也露出了沉思的神态，最关键的是，马浩然那双古井无波的眼瞳，竟然泛起了一丝疑惑的涟漪。

要知道，马浩然的脸上，几乎不会出现任何的表情，还有他的那双眼睛，更加不可能会出现一丝的情绪波动，而如今，马浩然的神色，已经向众人宣告了一件事情，那就是，这件案子，非常棘手！

第二章　分析

望着一筹莫展的马浩然，郑祺的眼眉也下意识地拧到了一起，当即，郑祺便忍不住出言，向马浩然问道："小马，是不是没有发现什么线索？"

马浩然抬了抬眼皮，望向郑祺，微微地叹了一口气，说道："线索我倒是发现了一些。只不过，我发现的线索，却是将这件案子引入了另外一个死局之中！"

听了马浩然的话，郑祺的心不由一沉。

不仅是郑祺，包括拳王、冉潇，还有一直对马浩然有意见的苏叶，都相继露出了颓然的表情。

一时间，整个储藏室，都被一股无形的沉闷笼罩了起来。

足足过了半晌，郑祺重重地叹了一口气，率先打破了沉闷，对马浩然说道："说说看，你发现的另一个死局是怎么回事？"

马浩然点了点头，略微沉吟片刻，好像是在整理脑中的线索。随后，马浩然便开口道："我们先从周冬梅闻到的气味说起吧！

"周冬梅是通过卫生间的门缝，闻到了里面蜡烛燃烧的气味，这一点我可以肯定，她并没说谎，因为刚才我在没有打开卫生间的门的时候，也闻到了里面淡淡的燃烧和尸臭味道。

"那么，问题来了。卫生间门下的这条缝隙，虽然不足两厘米，但气体这种东西，缥缈而无形，哪怕是不足一厘米的缝隙，经过一段时间的飘散，也能飘得满屋子都是，可为什么我进来的时候，并没有闻到太明显的异味？反倒是我站在卫生间的门前，用力地吸了吸鼻子，才闻到味道？

"还有，我在打开卫生间的门的那一刹那，尸臭和燃烧的味道，便直接扑鼻而来，与我打开卫生间的门之前的状况，形成了极其强烈的对比！"

站在门口的郑祺等人，并没有回答马浩然的问题，而是等着他继续解答。

马浩然并没有让众人等太久，略微缓了一口气之后，就继续说了起来，"那是因为，卫生间的地面，要比储藏室的地面，略微高了一些，也正是因为那略微高出来的一部分地面，堵住了门缝，这才阻止了气味的传播和扩散。"

说完，马浩然便指了指卫生间略微高出储藏室一小段的地面。

"我们先放下这个问题，继续说下一个问题。警方拿走的两根蜡烛，应该是没有完全燃尽的半截蜡烛，可是，蜡烛在没有窗户的卫生间里，为什么会熄灭？难道是卫生间里唯一的人陈钰吹灭了蜡烛？这不可能，因为，陈钰想要召唤'血腥玛丽'，就必须要点燃蜡烛，让蜡烛照亮镜子，才能见到镜子中的'血腥玛丽'！

"如果排除了陈钰自己吹灭蜡烛的可能，那么，就只剩下了一种可能——卫生间里的氧气，已经无法支持蜡烛继续燃烧了，没有氧气的支持，蜡烛自然会熄灭，这是我们大家都懂的自然现象。

"现在，我们可以回到最初的问题上，因为卫生间的密封条件太好，导致里面的气味无法向外扩散，自然而然，外面的空气也无法涌入卫生间内。尤其是，卫生间里还燃烧着蜡烛，产生了一些废气和热气，而热气本身又带有膨胀的属性，膨胀的热气会自动寻找宣泄口，这才会从缝隙之中挤出来，扩散到储藏室内。

"所以，周冬梅才会在一进储藏室的时候，便闻到燃烧的异味。

"还有，我刚才打开卫生间的门的刹那，那股尸臭和燃烧的味道，才会一下子涌了出来。

"所有的一切，都是因为，卫生间的密封条件太好了！"

马浩然话音刚落，苏叶便出言打断了他的话："你说的这些，和案件有什么关系？就算卫生间的密封条件很好，又能如何？死者陈钰是死于心搏骤停，而不是窒息死亡！"

马浩然平静地看了苏叶一眼，继续说道："我之所以会提到以上两个问题，那是因为我想证明，这间卫生间除了这道门之外，并没有其他隐藏在暗处的出口或者是通风口。顺着这条思路往下想，也就能够否定我之前的一些假设，比如说……地道，或者是穿墙！

"如果这间卫生间里，真的有隐藏在暗处的出路或者是通风口，那么，蜡烛不会熄灭，气味也不会被封死在卫生间里，你们得到的也不可能是两截没有燃尽的蜡烛，我们走进储藏室的时候，也不可能闻不到任何的异味。

"包括我之前不断地在敲墙，得到的回应声，都是那种用砖封砌死的实墙，才会产生的闷响声。这就说明，这间卫生间，不论从表面上看，还是从细节方面仔细地推敲，都是一处密封到不能再密封的密室！

"也就是说，这间卫生间，已经没有了任何假设的空间。卫生间里面，确确实实只有死者陈钰一人而已！"

马浩然话音落地，随之而来的，便是一声轻叹。

马浩然这一番话，将众人说得目瞪口呆。

最初，在郑祺借马浩然的笔记本看的时候，马浩然将对面的一二一寝室也列入了怀疑目标，包括那张两个寝室和储藏室三处房间的平面图，也是马浩然的一种假设——假设卫生间并不是绝对密室，而是隐藏着其他的出路或者是通风口。

而如今，经过一番现场勘查和证明，马浩然将自己最初的假设，完全否定了！

储藏室的卫生间里，并没有任何可疑的通道或者是通风口，外面的人更加不可能逃过摄像头的监控，潜入卫生间杀人，之后再堂而皇之地离开。换言之，卫生间内由始至终，都只有死者陈钰一人而已！

死一般的沉寂，充斥在储藏室的每一处角落。

足足过了半晌，郑祺突然长叹了一口气，说出了众人心中所想的那句话，"小马，按照你的分析，如果案发现场之内，始终都只有陈钰一人而已，那么，死者陈钰的死，要么是意外，要么是……'血腥玛丽'杀人？"

郑祺这番话说得很不情愿，因为由始至终，身为一名人民警察，并且身兼重案组组长的郑祺，都不相信会有"阴魂杀人"这一说法，这也是郑祺为什么要坚持追查这件案子的原因。

郑祺只是想证明给所有人看，所谓的"阴魂杀人"案件，只不过是无稽之谈，他要让重案组内的年轻警员，以及那些身在警校、还未正式进入公安系统的学员们知道，世间并没有所谓的"阴魂杀人"之事。

可是，经过马浩然这一番分析之后，郑祺突然发现，这件案子，比他想象中还要复杂，而且，他们已经被引入了一个死循环之中，这个死循环，不论如何去分析，如何去调查，最终都会指向同一个结局，那就是……"血腥玛丽"，"阴魂杀人"！

郑祺的话，好像是一团阴云，将苏叶等人完全地笼罩了起来……"阴魂杀人"，多么让人心惊的四个字，可他们却偏偏逃不出这四个字的笼罩。

储藏室内，没有人再开口说话，因为大家都不知道该说些什么。

沉寂，仿佛一座山岳，压在众人的心头，压得众人喘不过气来……

良久，马浩然终于出言打破了沉闷："我想今夜在这里，我试一下召唤'血腥玛丽'的阴魂！"

马浩然此言一出，郑祺立刻出言反驳道："小马，你该不会也相信，世间有阴魂这一说法吧？"

面对郑祺略带质问语气的声音，马浩然并没有着急反驳，而是慢条斯理说道："队长，我和你一样，也不相信这是一起'阴魂杀人'的案件，但如今我们却不得不如此，算是在没有方向的无尽黑暗中，尝试一下，能不能找到一盏指引我们前进的灯火，哪怕是微弱的火苗也好……"

听了马浩然的话，郑祺这才暗暗舒了一口气……还好，马浩然和他一样，并不相信所谓的"阴魂杀人"，而马浩然之所以主动请缨，今夜尝试召唤"血腥玛丽"，是为了寻找到新的线索和突破口！

随后，郑祺走进了储藏室，重重地拍了拍马浩然的肩膀，意味深长地说道："小马，别忘了，之前你对我说过，陈钰召唤'血腥玛丽'的过程有纰漏，所以，陈钰根本不可能真正地召唤出'血腥玛丽'，换而言之，陈钰的死，一定还有隐情，我们一定还有其他没有发现的线索，'阴魂杀人'，一定是无稽之谈！"

郑祺连续用了三个"一定"，这说明，郑祺的心中，始终坚信，陈钰绝对不是被"血腥玛丽"的阴魂所杀死，世间也根本不可能有鬼！

马浩然望着郑祺那双写满了坚定的眸子，他并没有正面回答郑祺的话，而是无比淡然地说道："我们先去找影帝，看看他能不能为我们带来新的线

第二章　分析

索吧！"

言罢，马浩然便径直走出了一零一储藏室。

拳王跟着马浩然，走向了楼外，而苏叶和冉潇，则是一左一右地立在郑祺的身后，三人仍旧站在储藏室的门前。

"郑队，这件案子，会不会真的是意外？"苏叶试探性地说道，"比如说，陈钰是因为在召唤'血腥玛丽'的过程中，太过紧张，才导致心搏骤停？从医学的角度来说，这种情况，也并不是不可能。"

"叶子姐说得对，哪怕我们退一步，陈钰不是被'血腥玛丽'的阴魂所杀，那么，会不会是因为陈钰太过紧张，而造成了心搏骤停，这才导致死亡？"冉潇接口道。

郑祺没有说话，只是缓缓地摇了摇头。

也不知道郑祺是在否定苏叶的说法，还是在向二人表示，他也不知道答案。

郑祺摇了摇头，又回头看了一眼风平浪静的案发现场，然后，他又缓缓地摇起了头……郑祺这一连串的摇头动作，也证明了他现在很乱，很烦，并且没有任何方向。

"如果，最后真的无法解决这件案子，那么，我也只能按照小叶的说法，去写这份报告了。"这番话，郑祺说得很不甘心，却又无可奈何。

说完这番话，郑祺便迈出了步子，也追寻着马浩然的足迹，朝着九号楼外走了出去。

九号楼外。

马浩然和拳王，正在门口等着郑祺三人。

见郑祺三人走出了九号楼，马浩然便说道："我刚给影帝打过电话，他在食堂，准备接近卢倩，我们要不要去看一看？"

"走吧！"郑祺心不在焉地挥了挥手，五人便向食堂出发了。

从九号楼到食堂，这一路说远不远，说近不近，五人只用了十几分钟的时间，便已经走到了人群川流不息的食堂门外。这一路上，包括马浩然和郑祺在内，所有人都没有说话，就这么闷头走路，气氛好似凝固那般，死气沉沉。

由于现在已经是午休时间，金陵警校的学生们，几乎都集中在了食堂这边，所以，食堂门外也是人山人海，热闹无比，相比于马浩然等人从九号楼走到食堂的过程，当真是反差巨大。

然而，食堂外的热烈气氛，仿佛也感染到了郑祺等人，当即，郑祺便下意识地脱口问道："沈家辉已经开始接近目标人物了吗？"

马浩然没有说话，他的目光始终在人群中游离着……

忽的，马浩然的目光聚焦在了食堂的侧门位置，因为，他在那里，发现了影帝的踪影。

此时的影帝，已经换了一身行头：脚上踩着一双浮夸的LV鞋子，下身穿着深色牛仔裤，上身则套了一件修身款式的阿玛尼T恤，而影帝最在意的发型，也是经过了一番仔细的打理，梳得一丝不苟，还有那张白皙俊朗的脸庞，在阳光的照耀下，更是平添了几分帅气。

当然，最夸张的是，影帝这家伙的手上，还捧着一大束鲜红的玫瑰，打眼一看，马浩然便能猜出来，一定是九十九朵！

看样子，影帝一定是趁着马浩然等人去勘查案发现场的时候，返回寝室，仔细打扮了一番，这才出来执行接近卢倩的任务……不得不说，影帝这家伙真是有备而来。

影帝营造出的场面，自然吸引了许多学生的围观，不仅马浩然注意到了那边，包括郑祺等人，也都看见了鹤立鸡群的影帝。

"这小子的确很帅！"拳王憨憨地笑了一声。

"油头粉面！"苏叶对影帝似乎也有偏见，在拳王话音刚落之际，便不屑地暗讽了一声。

郑祺倒是不以为意地笑了笑，轻声言道："去看看热闹吧！"

旋即，马浩然五人便顺着人群，走向了影帝那边……

而此时，手捧鲜花的影帝，却拦住了一名衣着时尚、身材高挑、面容娇俏的女生，这女生与之前马浩然在照片上看到的那人，一模一样，毫无疑问，此人便是影帝这次行动的目标人物——卢倩！

第二章 分析

再说影帝，在食堂门口拦住了卢倩之后，便直接将手中的一捧鲜花，递到了卢倩的面前，可是，影帝却并没有说出那些俗套的表白，而是说了一句非常奇怪的话，"是卢倩同学吧？你的快递！"

"我的快递？花？"

站在影帝面前的卢倩，瞪着那双灵动的美目，好奇地看了看影帝，又看了看影帝手中的花，最终，卢倩还是狐疑地接过了影帝递过来的花。

鲜红的玫瑰之中，夹着一张精致的袖珍贺卡，卢倩好奇地用手指捻起了那张贺卡，轻声自语地呢喃起来："送给最引人注目的女神……沈家辉……沈家辉是谁？"

卢倩眼中的狐疑，越来越盛，就在这时候，影帝开口了。

便见影帝轻轻地甩了甩头，一双眼睛极其自信地盯着卢倩，故作深沉地说道："我就是沈家辉！"

影帝此言一出，四周围观的吃瓜群众，立刻爆发出了一阵唏嘘声，这转折也太突然了吧？说好的快递呢？

然而，在一阵唏嘘声之中，卢倩微微娇羞地望着影帝，足足看了他接近一分钟的时间，终于，卢倩笑了，含蓄地说道："谢谢！"

"玄武大街新开了一家西餐厅，味道很不错，不知道我有没有这个荣幸，邀请我心目中最引人注目的女神共进午餐呢？"

卢倩没有说话，而是微微地点了点头。

就这样，二人伴随着吃瓜群众的议论之声，并肩离开了校园……

影帝顺利完成了接近卢倩的任务。不过，说实话，影帝和卢倩，倒还真有点郎才女貌的意思，不对，是"狼"才女貌……

望着影帝和卢倩逐渐变淡的背影，郑祺倒是饶有兴趣地笑了一声，"这小家伙，蛮有意思的……我现在好像知道，当初为什么要求你的两个室友也一起加入重案组了。"

"影帝很有表演天赋。我说的表演，所指的范围很广泛，包括交际、性格、口才、心思，最重要的是，他演的不是戏，而是人！"马浩然轻声言道，"他可以完美地控制住自己的情绪，也可以随时变换自己的情绪，就仿佛，他身上有无数张面具，可以随时替换，而且，他所戴上的每一张面具，都好像已经深入了灵魂似的……"

马浩然对影帝的这番评价，说得有些莫名其妙，听得郑祺、苏叶和冉潇闭口不语，仿佛是在深深沉思。

只有拳王，若有所思地点了点头，好像总结那般地说道："如果生在战争年代，或者进入军队，影帝绝对是一名非常优秀的特工。"

拳王的话，仿佛勾起了马浩然的某段回忆，便听马浩然恍若梦呓那般地喃喃自语起来："进入军队……他现在应该就在军队吧？"

"你说什么？"郑祺并没有听清楚马浩然的话，当即便随口一问。

马浩然没有解释什么，只是轻轻摇了摇头，好像是在故意岔开话题，道："影帝今天可谓是有备而来，特意把他那身几乎不穿的衣服，穿了出来……又是鲜花，又是名牌，这些都是吸引女孩子的关键，然而，最关键的还是，影帝很帅，这一点对女孩子，有足够的杀伤力！"

"他很帅？我倒是没看出来他哪里帅。"苏叶一听马浩然这话，立刻嗤笑了一声，"那家伙的家里应该很有钱吧？光他那身衣服，最少也要几万块钱！"

马浩然没有接话，拳王也是憨憨地笑了一声，很显然，二人很默契地没有选择在这个问题上，与苏叶做深入的探讨。

似乎感觉到了马浩然和拳王的刻意回避，郑祺当即出言，岔开了话题，"小马，接下来，我们应该采取什么行动？"

"等！"马浩然略微沉思了片刻，这才继续说了起来，"等影帝回来，也等晚上，我尝试一下召唤'血腥玛丽'！"

"好吧！"郑祺轻声叹了一口气，"那我和小叶，还有小冉，就先回警局了。沈家辉那边有什么新发现，就打电话给我。等到了晚上，我们来找你，陪你去九号楼。那里毕竟是女生寝室楼，我们不在，你们也不太方便进去。"

马浩然朝着郑祺点了点头，随后便和拳王走进了食堂……忙活了大半天，影帝带着系花去吃西餐了，马浩然和拳王可还没吃饭呢！

第二章　分析

然而，郑祺却并没有着急离开，而是凝视着马浩然的背影，直到马浩然的身影，彻底消失在了郑祺的视线中，郑祺才移开了他的目光。

"郑队，你就这么相信马浩然这小子，还有他的两个室友？一个油嘴滑舌，一个榆木疙瘩，他们三个能行吗？"苏叶颇为不忿地嘀咕了一句。

听到苏叶的问题，郑祺的目光中也闪过了一抹茫然。不过，那一抹茫然的神色，也仅仅在郑祺的眼瞳中停留了一瞬间而已，下一瞬间，郑祺的眼瞳，便又恢复到了往昔的锐利，"我也不知道他们三个到底能不能行，但是，这件案子，我必须追查到底，除非，所有的线索都断了，我们查无可查的时候，我才会放弃。"

说到这里，郑祺突然转过了头，分别看了苏叶和冉潇一眼，郑重地说道："如果不能完美地解决这件案子，恐怕，会对组里的年轻警员产生负面影响，也会对这些还没有走出校门的未来警员，制造出心理阴影。所以，我们必须一查到底，直到查无可查！"

"我就知道你会这么说。"苏叶撇了撇嘴，"从我进入警局的第一天起，我爸就对我说，你是一个不撞南墙不回头，哪怕是撞了南墙也不回头的人！"

对于苏叶父亲的评价，郑祺只是淡淡一笑，"苏老还好吗？退休的这几年，应该很无聊吧？"

"老爸被大哥接出国了。"苏叶耸了耸肩道。

"苏老出国了？"郑祺颇为遗憾地说道，"我还想请苏老出手，帮我再验一次尸呢！"

"你的意思是，你不相信我的水平？"苏叶很不满地瞪了郑祺一眼。

"没有。"郑祺连连摆手，带着苏叶和冉潇离开了金陵警校。

不过，郑祺离开金陵警校的时候，脚步很乱，和他此刻的内心一样的乱。

也许，郑祺现在，真的只能像马浩然说的那样——等！

郑祺三人离开金陵警校没多久，马浩然和拳王便吃完了午饭，二人也没有什么事情可做，便径直回到了寝室。

回到了一号楼的四二零寝室之后，马浩然反手关上了寝室的防盗门。

二话不说，马浩然直接爬到了床上，准备小睡一下，毕竟今天一整天，他都在思考"血腥玛丽"杀人事件的案情，他的大脑此时正处于极度疲乏的状态，不如趁着影帝没回来，先让大脑放松一下。

"老大，你说，陈钰真的是被'血腥玛丽'的阴魂索了命吗？"拳王站在马浩然的床下，仰着头，一脸茫然地向准备睡觉的马浩然问道。

马浩然抬了抬眼皮，淡淡地看了拳王一眼，轻声言道："我不知道！"

说完这句话，马浩然便直接翻身。没多久，床铺上便响起了轻微的鼾声。

拳王见马浩然睡了过去，自然不会再打扰他，当即，拳王便在寝室里，自顾自地做起了单手俯卧撑……

包括马浩然和郑祺在内，所有人都在等，等着影帝的情报。

金陵市，玄武大街，浪漫西餐厅。

浪漫西餐厅在寸土寸金的金陵市，属于高消费的地方，尤其是包房，每一餐的最低消费都要八百八十八元，而此时，影帝和卢倩，就坐在这消费不低的包房里。

包房内的灯光很昏暗，但却极有情调。欧式真皮沙发柔软无比，用四支小型罗马柱支撑起来的餐桌上，摆满了牛排、沙拉等异域美食，还有两支燃着蜡烛的烛台，吊在穹顶的水晶吊灯上，不断闪映着烛火的光华，为包房内营造出了一种别具一格的浪漫气氛。

影帝和卢倩相对而坐，二人相谈甚欢。其实，影帝和卢倩，彼此对对方都已经有一定的了解，毕竟二人都算是学校的风云人物。

还有一点，也绝对不可忽视，那就是影帝的口才和亲和力，绝对是顶级的，他有一种能够让人放下戒备的魅力。这种魅力，对女生使用，效果更是加倍。

影帝一脸微笑地望着桌案上微微摇曳的烛火，很适时机地切入了主题，"你玩过'血腥玛丽'吗？就是那种点上两支蜡烛，然后招魂的游戏。"

通过桌案上的烛火，将话题延伸到'血腥玛丽'……其实，这也是影帝为什么会选择请卢倩来浪漫西餐厅的原因。因为影帝知道，这里的包房会提供烛光餐，而他，则可以利用烛火，将话题转移到'血腥玛丽'上面，就像现在。

卢倩闻言，微微愣了片刻，当即，卢倩的目光便落到了烛火上，似乎有些惧怕地缩了缩粉嫩的玉颈，小声说道："我当然听说过'血腥玛丽'，而且，我的室友陈钰，好像就是因为玩了'血腥玛丽'，才会死在一零一储物室里。"

"我今天起来得太晚，倒是没有听说过学校死人的事情……想不到，学校里竟然真的发生了这种灵异事件？"影帝立刻来了兴致，满脸好奇地继续追问道，"快说说，到底是怎么回事。"

"就是昨天晚上，陈钰去隔壁的储藏室召唤'血腥玛丽'，然后就死在了储藏室的卫生间，我也是今天回校的时候才听说的。"说完，卢倩还拍了拍胸脯，后怕地说道，"还好我昨天晚上回家住了，不然，我会被吓死的！"

"死的那个人，和你住一个寝室？那你们寝室的另外两个人呢？她们有没有告诉你一些特别的细节？比如，'血腥玛丽'长什么样子？"影帝非常惊讶地张大了嘴巴，"真是太刺激了，我也要试试！"

"你还是不要试了……我听周翠说，'血腥玛丽'很灵验的，陈钰就是成功的召唤到了'血腥玛丽'的阴魂，才被索了命！"卢倩心有余悸地说道。

"室友死了，你们一定很伤心吧？"影帝不动声色地问了一句。

卢倩闻言，倒是不屑地撇了一下嘴，"周翠才不伤心呢！陈钰整整欺负了周翠三年，我想，周翠现在应该很开心才对！还有李晓涵，提前被安排了工作，就好像她是天底下最优秀的人似的，在寝室的时候趾高气扬，还好她搬出去了。她现在应该还不知道陈钰死了的消息，如果李晓涵知道陈钰死了，我猜，李晓涵一定会回来，重新追求陆刚！"

"怎么？你的两个室友还抢过男朋友？"

"李晓涵之前追过陆刚，只不过陆刚没有答应。反过来，陆刚去追求陈钰，而且陈钰答应了陆刚，和陆刚确立了恋人关系，这才让李晓涵和陈钰结了仇。"

第三章　线索

"你们女生寝室，好像很复杂的样子……那你呢？和室友有矛盾吗？"影帝随口一问。

"我？"卢倩笑了笑，"我看不惯陈钰欺负周翠，也看不惯李晓涵盛气凌人，更看不管周翠的软弱性格，我和室友也只是维持表面和平罢了。"

"所以你经常回家住？"影帝笑吟吟地打趣道。

"与其虚伪地住在寝室，倒不如回家。"卢倩双手一摊，很直接地回了影帝一句。

其实，卢倩这句话，倒与她的为人，还真有那么几分相似，不做作，真性情，想和影帝出来吃饭，二话不说就跟着影帝走出了校园，倒不像其他女生，扭扭捏捏，故作姿态。

而且，也正是从听了卢倩的这句话之后，影帝才开始正视卢倩，而不是之前，始终抱着打探情报的心态在和卢倩交谈。

再说影帝，听了卢倩的这番话之后，他不由得多看了卢倩几眼，在烛火摇曳的光芒映照下，卢倩那张本就精致的俏脸，又平添了几分红晕。

"那你平时在学校里，岂不是没什么朋友吗？"影帝颇为好奇地问了一句。

"朋友倒不是没有，一二一寝室的两位姐姐，其实也很不错，但却算不上那种可以交心的朋友。"卢倩微微叹了一口气，"其实，我之所以会认识一二一寝室的那两位姐姐，也是因为之前那两位姐姐，王青和韩蒙，与陈

第三章 线索

钰发生过冲突，然后我去劝架，这才和她们认识的。"

"一二一寝室的人，应该和我一样，是大四快要毕业的学生吧？她们怎么还会和陈钰发生冲突呢？"

"其实也没什么，就是因为一些小事而已。有一次，陈钰欺负周翠，让周翠打扫寝室的卫生，陈钰故意为难周翠，把寝室里的垃圾袋直接用脚踢了出去，恰巧，垃圾袋滚到了王青和韩蒙的腿上，三人就吵了起来，当时吵得还挺凶，连宿管员都被引来了。"

"从那以后，陈钰和王青，还有韩蒙，就没再说过话，直到……应该是一周之前，我和王青，还有韩蒙，一起玩过'血腥玛丽'的游戏，虽然她们并没有成功地召唤到'血腥玛丽'，但却把陈钰的兴致勾了起来……"

"那天晚上，我们为了玩'血腥玛丽'的游戏，一直等到深夜，当然，我们最后谁都没有见到血腥玛丽，当我回寝室的时候，把已经睡着的陈钰吵醒了，我们两个就吵了几句。"

"不过，当陈钰知道我去玩'血腥玛丽'之后，就不和我吵了，反倒开始和我聊起了'血腥玛丽'，我就把'血腥玛丽'的游戏规则都说给她听，看她那跃跃欲试的模样，好像很感兴趣似的，谁能想到，她却死在了'血腥玛丽'的游戏中呢？"

卢倩一边说着，一边望着影帝，似乎有些不满地说道："你怎么不问问关于我的事情？怎么问的问题都是和其他人有关的事情？"

"哈哈……"影帝爽朗一笑，丝毫没有任何的尴尬，"那我问问你，你为什么会出来和我吃饭？"

卢倩眨了眨灵目，长长的睫毛一抖一抖，似笑非笑地望着影帝，说道："因为看你顺眼！"

"看我顺眼？"影帝先是一愣，旋即便哈哈大笑了起来。

不得不说，卢倩的回答，很符合她的性格。

之后，影帝并没有再继续追问有关一零二寝室和一二一寝室那几名女孩的事情，而是开始发挥他的长处，和卢倩天南地北地聊了起来，气氛很热烈。

一顿饭过后,时间已经到了下午两点半。

当然,影帝凭借出众的社交手腕和极讨女孩子喜欢的颜值,已经和卢倩相处到了一种非常熟络的地步了。不过,心中有事的影帝,并没有邀请卢倩进行下一场活动,而是直接拦了一辆出租车,和卢倩一起返回了金陵警校。

回到金陵警校之后,卢倩并没有返回寝室,而是直接去了图书馆。

因为隔壁储藏室刚刚死过人,死的又是卢倩的室友,所以,她自然不会再回去,只是为了等晚上的一堂选修课,卢倩才没有回家,而是选择返回学校。

卢倩去了图书馆,这也正中影帝下怀,因为,影帝现在满心都是刚刚从卢倩那里打探出的情报,他要在第一时间告诉马浩然。

将卢倩送到图书馆的正门,影帝便与卢倩交换了电话号码,又道了个别之后,卢倩才走进了图书馆,而影帝,则是马不停蹄地跑向寝室的方向。

"事情好像越来越扑朔迷离了。"影帝一边快速奔跑,一边情不自禁地呢喃自语起来,"按照卢倩所说,貌似一零二寝室和一二一寝室的人,与陈钰之间都发生过冲突,这么说来,如果这件案子真的不是意外,那岂不是说,所有人都有杀人的动机了?"

之前郑祺和马浩然等人勘查案发现场的时候,影帝并没在场,他自然不可能知道,马浩然已经下了定论,案发现场是一处不存在任何假设空间的绝对密室!

所以,影帝心中对于案件的理解,仍旧停留在最开始的程度,他并不知道,马浩然已经将他杀的可能排到了意外之后。

一号楼,四二零寝室内。

马浩然已经睡醒了,此时,正坐在写字台上,盯着那本泛黄的笔记本上所绘制的人际关系网,他那双深邃而明亮的眼瞳,古井无波,根本看不出任何的情绪波动。

拳王光着上身,露出了精悍的肌肉,一边坐在马浩然的身后,陪着马

第三章　线索

浩然一起盯着笔记本上的人际关系网，一边时不时地抬一抬头，看一眼时钟上显示的时间。

"老大，以影帝的手段，现在应该快回来了吧？"拳王似乎有些心急地问了一句。

"不急。"马浩然的声音很平淡。

就在二人话音落地之时，四二零寝室的防盗门外，突然响起了窸窸窣窣的钥匙开门声，紧接着，"咔"的一声响起之后，影帝的身影便直接闪进了寝室之中，顺便还把防盗门关上了。

影帝一回来，不仅将拳王的视线吸引了过去，包括向来喜怒不形于色的马浩然，也循着声音传来的方向，望向了影帝，甚至于，马浩然的眼中，还闪过了一抹期待，由此可见，马浩然对于影帝打探的情报，是多么的关注，多么的在意！

虽然马浩然将他杀的可能，排到了意外之后，但马浩然并没有完全否认，陈钰就是死于他杀，而不是意外。

所以，影帝的情报，马浩然还是很在意的，说不定，这些情报会对马浩然产生帮助……

一进寝室，影帝便感觉到了两道炽热的目光。影帝也不着急了，反之，他慢条斯理地坐到了马浩然的身边，装模作样地整理了一下发型。

一见影帝如此不急不躁，不紧不慢，马浩然自然不会有什么反应，但拳王却坐不住了。

当即，拳王直接伸出了手，推了影帝一下，急切地追问道："你到底问出什么线索没有？"

"你认为，我是那种无功而返的人吗？"影帝得意扬扬地朝着拳王甩了甩头，旋即，影帝也不再卖关子，直接把他从卢倩那里问到的情报，尽数说给了马浩然听。

影帝这一说，足足说了半个多小时，可谓是极尽详细，甚至连卢倩当时的心理，影帝都彻头彻尾地分析了一遍。不过，卢倩的心理活动，与"血腥玛丽"杀人事件并没有任何关系，只是影帝单方面地在吹嘘他如何有魅力的一种铺垫而已。

把整件事复述一遍之后，影帝还不忘加上他自己的看法，"老大，按照卢倩提供的情报来分析，貌似李晓涵、周翠、王青、韩蒙，甚至是卢倩本人，都有动机杀人。"

"杀人……"马浩然缓缓地摇了摇头，"其实，她们之间的恩怨，根本不足以上升到杀人害命的程度，从某种方面来说，这些情报，以及她们和陈钰之间所发生的冲突，根本构不成杀人动机，最多，也就是同学之间的小冲突而已。"

"呃……那我岂不是白忙了一下午？"影帝有些垂头丧气地嘀咕了一声。

马浩然没有去接影帝的话，只是自顾自地盯着笔记本上画着的那张人际关系网，口中还不断地轻吟自语道："无法构成的杀人动机……无迹可寻的绝对密室……是他杀？还是意外？"

马浩然那双漆黑的剑眉，下意识地拧到了一起……

其实，马浩然的脸上，很少会露出这种愁眉不展的表情，甚至，马浩然的脸上几乎都不会出现任何表情，就仿佛，他永远那么平淡从容似的。

可是，如今的马浩然，却是下意识地拧紧了眉毛，这就证明，陈钰这件案子，的确是带给了马浩然太大的压力，尤其是那种根本无证可查、无迹可寻的感觉，更是让此时的马浩然，产生了一种好像窒息般的感觉。

忽的，马浩然眉头一松，脑中仿佛灵光一闪，他似乎捕捉到了什么，便听马浩然不断地喃喃自语道："构不成杀人动机的冲突……"

望着犹如梦呓一般的马浩然，影帝和拳王几乎是同时收回了定格在马浩然身上的目光，转而，二人相互对视了一眼，下一刻，二人差不多是异口同声地，出言向马浩然茫然地问道："老大，你自言自语地在那说什么呢？"

马浩然的思绪，被影帝和拳王的声音拉回到了现实。

旋即，马浩然终于将他的目光，从笔记本上移开，分别看了影帝和拳王一眼，这才轻声说道："虽然陈钰的这件案子，属于意外的可能性很大，

第三章 线索

但根据陈钰生前复杂的人际关系来分析,也不能完全否认他杀的可能。如果换一种思维,用逆向思维的方法去推理,说不定凶手一开始,根本就没想要杀死陈钰,就像我刚才说的那样,那些人的杀人动机,根本不成立,她们之间的冲突,也根本无法构成杀人动机。"

"如果按照我的逆向思维去推理,陈钰的死,很有可能是意外中的凶杀,凶杀中的意外!"马浩然的双眸之中,精芒一闪,又补充了一句,"当然,我的所有推理,都是基于陈钰是死于他杀,而非意外!"

听了马浩然的话,影帝和拳王又相互对视了起来,而这一次,二人眼中,只剩下了无限的茫然……很显然,影帝和拳王,并没有听懂马浩然刚才所说的什么意外的凶杀和凶杀的意外。

读出了影帝和拳王眼中的迷惑和不解,马浩然的脸上并没有出现任何的表情变化,只是淡淡地对二人解释道:"我之前说过,她们和陈钰之间的仇恨,根本不足以促使她们去杀死陈钰,也就是所谓的,无法构成杀人动机。"

"然后是我的逆向分析:如果陈钰真的死于凶杀,而并非意外,那么,这些无法构成杀人动机的嫌疑人,会不会根本就没想过要杀死陈钰呢?"

"老大,既然那些人没想要杀死陈钰,那陈钰是怎么死的?只有一种解释,意外!"影帝撇了撇嘴道。

"不对!"马浩然摇了摇头,沉声说道,"虽然她们没想过杀死陈钰,但是,她们可以吓一吓陈钰,给陈钰一点小教训,而想吓陈钰的方法有很多,比如风靡金陵警校的招魂游戏,'血腥玛丽'……然后,这才引出了后来,陈钰死于召唤'血腥玛丽'的过程之中,而且,陈钰很有可能就是受到过度惊吓,而导致心搏骤停。

"当然,陈钰的死,也完全出乎凶手的意料之外,因为凶手根本不想杀她,只想吓她而已,这就是我刚才所说的,意外的凶杀,凶杀的意外!

"一切的解释都很合理。'血腥玛丽'的游戏,心搏骤停的死因,无法构成的杀人动机,复杂的人际关系网,意外的凶杀案件……如果陈钰真的是死于他杀,那么,我的推断,只能是唯一的解释!"

马浩然越说声音越大,说到最后,他甚至都情不自禁地握起了拳头。

王青和韩蒙,是几人之中最先玩'血腥玛丽'的人,当然,还有卢倩,而且,是卢倩将'血腥玛丽'的规则告诉了陈钰,这三人的嫌疑最大,尤其是卢倩,稳居首位!

再说王青和韩蒙,也不排除二人故意找关系比较密切的卢倩来一起玩"血腥玛丽",目的就是想通过卢倩,将"血腥玛丽"的事情传到陈钰的耳中,二人的嫌疑次之。

然后是周翠,卢倩说过,是周翠告诉她,陈钰成功地召唤了"血腥玛丽",并且死于"血腥玛丽"之手,这算是混淆视听的一种手段,所以,周翠也不能排除嫌疑。

最后是李晓涵和陆刚,这二人在整件案子之中,几乎没有任何的闪光点,就好像,这件案子好像与二人有某种关联,又好像与二人没有任何关联,给人一种徘徊在嫌疑之外,但有时候,又不得不将二人拉入嫌疑之中的感觉。

马浩然在心中,疯狂地模拟着无数个不成熟的设想……

"老大,那你能确定,陈钰是死于他杀,而并非意外吗?"影帝听了马浩然的话之后竟然情不自禁地皱起了眉头,因为,如果马浩然刚才所说的都是事实,那么,最值得怀疑的人,就是卢倩,是她向陈钰透露了有关"血腥玛丽"的事情。

卢倩……在影帝的潜意识之中,她是影帝最不希望在嫌疑人的名单上出现的人。

"如果老大的分析是正确的,那么,凶手是用什么方法吓死陈钰的呢?"拳王憨憨地问了一句。

可是,拳王的问题,却是一针见血地指出了马浩然对整个事件分析的死穴……马浩然根本想不出来,凶手在没有任何假设空间的绝对密室中,用什么方法来吓死陈钰的。

如果马浩然无法解开拳王提出的问题,那么,马浩然刚才所说和所想的一切推理,就都是不成立的,陈钰,依旧最有可能死于心搏骤停的

第三章　线索

意外。

拳王的话，就像一座大山，再次压在了刚刚获得喘息之机的马浩然心头。

不过，马浩然对此，却并没有表现出任何的异样情绪，他的脸上，依旧没有表情，他的内心，依旧在不断地疯狂假设，疯狂模拟……

如果马浩然的疯狂推断成立，陈钰是死于他杀，而并非意外，那么，凶手究竟是用什么方法，在那处没有任何假设空间的绝对密室中，杀死，或者是吓死了陈钰？

马浩然没有开口回答拳王的问题，因为，他现在根本就不知道答案。

见马浩然不言语，拳王和影帝相互对视了一眼，最后，由影帝开口对马浩然说道："老大，我们目前掌握的线索太少，你想不出凶手的杀人手段，也是正常的，不用太在意。"

影帝知道，马浩然虽然没有表露出任何急躁的情绪，但他的内心，绝对是焦急的，影帝只是想安慰一下马浩然……

打个比方，你要去某处陌生的地方，而且你已经知道了有一条路会直接通向那处地域，可当你循着路标，找到了那条路之后，你却突然发现，那条路其实根本就不存在，或者，路标指引的方向，是完全错误的，你眼前的这条路，根本不是你心中所想的那条路。这种心情，大家应该能想象出来。

而马浩然此时，就是这种心情！

马浩然明明已经在心中，将凶案的整个过程都模拟了出来，可是，他却偏偏想不出凶手的杀人方法，如果想不出凶手的杀人手法，那么，马浩然所做的一切推断，就都是虚幻的，陈钰死于谋杀这条推断，依旧无法站稳脚跟，整个案件，也就又回到了原点，也就是陈钰，到底是死于他杀，还是意外？

就在这时候，憨憨的拳王又开口了，"老大，你说，我们用不用重点调查一下李晓涵和陆刚？"

马浩然没有说话，只是回过头望向了拳王，而另一边，影帝却是直接开口问道："为什么要重点调查陆刚和李晓涵？"

"老大刚才不是说过吗？如果陈钰真的是死于一场意外的谋杀，那么，李晓涵和陆刚的嫌疑是最小的。"拳王没心没肺地笑了一声，"电影里不都是这么演的吗？最没有可能成为凶手的人，其实就是凶手。"

"被你打败了。"影帝闻言，立刻高举双手，做出投降的动作，颇为无奈地说道："我们现在面对的是真实案例，而不是拍电影。"

影帝话音刚落，马浩然便突然出言道："拳王说的不无道理，可以先重点调查一下陆刚和李晓涵，而且，这两个人让郑队长去调查，因为这两个人，是影帝不太方便接近的人。"

"陆刚不是女孩子，影帝没有太大的优势，就算影帝能在短时间内和陆刚成为朋友，我想，陆刚也不会对影帝透露太多有关他和陈钰的事情。

"还有李晓涵，她应该已经参加工作了，影帝接近她，不太方便，毕竟工作的束缚太大，和学校是完全不同的两个世界。"

说完这番话，马浩然便自顾自地拿出了手机，直接拨通了郑祺的电话。

电话里的忙音还没响几声，便被郑祺接通了。

马浩然也不和郑祺废话，开门见山地对郑祺说，让重案组出面，帮忙调查陆刚和李晓涵，而郑祺也是爽快人，直接应下了马浩然的要求。

简单地和郑祺交谈了几句之后，马浩然便挂断了电话，随后，马浩然看了看外面已经接近黄昏的天色，轻声言道："走吧，去吃饭！等到午夜十二点，我要去九号楼的一零一储藏室，尝试一下召唤'血腥玛丽'！"

"老大，你真的要去召唤'血腥玛丽'？"拳王瞪起了眼睛，有些不敢相信地说道，"我还以为，你只是说说而已。"

"老大是什么人？一言九鼎，言出必行！"影帝撇嘴，对拳王说道，"老大说过的事情，什么时候没有兑现过？"

言罢，影帝又转过头，望向马浩然，道："老大，你可千万要小心，万一你有什么不测，咱们这案子，也没法继续查下去了。"

马浩然听了影帝的话，那张仿佛没有表情的脸庞，突然浮上了一丝淡淡的笑意，"你真的相信，'血腥玛丽'存在吗？我不相信！我这次去案发

第三章　线索

现场召唤'血腥玛丽',主要是想在现场,亲身模拟一下陈钰案发之时的情况。有许多细节,只有在案发现场亲身体验,模拟死者,才会发现一些蛛丝马迹。"

听了马浩然的话,影帝和拳王又相互对视了一眼,不过,二人的眼神,却是截然不同。

憨厚的拳王,满眼尽是担忧,他担心马浩然会像陈钰那样,在召唤"血腥玛丽"的过程中突然死亡。说实话,来自西北偏远地区的拳王,对于鬼神之说,还是很敬畏的。

而影帝,他的眼神之中,却是流露出了满满的期待。别误会,影帝可不是期待和案件有关的事情,影帝主要是期待今夜召唤"血腥玛丽"的地点,没错,就是在九号楼的女生宿舍楼!

试想一下,大半夜去九号楼召唤"血腥玛丽",只是想一下,影帝就已经很兴奋了,那可是女生宿舍……

马浩然淡淡地扫了影帝和拳王一眼,尤其是影帝,马浩然格外地多看了几眼,随后,马浩然便开口轻言道:"今天晚上,我和苏叶警官去九号楼里面召唤"血腥玛丽",你们可以选择在九号楼外等我,也可以选择在寝室等我。"

马浩然一语,犹如当头棒喝,直接唤醒了仍在幻想的影帝,也如同一盆冷水,直接浇灭了影帝内心中刚刚燃起的小火苗。

"老大!"影帝立刻愁眉苦脸地望向了马浩然,装作很正派地说道:"召唤'血腥玛丽'这种危险的事情,怎么能让老大你自己去呢?那个苏叶警官,模样是不错,可她没什么战斗力,万一,我是说万一,如果'血腥玛丽'真的出现了,苏叶根本就保护不了你,所以,我觉得,我有义务陪老大进入九号楼,一起召唤'血腥玛丽'……"

影帝这番话说得是义正词严,甚至连表情都很到位,完全摆出了一副一切都为马浩然着想的架势。

可是,马浩然非常了解影帝,他知道影帝的心里在想什么……

当即,马浩然轻轻地摆了摆手,对影帝说道:"如果你认为苏叶警官保护不了我，如果你真的担心我的安危，那好，让拳王陪我进去吧，他比较能打一些。"

马浩然一句话，直接呛得影帝无言以对……

"走吧，先去吃饭！"马浩然瞥了影帝一眼，又挥了挥手，这才当先走出了四二零寝室，随后，拳王也跟上了马浩然的脚步，只有影帝，露出一副欲哭无泪的表情。

离开了一号寝室楼之后，马浩然三人便直接朝着食堂的方向走去。

一路无话，马浩然三人走进食堂之后，便分头各自去买晚饭，随后，三人又聚到了一起，选了一张比较靠边的桌子，一边吃饭，一边闲聊了起来。

"老大，真的不需要我陪着你一起去召唤'血腥玛丽'？"影帝将一块红烧肉放进嘴里，不甘心地追问了马浩然一句。

马浩然轻轻地抬了抬眼皮，只是淡淡地瞥了影帝一眼，随后，马浩然一言不发地继续吃起了饭。

在马浩然那里碰了一个软钉子，影帝便将心中的不爽，全都发泄到了眼前的饭菜上，他便狼吞虎咽起来。

一顿饭，很快便吃完了，马浩然三人也陆续走出了食堂，不过，三人却并没有直接返回寝室，而是去了学校的超市，买了两根红蜡烛，之后，三人便直接走到了九号楼之外。

马浩然在九号楼外，随意找了一棵树，便与影帝和拳王，三人各怀心思地坐在了树下。老实的拳王，心中自然是担心马浩然，而影帝，则是在欣赏来来往往的女学生，至于马浩然，他又翻看起那本泛黄的笔记本，全神贯注地盯着笔记本上记载的资料，尤其是有关召唤"血腥玛丽"的那段记载。

就在这时候，马浩然口袋里的手机，突然响起了一阵急促的铃声，马浩然被迫停下了大脑的疯狂运转，从口袋里掏出电话，一看，是郑祺的手机号码。

马浩然没有犹豫地接通了电话，随后，电话的另一边，便传来了郑祺

第三章　线索

略带凝重味道的声音："小马，你在哪？"

"我在九号楼外。"

"等我，我们马上就到！"

简短的三句话之后，郑祺便挂断了电话，而马浩然也无心再看笔记本上记载的资料了，干脆坐在那里静等郑祺。

大概过了十几分钟的光景，郑祺、苏叶和冉潇三人，便从远处快步朝着马浩然这边走了过来。

待到郑祺等人走到马浩然的身边之后，郑祺便很随意地坐到了马浩然身边的一块景观石上，冉潇和苏叶则是一左一右地立在郑祺的身后。

冉潇倒是还好，分别和马浩然三人打了一声招呼，但苏叶，却是很干脆地选择了无视马浩然三人，连招呼都懒得打。

当然，对于苏叶的态度，马浩然三人经过这一天的相处，已经有些习惯了，苏叶不太喜欢马浩然和影帝，这是大家心照不宣的秘密。故而，马浩然三人也没有和苏叶打招呼。

郑祺颇为为难地看了一眼苏叶，不过，郑祺很快又将视线转回到马浩然的身上，颇为凝重地说道："小马，我们已经调查过李晓涵和陆刚了。这两个人，好像真的没有太大的嫌疑。

"先说李晓涵。

"案发之时，李晓涵已经回了家，整夜都没有走出家门，虽然李晓涵的父母，因为直系亲属关系不能充当李晓涵的证人。但是，小冉刚才查了李晓涵居住的小区的监控设备，李晓涵所住的那栋楼的监控设备中，整夜都没有出现过李晓涵的身影，也就是说，李晓涵没有作案的时间。

"再说陆刚，小冉也查了陆刚所在的一号宿舍楼的监控，同样，根据监控设备的录像显示，陆刚晚上八点左右进入一号楼，就再也没出来过，直到第二天，我们警队的人进入金陵警校之后，陆刚才匆匆走出一号楼，他同样没有作案时间！"

说完这番话，郑祺不由得叹了一口气，看来，这件诡异的"血腥玛丽"杀人事件，的确带给了郑祺很大的压力！

不过，对于郑祺所说的这番话，马浩然的脸上并没有露出任何吃惊的神色，他依旧平淡如水，就好像郑祺调查出来的结果，在他意料之中那般。

"其实，我让郑队长帮忙调查陆刚和李晓涵，也是无奈之举。我只是抱着不放过任何一丝线索的心态，在调查这二人而已。"马浩然平静地说道，"这件案子，已经将我们带入到了死局之中，想要破局，就需要求变，而那些嫌疑人中的每一个人，都是我们求变，或者是破局的关键环节。只要有一个突破口被我们找到，那我们离破局，也就不远了。"

"我明白你的想法……"郑祺微微摇头，他似乎并不想让话题在陆刚和李晓涵这两个人身上停留太久，因为，相比于李晓涵和陆刚，郑祺更加好奇"血腥玛丽"。

当即，郑祺便岔开了话题，向马浩然问道："对于今夜召唤'血腥玛丽'的事情，你有什么想法？"

被郑祺这么一问，马浩然便直接将他在寝室中对影帝和拳王说过的话，重新给郑祺复述了一遍，几乎就在马浩然话音落地的同一时间，郑祺便立刻赞同地朝着马浩然竖起大拇指，尤其是马浩然那句"身临其境和模拟死者"，更是得到了郑祺的大加赞赏。

"你想让我们如何配合你？"郑祺满怀期待地对马浩然问道。

"我想，让苏警官陪我进九号楼，然后，苏警官在储藏室外等我，我自己进去，完成召唤血腥玛丽的仪式。"马浩然继续说道，"你们都在九号楼外等我，毕竟那里是女生宿舍，人去多了，会不方便。"

马浩然话音刚落，苏叶便立刻转过了头，盯着马浩然，看她的架势，倒是想拒绝马浩然的要求。

"好！"在苏叶开口之前，郑祺便直接一口应下了马浩然的要求，根本不给苏叶和马浩然较劲的机会，"小叶，你去找宿管商量一下，让小马进去，如果宿管不放心的话，就和你一起在储藏室外等小马。"

见郑祺开口，苏叶也不好再说什么，只能赌气似的，独自走进了九号楼，去和宿管商量午夜马浩然进入女生寝室楼的事情。

没多久，苏叶便从九号楼里走了出来，她没有开口说话，只是朝着郑

第三章 线索

祺点了点头,示意她已经和宿管谈好了。

解决了宿管的事情,马浩然等人的召唤"血腥玛丽"的计划,也就没什么阻碍了,现在,只等时钟走到午夜十二点了。

等待,是一件很难熬的事情。好不容易,马浩然等人熬到了深夜十一点五十分,当即,众人几乎是一路小跑地奔到了九号楼外。

郑祺等人满眼期待地目送马浩然和苏叶一前一后地走进了九号楼,他们现在能做的,也只有继续等待而已了。

花开两朵,各表一枝。

马浩然和苏叶走进了九号楼之后,才发现整个一楼出奇的安静,也不知道是因为那些学生都睡着了,还是因为储藏室刚刚死过人,大家都搬了出去。

寂静无声的九号楼正厅,仿佛被一种无形的压力笼罩起来,马浩然倒是没什么,只是一步不停地走向了最里面的储藏室,而跟在马浩然身后的苏叶,则是情不自禁地打了一个激灵,她的心中,也不由得浮上了"血腥玛丽"四个字……

苏叶的心,始终都在加速跳动着。她跟着马浩然,借着走廊内微弱的灯光,走到了储藏室门前的时候,她的心跳就更加剧烈了,就仿佛,在防盗门的另一边,隐藏着一只索命的阴魂似的……

这时候,马浩然回身看了苏叶一眼,但他并没有出言打破一楼的沉寂气氛,而是目视苏叶,又指了指储藏室的钥匙孔,示意苏叶打开储藏室的防盗门。

苏叶深深地吸了一口气,旋即,便从身上掏出了那把事先准备好的钥匙,打算将其插入防盗门的钥匙孔中。

可是,插钥匙开门这个动作,苏叶做了三次才完成,可见此时苏叶的内心非常的紧张!

当防盗门锁发出了"咔"的一声脆响之后,整个一楼的宁静气氛都被打破了。那道开锁声,异常清脆地在一楼回荡开来,犹如绕梁之声,久久不绝。

随后，苏叶又深深地吸了一口气，猛地一用力，直接拉开了防盗门。

吱呀……

而之前那道开锁的声音，被这道"吱呀"声，完全掩盖了，储藏室的防盗门，发出了一道痛苦的呻吟声，响彻一楼。

就在防盗门被打开的一瞬间，还有一阵阵阴冷的气息，直接扑面而来，惊得苏叶连退数步……

不得不说，神秘的午夜，寂静的环境和诡异的声音，都容易给人造成一种莫名其妙的恐慌，尤其是，苏叶打开防盗门之后，还迎面扑来了一股凉风，更是直接让苏叶陷入到了一种说不清楚的恐惧之中，所以，苏叶才会被惊得连连后退。

人对于未知事物的恐慌，远比想象中的更加强烈。

此时的储藏室，便是如此……且不说马浩然即将准备召唤"血腥玛丽"，单说白天死在这里的陈钰，便已经给苏叶造成了不小的心理压力！

可是，相比于苏叶，马浩然就淡定了许多，由始至终，马浩然的脚步都没有挪动分毫，甚至连他那张俊秀的脸上，都没有出现过任何的表情。

"苏警官，我自己进去就可以。因为，召唤"血腥玛丽"的首要条件，就是独自一人，进入封闭的空间。"马浩然微微侧过头，望向苏叶，淡淡地说道，"你在这里等我，或者，你也可以选择出去，和郑队长他们一起等我。"

"我在这里等你！"苏叶恨恨地咬了咬牙，下意识地脱口而出地说出了这句话。

因为，苏叶不想在马浩然面前丢脸，尤其是，苏叶非常看不惯马浩然，所以，她就更加不能退了，就算是硬撑，苏叶也要撑到马浩然完成召唤"血腥玛丽"的仪式之后，再和马浩然一起离开九号楼。

马浩然只是淡淡地看了苏叶一眼，他并没有多说什么，旋即，马浩然便握着两根红烛，义无反顾地走进了幽暗阴森的储藏室。

砰！

一道极其轻微的关门声，陡然在九号楼的走廊内炸响。其实，这道关

第三章　线索

门声并不太大，只是因为九号楼的走廊太安静了，所以才把这道关门声凸显得无比巨大！

这时候，马浩然走进了储藏室，关上了防盗门，走廊里，只剩下了苏叶自己，还有那不断回响在走廊里的关门声……

苏叶情不自禁地打了一个冷战，退到了一二一寝室的墙边，后背紧贴在墙壁上，好像生怕身后会出现某种生物似的。

再说储藏室内。

马浩然走进了熟悉又陌生的储藏室之后，并没有打开储藏室的灯，甚至连看一眼储藏室内部的情景都没有，他只是在第一时间迈着稳健的步伐，走进了卫生间，然后，马浩然反手关紧了卫生间的门。

此时此刻，寂静的储藏室内，封闭的卫生间中，只有马浩然一人而已。

可是，马浩然的脸上却依旧没有任何的表情，只是随手将两根红烛分别摆放在了镜子前方的洗漱台上，然后，他伸出了手，从怀中掏出了打火机，依次将那两根红烛点燃。

顿时，封闭的卫生间内，立刻闪现出了两支微弱的烛火，将马浩然的脸照得通红，同时，还将这一幕映入了那面通墙的镜子之内。

说实话，此时的场面，真的有些诡异。现实中的马浩然，冷漠，平静，不苟言笑，而镜子中倒映出的马浩然，却是神秘，冰冷，脸上泛着诡异的烛光……

马浩然盯着镜子中的自己看了一阵，缓缓地抬起了手臂，去摸门把手的位置，可是，当马浩然的手掌摸到门把手之后，他突然愣住了……

"原来卫生间的门锁已经坏了，怪不得陈钰当时没有反锁卫生间的门！"马浩然望着破损的门把手，喃喃自语道。

说完这番话，马浩然便不以为然地摇了摇头，随后，他又将目光定格在了镜子中的自己身上。

马浩然深深地吸了一口气，然后将其吐出，定了定神之后，马浩然这才缓缓地闭上双眼……他，已经准备开始召唤"血腥玛丽"了！

按照召唤"血腥玛丽"的程序，独自一人走进密封的卫生间，然后在镜子两侧摆上两支点燃的红烛，随后，面向镜子，闭上眼睛，在心中默念三声"bloody mary"，最后，当召唤者睁开双眼的时候，镜子中便会出现几种不同的情景……

镜子中会出现"血腥玛丽"的脸，或者，是一双血红的眼睛，又可能，镜子或者墙壁中，会有鲜血渗出，还有另外一种可能，那就是，召唤者会被"血腥玛丽"拉入镜子之中！

不过，马浩然似乎不在乎这几种结果，他只是心无旁骛地在心中，默默地念起了"bloody mary"这个英文名字……

一遍……

两遍……

直到马浩然在心中轻声念出了第三遍"bloody mary"这个英文名字之后，缓缓地睁开了双眼……

值得一提的是，马浩然在睁开双眼之前，眼皮毫无征兆地轻轻跳动了几下，这说明，马浩然此刻的内心，还是有些莫名其妙的紧张的。

而当马浩然睁开了双眼之后，首先，映入马浩然眼帘的，仍旧是镜子中那张熟悉但却有些诡异变化的脸庞，也就是他自己的那张脸！

镜子中，并没有出现所谓的"血腥玛丽"和血红眼睛，墙壁上也没有渗出鲜血，马浩然更是平平安安地站在卫生间中，没有被"血腥玛丽"拉入镜子之中。

不过，从马浩然从容淡定的表情来看，这一结果，似乎早就在马浩然的预料之中。

凝视着镜子中的自己，马浩然忽然轻轻地皱起了眉头，口中还不断地自言自语，好似念经那般地嘀咕了起来……

"陈钰当时应该和我一样，并没有召唤到所谓的'血腥玛丽'，可是，监控录像中，陈钰明明发出了惊叫声……

"在召唤'血腥玛丽'的整个过程中，只有闭上双眼，默念名字之后，再睁开双眼的那一刹那，才是神经最为紧张的时刻，就连我，也有一点小紧张，那就更不要说陈钰了！

第三章　线索

"人类对于未知事物的恐慌程度，是深不见底的，是无可预料的。而睁开双眼的那一瞬间，恰巧，会将人类对于未知事物的恐慌，无限提升到一种难以预料的高度。当时的陈钰，应该很害怕，她害怕"血腥玛丽"会真的出现在镜子中。

"而且，闭眼在心中默念三声名字，就算念得再快，也需要四五秒钟的时间，在这段时间中，人类的眼睛，已经适应了闭眼之后的光线，等到陈钰再次睁开双眼的时候，她的视觉神经必须重新适应眼前的烛火光亮。就在这一瞬间，陈钰一定会迫不及待地望向镜子，这时候，镜子中所倒映出的人影，会因为视觉神经还没有完全适应卫生间内的光照，而产生一定的偏差。也就是说，在那一瞬间，镜子中的我，或者是陈钰，会出现某种自然现象的变化。比如说，脸色变暗，或者变亮，变青，变红，都有可能。

"难道，陈钰是被睁开双眼之后所看到的镜子中的自己吓死的？

"这不太可能。

"不管怎么说，根据我亲身体验的结果，我几乎可以认定，镜子，一定是本案的关键！

"召唤'血腥玛丽'的整个过程，只有在闭眼和睁开眼的那一刹那，才会形成一种特定的惊吓环境，而召唤者，不论是我还是陈钰，在睁开双眼的第一时间，一定会首先盯着镜子看，这是人的本能和天性！

"陈钰一定是从镜子中看到了某种事物，这才会发出惊叫声，进而被吓死。

"可是，陈钰到底在镜子中看到了什么？"

马浩然皱着眉头，凝视着镜子中的自己，在这一刻，马浩然倒是真的希望，镜子中能出现一种足以吓到他的脸，比如说，"血腥玛丽"。

可是，马浩然这种想法，是徒劳的。他盯着镜子足足看了五分钟，镜子中依旧只有他自己而已。"

马浩然深深地看了那面镜子一眼，若有所思地轻声嘀咕了一句："镜子……"

说完这句话，马浩然便吹灭了蜡烛，并且将其拿在手里，这才打开卫生间的门，走了出去。

马浩然没有任何停留，离开卫生间之后，便直接打开了防盗门，走出了储藏室。

走廊中，苏叶满脸警惕地靠在墙上，目不斜视地盯着储藏室的防盗门，直到储藏室的防盗门突然被打开，苏叶下意识地又打了一个激灵。

当马浩然从储藏室中走出来的时候，苏叶那颗悬着的心，也终于放了下来。

虽然苏叶很讨厌马浩然，但在此时，马浩然的出现，却给了苏叶极大的安全感。最起码，苏叶身边还有马浩然这个活人在，而不是独自一人，身处环境诡异的走廊之中。

"怎么样？"苏叶似乎想用说话的方式来驱散心中的恐慌，在马浩然反身关上储藏室防盗门的第一时间，苏叶便轻声地出言问向马浩然。

马浩然看了苏叶一眼，并没有说话，而是缓缓地朝着苏叶摇了摇头，随后，马浩然便迈出了步子，朝着九号楼外走去。

苏叶见状，连忙跟上了马浩然的脚步，仿佛生怕马浩然会把她丢在这里似的。

就这样，马浩然和苏叶一前一后地离开了九号楼，而此时，郑祺等人见马、苏二人从九号楼中走了出来，当即便将二人围住了，简单地说，是将马浩然围住了。

"小马，有什么新发现吗？"郑祺迫不及待地开口问向马浩然，那双明亮的眼瞳之中，充满了期待。

马浩然没有回答郑祺的问题，而是缓缓地抬起了头，仰望苍穹中的点点星辰，似乎是在思索着什么。

郑祺等人很默契地选择了保持沉默，因为，大家不想打断马浩然的思绪。

大概过了半个小时的时间，马浩然的目光才从苍穹之上的点点星辰中移开。转而望向了郑祺，忽的，马浩然微微地扬起了嘴角，露出一抹既苦涩又无奈的微笑……

第三章 线索

"郑队长,我好像发现了一些重要的线索,但又好像没有抓住它,我需要一段时间来沉淀。"马浩然笑过之后,那张俊秀的脸又恢复到了往昔的从容平静。

郑祺闻言,倒是没有多说什么,只是朝着马浩然轻轻地点了点头,又重重地拍了拍马浩然的肩膀,似乎是在暗示马浩然,这件案子需要他来一肩扛起似的……

"郑队长,我们先回寝室了,有线索,我会马上联系你的。"马浩然一边说着,一边自顾自地朝着一号楼的方向迈出了步子。

而拳王和影帝见状,和郑祺等人道了个别之后,便快步跟上了马浩然的脚步。

在月光的笼罩下,马浩然三人并肩而行,逐渐地,三条身影也缓缓地消失在了郑祺的视线之内……

马浩然三人离开之后,苏叶极其不满地撇了撇嘴,对郑祺抱怨道:"队长,你就真的那么相信那几个毛头小子?刚才在储藏室里,马浩然好像根本就没找到什么线索……"

苏叶的话还没说完,便被郑祺直接出言打断了:"小叶,我相信我的眼光,马浩然绝对不会让我失望的。他现在应该是陷入到了一种死循环的状态,还有那所谓的抓不住的线索。我相信,只要给马浩然一个契机,让他抓住那虚无缥缈的线索,那他的思绪,就会从死循环中挣脱出来。到了那时候,这件案子也就会真相大白了!"

郑祺说完,又深深地看了一眼马浩然消失的方向。随后,郑祺便带着苏叶和冉潇,离开了金陵警校。

沉寂的学院并没有因为马浩然召唤"血腥玛丽"的行动而产生一丝涟漪,它,依旧在沉睡……

夜,寂静,微凉。

一号楼,四二零寝室内。

离开九号楼,返到一号楼之后,折腾了一整天的马浩然三人也有些疲累,简单地洗漱一番,三人便各自上了床铺。影帝和拳王,很快便进入了梦乡，而马浩然，却是静静地躺在床上，仰望近在咫尺的天花板，久久不能入睡。

马浩然的脑中始终都在重复闪现着不久之前他站在案发现场，召唤"血腥玛丽"的场景。

陈钰到底在镜子中看到了什么恐怖的景象，竟然能导致她心搏骤停？

此时此刻，马浩然的大脑中，翻来覆去都是这个问题，因为，这个问题才是破解整个"血腥玛丽"杀人事件的关键！

夜，逐渐消逝……

朝阳初升，柔和的阳光均匀地洒遍大地。

一号楼，四二零寝室内。

影帝迷迷糊糊地从上铺爬了下来，睡眼蒙眬地走进了卫生间，没多久，卫生间内便响起了冲水声。

思维仍旧被浓重的睡意所占据的影帝，浑浑噩噩地打开了卫生间的门，这时候，影帝的身前，突然出现了一条影子。

这突然出现在影帝身前的影子，着实是吓了影帝一跳，甚至，连那浓重的睡意，在这一瞬间，都被那条突兀出现的影子，吓得烟消云散了。

影帝情不自禁地向后跳了一步，同时，口中还发出了一道惊愕的呼声，只不过，待到影帝看清楚那影子是谁之后，影帝也重重地吐出了一口气。

"老大，大清早的，你就和我开这种人吓人的玩笑，我还没睡醒呢，很容易被吓傻。"影帝轻轻地拍了拍胸口，对着悄无声息出现在卫生间门外的马浩然抱怨了起来。

没错，突然出现在卫生间门外的那条影子，正是马浩然！

此时的马浩然，双眼布满了红血丝，眼眶微微发黑，脸庞略显苍白，很显然一夜未眠。

话说回来，马浩然如此模样，也难怪影帝会被吓一跳！

"我以为你知道我在门外！"马浩然神色平静地说了一句。

"我怎么可能知道你在门外？"影帝继续抱怨道，"这门是死的，又不

第三章　线索

是玻璃，我在里面，怎么可能看见你？"

然而，面对影帝的抱怨，马浩然并没有出言反驳，而是怔怔地站在卫生间门前，好像着魔似的，如同梦呓那般，口中不断地念叨着一些影帝听不懂的话，"门是死的……看不见我……人吓人……吓傻……"

陡然间，马浩然仿佛想到了什么似的，卫生间也不去了，直接奔到了衣柜前，将那身睡衣换了下来，穿上了牛仔裤、半袖T恤，连脸都没有洗，便疯了一般地冲出了寝室。

马浩然风风火火地冲出了寝室之后，拳王那一听就根本没睡醒的声音，便从床铺上传了过来："影帝，老大干什么去？今天上午应该没课吧？"

"我哪知道？"影帝没好气地回了拳王一句。

被马浩然这么一吓，影帝睡意全无，这家伙索性也就不睡了，直接打开了电脑，开始了他的游戏生涯。

花开两朵，各表一枝。

就在拳王睡意正浓、影帝沉迷游戏之际，离开了寝室的马浩然，却是一刻也没有耽搁，跑出了一号楼之后，便直奔金陵警校的图书馆而去。

还好金陵警校图书馆的管理员很敬业，早在马浩然跑到图书馆之前，图书馆便已经开门了。

马浩然一路狂奔到了图书馆，在管理员惊诧的目光注视下，他没有任何的犹豫，直接冲进了图书馆最里面的一处角落之中。

马浩然站在高大的书柜之下，双目散发着锐利的光芒，不断地扫视着那些整齐摆放在书柜上的书。

值得一提的是，这处被安放在角落中的书柜，虽然一尘不染，但书柜上的书，却是落满了灰尘。很显然，这就代表，书柜经常有人打扫，但书柜上的书，却是很久都没有被人翻阅过了。

"金陵警校图书馆的书，我只有这个书柜的书没有读过，我想找的东西，应该就在这里……"马浩然梦呓一般，一边盯着书柜上的书，一边喃喃自语道。

大概看了十几分钟，马浩然的目光终于锁定在了一本书皮泛黄的陈旧图书之上，当即，马浩然直接伸手抽出了那本书，异常随意地坐在了地上，全神贯注地阅读了起来。

半个小时之后，马浩然直接将手中的书放到了地上，又抽出了另外一本看起来有些年头的老书，继续翻阅着……

五个小时过去了，马浩然仍旧一动不动地坐在图书馆的角落里，唯一不同的是，堆放在马浩然身边的书，却是越来越多。粗略一看，足有三十几本！

午饭时间，马浩然依旧没有动，继续翻阅书籍。

直到下午两点，经过差不多七个小时的奋战，马浩然终于停下了手上翻书的动作，终于从地上站了起来。

由于长时间坐在地上，导致马浩然的双腿有些不受控制，甚至于第一次起身，都没有站起来，双腿一软，直接又坐回到了地上，直到第三次尝试，马浩然才算真正地站直了身体。

不过，长时间的脑力劳动，好像并没有给马浩然带来任何的疲惫，相反，马浩然的嘴角上，却扬起了一抹不易察觉的微笑。

马浩然笑了，好像拨开阴云见明月那般绚烂。

将堆放在脚下的那些书籍整理了一番，马浩然按照之前的顺序，非常细致地将那些书籍重新摆放到了书柜上。最后，马浩然的手中，只拿着一本叫做《金陵刑警学院古记》的书，他缓步朝着图书馆借阅台走去。

马浩然走到图书馆借阅台前，将手中的书交给了管理员："您好，我想问一下，这本书，学校里有人借过吗？"

那管理员推了推厚厚的眼镜片，摸了一把好几天没有修过的胡须，做沉思状地盯着马浩然递过去的《金陵刑警学院古记》，略微回忆片刻，管理员才出言说道："应该没有人会借这种书籍吧？你看这书，封皮上还有灰尘呢……不对，我记得，不久之前，好像还真有一位同学借过这本书！"

"能麻烦您帮我查一下吗？这件事对我很重要！"马浩然异常郑重地对管理员说道。

管理员倒也没有拒绝马浩然，点了点头，算是应允了马浩然的要求。

第三章　线索

马浩然在他的大学四年之中，几乎整天都泡在图书馆里，与这管理员早就混熟了，而且那管理员现在反正也没事，倒不如帮马浩然一个忙。

说干就干，管理员应允了马浩然之后，便从抽屉里拿出了一个厚厚的文件夹，上面密密麻麻地记满了各种书名，什么时候，被什么人借走，等等。

又是半个小时的查找，最终，伴随着管理员的一道惊呼声，马浩然想要的答案，也正式揭晓了。

"在这呢！半个月前，还真有人借过这本书……我在图书馆也干了十几年了，想不到，还真有人会看有关咱们金陵警校的历史介绍的书……"管理员似乎有些不解，不过，不解归不解，管理员还是将那本登记册递到了马浩然的手上。

马浩然接过册子定睛一看，登记册上的确出现了一个他心中所想的名字：半个月前，借《金陵刑警学院古记》，一天后归还。

见到了登记册上借阅者的名字，马浩然脸上的笑意，又浓郁了几分。

和管理员道了一声谢之后，马浩然便借走了那本《金陵刑警学院古记》，走出了图书馆。迎着炙热的阳光，马浩然一边微笑，一边轻声自语道："原来如此……我差不多已经知道整个案件的过程了。现在，只需要找到实质性的证据，便可以解开'血腥玛丽'杀人事件之谜了！"

马浩然的心情似乎很不错，做了一个迎着阳光、拉伸胸膛的动作，仿佛在享受阳光的沐浴和新鲜的空气似的。

深呼吸了几次之后，马浩然便拿出了手机，直接拨通了郑祺的电话号码，忙音才刚刚响起，电话便被另一边的郑祺接通了。

"小马，是不是有什么新发现？"郑祺的声音很低沉，也很沙哑，似乎和马浩然一样，一夜未睡。

"发现了一些有意思的事情，不过，我还需要确认一下……"马浩然轻缓地对郑祺说，"我想去一下九号楼的一零二寝室，郑队长，能帮忙安排一下吗？"

"好！"郑祺一听马浩然的话，当即便应了下来，声音之中还隐隐透出一种莫名其妙的兴奋，"你去九号楼外等着我，我马上就去金陵警校！"

说完这句话，郑祺便挂断了电话，恰巧，这时候，影帝的电话打了过来。

马浩然接通了影帝的电话之后，便听影帝在电话的另一边嘀咕道："老大，这一整天你跑哪去了？给你发短信也不回，我们俩还等你一起去吃饭呢！"

"我在查一些资料。"马浩然淡淡地说道，"吃饭就先算了，你们去九号楼等我。我想，我可以尝试解开'血腥玛丽'杀人事件的谜了！"

第四章　原罪

听了马浩然的话，电话另一边的影帝明显一愣，足足沉默了四五秒的时间，影帝才回过神来，连连说道："好！我们这就去九号楼！"

影帝言罢，便挂断了电话，而马浩然则是扫了手机一眼，一边轻笑，一边自言自语地嘀咕道："影帝……似乎很担心她……"

马浩然口中的"她"，指的自然是卢倩，因为，凭借马浩然对影帝的了解，如果是平时，影帝绝对不会停顿那么四五秒钟，而影帝之所以会停顿，那是因为，影帝在担心，他担心"血腥玛丽"杀人事件会牵连到卢倩！

马浩然淡淡地笑了笑，随后，便朝着九号楼的方向，迈出了坚定的脚步。

九号楼外。

来来往往的女学生并不太多，也许是因为"血腥玛丽"杀人事件的阴影，并没有从九号楼内散去。

当马浩然出现在九号楼外的时候，影帝和拳王已经等在那里了，一见马浩然，二人立刻迎了上来。

拳王倒还好，只是好奇地追问马浩然一些有关案件的问题，影帝则是一反常态，出乎意料地保持沉默，只不过，他眉宇间那一抹淡淡的担心，却是被马浩然看在眼里。

马浩然深深地看了影帝一眼，忽的，马浩然的嘴角上浮现了一抹似笑非笑的笑意："影帝，你是不是喜欢上卢倩了？"

影帝听闻马浩然此言，不由得愣在当场，下一瞬间，影帝紧锁的眉头也松开了，释然地说道："老大，这你都能看出来？卢倩那小姑娘挺不错的，也是性情中人，和现在那些所谓的女大学生，的确不太一样！"

"我知道了！"马浩然一边说着，一边抬起了手臂，轻轻地拍了拍影帝的肩膀，别有深意地说道："没事的，放心吧！"

简单的六个字，却让影帝放下了心中的那块巨石。

就在这时候，郑祺那辆警车突然驶入了马浩然的视线之内。

警车稳稳地停在了马浩然等人的身前，随后，郑祺、苏叶和冉潇三人，便匆忙地走下了车。

同苏叶还有冉潇那种充满了好奇与怀疑的眼神不一样，郑祺的双眼中充满了期待，才一下车，他便迫不及待地对马浩然问道："小马，你是不是解开了案件的谜？"

"还有一些事情，需要进一步的确认，不过，我想，应该差不多可以结案了。"马浩然喃喃自语地轻声嘀咕了一句，"如果，我的推断没有错误的话……"

"我们需要如何配合你？"郑祺神色一凛，道。

"我想去一零一储藏室和一零二寝室调查一下。"马浩然说道。

郑祺没说什么，只是朝着马浩然点了点头，旋即便递给了苏叶一个眼神，苏叶立刻会意，当即便走进了九号楼内，应该是去和宿管周冬梅交涉这件事情。毕竟九号楼是女生宿舍楼，而一零二寝室又是女生寝室，于情于理，都不太方便。

众人没等多久，苏叶便从九号楼中走了出来："队长，我们可以进去，不过要周冬梅陪同才行，毕竟一零二寝室与一零一储藏室不同，那里是女生宿舍，属于半私人空间，如果没有宿管在场，会引来一些不必要的麻烦。"

苏叶说完这句话，郑祺便将目光投向了马浩然，马浩然倒是无所谓地点了点头，因为周冬梅是否在场，对于马浩然的推理，都没有任何的影响。

确定了相关事宜之后，马浩然、郑祺、苏叶、冉潇、拳王和影帝等一行人，便浩浩荡荡地奔赴九号楼。

九号楼内。

一楼仍旧很安静，甚至很少有人出入，不过，这些事情马浩然并不在意，一行人只是跟着等在正厅内的周冬梅，径直走到了走廊最深处，接着，周冬梅便用钥匙打开了一零二寝室和一零一储藏室的门。

马浩然并没有去储藏室，而是直接走进了一零二寝室，因为，这里才是马浩然最终的目标！

一零二寝室空无一人，应该是搬去别的寝室了，其实一零二寝室本来也不应该有人，陈钰死了，李晓涵已经离校工作了，卢倩又回家住，只剩下一个周翠……

再说马浩然，一进入一零二寝室之后，他甚至都没有朝寝室里面看一眼，便直接打开了卫生间的门，走进了卫生间……

一进入卫生间，首先映入马浩然眼帘的，便是一面几乎通墙的大镜子，和案发现场的那面镜子几乎没有任何的差别，只不过一零二寝室的镜子，要比储藏室的那面镜子厚了不少，而且整个镜体还被分割成了三段，边缘还用镶嵌瓷砖的白钢条包裹了起来。

马浩然不由分说直接走到了镜前的洗漱台边缘，蹲下身子，查看起了镜子的下边沿。镜子的下边沿，有明显的拼接叠摞的痕迹。也就是说，一零二寝室的这面镜子，是叠摞过的镜子，而且，除了最原始的镜面之外，上面还叠摞了两层。换言之，也就是露在最表面的那一层镜子，一零二寝室的这面镜子，足足叠摞了三层，而最外面的第三层，便被分割成了三段，然后用白钢条包裹住。

看到这里，马浩然的嘴角立刻扬起一抹自信的笑，当即，马浩然站起身转头目视郑祺等人，而郑祺等人则是一言不发，甚至是屏气凝神地盯着马浩然，仿佛生怕会打扰到他似的。

一时间，整个一零二寝室，都被一种异样的沉寂占据了……

就在这时候，马浩然突然出声打破了一零二寝室内的沉寂："我已经解开谜底了。其实，整件案子，包括凶手杀人的作案手法，都非常的简单，甚至简单到让我们不敢相信。只不过，我们需要许多线索来填充我们脑中的空白，就像一张白纸，如果不在上面涂抹勾画，它仍旧只是一张白纸而已。但如果，经过了我们所掌握的那些线索的填充，这张白纸就变成了一纸罪状，杀人的罪状！"

马浩然的话音刚落，郑祺便若有所思地反问马浩然一句，"这面镜子，有问题？"

马浩然没有直接回答郑祺的话，而是转而问向了宿管周冬梅，道："周阿姨，这面镜子，你知道是怎么回事吗？为什么会叠摞了三层之多？"

"这我就不太清楚了……"周冬梅皱着眉头，露出思索状。

虽然周冬梅没有回答出马浩然提出的问题，但马浩然脸上的笑容却是丝毫不减。

当即，马浩然朝着拳王招了招手，拳王会意，立刻走到了马浩然的身边，只见马浩然在拳王的耳边不断地耳语着什么，最后，拳王直接瞪起了眼睛，目瞪口呆地望着马浩然，一时间，他竟然不知道该说什么好了。

"去吧！"马浩然拍了拍拳王的肩膀，将拳王半推出了一零二寝室。

拳王的离去，也直接将众人的胃口吊了起来。所有人，包括周冬梅在内，都将目光定格在了马浩然的身上。

"小马，你在搞什么？"郑祺有些迫不及待地追问了一声。

马浩然笑了笑，这才说道："现在，我来为你们解开'血腥玛丽'杀人事件的谜！"

马浩然此言一出，整个一零二寝室立刻陷入到了死一般的沉寂，只有众人急促而沉重的呼吸声还在空气中回荡，似乎，大家现在都很紧张……

"首先，经过昨天晚上的召唤仪式，我已经确定，陈钰的死和镜子有着关键的联系，而案发现场的那面镜子，与一零二寝室的这面镜子之间，其实也存在着一定的联系，就像我笔记本上的平面图所表达的那样，这面镜子与储藏室的那面镜子，其实只有一墙之隔！"

马浩然话音落地，苏叶便不满地撇了撇嘴，问道："你该不会是想说，凶手是通过这面镜子,进入了隔壁的储藏室,然后把死者陈钰杀死在卫生间内吧?"

苏叶的话打断了马浩然的推理,不过马浩然并没有生气,反倒是郑祺瞪了苏叶一眼,这才让苏叶乖乖地停止用言语来攻击马浩然。

"其实,苏警官说得对,却也不完全对!"马浩然淡淡地说道,"凶手确实是通过这面镜子,杀死了死者陈钰,但却并不是通过这面镜子进入到储藏室去杀人,因为,这面镜子应该没有被打破……"

马浩然一边说着,一边伸出了手,将手掌按在了三段镜面中最中间的那块镜面之上,下一瞬间,马浩然的手臂猛地向下发力,中间的那段镜体,竟然奇迹般地随着马浩然向下用力的手臂而向掉落!

如此一幕,看得众人目瞪口呆,包括之前还对马浩然抱有怀疑态度的苏叶,也不顾形象地张大了嘴巴。

镜体伴随着马浩然向下的作用力,也在不断地下落,直到镜体的最底部碰到了洗漱台,这才停止了下落。随后,便见马浩然又伸出另外一只手臂,双掌抓住了镜体的两角,用力一抬,那面被分成了三段的镜体之中,最中间的那段竟然被马浩然硬生生地从整个镜体之中抠了出来!

这时候,映入众人眼帘的,竟然是一面通体漆黑的镜体,与两侧那两段正常映射的镜体,形成了无比鲜明、无比突兀的对比。

可是,还没等众人从镜子带来的惊愕中回过神来,忽的,大镜子中间那段漆黑的空间中,突然闪现出了一缕微弱的火苗,紧接着,一张在火苗映衬下无比诡异的人脸,便突兀地出现在了那面漆黑的镜体之中!

"啊!"

"我的天!"

"有鬼!"

除了马浩然和郑祺之外,苏叶、冉潇、影帝、周冬梅四人,皆是纷纷爆发出了一阵骇人的惊呼声,最夸张的是周冬梅,她吓得直接跑出了卫生间。

"别怕!"马浩然平静地出声道,"你们仔细看看,镜子里的人到底是人还是鬼？"

被马浩然这么一说，众人也冷静了下来，就在这时候，郑祺突然发出了一道惊呼声，"是王大全！镜子里的脸，是王大全！"

郑祺这番话，可谓是点醒了梦中人，众人纷纷幡然醒悟，看清楚了镜子里由于黑暗和火光交织，所产生的诡异光线之中的人脸，真的是刚才离去的拳王王大全！

可是，王大全为什么会出现在镜中？

众人似乎全都想到了这个问题，当即，所有人的目光，便尽数集中在了马浩然的身上。

"很意外吗？一零二寝室的卫生间，和一零一储物室的卫生间，本来就只有一墙之隔，这两间房间的两面镜子，更是以背靠背的位置，分别安放在两间房间的卫生间之中。"马浩然神色平静地扫视着众人，言罢，他缓缓地举起了始终都紧握在手中的那本《金陵刑警学院古记》，对众人说道，"如果你们读过这本书，那么，你们就不会意外了。"

"小马，这本书里都写了什么？"郑祺好奇地出言问向马浩然。

"这本书，其实并不是什么天书，它只是一本介绍金陵警校百年历史的普通书籍而已。"马浩然轻轻扬了扬手中的书，"金陵警校，乃是一所始建于民国时期的古校，虽然历经百年沧桑，但是，这里的大部分设施，都没有被改动过，就比如九号楼。根据书上记载，九号楼曾经是某超级大国驻神州的秘密据点之一。值得一提的是，在民国时期，这座金陵警校，便是由某超级大国出资建造、设计、规划，而九号楼的一楼，曾经恰好是某超级大国的审讯室！

"审讯室，我们都知道是什么样子，一间独立的房间，然后墙上镶嵌一块大玻璃，而那玻璃，便是外透里不透。从外面，可以看到里面的景象，但从里面，却看不见外面的景象。

"我要说的，并不是这种玻璃，因为在那个年代，这种玻璃似乎还没有被造出来，就算造出来，恐怕也还没有普及。我真正想表达的是：这面镜子，其实就是玻璃，两面都透的普通玻璃而已。而且，我敢肯定，金陵警校后来翻修的时候,一定连这块玻璃,也换成了全新的玻璃,所以才会保存得如此完好。

"后来,一号楼被改成了女生寝室,这块玻璃也没有被摘除,而是在玻璃的外面,又加了一层不知名的化学涂剂。这种化学涂剂,可以把两面玻璃都变成镜子,然后再贴上一块玻璃,这样,就变成了简单的镜子。不然的话,大学寝室的卫生间里,是不可能会有这种通墙的大镜子的!

"又因为两面镜子之间,有化学材料的填充,所以,我当时敲起来,才会产生那种结实的声音。

"一零二寝室的镜子,一共被贴了三层,其中的第二层,便是我说的那种经过改造之后的镜子。这样的话,一零一储藏室和一零二寝室,便都将玻璃变成了镜子。

"而且,只要将第二层镜体打碎,这面镜子,就又变成了普通的玻璃,两面透的玻璃!

"至于第三层……我想,应该是凶手故意打碎原有的镜体,然后又重新布置的一层镜子,也就是第三层镜体。因为,凶手不想让别人发现这处漏洞,还有,凶手刻意将第三层镜体切割成了三段,为的就是方便拆卸。这样,凶手就可以直接将我手中的这段镜体拆卸下来,然后通过玻璃,直接把凶手的脸映入那所谓的'镜子'之中,以达到惊吓陈钰的目的!

"只要把两间卫生间的灯都关了,那么,透过这块映射面积并不大的镜子,入眼之处也只能是一片黑暗。如果,镜子一边的人稍微化一些浓妆,再营造出一种诡异的光线和氛围,就像拳王这般,那样的话,镜子另一边的人,尤其还是尝试召唤'血腥玛丽'的陈钰,一定会被吓一跳,甚至会被吓死!

"我之前召唤'血腥玛丽'的时候,曾经亲身模拟过,召唤者最紧张的时刻,就是闭眼再睁眼的那么一瞬间,当时的我都被镜子中的自己吓了一跳,更不要说早有恐吓准备的凶手,以及神经紧绷的陈钰了。

"只不过,凶手应该也没想到,竟然会把陈钰吓死。这就是我之前所说的,凶杀中的意外,意外中的凶杀!"

马浩然洋洋洒洒地说完这么一大通话之后，这才深深地缓了几口气，而此时，一零二寝室内的所有人，包括宿管周冬梅，都还是堕入迷雾之海那般，浑浑噩噩地望着马浩然，仿佛在听天书似的……

马浩然又扫视了众人一眼，缓了一口气，便继续说道："如果不是今天早上影帝提醒了我，我恐怕也不会想到这种作案手法。影帝说过，门又不是透明的，他怎么可能看得见我？反之，如果门是透明的，那他就能看到我！

"把这个道理带入本案，如果镜子是透明的，那么，镜子里面就有可能映出不是陈钰的脸。

"当时的陈钰，一定是全神贯注地将目光集中在了镜子上，如果陈钰突然发现，镜子中的脸，根本就不是她自己的脸，那么，陈钰自然会被吓一跳，甚至是吓死！

"我之前亲身模拟死者的时候，已经确认，镜子就是本案的关键，可我没想到，这两面镜子之中，竟然还会藏有这等玄机……

"当然，所有的前提，都要从这本书说起，凶手如果不是看了这本书，根本不可能知道，两间房间中的镜子，其中竟然还有如此巨大的玄机！

"而这本书……我查过图书馆的借阅记录，除了今天的我，五年内，都只有周翠一人借阅过！"

说完这句话，马浩然便从书页中拿出了那张从图书馆里找出的借阅记录。这本《金陵刑警学院古记》的借阅记录表格上，赫然只有周翠，以及马浩然的名字！

"其实，这一切，看起来非常简单。但整个过程，却是缺一不可，少了其中任何一道环节，任何一条线索，都无法将其完美地串联到一起，更加不可能得出如此完美的解释。我们之前所做的一切调查，都并非徒劳的，为的，就是这一刻！"

马浩然的最后一句话，几乎是用吼声喊了出来，因为这件案子带给了他太大的压力，这一刻，他也需要发泄，需要放松。他，其实也只是一个普通人而已。

第四章 原罪

然而,就在马浩然话音落地之时,一零二寝室内,仿佛时间静止了那般,鸦雀无声,落针可闻,似乎,大家都在消化。

片刻后,郑祺皱着眉头,似乎有些没想明白:"小马,你的意思是,第一层镜体,只是最原始的镜子,第二层是金陵警校加上去的镜子,然后填充了化学药品,第三层是凶手为了掩人耳目,加上去的镜体?"

马浩然点了点头。

"老大,那最原始的那一层玻璃,得有多厚?"影帝云里雾里地问了一句。

"这个我也不清楚,应该很厚,或者,这面墙很薄。"马浩然如实地一摊手,"民国时期的黑科技,其实并不像我们想象中的那么简单,我们不是那个年代的人,这个谜底,现在自然也无法解释。"

"可是,小马……"郑祺再次发问道,"你的推理很精彩,但是,我们好像并没有实质性的证据吧?"

"的确,我们并没有实质性的证据,但是……"马浩然扬起了嘴角,露出了一抹神秘的微笑,"没有证据,我们可以创造证据!"

"创造证据?"郑祺闻言,不由得愣住。

马浩然没有回答郑祺的问题,而是转头望向了宿管周冬梅,道:"阿姨,能麻烦您联系一下周翠吗?"

"好。"周冬梅被马浩然一语惊醒,直到此时,周冬梅才意识到,那件闹得人心惶惶,所谓的"血腥玛丽"杀人事件,似乎并不是真的阴魂索命。

便见周冬梅连连点头,跑出了一零二寝室。随之,郑祺朝着苏叶扬了扬头,苏叶会意,立刻跟了出去。

马浩然的所有推理,矛头都指向了周翠,为了防止周冬梅暗中和周翠通气,郑祺这才派了苏叶去跟着周冬梅。小心驶得万年船,郑祺此举,并无任何不妥,相反,还彰显出了他的经验老到。

没多久,苏叶便带着周翠走进了一零二寝室。

进入一零二寝室之后,周翠看见这么多人,当场愣在了原地,那张与漂亮根本不搭边，而且还长满了雀斑的脸上，明显露出了一丝惊慌，尤其是当周翠见到卫生间空出一块漆黑镜体之后，更是下意识地向后退了一步。

这时候，郑祺深深地看了周翠一眼，突然开口冷喝道："周翠同学，我是金陵市局重案组组长郑祺，我们想和你聊一下发生在一零一储藏室的那起凶杀案。"

郑祺的声音很大，甚至吓了周翠一跳，还有郑祺说的最后三个字，也就是"凶杀案"这三个字，更是刻意地加重了语气。郑祺此举，就是想告诉周翠，陈钰的死，并不是阴魂索命，而是人为的他杀！

"我……我……"周翠似乎有些慌张，话都说不利索了。

此时，包括郑祺在内，所有人都没有开口，因为大家都在等着马浩然开口。

而另一边的马浩然，见周翠如此模样，心中自然有了定数。当即，马浩然陡然提高了语调，一声冷喝道："周翠，你的罪行，我们都已经调查清楚了。包括你吓死陈钰的作案手法，我们也都清楚了。还有这本《金陵刑警学院古记》，你应该有印象吧？就算你没印象了，也不要紧，因为我们的警员已经在镜体上找到了你的指纹，现在证据确凿，你还有什么想说的吗？"

马浩然这番话说得是义正词严，根本看不出有一点虚假的痕迹。其实，警方根本就没有找到周翠的指纹，或者说，警方根本还没开始找指纹呢。

马浩然之所以会这么说，目的就是为了诈周翠，这就是所谓的没有证据，创造证据。

周翠毕竟只是一名学生，而不是惯犯，包括她吓死陈钰，马浩然认为也是一场意外演变的凶杀而已。最初，周翠应该真的只是想吓吓陈钰而已。

话说回来，对付周翠这种没有任何犯案经验的罪犯，有时候只需要一诈，她便能说出实话。因为，她终究只是一名学生，而不是惯犯。她的心理素质，比起那些惯犯，要差太多了。

果不其然，听了马浩然的这番话，周翠好像在这一瞬间，全身上下所有的力气都被抽空了那般，径直瘫倒在了地上，目光呆滞地望着马浩然，同时，口中还喃喃自语道："我不想杀她……我只是想吓吓她而已……"

周翠话音落地，一零二寝室内，马浩然、影帝、郑祺、苏叶、冉潇，包括后赶来的拳王，脸上都露出了一种极其复杂的表情。

"血腥玛丽"杀人事件结束了，但众人却并没有因此而放松、欢呼、开心，因为作案的人，竟然是陈钰的室友。这一切的最初，都只是一场恶作剧般的惊吓，可是，到最后却演变成了一场凶杀案，一场摧毁了数个家庭的凶杀案。

这，并不是马浩然等人想要的结果。如果可以的话，马浩然宁愿相信，这真的是一场意外，而不是他杀……

可是，事实摆在眼前，马浩然也不得不接受这个残酷的事实。

"周翠！"马浩然深深地吸了一口气，颇为复杂地望着周翠，放缓声音向其问道，"你能告诉我，你杀陈钰，或者你吓陈钰的原因，是什么吗？也就是，你谋划这一切的初衷，你内心犯罪的本源是什么？"

"我真的不想杀陈钰，只是想吓吓她，假借'血腥玛丽'，让她不要再欺负我而已……"周翠一边说着，一边留下了两行清泪，"因为陈钰经常欺负我，好像所有的事情都针对我一样。直到那天，我在收拾卫生间的时候，不小心打碎了镜子，我才发现了这一切。碰巧，校园里又流行'血腥玛丽'的游戏，我便想到了这个办法……我去图书馆查阅资料，去外面定做镜子，一切，都只是想吓吓陈钰。我不想一直被她欺负，可我又不敢反抗她，我只是一个大山里走出来的孩子，根本斗不过陈钰……"

听了周翠的交代，马浩然不禁默然。其实，这一切，都是因为周翠的自卑，导致了所谓的校园冷暴力，在这种冷暴力之下，自卑的周翠想要反抗，可是，却酿成了一场悲剧。

随后，郑祺等人将周翠带回了警局。不论什么原因，周翠犯了罪，这是不争的事实。既然犯了罪，那就要接受法律的制裁。在法律面前，任何犯了罪的人都无处遁形！

周翠被带走之后，马浩然三人也返回到了一号楼的寝室中，与影帝和拳王的唏嘘不同，马浩然只是自顾自地坐到了椅子上，打开了那本泛黄的笔记本，认真地在笔记本上写下了这样一句话：

二〇一七年七月，金陵警校，"血腥玛丽"杀人事件结案，犯罪者内心的原罪，乃是由自卑和校园冷暴力引起的意外凶杀案。

"血腥玛丽"凶杀案结束了，但马浩然的故事，却刚刚开始……

距离"血腥玛丽"案件结案，已经过了半个月的时间，在这半个月中，发生了很多事……

比如说，"血腥玛丽"事件，由于警方控制得当，校方守口如瓶，所以并没有在金陵市引发轩然大波，而马浩然的名字，也只被知道内情的一些人熟知罢了。

因为马浩然在"血腥玛丽"事件中表现极其出色，顺利毕业之后，郑祺便顺理成章地将马浩然三人调入了重案组，而身为三人之中唯一一位外省人的拳王，自然而然地留在了金陵市，并且寄宿在了马浩然家里。新的故事，也从这里开始了！

一辆出租车，停在了一座相对老旧但却位于金陵市区黄金地段的翰林之家小区外。

马浩然付了车费，便和拳王提着行李，下了出租车。

拳王王大全咧嘴笑了一声，对马浩然说道："老大，等我找到房子，就搬出去！"

"我妈前一段时间被调到了江北工作，短时间内不会回来的，反正你也不打算回西北，就先在我家住下吧！"马浩然随口应了一声，便自顾自地在前面引起了路。

马浩然的家位于翰林之家小区的一号楼一单元，走进小区，向左一转就是。所以，走下出租车的马浩然和王大全，只用了几分钟的时间，便走进了一号楼一单元，二人顺着楼梯走了没多久，便出现在了马浩然家门口。

马浩然从口袋中掏出钥匙，打开了防盗门，率先走进了家中，王大全有些拘谨地紧随其后，毕竟，这是王大全第一次来马浩然家。

王大全刚刚走进马浩然的家中，整个人便愣住了，甚至连手上提着的

第四章 原罪

行李,都忘记放下,只是呆若木鸡地站在门口的位置,凝望着客厅四周的墙壁。简单地说,王大全是在看墙壁上的书架……

马浩然家客厅四周的墙壁,并不像普通居民家那般贴壁纸,或者是一些有造型的背景墙,而是用木匠自制的木制书架,铺满了客厅四周的墙壁,就好像用书架取代了墙壁那般。最关键的是,那取代了墙壁的书架上,还摆满了形形色色、涉及各种领域的图书。只要一走进马浩然家中,便会情不自禁地产生一种置身于书海之中的感觉。没错,这的确足以称之为书的海洋了!

"老大……你家……这也太夸张了吧?"足足过了半晌,王大全先是干涩地眨了眨眼睛,又艰难地吞咽了一下口水,这才蹦出了这么一句话。

"我爸去世之后,我妈就迷上了看书,久而久之,受到我妈的感染,我也迷上了看书。"马浩然轻描淡写地说了一句,旋即便开始整理起了从学校带回来的行李。

"怪不得你整天泡在学校的图书馆里。"王大全将他的行李放到了角落之中,便开始观摩起了马浩然家的书海。

很快,马浩然就将他的行李整理好了。不过,马浩然似乎并没有要和王大全聊天的意思,只是自顾自地坐到了沙发上,随手从书架上抽出了一本有关解剖尸体方面的医学类书籍,便一言不发地啃起了书。

忽的,马浩然的电话响起了一阵急促的铃声,于是马浩然不得不放下手中的书,接通了电话。

"老大!系里要举行毕业郊游,卢倩嚷着要去,我们也去吧?"影帝急不可耐的声音,从电话中传入了马浩然的耳中。

影帝和卢倩,通过"血腥玛丽"事件,竟然莫名其妙地结缘,现在已经是恋人关系了。

"毕业郊游?"马浩然疑惑地念叨了一句。

"这次郊游是学生会主席,号称是咱们这届毕业生中最优秀、最有钱、最帅的慕元昊组织的。所有费用都是慕元昊出,目的地就是他们家建在深山里的大庄园,而且,这并不是简单的毕业郊游,而是一次灵异探险……

卢倩强烈要求让我报名,和她一起参加这次灵异探险,她现在对灵异事件,可是非常感兴趣!"

"随你!"马浩然淡淡地说道。

"老大,你对灵异探险就一点都不好奇?"影帝好像话痨一样,滔滔不绝地讲了起来,"慕元昊家的大庄园,由于地处深山老林之中,所以平时很少有人在那居住,只有一位居住在几十公里之外的老人,每隔一段时间,便会去打扫一番。由于距离太远,那位负责打扫的老人便会在庄园里住上几晚。"

影帝说着说着,语气陡然变得阴森起来:"就在三年前的某个雷雨夜晚,那名老人却离奇地死于庄园之内。从那以后,凡是晚上在那座庄园过夜的人,都会听见走路声或者是敲门声,也或者是叹息声。据传闻所述,是那名老人阴魂不散,不愿意离开那座庄园!"

被影帝绘声绘色地讲述着庄园的闹鬼传闻,马浩然却仍旧简单地回了他两个字,"随你!"

"那我们就明天早上六点,在金陵警校正门集合,和大家一起走!"影帝立刻抱怨起来,"毕竟这几天,我们几乎每天都跟着苏叶解剖尸体,弄得我好几天都没敢吃一顿肉!"

马浩然懒得听影帝抱怨,直接挂断了电话。

之后,马浩然简单地对拳王说了一下灵异探险的事情,倒是说得拳王一阵热血沸腾。不过,马浩然对此却毫不在意。

整整一天,马浩然除了叫外卖和吃饭的时间之外,都在看书,而百般无聊的王大全,则在这段时间,睡着了好几次。不知不觉中,夜幕,已经悄然笼罩了整个金陵市。

一夜无话。

第二天,当第一缕阳光透过窗户,洒进马浩然家中之时,马浩然和王大全几乎同时被一阵急促的闹铃声吵醒了。

起床,洗漱,简单地吃了一些面包,马浩然和拳王便走出了翰林之家小区,坐上了小区外等生意的出租车,朝着金陵警校的方向疾驰而去。

第四章　原罪

灵异探险，就要开始了。没有人会想到，这次看似普通的灵异探险，却成了某些人的一条不归路……

一辆中型大巴打着双闪，停在了金陵警校的正门前。

大巴附近，围着大概十三四名青年男女，三三两两的青年聚集在一起，时而议论，时而欢笑，气氛很愉悦。

然而，在这群青年人之中，最引人注目的当数四个人，影帝和卢倩，以及站在二人对面的另外一对青年男女。

卢倩和影帝沈家辉自然不用多说，俊男靓女无论走到哪里，都会引来其他人的注意。值得一提的是，站在二人对面的那一男一女。

男青年身姿挺拔，剑眉入鬓，眼神中还时不时地闪过一抹居高临下的倨傲。

女青年皮肤白皙，沉静如水，身材高挑而纤瘦，五官精致而绝美，那双灵动的美目之中，透出了与年纪不符的坚定和成熟。

这时候，人群中突然有人朝着青年男女这边喊了一声，"慕元昊，我们什么时候出发？"

那俊朗的男青年，也就是这次灵异探险的组织者慕元昊，对那道询问的声音并没有做出任何的回答，只是淡淡地瞥了那群青年男女一眼，随后，他突然扬起了嘴角，朝着身边那名高挑美女微笑着说道："乔烟，很高兴你能来参加这次的灵异探险之旅。"

慕元昊的话还没说完，那名被唤作乔烟的绝美少女，便淡淡地出言打断了慕元昊的话："最近医院的事情比较多，我也有些烦，只是想换一个环境，调整一下心态而已。"

言罢，乔烟便将双臂环抱在胸前，缓步朝着大巴车走了过去，看样子，乔烟似乎对传闻中才子兼财子的慕元昊，并不太感兴趣。

不过，傲慢的慕元昊却并没有因为乔烟的冷落而产生任何的不愉快，相反，他倒是快步朝着乔烟追了过去……

见慕元昊上了车，那群围在大巴车附近的青年男女，也都陆续走上了大巴车。

见到此景，挽着影帝手臂的卢倩不由得撇了撇嘴，小声地对影帝嘀咕起来："刚刚明明有人问慕元昊问题，可他却好像没听见似的，未免太目中无人了吧？"

影帝一边微笑，一边向卢倩解释起来："慕元昊的家族，可是金陵市足以排进前三的财团，再加上这家伙颇有些才华，所以他难免有些自傲。"

"有些自傲？我看是非常自傲才对！"耿直的卢倩异常不屑地看了一眼大巴车，"有钱了不起吗？而且，要说到才华，他可比你们老大差远了！"

"血腥玛丽"事件的整个过程，卢倩已经从影帝那里完完整整地了解了，因此，卢倩现在对马浩然的推崇，绝对不亚于影帝和拳王二人。

"他当然不能和老大相提并论！"影帝嘿嘿一笑，话说一半，又突然停了下来，因为这时候，一辆出租车已经停靠在了大巴旁边，而马浩然和拳王，则相继走下了出租车。

"老大来了！"影帝话锋一转，便拉着卢倩朝马浩然的方向跑了过去。

付过了车费的马浩然和拳王，自然也见到了朝他们小跑而来的影帝和卢倩，四人聚到了一起后，便听卢倩满怀憧憬地说道："我可是非常期待这次灵异探险之旅，一早就来了！"

因为卢倩和影帝已经确定了恋爱关系，所以在平时，四人也经常聚到一起，卢倩和马浩然以及拳王之间，虽然谈不上太熟悉，但也不陌生，说起话来，也格外放松一些。

"走，先上车再说。"影帝一挥手，便和马浩然几人一起上了大巴车。

上车之后，马浩然四人直接走到了最后面的那排座位，并肩坐定之后，大巴车终于缓缓地发动了。

由于马浩然等人坐在了大巴车的最后面，所以大巴车内的景象，几人也都尽收眼底。

略微扫了一眼车内景象的王大全，不由得低声对其余几人说道："来参加这次灵异探险的人，还真不少。"

"虽说都是一个系的，但他们都是同班同学，我们几个是班外成员。"影帝轻声说道。

第四章 原罪

就在这时候，坐在大巴第二排，也就是慕元昊和乔烟身后的一名男青年站起了身，他略微清了清嗓子，便对车内的众人喊道："这次我们的灵异探险之旅，一切费用，都由慕少出。所以，我们先感谢一下慕少！"

言罢，那名男青年便率先鼓起了掌。有人牵头，那后续自然就会有人捧场，当即，阵阵掌声便立刻在车内响了起来。

"这家伙叫沈航吧？我记得，他平时就总跟在慕元昊身后拍马屁。"老实的王大全不屑地撇了撇嘴。

"除了我们几个，车上的其他人，不都是平时捧慕元昊臭脚的人吗？有什么惊讶的。"影帝看了一眼坐在最前面、一厢情愿地与乔烟细语的慕元昊，淡淡地说了一句。

这时候，大巴车内的掌声结束了，而沈航则继续说道："我们这次的目的地，是金陵市郊区的深山驼峰山。在驼峰山上，有一座据传闹鬼的庄园，便是我们此行的目的地。对了，那座庄园是慕少家的产业。在到达目的地之前，我还是先对大家讲一下庄园中的闹鬼传闻吧！"

车内的众人，一听沈航说要讲述闹鬼庄园的传闻，便纷纷侧耳倾听起来，除了马浩然仍旧保持一脸冷漠之外，包括影帝、拳王和卢倩在内，也都纷纷向沈航投去了好奇的目光。一时间，整个大巴，静得出奇。

见众人全都将注意力集中在了自己身上，沈航也面露得意之色，随后，他便缓缓地讲述起了闹鬼庄园的深山鬼话。

"驼峰山上的那座庄园，可是很多年前的建筑，据说是战乱年代，国外某富豪出资建造的，所以，庄园的外观属于古欧式的建筑风格。直到十几年前，由慕少家出资将其购买，并且修缮一番，使其焕然一新。

"十几年内，这座庄园几乎没有人居住，只有一名居住在驼峰山外几十公里的老人家，负责打扫和维护庄园内部的卫生，以及设施的完善。

"然而，直到三年前的某一天，那名老人家打扫完庄园之后，已经是入夜时分，外面又是雷雨交加，老人家根本无法离开庄园返回自己的家，于是，那名负责打扫的老人家，便决定在庄园内多住一晚。可就是这一晚，他却出事了，莫名其妙地死在了庄园之内。"

沈航说到这里，故意停下了话语，扫了一眼认真聆听的众人之后，才用那种故意装出来的低沉声音，心满意足地继续说了下去。

"据说，那名老人刚死去的第一年里，慕少家里就先后雇佣过三名佣工，而且这三人也都是居住在几十公里之外的村民，自然而然，晚上也要在庄园过夜……只不过，这三名佣工，干得最久的人，才来打扫过四次，就辞职不干了，而且，根据其中一名佣工讲述，一到晚上……"

说到这里，沈航陡然提高了声调，好像撞邪了似的，从座位上跳到了大巴车的通道之中，手舞足蹈，异常亢奋地吼了起来，"庄园里面的古楼之中，便会产生一阵阵轻微、缓慢的怪声，啪——啪——啪——就好像真的有人在走廊里行走似的，恐怖无比！"

沈航一边喊，一边还故意拉长了声调，而且这家伙还夸张地抬起了胳膊，用手掌取代脚，不断在虚空中下压，再抬起，再下压，看模样，他是在模仿那走路的脚步……

这边，沈航绘声绘色地描述古楼内的闹鬼过程，而另一边，那群毕业生们则是一个个听得入神，更有甚者，甚至都快要忘记了呼吸，整个大巴，只有轮胎和地面摩擦的声音，以及发动机的轰鸣声还在回荡着。除此之外，再也没有任何别的声音了。

"咕噜……"

也不知道是谁，发出了一道吞咽口水的声音，直到此时，大巴车内的诡异宁静，才被打破。

随着大巴车内的宁静被打破，当即，马浩然的这群同系同学们，便发出了充满着各种情绪的呼喊声和尖叫声……

"太吓人了！"

"我的天，慕元昊家的庄园，该不会真的有鬼吧？"

"刺激！这才是真正的灵异探险！"

"我已经迫不及待想要住进古楼之中了！"

乱糟糟的大巴车内，只有马浩然四人所坐的最后一排，还能勉强的保持平静。

不过,除了马浩然始终保持一贯的冷漠之外,其他三人,都是面露异色,尤其是卢倩的表情,更是复杂多样,既惊讶,又害怕,而且还有那么一丝的小期待。

"老大,你怎么看?"影帝看了一眼卢倩,这才凑到了马浩然的身边,悄声问道。

"我还没去过现场,无法回答你的问题。"马浩然气定神闲地瞥了影帝一眼,淡淡地回了一句。

然而,听了马浩然的话之后,卢倩也凑了过来,好奇地向马浩然问道:"去现场?浩然哥难道不认为是闹鬼吗?"

"难道你认为世界上有鬼吗?"马浩然不答反问,倒是把卢倩问得一愣。

不过,马浩然的这句话,却恰好被全情投入的沈航听到了。

"马浩然同学,既然你不相信庄园闹鬼,那你就给我们解释一下,古楼内为什么会接二连三地发生怪事?"沈航一脸鄙夷地盯着马浩然。为了吸引大家的注意力,沈航还故意把声音提高了几分。

被沈航这么一说,大巴车内的众人,注意力自然都集中到了马浩然的身上,包括坐在最前面的乔烟和慕元昊。

安静。

整个大巴车内,安静得出奇!

所有人的目光,此时都聚集到了马浩然的身上,就连坐在马浩然身边的拳王、影帝和卢倩都有些不自然起来。

但是,反观成为众人焦点的马浩然,表情却是依旧冷漠平淡,没有一丝的表情波动,就好像这件事完全与他无关那般,自然而然,马浩然也没有开口回答沈航的问题。

见马浩然不答话,沈航的脸上立刻绽放出了得意的笑容,声音也不自觉地提高了几分,"怎么?解释不出来了?既然你无法解释古楼里的怪事,那就不要在这儿大言不惭地哗众取宠了。"

面对沈航的讽刺,马浩然的脸上依旧没有流露出哪怕是一丝的表情波动，就仿佛沈航当众讽刺的人并不是马浩然，而是另有其人那般。

最夸张的是，马浩然的脸上，不仅没有露出任何的表情，反倒是别过头去，静静地凝望着车窗外的景象，就好像他是另外一个世界的人，与车内的其他人，完全隔绝似的。

然而，马浩然能忍，可不代表其他人也和他一样地能忍，比如说，拳王。

拳王"蹭"的一下，从座位上蹿了起来，那双眼睛瞪得老大，好似喷火一般地望着沈航。

见拳王气势汹汹地从座位上站了起来，沈航微微一惊，下意识地向后退了一步，同时，他还指着拳王，有些底气不足地说道："你想干什么？"

很显然，沈航有些害怕拳王。

当初拳王一打五的事迹，可是传遍全校，尤其是这些和拳王在同一个系的同学，更是如雷贯耳。从那以后，没有人敢再小看这位来自西北的憨厚青年，更没有人敢去主动惹他，所以，沈航被拳王吓得下意识地后退一步，也在情理之中。

说时迟，那时快，就在这时候，影帝也毫不迟疑地站起了身，直接挡在了拳王和沈航的中间，一边朝着拳王向下压了压手掌，示意他先坐下，一边扭过头，对着沈航笑道："大家都是同系的同学，何必搞得这么僵呢？咱们这次去古楼的目的，不就是为了解开古楼闹鬼传闻的秘密吗？等到了那里，咱们身临其境地感受一下，再一起解开这闹鬼传闻的秘密，不是更好吗？"

被影帝这么一劝，车内的火药味倒是淡了几分。没办法，影帝就是这种人，和大巴车内的众人他都很熟络，而且还都有些交情，通常情况下，大家都会给影帝一点面子，尤其是现在的沈航。

其实，沈航只是借坡下驴罢了，他还真不敢和拳王发生过激的口角，他怕挨揍。

"家辉，看你面子，我不和他计较！"沈航撇了撇嘴，还瞪了马浩然和拳王一眼，这才心满意足地转过了身，不再去看马浩然和拳王，而是又与

第四章　原罪

大巴车内的其他人,聊起了闹鬼的庄园。

劝和了几人之间的小矛盾之后,影帝也反身坐回座位上,低声对一脸愤怒的拳王说道:"大全,老大根本就没把那群家伙放在眼里,更没打算和他们去争论,你真是一点都不了解老大。"

被影帝这么一说,拳王才转过头,茫然地看着马浩然。

马浩然没有说话,只是面无表情地凝视着窗外的风景。

这才是马浩然的风格,他不会为了让人赞同他的观点,而去与人进行无用的争辩。在马浩然心中,这种事情,是最浪费脑细胞,也是最无聊的事情。

再说沈航,自从马浩然、拳王和沈航发生了小摩擦之后,沈航便不再理会坐在最后的马浩然四人,而是与其他人聊起了闹鬼庄园的事情,那些人自然是听得津津有味,毕竟,这才是这群懵懂毕业生此行的最终目的。

对了,坐在最前面的两个人,对沈航讲的鬼故事,似乎也没有太大的兴趣。

乔烟微微转过头,有些好奇地瞥了坐在最后的马浩然一眼,随口问道:"他是谁?蛮有意思的!"

"马浩然。我们同系的同学,一个自视甚高、不喜交际的家伙。"慕元昊回过头,有些不屑地看了马浩然一眼,就好像马浩然根本不值得他去关注似的。随后话锋一转,慕元昊又对乔烟细声说道:"乔烟,医院里面,应该也有许多怪谈吧?能和我说说吗?"

乔烟又深深地看了马浩然一眼,这才转过头来,不过,她却是无比冷漠地回应慕元昊的问题,"我可没有时间去关注那些怪谈。"

"也对,医院很忙的!"慕元昊尴尬地笑了一声。

乔烟似乎并没有打算和慕元昊继续交谈,而是别过头去,欣赏起车窗外不断倒退的风景……

慕元昊碰了一个软钉子,眼底倒是闪过了一抹怒色。不过他很快便将这一抹怒色压制了下去,又开始和乔烟找起了新的话题……

大巴车一路前行，平缓而稳定，车内的气氛也是火热无比，虽然马浩然等人看起来像是被排挤了，但其实马浩然等人根本就不想与那群堪比陌生人一般的同学有太多的交流。

虽然大家都是同系同学，但这些人对于马浩然来说，和陌生人无异，最多，也就是勉强能叫出名字而已。

没多久，大巴车驶出了金陵市区，驶入了乡间山路之中。

一路无话，大巴车经过了数个小时的行驶，终于爬上了驼峰山，伴随着一道"吱呀"声的响起，大巴车稳稳地停在了一座占地面积极广但外表看起来却异常老旧的庄园之外。

"各位，这里就是慕少家的庄园了！"沈航站在大巴车内的过道中，一边挥手，一边对车内众人喊道："大家现在可以下车，去拿各自的行李，拿好行李之后，慕少会统一带大家参观庄园。我们的灵异探险之旅，已经正式开始了！"

沈航说完这番话，便第一个下了大巴车。随后，车内众人也都跟着沈航的脚步，鱼贯走出了大巴车，而坐在最后面的马浩然等人，自然是最后走下大巴车的那批人。

当马浩然等人走下了大巴车之后，那大巴车便直接发动，按照来时的路线，朝着山下开去了。

"按照之前的计划，我们会在这里玩三天，三天之后，大巴车再来接我们。"沈航好像向导似的，一边拍手吸引大家的注意力，一边大声喊了起来，"现在，就让我们跟随慕少，一起走进这座闹鬼的庄园吧！"

说完这番话，沈航便屁颠屁颠地跑到了慕元昊的面前，一脸献媚地和慕元昊聊了起来。慕元昊则高昂着头，大步流星地走向了庄园的正门。

整个过程，马浩然并没有去关注。因为他的注意力，已经完全被庄园附近的秀丽景色，以及这座充满神秘色彩的闹鬼庄园吸引了。

四周群山连绵，翠绿成片，这里的一切，都彰显着大自然的韵美，与充满了现代气息的金陵市相比，犹如世外桃源一般。

再说这座庄园，占地面积极广，四周那高大的围墙，将整座庄园都圈

第四章　原罪

了起来，使人看不清内部的状况，既像是一座压抑的古堡，又像是一座老旧的监狱。

围墙之上，一座类似民国时期的古老建筑冲破束缚，映入了马浩然的眼中，透过那扇宽度接近四米、由两道栅栏式透光铁门合并组成的正门，马浩然这才看清楚庄园内部的景象……

古楼有三层高，而且外表极其陈旧，深红色的墙皮经过岁月的摧残，已经开始龟裂脱落。整栋古楼的窗户，都是那种古老的木式窗户，包括古楼一楼的正门，也是那种厚重老旧的实木门，一道道纵横交错的裂缝，好似蜘蛛网一般，依附在实木正门之上。

古楼外，除了铁门直通古楼的那条石路之外，一片充满荒芜气息的杂草，几乎占据了庄园内部的每一寸土地。

透过栅栏铁门向里看，这座几近荒废的庄园，仿佛将那栋古楼完全禁锢那般，倒还真有几分监狱的感觉。

马浩然在打量四周的景象，而拳王、影帝和卢倩，也在做着相同的事情。

"家辉，这里还真有点邪门，打从我下车开始，我就感觉一阵阵阴风围绕着我。你说，古楼里的鬼，该不会是盯上我了吧？"卢倩一边说着，一边缩了缩粉嫩的玉颈，身体还情不自禁地朝着影帝靠了靠。

影帝坏笑一声，顺手搂住了卢倩的香肩，"有我在，怕什么？"

打情骂俏的影帝和卢倩，则是被拳王自动屏蔽了。当即，拳王便转头问向马浩然，道："老大，你说，这古楼里，该不会真的有鬼吧？这场景，怎么和恐怖电影里的鬼楼那么接近呢？"

马浩然淡淡地看了拳王一眼，并没有说话，只是微微地摇了摇头。旋即，马浩然便迈出了步子，跟着那群提着大包小袋的同学，走进了庄园之内。

拳王三人见状，也纷纷跟上了马浩然的脚步，一众人走过了那扇被推开的破旧铁门，步入庄园之内，顺着那条通向古楼的笔直石路，径直走向了门窗紧闭充满神秘色彩的古楼。

沿途之景，就像马浩然在庄园外看到的那般，除了众人脚下的这条石路之外，庄园内部的大片空地，都被荒芜的杂草填满了。看来，这座庄园的确有好长一段时间没人打理过了。

没多久，众人便跟着慕元昊走到了古楼的正门前。慕元昊用钥匙打开了厚重木门上悬挂的陈旧铜锁，"吱呀"一声响起，木门发出了一道痛苦的呻叫声，古楼的门被慕元昊推开了……

霎时间，一股发霉的气味扑面而来，站在正门前的众人，很自然地向后退去，并且捂住鼻子，或者用手扇开缠绕在鼻前的异味……

"什么味道？"

"真难闻！"

"该不会是腐尸的气味吧？"

"难道古楼里面不仅有鬼，还有僵尸不成？"

"太刺激了！"

这群涉世未深、异想天开的毕业生们，一个个好像发现了新大陆似的，既恐惧又兴奋地议论起来……

第五章　请柬

就在这时候，沈航又拍起了手掌，那阵掌声再次将众人的注意力吸引了过去，也包括马浩然。

沈航好像很享受这种万众瞩目的感觉，而且还面露得意之色地瞥了马浩然一眼，好像在向马浩然炫耀他的影响力那般。

不过，对于沈航的炫耀，马浩然脸上仍旧写满了冷漠，就好像他已经自动无视了沈航那挑衅的目光似的。

马浩然的举动，倒是让沈航碰了个软钉子，他微微发怒地瞪了马浩然一眼，这才开口说道："早在三天之前，慕少打算组织这次灵异探险活动的时候，就已经安排人为古楼通了电，接了水，古楼里面也早就准备好了食物饮品，晚上慕少将会举行一次篝火烧烤晚会，吃过晚饭，便是我们灵异探险的时间了！"

沈航话音刚落，学生们便鼓起了热烈的掌声，这掌声，当然是送给众人心中真正的焦点——慕元昊。

"还有篝火晚会？太意外了！"

"不愧是学生会主席，想得就是周到！"

一道道目光定格在了慕元昊的身上，而慕元昊则微微点头，倨傲地挥了挥手，示意众人先停下掌声。

待到掌声停止之后，慕元昊装模作样地清了清嗓子，故意放缓了语气，故作深沉地说道："各位，欢迎来到慕氏庄园探险。现在，各位可以自由活动，等沈航把各位住的房间安排完毕之后，我们再集合，准备布置篝火晚会。"

慕元昊的提议，立刻得到了众人的响应，一片欢呼声顿时响了起来。

慕元昊见状，好像领导人似的，心满意足地挥了挥手。随后，他便引着身边的高冷美女乔烟，率先走进了古楼内。

其余众人也是当即散开，有的人进入了古楼之中，有的人则是在古楼之外的荒草中游离，而马浩然四人，则仍旧站在古楼门前。

"臭屁的家伙！"卢倩朝着走进古楼、已经登上楼梯的慕元昊的背影，做了一个鬼脸。

"他的确有臭屁的资本。"影帝也凝视着慕元昊的背影，若有所思地说了一句。

马浩然淡淡地看了影帝和卢倩一眼，面无表情地摇了摇头，道："我们也进去吧。"

说完这句话，马浩然便当先走进了古楼之内，影帝三人也紧跟上马浩然的脚步，鱼贯进入了古楼。

马浩然才刚刚踏进古楼，那股刺鼻的霉味，便争先恐后地涌入了马浩然的鼻息之中，马浩然微微地皱起了眉头，四下环视起来。

刚入古楼，是一座宽敞的正厅，布局与民国时期的老旧建筑相似，两侧是八根已经开始掉皮的柱子。柱子内圈，是一排并不整齐而且落满了灰尘的木椅；柱子的外圈，则是一片空地。而对着正门方向，也就是一楼正厅的最深处，是一座通向二楼的宽敞楼梯。楼梯上，慕元昊和乔烟的身影已经消失了，二人应该是上了二楼或者三楼。

马浩然只是扫了一眼一楼，便直接朝着楼梯走了过去。

那条宽敞的楼梯的尽头，是左右两处转角，转过转角，便又出现了两条相对狭窄、直通二楼的楼梯。

马浩然等四人踩着木制楼梯，登上了二楼。

古楼的二层，格局比一楼还要简单，楼梯的左右两侧，是两条长廊，而长廊的两侧，则是整齐划一地分布着数不尽的房间。

马浩然并没有步入二楼的走廊，而是直接转身，顺着折叠式的楼梯，又走向了三楼。

三楼与二楼几乎一模一样，唯一不同的是，三楼房间的房门间隔，要比二楼大很多。这就代表，三楼所有房间的面积都要比二楼的大。

逛完了古楼的内部，马浩然正准备下楼，去庄园外逛逛的时候，忽的，二楼楼梯口的方向传来了沈航的呐喊声，"大家都过来，我给你们安排房间！"

沈航话音刚落，一阵阵的杂乱脚步声，便从楼梯口的方向响了起来，伴随着脚步声传来的，还有一阵阵窃窃私语。

马浩然四人也没有停留，顺着楼梯，直接从三楼走了下来。

一见到马浩然，沈航便极其不屑地撇了撇嘴，旋即，沈航指着二楼走廊的左边方向，语气和善地对影帝说道："家辉，你住倒数第二间，你的女朋友住倒数第三间，剩下那两个，住最后一间。"

剩下那两个，毫无疑问，就是指马浩然和拳王了……

"好！"影帝笑嘻嘻地对着沈航挥了挥手，随后，便拉着马浩然等人朝着走廊深处走去了。

当几人走到走廊中段位置的时候，拳王极其不爽地嘀咕起来："这家伙真的很欠揍！"

"算了吧。"影帝没有与拳王抬杠，而是很懂人情世故地对拳王说道，"咱们来这里，一切费用都是慕元昊出的，吃人嘴软，拿人手短，沈航作为慕元昊的头号狗腿子，我们也得给点面子，对吧？"

拳王似懂非懂地看了影帝一眼，这才摇了摇头，停止了抱怨。

就在影帝和拳王说话之际，马浩然几人也走到了走廊的尽头。

"小倩，你去这间——这间房是我的——老大，你和拳王去那间……"影帝看了一眼走廊尽头的房间，微微摇头道，"沈航这小子，心胸太狭隘了，我们都是一人一间，只有老大和拳王是两人一间，看来，这家伙是想公报私仇——老大，要不我们换换，我和拳王一间？"

马浩然没说什么，只是轻轻地摇了摇头，随后，便抬手握到了那满是灰尘的门把手上，轻轻一拧，老旧的木门发出了一道"吱呀"声之后，便应声而开。

马浩然和拳王一前一后地走进了房间……

房间内的陈设很简单，甚至很寒酸，只有一张大木床、一张方桌、两把椅子，除此之外，便再无他物了。

"这房间，还真是够简单的——咦？桌子上是什么东西？好像是请柬？"拳王撇了撇嘴，不满地嘀咕了一声，忽的，拳王又发出一道充满惊讶口气的轻咦声，声音尚未落地，拳王一个箭步冲到了那张方桌之前，大手一挥，将那张类似请柬的东西抓到了手中。

"老大，快来看，这是……"拳王的声音中充满了惊慌，甚至是恐惧，他呆愣愣地站在原地，茫然地念叨起了四个字，"忌日请柬！"

"忌日请柬？"

马浩然听了拳王的话之后，立刻皱起眉头，他听过生日请柬、婚宴请柬、满月请柬、乔迁请柬，可偏偏，就没听过这邪门的忌日请柬！

马浩然来了兴趣，三步并作两步地走到拳王身边，直接伸手夺过了拳王手中的忌日请柬，开始仔细地端详起来……

这忌日请柬和普通的请柬并无二致，只不过，在电脑打印出的"请柬"二字之前，又被人用黑色的记号笔写上了"忌日"二字，再加上这请柬本身就是血红色的，倒是为这东西又添了几分诡异。

马浩然盯着那不伦不类的"忌日请柬"四个字，好奇地眨了眨眼睛，旋即，他便直接翻开了请柬……

首先映入马浩然眼中的，是一行无比丑陋、七扭八歪的字体，好像是用左手写出来的那般，看着特别别扭。

马浩然的注意力也只是在字迹方面略微停顿了片刻，随后，他的注意力便集中到内容上面了……

"欢迎来参加我的忌日派对！"

落款人是罗晓彤！

马浩然若有所思地盯着落款人"罗晓彤"这三个字，仿佛想到了什么……

这时候，拳王也凑了上来，轻声念出了忌日请柬中的内容，又好奇地向马浩然问道："忌日派对？我只听过生日派对。还有罗晓彤，这名字，好熟悉……"

"去问问影帝！"马浩然将手中的忌日请柬合上，转身便往房门的方向迈出了步子。

其实，对于罗晓彤这个名字，马浩然也很耳熟，只不过，他和拳王是属于那种几乎不与其他人交流的人，所以，一时间马浩然和拳王都没有想起来，罗晓彤到底是谁？而马浩然选择去问影帝，是正确的，因为影帝和他们这一届的毕业生，几乎都认识。

马浩然拿着忌日请柬转过了身，当他刚刚迈出第二步的时候，突然，一道惊慌的尖叫声，响彻整栋古楼……

"啊！"

这道突如其来的尖叫声，仿佛拉开了演奏的序曲，紧接着，此起彼伏的尖叫声接踵而来，一时间，整栋古楼都被这一阵阵络绎不绝的尖叫声笼罩起来，随之而来的，还有一股莫名的恐慌在悄然蔓延着……

马浩然的脚步微微一顿，下一刻，他与拳王对视了一眼，直接迈开步子，快速地奔出了房间。

与此同时，住在马浩然隔壁的影帝，几乎与马浩然同时冲出房间，而且，影帝和马浩然一样，手中也捏着一张鲜红的请柬，而在请柬上面，那"忌日"两个黑体手写字，显得无比刺眼……

"老大，有问题！"影帝朝着马浩然晃了晃手中的请柬，便直接冲进了卢倩的房间。

马浩然和拳王见状，也是不由分说地朝着卢倩的房间跑了过去，只不过，当马浩然和拳王刚刚跑到卢倩的房间门前之际，整栋古楼的二楼，所有房间的门，纷纷打开了。

那些与马浩然乘坐同一辆大巴车来到古楼的同学们，一个个面色难看地从房间里冲了出来，而且，马浩然略微扫了一眼，凡是冲出房间的人，手中几乎都捏着一张血红色的请柬，而且还是和马浩然手中的忌日请柬一模一样的请柬！

一时间，走廊里站满了人。

有人的地方，自然有是非，当即，这群慌慌张张冲出房间的年轻人，便开始议论起来……

"房间里怎么会有这东西？"

"是谁的恶作剧吗？"

"就算是恶作剧，也不会拿罗晓彤来开玩笑吧？"

"忌日派对……我记得……罗晓彤好像就是去年的这个时候去世的吧？"

"死去的罗晓彤发来了请柬，邀请我们参加她的忌日派对……"

这最后一句话，也不知道是谁说的，总而言之，当最后一句话的话音刚刚落地，整栋古楼的二层，都陷入一种诡异的死寂之中，与先前那种尖叫不断的场景，当真是形成了鲜明的对比和巨大的反差。

地处深山中的闹鬼庄园，古老而陈旧的古楼，死人发出的忌日请柬，所有的一切交汇到一起，形成了一张无比巨大而又恐怖的大网。这张大网不仅将众人笼罩起来，更好像将整栋古楼甚至是整个庄园，都笼罩在了其中。一股诡异而恐怖的感觉，悄然地渗入了大网之中……

根据同学们的议论声，马浩然也获得了一些提示，当即，马浩然的脑中，便浮现出了一些有关罗晓彤的信息……

罗晓彤，是与马浩然同届同系但不同班的警校学生，号称犯罪侦缉系系花。去年暑假之前，罗晓彤的班上组织聚餐，聚餐过后，喝了点酒的罗晓彤，就出了车祸，而且当场死亡！

马浩然依稀记得，当时这条消息，引发了犯罪侦缉系的大地震，毕竟是系花出车祸死了，所以，得到提示的马浩然，也就想起了这些信息，并且在心中略微地估算了一下，貌似，从罗晓彤出车祸死去的日子开始算起，到最近几天，差不多快一整年了，也就是俗称的一周年！

那么，这忌日请柬中落款处的罗晓彤，应该就是那名死去的系花，还有"忌日请柬"和"忌日派对"等刺耳的词汇,更是在不断提醒马浩然,这是来自死人的邀请……

正当马浩然在脑中回忆着有关罗晓彤的一些信息之时,走廊中那短暂的死寂结束了,取而代之的,是更大的爆发。

"是谁搞的恶作剧?太过分了!"

"就是,竟然拿死去的同学来吓人!"

"沈航呢?出来!这恶作剧是不是你搞的?"

"没错!肯定是沈航,这里的一切都是由沈航安排的,这忌日请柬,一定是沈航悄悄放进我们房间中的。"

义愤填膺的同学们,纷纷对沈航展开了喝骂,这阵声讨的声浪,比之刚才的尖叫声,有过之而无不及。

就在这时候,楼梯口的方向突然传来了一阵脚步声,紧跟着,便见三楼通向二楼的楼梯中,沈航、慕元昊和乔烟三人,缓缓地从楼梯上走了下来,只不过,三人的脸色都不太好……

这时候,众人的目光也是自然而然地聚焦到了沈航的身上,毕竟这家伙已经被认定成恶作剧的始作俑者了。

很快地,沈航、慕元昊和乔烟三人,便从楼梯上走了下来,径直出现在了二楼的中央区域。

然而,当马浩然的视线之中,映出沈航三人的身影之时,马浩然的眉头不由得紧皱起来……

因为,马浩然看到了沈航、慕元昊和乔烟三人的手中,同样捏着一张血红色的请柬,而且,凭借马浩然的视力,依稀可以看到,这三人手中的请柬上,也写着"忌日请柬"四个字!

沈航、慕元昊和乔烟也收到了忌日请柬?

马浩然微微有些错愕地望着慕元昊三人,经过一番仔细的观察之后,马浩然发现,慕元昊三人那难看的脸色,并非装出来的,看来,这忌日请柬的冲击,对于这三人来说,也是不小。

而且,沈航从进入古楼开始,就一直在忙着为大家安排房间,部署行程，还要讨好慕元昊，这么多任务在身的他，根本没有时间去把这忌日请柬放进每个房间之内。

再退一万步，就算这忌日请柬真的是沈航的恶作剧，可是，沈航连慕元昊也敢捉弄吗？

沈航不敢！

所以，沈航，应该并不是将忌日请柬放进各个房间中的人！

几乎是在一瞬间，马浩然便想明白了这些事情，但他却并没有去为早已经被众人团团包围的沈航解释，只是静静地站在原地，一只手托着下巴，仿佛进入了沉思状态那般，二楼中央的争吵声，已经完全被马浩然屏蔽了！

就在这时候，一只手伸了过来，轻轻地拍了拍马浩然的肩膀，这才将沉思中的马浩然唤醒。

马浩然微微侧过头，影帝神秘兮兮地将马浩然、拳王和卢倩拉到了走廊的尽头，先是警惕地瞥了一眼那群仍在争吵的同学们，这才压低了声音，对马浩然等人说道："老大、拳王、小倩，我看，这古楼有古怪，我们还是停止这次灵异探险，离开这里吧！"

"走？"卢倩眨了眨眼睛，心直口快地说道："我们还没开始探险呢！"

"现在不是探险的时候。"影帝朝卢倩摆了摆手，面色一整，举着手中的血红色请柬，极其郑重地说道，"这请柬有问题，我们最好离开这里！"

"有什么问题？"马浩然被影帝的话吸引，顿时来了兴致。

"老大，罗晓彤的死，当初在我们学校，可是引起了很大的轰动，我当时还特别关注过这件事情，毕竟死的是我们系的系花……"

影帝的话还没说完，便被卢倩不冷不热地打断了："我就知道，有美女的地方，一定有你！"

"小倩，我说正事呢，别打断我！"影帝看了卢倩一眼，又咽了咽口水，这才继续说道，"就像小倩说的那样，我比较喜欢接近美女，所以，我对罗晓彤的死，也是格外关注，虽然我并没有参加罗晓彤等人的那次聚餐，但是，许多细节，我都知道……

"我刚才仔细地回想了一下，罗晓彤和我们不是一个班的，但是，罗晓

第五章　请柬

彤和沈航、慕元昊，包括来古楼的许多人，都是一个班的！

"更夸张的是，死去的罗晓彤，和古楼里的众人，似乎都有一些若有若无的联系和牵扯……除了我们四个以及慕元昊身边的美女之外，剩下的人，算上沈航和慕元昊，一共是九男四女，这十三个人，都与罗晓彤有千丝万缕的联系！

"所以，我觉得，这张忌日请柬，说不定真的就是罗晓彤阴魂不散，追到了古楼，打算在一周年忌日这天，向大家索命！"

影帝说完这番话之后，便剧烈地喘了几口粗气，胸膛起伏的频率，也要比平时大上几分，看得出来，影帝现在，真的很紧张，而导致影帝紧张的根源，便是这张忌日请柬，以及那来自死去的罗晓彤的忌日派对邀请！

然而，紧张的可不仅仅是影帝自己，包括卢倩和拳王在内，呼吸都开始变得急促起来，尤其是卢倩，那张精致的俏脸上已经写满了惊恐。

可是，几人之中，唯独马浩然冷漠无比，淡定自若……

"说说你的猜测，你凭什么认为死去的人会来索命？"马浩然并没有急着去反驳影帝的话，而是先问出了心中的疑惑。

影帝缓了几口气，再次压低了几分声音，这才对马浩然低声说道："老大，我说过，这群人都与罗晓彤有千丝万缕的联系，比如说……"

影帝一边说着，一边指着围在沈航身边不停叫嚷的三名男同学，道："他们三个，和沈航是一个寝室的，高的那个叫李斌，胖的那个叫赵广，长得有点丑的那个叫吴明，这三个家伙也很想巴结慕元昊这根高枝儿，只不过，他们没有沈航的眼界和口才，始终攀不上慕元昊，所以，这三个人与沈航的关系很僵，这不，抓住这忌日请柬的事情，打算趁机把沈航从慕元昊身边弄走，然后他们三个好取而代之！"

"他们和罗晓彤之间，有什么联系呢？"马浩然望着影帝指的三名同学，淡淡地问了一句。

"罗晓彤发生车祸之前的那场聚餐，他们三人，包括沈航，也参加了！"影帝神秘兮兮地说道，"也就是说，如果罗晓彤的鬼魂来索命，那么，与她一起聚餐的同学，都会在罗晓彤的报复范围之内！"

听了影帝的话，卢倩下意识地打了一个冷战，有些埋怨地对影帝说道："你好像阴阳先生……都这时候了，你还说那些事……"

"忌日请柬和忌日派对都闹出来了，所有的矛头都指向了一年前死去的罗晓彤，我当然要说一说和罗晓彤有关的事了，毕竟，这是我们目前能追查的唯一线索了！"影帝也是颇为无奈地耸了耸肩，转而，便继续对马浩然说道，"再说那四个女同学，罗晓彤的寝室一共有六个人，其中一人已经工作了，没有参加这次的灵异探险，而另外四人，她们和罗晓彤是一个寝室的，她们四人都参加了罗晓彤临死之前的聚餐！"

马浩然似乎猜到了什么，转头对影帝说道："你该不会是想说，除了我们四人，以及慕元昊身边那名叫做乔烟的女子之外，其他所有人都参加过罗晓彤出车祸之前的那场聚餐吧？"

"是，也不是……"影帝矛盾地点了点头，又摇了摇头，"最起码，慕元昊没有参加过那场聚餐！"

影帝话音刚落，拳王便出言说道："那慕元昊应该和我们一样，不在罗晓彤的索命范围了……"

"不对！"影帝摇了摇头，缓缓地竖起了一根手指，正色道，"慕元昊曾经追求过罗晓彤，并且追了很长时间，当时那场聚餐，就是慕元昊为了讨罗晓彤的欢心而安排的。我记得，那天有一场酒会，我跟着我老爸去了酒会现场，还在酒会上碰到了慕元昊，所以，慕元昊那家伙，应该没有去参加那场聚餐！"

说完这番话，影帝不动声色地偷瞄了一眼身边的卢倩，见卢倩始终都在满脸紧张地四下张望，似乎并没有太在意他所说的这番话，影帝这才暗暗地舒了一口气，他并不想在"酒会"这个问题上继续纠缠，尤其是在卢倩面前。

"慕元昊安排的聚餐，那么，他应该算是真正的始作俑者了？"马浩然依旧面无表情，仿佛那忌日请柬和忌日派对的事件，并没有对他造成任何影响似的。

"差不多吧！毕竟是因为那场聚餐，才导致罗晓彤出了意外……"影帝

第五章 请柬

若有所思地点了点头。

"我觉得，一年前的那场聚餐，并不像我们想象中那么简单，其中应该还有隐情！"马浩然一边说着，一边凝视着仍在争吵的众人。

忽的，马浩然的视线之中，捕捉到了这样一幕，罗晓彤的那四名室友，已经放弃了去和沈航争吵，转而围在了一名衣着老旧、样貌平凡的男同学身边。

从那男同学的衣着来分析，他的家境应该不是太好，还有他的长相，也属于极其平庸的那一类型，就是丢在人海中都找不到的那种，可是，那四名女同学却好像在讨好那名男同学似的，讨好如此普通平庸的人……这不奇怪吗？

从坐上大巴，再到进入鬼楼，直至"忌日请柬"事件爆发，马浩然都没有见过这名同学，或者说，是这名同学太不引人注目了，让马浩然在潜意识中自动将他忽略了。

直到此时，因为那几名女同学的包围，才让马浩然注意到那名男同学的存在。

"他是谁？"马浩然指着那名衣着老旧的男同学，好奇地问影帝。

"他？他叫王向荣，脾气很怪，也非常不合群。"影帝言罢，还分别看了马浩然和拳王一眼，这才笑吟吟地继续说道，"那家伙，比老大你和拳王还要不合群。最起码，你们两个还有我，我们几个是无话不谈的好兄弟。可王向荣，他根本没有朋友，包括他的三名室友，也就是我们这次进入古楼的人中最后的三人……"

接着，影帝指着王向荣不远处、聚集在一起的三名男同学，说道："穿着很正式的那个，就是皮鞋、休闲裤配白衬衫的那家伙，是他们寝室的头儿，叫杜宇，那家伙的家境还算可以，但比起慕元昊，肯定差许多。另外两个，身形和拳王差不多的那个家伙，叫孔兵，那个尖嘴猴腮绿豆眼的家伙，叫褚民豪。他们三个始终很排斥王向荣，包括在寝室的时候，也都排挤王向荣，因为……"

影帝顿了顿，突然压低了声音，对马浩然几人神秘地说道："王向荣，

107

据他自己说，是修道人士，左眼能见鬼，右眼能视仙，大家都叫他'王道长'！"

影帝话音刚落，马浩然、拳王，包括卢倩在内，三人全都愣住了。

马浩然三人相互对视了一眼，最后，拳王讪讪地笑出了声："奇葩！"

"那几个女同学之所以在这时候围在王道长的身边，是因为她们已经认定，是罗晓彤的鬼魂回来复仇了。凡是参与了那场聚餐的人，都会受到牵连！"影帝压低了声音，挤眉弄眼、怪腔怪调地说出了这番话，言罢，这家伙好像演戏似的，马上换上了另外一副表情，好像专业的记者，用拳头假装话筒，并对马浩然非常正式地问道："老大，关于阴魂复仇这件事，你怎么看？"

马浩然淡淡地瞥了搞怪的影帝一眼，没说话，旋即，便见马浩然从怀中摸出了那本泛黄的笔记本，一言不发地在笔记本上"沙沙"地写着什么……

"浩然哥，你干什么呢？"卢倩一边问向马浩然，一边好奇地凑了过去，想要看看马浩然到底在写些什么。

卢倩凑到马浩然身边，定睛望向那本老旧的笔记本，入眼之处，只见马浩然在笔记本上不断地勾写着人名……

最初，马浩然将他们四人的名字写在了笔记本的右下角，并且用笔圈了起来，随后，乔烟的名字也被马浩然写在了笔记本中的左下角，还有慕元昊，被马浩然单独写在了笔记本右上角的位置，而笔记本的中央位置，马浩然将沈航、李斌、赵广、吴明、杜宇、孔兵、褚民豪、王向荣等人的名字都写上去了。

当马浩然写完这些名字之后，便抬头望向影帝，道："罗晓彤的室友……"

马浩然的话还没说完，影帝便指着围在王向荣身边的四名女同学，说道："四人之中，最漂亮的那个，就是个子很高的那个，叫方璐，在学校里也是那种比较受欢迎的女生，罗晓彤死后，方璐应该算是系里比较出众的女生了！"

"方璐左边那个比较胖的女生,叫江楠。右边那个脸上生了雀斑的女生叫万雪。她俩都是方璐的死党,而且方璐也很喜欢和她俩在一起。俗话说得好,红花需要绿叶衬。我想,方璐应该就是想找几个不漂亮、不出众的朋友,来衬托她自己吧?

"最后一个,距离三女比较远的那人,对,就是身材特好的那个,她叫林姗姗,她与罗晓彤的关系很好,而且很看不上方璐……老大你看,方璐三个人是围在王道长的正前方,而林姗姗则是在王道长右边偏后的位置。这就说明,几人的关系经过一年的时间,也没有太大的缓和,仍旧与一年前一样,彼此看对方不顺眼!"

马浩然一边听着影帝的介绍,一边将四女的名字写在了笔记本的正中央,然后,马浩然将那八男四女的名字用笔圈了起来,并且和慕元昊的名字用一条简单的线连接到了一起……

马浩然在专心致志地写笔记,而另一边,拳王则是大大咧咧地拍了拍影帝的肩膀,半称赞半讽刺地说了一句:"你小子,可以啊,现在都学会推理分析了?"

"跟在老大身边,如果连最基本的推理能力都没有,那还怎么混呢?"影帝扬了扬剑眉,挑衅地瞥了拳王一眼。

影帝的眼神,让拳王很是无语,因为拳王就是影帝口中连最基本的推理能力都没有的人。

"你小子……"拳王一边朝着影帝狰狞地笑了起来,一边挥起了硕大的拳头,看那架势,好像要揍影帝。

就在这时候,二楼正厅的位置,争吵声突然大了起来……

"沈航,咱们兄弟同住一个屋檐下四年,你竟然搞这种恶作剧来吓我们?"

"我告诉你,这种恶作剧一点都不好玩!"

"竟然还拿罗晓彤来吓我们,还弄出个什么忌日派对。沈航,你这次玩得太过火了!"

沈航的室友,李彬、赵广和吴明,你一言我一语地开始对沈航展开声讨，而且争吵还在不断地升级。

这边，沈航的室友吵完了，那边，以杜宇为首的另外一间寝室的人，也开始埋怨起了沈航……

"罗晓彤怎么说也和我们同学一场，你拿她来吓唬我们，的确有些过分！"

"说得对，死者为大，更何况是我们的同学呢？"

"你这家伙的底线在哪里？"

众人的声讨声好像浪潮一般，将沈航深深地埋入其中，又好像飓风，将沈航推到了风口浪尖，以致到了众人厌恶的地步。

不过，话说回来，其实，对于"忌日请柬"这件事，比沈航更有怀疑价值的人，应该是慕元昊。毕竟整座庄园都是慕元昊家的产业，而且，这次灵异探险的发起者也是慕元昊。换言之，是慕元昊将大家带入了这座闹鬼的庄园之中……

所以，慕元昊的嫌疑，其实远要比沈航大得多！

只不过，众人碍于慕元昊的名望和势力，并不敢言明，或者说，众人并不愿意去相信，近乎完美的慕元昊会弄出这种吓人的把戏。这完全不符合慕元昊的身份！又有可能，是因为众人都想取代沈航的位置，去接近慕元昊，所以，众人才没有将矛头指向慕元昊，而是对沈航群起而攻之！

再说沈航，见众人都将矛头指向自己，当然不会就这么不明不白地背黑锅，当即，沈航猛地一挥手，大声叫嚷道："我说过，这忌日请柬不是我搞出来的恶作剧。我根本就不知道这东西为什么会出现在古楼里！"

沈航的话，众人并不相信。正当众人准备再次对沈航展开言语攻击之际，忽的，始终站在走廊角落中、好像事不关己一般的马浩然，突然合上了笔记本。

马浩然微微朝前踏出了一步，走到了影帝等人的身前，而后，马浩然轻吟一声，道："忌日请柬，应该不是沈航搞出来的恶作剧。"

马浩然的声音虽轻，但在这狭长的走廊之中，却是显得无比洪亮。尤其是，马浩然完美地抓住了沈航话音落地而其他人尚未开口的那一瞬的

第五章　请柬

平静。

马浩然话音刚出，走廊中的众人便齐刷刷地将头转了过来，无数道目光立刻定格在了气定神闲的马浩然身上！

不过，这群警校的毕业生望向马浩然的眼神，隐约透出了一丝敌意！

随后，众人便将矛头从沈航的身上转移到了马浩然的身上！

"你说忌日请柬不是沈航搞出来的恶作剧，那你有证据吗？"

"搞不好这忌日请柬，还有可能是他策划的恶作剧呢！"

"说得没错，沈航在大巴上和他发生过摩擦，他会这么好心地来给沈航解围？一定有问题！"

"也可能，他就是想哗众取宠，博一博我们的眼球罢了！"

听着众人刺耳的话语，马浩然的脸上依旧平静无比，就好像那些人针对的对象，并非他马浩然，而是另有其人那般。

"胡说！我老大怎么可能是那种人？"马浩然的头号保镖拳王立刻站了出来，气势汹汹地大骂道，"你们这群心思不正的家伙，不要把你们那种扭曲的人性，强加到我老大的身上！"

拳王所言不假，现代社会中，每个人都会戴上不同的面具去生活、去生存，真正仗义执言、两肋插刀的人，又有几个？一旦人群中，出现了一个勇于直言的人，便会被当成异类。也正因为如此，现实世界中的虚情假意越来越多，虚与委蛇之风也越来越浓。

这边，拳王话音刚落，那边，马浩然便抬起了手，朝着身后的拳王轻轻地挥了挥。下一瞬间，马浩然仿佛变了一个人似的，双目中迸发出异样的光。

熟悉马浩然的人都知道，这是马浩然开始推理的前奏……

"首先，我先说说我的分析！"马浩然并没有将众人讽刺他的话放在心上，而是缓缓地竖起了一根手指，"第一点，我进房间的时候，摸过门把手，上面还有灰尘。这就证明，忌日请柬并不是刚刚放进我房中的。再进一步推理，应该也不是刚刚放进你们房中的。不然，门把手上的灰尘，应该会被开门放请柬的人抹去才对。"

111

马浩然说完这番话之后，聚集在二楼正厅的众人，竟然下意识地安静了下来……

所有人都将视线定格在了马浩然的身上，尤其是乔烟，那双美目更是闪烁着好奇的目光，一眨不眨地望着马浩然。

站在乔烟身旁、始终在暗中关注乔烟的慕元昊，发现了这一点，旋即，慕元昊的眼中立刻闪过了一抹不悦之色……

忽的，慕元昊朗声向马浩然喝问道："你的分析很有道理，可你忽略了一点——如果有人只用手指尖，去接触门把手的顶端侧面部位，那么，那人便有了发力点。再加上古楼中门锁的把手，都是几年前换的新把手，最近几年又一直不常使用，润滑度和弹力都还可以。种种巧合碰撞到一起，我所说的行为，便可以轻而易举地完成了。"

慕元昊，闻名金陵警校的天之骄子，无数光环加在他的身上，也使得他在警校的所有学生之中，显得那么与众不同。

而马浩然，四年的大学生活，他几乎没去上过课，更别谈什么知名度了。除了拳王和影帝之外，几乎所有人对他的了解，都接近空白。

更何况，"血腥玛丽"那件案子，校方和警方都在极力压制，除了少数几个参与过案件的人之外，根本没有其他人知道马浩然天马行空的推理能力，以及细致入微的洞察力。

毫不夸张地说，马浩然在金陵警校，就是一个近乎透明的普通学生而已，最多他的名字前面，会加上"逃课狂人"四个字罢了。

如今，马浩然在慕元昊的面前，用推理能力吸引了乔烟的注意力，尤其是乔烟眼中闪现的好奇目光，更是激起了慕元昊争强好胜的斗志，以及嫉妒之心。

慕元昊千方百计地讨好乔烟，可乔烟却仅仅因为马浩然的一句话，便露出了那种目光，这让自命不凡的慕元昊极度不快。

慕元昊可是金陵警校的天之骄子，而马浩然呢？

充其量算是个透明人！

天之骄子竟然在透明人的手上吃了一个暗亏，换作任何人，恐怕都不

第五章 请柬

能忍吧？

其实，忌日请柬是不是沈航搞出来的，对于慕元昊而言，并不重要。他真正在意的，是乔烟眼中的那个人是不是他。

殊不知，乔烟之所以会对马浩然投去那种目光，并非因为马浩然的推理，而是因为马浩然真的有些与众不同。毕竟沈航在大巴上，可是不止一次地讽刺马浩然，而当沈航被众人针对的时候，他的室友、他的朋友，并没有选择帮助沈航，而是选择落井下石，反倒是与沈航有过节的马浩然主动出言，想要帮助沈航洗脱嫌疑……

这种在现实世界中并不多见的人，当然能够吸引乔烟的注意了。

再说慕元昊，他的话音落地之后，便扬扬得意地朝着马浩然扬了扬嘴角，而他嘴角上扬起的弧度，也组成了一抹冷笑和嘲笑应该具备的弧度，似乎，慕元昊在为他的机智和急智而沾沾自喜……

慕元昊的话，自然将众人的情绪调动起来，毕竟天之骄子和透明人的争斗，还是很有看头的。尤其是，几乎所有人都想成为慕元昊身边最忠实的守护者，不对，是最忠实的贴身管家。

当即，众人纷纷为慕元昊的这番言论，而自发地鼓起了掌。

很夸张？

不夸张！

现实社会中，这种捧臭脚的行为很普遍，真的很普遍。

再说马浩然，他对四周那充满了讽刺意味的掌声充耳不闻，包括慕元昊那挑衅一般的嘲讽微笑，马浩然也完全无视了。

当即，马浩然微微地扬起了嘴角……他也只有在推理的时候，表情才会发生变化。

"你说得有道理，但你似乎有些心急了。"马浩然一边说着一边向后退了几步，直到退至门口处，才停下了脚步。

便见马浩然伸出手指，在慕元昊所说的位置，也就是门把手顶端的侧面位置，轻轻地抹了一下，随后，马浩然便将那根沾染了一丝灰尘的手指举了起来："由于你的心急，导致你根本就没有勘查现场，才会妄下结论。

你所说的位置,与你想象中的并不相同。这里,仍旧有灰尘。也就是说,你的推理被推翻了。"

马浩然话音刚落,整个二楼,又被无尽的寂静包围了,而慕元昊的脸色也顿时阴沉了下来……

马浩然并没有给慕元昊反驳的机会,他的话音刚刚落地,便继续开口说道:"除此之外,还有第二个证据,可以推翻你的推理,就是——作案时间!"

"我和家辉几人,始终在古楼内游荡,一、二、三楼,我们都踏足过,而且用时很短,在这么短的时间内,作案者根本不可能将那么多的忌日请柬分别放进各个房间之中。哪怕是大摇大摆地打开门,将请柬放进去,时间都不够,更不要说用你的方法了!"

在马浩然说话期间,无人反驳,所有人都在认真地聆听马浩然的推理,仿佛生怕错过一字半字似的,而众人脸上的表情也从茫然逐渐变成了恍然大悟……

慕元昊也在听马浩然的推理,只不过,慕元昊却是越听,脸色越阴沉,与众人脸上的恍然大悟相比,当真是格格不入。

慕元昊一言不发地盯着马浩然,似乎是在思考如何去反驳马浩然,可是,经过了片刻的沉思,慕元昊却很尴尬地发现,他无法推翻马浩然的推理,这也使得慕元昊的脸色更加阴沉了。

当即,慕元昊不动声色地偷瞄了一眼身边的乔烟,他发现乔烟已经不仅仅是用那种好奇的目光在审视着马浩然了,就连她的嘴角,都微微地勾勒出一抹恬静的弧度,两处可爱迷人的酒窝也露了出来。

见到这一幕,慕元昊心中的无名火烧得更旺了,他看向马浩然的目光,也从最初的轻视变成了嫉妒,再到此时的憎恶。

不过,这一切对于已经进入推理状态的马浩然来说,都不算什么,甚至已经被马浩然自动屏蔽了!停顿了片刻之后,马浩然又缓缓地竖起了第二根手指,对众人说道:"我接着说下一个问题,也就是这忌日请柬摆放的位置——我房间中的忌日请柬,摆放在房内的方桌上。这就证明,搞出忌日请柬这出恶作剧的人,并非通过门缝将请柬塞入我们房中的,而是打开房门，大大方方地将忌日请柬放入了我们的房间！我之前已经分析过了，作案者连大摇大摆走进房中的时间都没有，那么，始终在忙碌的沈航就更加没有时间去将这么多忌日请柬，分别送进大家的房中了！"

说完这句话，马浩然便不再开口，而是将身体倚靠在墙上，又将注意力集中在了他手中那本泛黄的笔记本上面了。

马浩然闭口不语，其余众人也是面面相觑……

毫无疑问，马浩然这番小试牛刀的推理，的确合情合理、符合逻辑。沈航根本就没有作案的时间，所以，众人也都接受了马浩然的推理，并且打消了对沈航的怀疑。

在证据面前，没有人会反驳马浩然，哪怕这些人并不喜欢马浩然。

古楼的二楼仍旧寂静无比，似乎大家都在沉思，可偏偏就在这时候，心直口快的卢倩忍不住笑出了声。

"扑哧！"

在这寂静的二楼走廊内，卢倩的笑声显得无比突兀。自然而然，卢倩的这一声轻笑也打破了沉默，将众人的目光吸引到了她的身上……

卢倩将目光投向额头上隐暴青筋的慕元昊，仿佛想为马浩然出气那般，用嘲讽的语气轻轻地念叨了一句："慕元昊学长，看来浩然哥的推理能力更胜你一筹，你可不要灰心，要继续努力哦！"

卢倩这番话刚一出口，二楼的气氛陡然变得诡异起来……

马浩然依旧是那副事不关己的模样……

拳王和卢倩则是露出了一脸戏谑的笑容……

影帝，他已经开始转动起了眼珠，似乎在考虑着什么……

乔烟，被心直口快的卢倩一语逗得捂嘴轻笑……

其余众人纷纷露出了震撼的目光，对卢倩侧目望去……

至于被讽刺的主角慕元昊，他已经紧握起了双拳，甚至，他的双拳都因为用力过猛而产生了轻微的颤抖！

慕元昊的情绪，现在已经达到了火山喷发的边缘，当着乔烟的面，被马浩然在推理方面驳得哑口无言，然后又被卢倩这位小学妹出言讽刺，当真是火上浇油！

毫不夸张地说，慕元昊努力在乔烟面前塑造的完美形象，瞬间崩塌了！

什么金陵警校的天之骄子，什么集智慧、金钱、帅气、气度于一身的完美男人，这些设定和光环，似乎全都崩塌了……

可慕元昊能怎么办？

爆发？

不现实！

马浩然让他丢掉的面子，慕元昊可以再找回来，可如果慕元昊在这个时候发怒，那就真的是输人又输阵了，那他在乔烟面前努力塑造维护的形象，可就真的彻底崩塌了，而且还是那种再无重新塑造机会的崩塌。

所以，慕元昊现在当着乔烟的面不能发怒，他只能忍，然后等待反戈一击的机会。

慕元昊紧紧地握着双拳，时而松开，时而再紧握，甚至，他的胸膛起伏的弧度，也产生了微妙的变化。很显然，他现在的情绪很不稳定，甚至是愤怒。

忽的，一道响亮的掌声打破了这份诡异的沉寂，便见影帝一边拍手吸引大家的注意力，一边大声地岔开话题道："各位，现在应该可以证明，沈航并不是策划这起忌日请柬恶作剧的人了吧？"

影帝可是著名的万金油，和任何人的关系都不错，自然而然，大家都会给他几分面子。就像现在，大家心里都明白，影帝是出来救场的，不然的话，二楼的气氛可就尴尬死了。

而且，影帝之所以这么做，也算是为马浩然和卢倩解围了，毕竟大家才刚刚到达古楼，大巴车又离开了这里，众人还要在一起相处一段时间，如果现在把关系闹僵了，以后就不太好相处了。

这边，影帝话音刚落，那边，杜宇便带头发言，顺着影帝的话聊了下去："这么说，忌日请柬不是沈航搞出来的恶作剧了？"

杜宇开口之后，与他同寝室的孔兵也立刻出言道："那这忌日请柬，是谁弄出来的？"

第五章　请柬

孔兵一言落地，众人便你看看我，我看看你，大眼瞪小眼地相互张望了起来，最后，众人齐刷刷地将目光定格在了马浩然的身上。

孔兵用非常友善的口气向马浩然问道："马浩然，你知道这忌日请柬是谁在搞鬼吗？"

马浩然缓缓地抬起了头，深邃的眸子好似无波古井，没有一丝波澜地望着孔兵，旋即，马浩然突然收回了那束投放在孔兵身上的目光，转而，他转过身径直走回到了他和拳王的房间之中……

没错，结束了推理之后，马浩然又恢复到了之前那种无言的状态。

马浩然的突然离开，的确让众人有些措手不及，尤其是孔兵，更是非常尴尬地讪笑了一声。

这时候，影帝迫不得已，不得不再次出场了。

"我们可以暂时忘记忌日请柬的事情，不如大家先自由活动，休息也好，闲逛也罢，等到晚上，我们就可以进行烧烤晚会了。晚会结束，就是我们的灵异探险时间。别忘了，我们来这里的目的，可是为了探索古楼里存在的秘密，以及——猛鬼！"

影帝说完最后一句话，脸上还露出了狰狞的表情，挤着双眼，歪着嘴，伸着舌头，貌似是在假装猛鬼的样子……

不得不说，影帝很有表演天赋，他的扮相很接近普通人心目中猛鬼的形象，再加上这是影帝刻意而为的举动，所以，自然是逗得众人哄堂大笑，气氛算是彻底地缓和了过来。

见影帝将气氛缓和了过来，沈航也站了出来，语气轻松地对大家说道："家辉说得对，大家现在可以自由活动，午饭会送到大家的房间里，现在让我们正式开始我们的毕业探险活动吧！"

沈航言罢，便带头鼓起了掌，而其余众人已经打消了对沈航的怀疑，也很配合地鼓起了掌。

至于那忌日请柬，仿佛又被深深地埋入了众人的心中……

二楼的正厅，众人成群结队地陆续散去，而当影帝拉着卢倩的手，与拳王并肩朝着马浩然所在的房间迈出步子的同时，沈航快步追上了影帝，用力地拍了拍影帝的肩膀，并且在影帝的耳边耳语了一声："帮我谢谢马浩然！"

说完这句话，沈航还装模作样地捏了捏影帝的肩膀，故意提高了几分声调，对影帝说道："家辉，一会来三楼找我，帮我给大家分发午餐！"

影帝看了沈航一眼，又不动声色地瞄了一眼仍旧站在二楼正厅的慕元昊，心领神会地接上一句，道："到了午饭时间，我就去找你！"

影帝和沈航相互对视一眼，二人会心一笑……

其实影帝和沈航二人心里都明白，马浩然和慕元昊算是结下梁子了，而沈航作为慕元昊如今的头号管家，自然不能当着慕元昊的面去感谢马浩然，所以，沈航才会悄悄地让影帝帮忙转告那句话，至于后来的分发午餐，完全是为了不让慕元昊产生不快而做出来的掩人耳目的手段罢了。

至于影帝，他只是配合沈航演了一出戏而已，对他而言，并没什么损失，反倒是会拉近他与沈航的关系。这种稳赚不赔的生意，影帝当然不会拒绝。

随后，影帝三人走进了二楼最深处的房间，而沈航则是老老实实地回到了慕元昊的身后。

慕元昊并没有去看沈航，只是眯着双眼眼神复杂地盯着马浩然所在的那间房，可就在这时候，悄然立于慕元昊身边的乔烟，却是轻轻地笑了一声。

"马浩然，有意思的家伙！"乔烟莞尔一笑，复而转身踩着轻盈的脚步走上了三楼。

乔烟虽然走了，但她的最后一句话却是让慕元昊怒火中烧，因为乔烟竟然将马浩然形容成有趣的家伙。要知道，慕元昊苦追乔烟许久，乔烟都没有用这种词汇形容过慕元昊。

简单地说，慕元昊的愤怒，完全是因为嫉妒。

不知不觉之间，一颗愤怒和嫉妒的种子，便在慕元昊的心中悄然萌发了……

慕元昊盯着走廊尽头的房间，看了好一阵，忽的，慕元昊转身，连看都没有去看沈航一眼,便直接大步流星地迈出了步子,走上了三楼。

先前还热闹无比的二楼正厅,此时也只剩下了沈航一人而已……

而沈航在慕元昊离开之后,也不知道为什么,情不自禁地打了一个激灵,旋即便警惕地张望起了四周,见四周并没有任何的动静,沈航也快步地走上了三楼……

再说马浩然几人,此时,马浩然、拳王、影帝和卢倩四人,全都挤在了马浩然的那间房里,四人围绕方桌而坐。

这时候,影帝站起了身,快步走到门口,鬼鬼祟祟地探出了头,朝着空无一人的二楼走廊看了一眼,随后便关上房门,又快步走回到马浩然的身边。

"老大,你说这忌日请柬,到底是谁搞的恶作剧?"影帝好奇地问向了马浩然。

影帝此言一出,拳王和卢倩二人也都凑了上来,摆出一副洗耳恭听的模样。看来,大家对这忌日请柬并没有真的忘却,只不过大家都在强制将这件事压到内心的最深处罢了。

如今,影帝问出了这个引人关注的问题,拳王和卢倩自然而然会好奇地凑上来,因为这二人,也十分好奇这团迷雾的最终答案……

马浩然听了影帝的问题之后,便缓缓地抬起了头,淡然的目光一一扫过三人的脸,最后,马浩然摇了摇头,十分简单地回答道:"我还不知道!"

"不知道?"影帝有些失望,不过,下一瞬间,影帝的眼瞳之中又燃起了希望,"老大,你说'你还不知道',这个'还'字就代表你有想法,对吧?"

"论小聪明,没人能强过你!"马浩然冷漠地回了影帝一句,接下来又进入到那种推理的状态,打开了话匣子,"我来给你们分析一下,首先,我们先说忌日请柬出现的时间和地点。时间不用说了,就是在刚才,而地点,是我们所有人的房间。这两点,都是疑点……

"比如说时间,我敢肯定,忌日请柬,绝对不是刚刚放进我们房中的,应该是几天之前，就已经被某人放进了我们的房中！

"之前，我记得有人说过，前段时间，为了筹备这次的灵异探险，已经有一批人先我们一步进入了古楼，目的是提前把食材等物品送进来。我怀疑，忌日请柬就是在那时候，被某人放进我们房中的！

"你们有没有注意到，整座古楼，不论是走廊，还是室内或者是室外，都没有任何的监控设备，而这也为幕后之人创造了便利的条件！"

马浩然说完这番话，三人便陷入沉思之中，足足过了半晌，影帝才似有所悟地点了点头，由衷地佩服道："老大的心思，果然缜密……那第二点，地点，又是怎么回事？"

马浩然淡淡地瞥了影帝一眼，略微地缓了一口气，便继续开口说道："至于地点，就简单许多了。我们的房间里有忌日请柬，其他人的房间里也有忌日请柬。可是，古楼这么大，房间这么多，那些没有住人的房间里，是不是也有忌日请柬呢？如果有，那就说明幕后之人并不知道沈航会如何安排房间。所以，为了保险起见，那人便将所有房间都塞满了忌日请柬……反之，如果其他没有住人的房间里面没有忌日请柬，那就说明幕后之人已经事先知道了哪些房间会住人，哪些房间不会住人这样，就值得我们继续推敲了。"

第六章　遗书

马浩然话音刚落，拳王立刻兴奋地低吼出声道："老大就是老大，一针见血，直中要害！"

"浩然哥的意思是，这忌日请柬，并非那位罗晓彤学姐来索命，而是有人在搞恶作剧？"卢倩惊疑不定地对马浩然问了一句。

"将忌日请柬放入我们大家房中的那人，到底想干什么，我暂时还不知道，动机尚不明确，这也是我没有当着大家的面，把这些疑点说出来的原因。而且，一旦我刚才说的这些话传入了大家的耳中，那么势必会打草惊蛇。所以，我希望你们三个不要外传。至于罗晓彤索命……"马浩然没有继续往下说，只是缓缓地摇了摇头。

"老大是无神论者，当然不相信是阴魂索命了！"影帝接上了马浩然的话，对卢倩挤眉弄眼地道了一声，随即，影帝便扭头问马浩然，道："老大，那我们现在该怎么办？等着那名将忌日请柬放入我们房中的黑手露出破绽？"

马浩然微微皱眉，略微沉吟片刻，便开口对影帝说道："交给你两个任务。第一，打听出前几天来送食材的人都有谁；第二，想办法弄到二楼其他房间的钥匙，悄悄地打开那些没人住的房间，看看到底是不是每间房间里面都有忌日请柬。"

"明白！"影帝笑嘻嘻地打了一个响指，然后又拍了拍胸膛，对马浩然保证道，"这两件事，就交给我吧！"

说完，影帝便直接站起了身，对马浩然三人说道："我去找沈航，帮忙分发午餐，顺便去完成老大交给我的任务。"

"我也去！"卢倩见影帝站了起来，当即也跟着影帝站起了身。

"那好吧！"影帝耸了耸肩，便拉起卢倩的手，二人并肩走出了马浩然的房间。

影帝二人离开之后，房间里只剩下了拳王和马浩然二人。

不过，马浩然似乎并没有打算和拳王闲聊，而是合上了笔记本，自顾自地走到了床前，直接躺到床上。

大概几秒钟之后，躺在床上的马浩然突然轻声自语地嘀咕了一声："床单都是新换的。看来，为了筹备这次灵异探险，慕元昊的确花了不少心思……"

拳王看了躺在床上的马浩然一眼，他并没有去接马浩然的那句话，因为躺在床上的马浩然刚刚说完这句话，便传来了轻微的鼾声，很显然，马浩然已经睡着了。

拳王颇为无奈地摇了摇头，便开始整理起了他和马浩然的随身行李，比如牙具和毛巾之类的物品。

没多久，房间的门被敲开了。卢倩端着一个托盘，托盘上还放着用速食盒装盛着的四盒热气腾腾的盖浇饭。

"大全哥，浩然哥，吃饭了！"卢倩朝着拳王笑了一声，随即便朝躺在床上的马浩然轻唤起来。

被卢倩这么一叫，马浩然也悠然转醒，略带睡意的双眼扫了一下手腕上的表，现在已经是中午十二点三十分了。

"老大，来吃饭！"拳王招呼了马浩然一声，便自顾自地坐到了方桌的一侧，拿起筷子，准备动手了。

马浩然只是坐在床上，没有站起身，淡淡地扫了一眼方桌上的四盒快餐，轻言一声道："不急，等影帝回来一起吃！"

"那我也等他吧！"拳王不舍地看了一眼散发着香气的盖浇饭，最后还是选择放下筷子，比较煎熬地坐在方桌之前，静静地等待着影帝回来。

卢倩看到这一幕，心头涌上了一种莫名其妙的感觉，这种奇怪的感觉之中，更多的是为影帝高兴，高兴他能拥有这样的好朋友。

第六章　遗书

　　下午一点整，影帝吹着口哨走进了马浩然的房间，当影帝见到桌子上摆放整齐并且已经没有了腾腾热气的四盒快餐时，影帝不由得埋怨了一声："你们怎么不吃？饭都凉了。"

　　"老大说了，等你！"拳王憨憨地笑了一声。

　　"吃饭！吃饭！"影帝一听，立刻快步地走到桌前，第一个拿起了筷子。

　　随后，马浩然起身坐到了方桌的最后一个位置上，几人一起拿起筷子，吃着已经凉了的快餐。虽然饭菜有些微凉，但气氛却是火热无比。

　　影帝塞了一大口饭，抬头对马浩然说道："老大，时间太短，我还没打探出关于那两件事的情报。"

　　"不急！"马浩然很淡定地回了影帝两个字，便没了下文。

　　一顿饭，四人吃得很快，也许是都有些饿的缘故。吃过饭之后，几人将方桌收拾了一番，马浩然便自顾自地又躺回了床上，继续睡觉。

　　拳王见状，也情不自禁地打起了瞌睡，而且拳王的瞌睡好像会传染似的，影帝和卢倩也相继打起了瞌睡……

　　"是不是我们今天起得太早了，才导致我们现在都有些犯困？"影帝嘀咕了一声，便招呼卢倩往外走，"走吧，回各自的房间睡觉去，谁先醒，就喊另外一个人！"

　　"好！"卢倩乖巧地点了点头，便随着影帝一起走出了马浩然和拳王的房间。

　　卢倩和影帝走了之后，拳王也坚持不住了，直接躺在了马浩然的身边，很快便睡了过去……

　　其实，犯困的不只是马浩然四人，包括古楼里绝大部分的人，都开始犯困了。

　　影帝说得很对，今天大家起得都很早，缺觉是很正常的。

　　而且，还有另外一个原因，那就是，今天夜里，留在古楼里的青年男女们准备开始他们的灵异探险，而灵异探险自然是要在午夜十二点进行了。为了避免午夜十二点犯困，所以大家几乎是出奇地保持一致，选择在午饭

123

过后睡上一段时间来养精蓄锐。

古楼，陷入到了沉寂之中……

再说马浩然，他睡得很沉，而且睡得很香，直到三个多小时之后，马浩然才醒来。不过马浩然并不是因为睡够了才醒来，而是被一道极其尖锐惊恐的尖叫声给吵醒的。

"啊！"

一道充满了恐惧的尖叫声，好像惊雷一般，在这座诡异而阴森的古楼中炸响开来。这一瞬间，整栋古楼之内，每一个角落几乎都被这道声浪覆盖了，这道声浪在古楼之中甚至还产生了一阵绕梁不绝的回音。

顷刻间，这座仿佛陷入沉睡之中的古楼被惊醒了。各个房间的房门，几乎在同一时间全部打开了，一群青年男女纷纷冲出房间，重新回到了二楼走廊之内，当然也包括被惊醒的马浩然、拳王、影帝和卢倩四人。

马浩然透过人群的缝隙，望向走廊另一边，只见万雪无力地瘫坐在地上，举着发抖的手臂，指着那间已经被她推开门的房间，结结巴巴、语无伦次地惊声尖叫起来……

"死……璐璐……死……吊死……"

万雪一边指着那间房间，一边用另外一条手臂撑着身体，双腿不断地在地上磨蹭，使得她的身体也退到了走廊另一边的窗下。看她的样子，好像非常害怕。

马浩然见状，微微皱起了眉头。

万雪的举动以及她口吐的那几个字眼，让马浩然产生了一种不祥的预感。

当即，马浩然不由分说地迈开步子，毫不犹豫地朝着万雪所在的位置狂奔起来！

"老大，等等我！"拳王的反应也很快，马浩然迈出步子的下一刻，拳王也紧跟上了马浩然的脚步，一起在走廊里奔跑起来。

当马浩然和拳王跑到了二楼正厅的位置之时，恰好慕元昊、乔烟和沈航三人也从楼上走了下来，不过，马浩然的注意力已经全都集中在了万雪的身上，并没有去看从三楼走下来的三人。

转眼之间，马浩然便和拳王奔到了万雪的身边，这时候，马浩然连看都没有去看满脸惊恐的万雪，而是直接用身体挡在了那间房间的门口，并且举目望向房内……

只见，房内正中的房梁上系着一条向下垂直并且紧绷的绳索，而绳索的下端竟然系着方璐的脖子……

此时的方璐早已没了气息，那张本来很漂亮的精致脸蛋此时已经变得惨白无比，还有那双原本非常灵动的眼瞳，如今却是瞪得老大，仿佛要凸出眼眶似的，她的舌头也以一种超越人体极限的外吐程度，僵硬地搭在了发紫的嘴唇上……

场面，说不出的诡异……

马浩然堵在了房间唯一的出入口，丝毫没有要进去的想法，当然，他也没有想要让别人走进案发现场的想法。

保护现场，是任何一名警员都应该具有的基本意识！

马浩然站在门口，飞快地将方璐的房间扫了一眼。

整个房间很干净，当然，这里的"干净"并非指卫生，而是指痕迹，整个房间并没有任何搏斗挣扎的痕迹，一切都是那么的自然。

窗户是紧闭的，玻璃没有破损，而且那老式的拉杆锁，也并没有打开。

床上的被褥也没有被动过，而是整齐地摆放在了床的里面，包括床单上，也没有任何的褶皱，似乎整张床就没被人触碰过。

相比于整齐的床铺，房间内的那张方桌可就凌乱多了，吃饭的速食餐盒被推到了一边，由于扣着盖子，也不知道里面的饭菜有没有动过。

当马浩然的视线从餐盒上移开之后，便发现在餐盒的旁边，竟然还放着一张纸，上面依稀写了几行字……

马浩然只是深深地看了那张纸一眼，旋即便将视线转移到吊在半空中的方璐尸体上了。

方璐的衣服很整齐，包括她的头发，也只有那么一丁点儿凌乱，唯一让马浩然在意的是方璐脖颈处的淤青。

吊死方璐的那根绳子，最多只有一指宽，可是，方璐白皙脖颈上的淤青痕迹，却是超出了一指宽的范围而且还是深浅不一的那种！

目前，在没有近距离查看尸体和检验尸体的前提下，马浩然也只发现了这一处疑点而已。当然，如果硬要算的话，还有一处疑点，那就是……椅子！

没错，就是椅子！

方璐的尸体下方根本就没有借力的椅子！

如果没有借力的椅子，那方璐又是怎么吊上去的？

目测方璐的尸体距离地面最少有五十厘米，也就是有半米的距离呢！

想到这里，马浩然猛地抬头，望向了方桌的方向，他发现方桌四周的四张椅子，全都整齐地摆放在那里，好像根本没有被人移动过。

就在马浩然目查现场的时候，其余众人似乎也发现貌似出事了，当即，大家也就纷纷朝着方璐的房间跑了过来，不过好在马浩然堵在了房间门口，而拳王和后来赶到的影帝，又一左一右地护在了马浩然的两侧，这才没有让其他人挤进房间里。

不过，凑到门前看热闹的人，只是在门外晃荡，踮着脚尖探头往里面看，有个别胆子比较大的人往里面拱了拱，还没站稳脚跟，眼前就出现了一张惨白的死人脸，呈现着一种毫无生机的灰白色，布满血丝的双眼凸起，好像随时可能掉出来，溃散的瞳孔散发着一股死气。只是短短的几秒钟，在惊恐的刺激下，人们产生了幻觉，恍惚之中看到死人脸上出现了一抹诡异的微笑……面对如此狰狞恐怖的死人脸，再大的胆子也吓破了。"啊！"也不知道是谁发出了一声吓破胆似的尖叫声，顿时，整个古楼的二楼立刻陷入了无尽的恐慌与混乱之中，尖叫声、哭声、脚步声此起彼伏，络绎不绝。

而在众人之中也有胆子大的，当然，只有寥寥几人敢一直盯着房内的方璐尸体猛看，就比如马浩然、慕元昊和乔烟。

"老大，方璐她……"影帝低声问了马浩然一声。

只不过，影帝的声音还未落地，他身后的慕元昊便冷喝了一声："让

第六章 遗书

开,我要进去!"

影帝没有说话,只是回身看了慕元昊一眼,便见慕元昊脸色铁青,双目几欲喷火,模样煞是吓人!

当然,影帝可不会被慕元昊的表情吓住,他仍旧没有要退的意思。

就在这时候,马浩然突然迈出了步子,当先走进案发现场,并头也不回地对影帝说道:"让他进来,除此之外,不允许任何人进入案发现场。还有,联系郑队,这里发生了凶杀案,请求支援!"

其实马浩然并不想让慕元昊进来,因为这样会影响马浩然查案,但是,这里毕竟是慕元昊家的私人产业,于情于理,马浩然都无法拦住慕元昊走进案发现场。

得到了马浩然的指令,影帝和拳王一人让出了半个身位,而面色难看的慕元昊,则冷哼一声,气势汹汹地走进了案发现场……

慕元昊并不是普通的富二代,最起码,这家伙看到死人和诡异的案发现场之后,并没有选择退缩,而是想要再进一步去调查真相,光是这一点,就要比绝大多数人强上一截!

另外,慕元昊也想借着这个机会,和马浩然再较高下。

总的来说,慕元昊是自私的,而且非常自私,他心里现在也只有打压马浩然这个念头而已了。

就这样,马浩然和慕元昊一前一后地走进了案发现场。只不过,两人目标并不相同。马浩然进入案发现场之后,直奔那张方桌走了过去,而慕元昊则是走到了尸体的下面,仰着头,近距离地观看起了尸体。

先说马浩然,走到方桌前,他就看到了餐盒旁边的那张纸,不过,马浩然并没有伸手去碰那张纸,而是弯着腰去看那张纸上的内容……

"晓彤,我对不起你,现在,我就把命还给你!"

这就是那张纸上的全部内容!

乍看之下,像是一封忏悔信,但仔细一读,却又有一种遗书的感觉……不过,这些都不重要,重要的是,写信的字体很丑,好像是用左手写出来的那般,每个字都像是失去平衡似的,左歪右斜,很诡异。

当然，马浩然的举动也引起了慕元昊的注意，这家伙当即便放弃了近距离勘查尸体，而是快步走到了马浩然身边。

当慕元昊看到那张纸后，本能地选择伸手去拿，而这时候，慕元昊的举动却被马浩然喝止了。

"不能碰那张纸，会影响警方排查指纹！"马浩然说话之际已经蹲下了身子，去近距离地观察那四张椅子的摆放位置，自然而然，马浩然说出这番话的时候，并没有抬头，甚至都没有去看慕元昊一眼。

慕元昊抬起来的手，僵硬在了半空，尤其是马浩然连看他一眼都不屑，这也使得慕元昊的脸色变得更加铁青，因为慕元昊已经感受到了马浩然的轻视。

其实，马浩然并没有轻视慕元昊，只不过进入查案状态的马浩然就是这模样，哪怕是郑祺在旁边，马浩然的眼中依旧只有案件而已。

马浩然没有理会面色铁青的慕元昊，只是自顾自地蹲在地上，去看那四张椅子以及桌子。经过一番仔细的观察之后，马浩然终于发现了一点异常——靠着窗户那边的桌子腿内侧，有明显的灰痕，或者说是土痕，只不过，那一抹灰痕好像是被人工抹平的一样，虽然凌乱，但却看不出任何的纹路。

"有意思！"马浩然笑了一声，这才站起身，复而走到了方璐尸体的下面，开始近距离地观察尸体。

慕元昊在马浩然起来之后，也蹲下了身体去看马浩然刚才看的地方，自然而然，慕元昊也看到了那一抹灰痕。

值得一提的是，慕元昊看完灰痕之后，也站起了身。可是他的脸色更加阴沉了……因为，整个过程，慕元昊都好像是在跟着马浩然查案的轨迹在行动，直白地说，他就像是一个小丑，由始至终都在被马浩然牵着鼻子走。

这种情况，是高傲的慕元昊无法忍受也无法接受的！

慕元昊不动声色地看了一眼站在门口的乔烟，当慕元昊发现乔烟那双美目已经牢牢地锁定在马浩然的身上时，慕元昊的脖颈和额头，已经暴起青筋了。

没错，慕元昊现在很愤怒！

不过，这些都与马浩然无关。马浩然的眼中，只有线索、疑点、尸体和答案而已。

"拳王，你进来，帮我把方璐的尸体弄下来！"马浩然一边盯着方璐的尸体，一边朝着拳王招了招手。

听到马浩然的话，拳王二话不说，一个箭步便冲进了房间，正当拳王准备抱住方璐的双腿，将方璐的尸体从绳索上抱下来的时候，慕元昊突然冷冷地低吼了一声。

"不要破坏现场，会影响警方排查线索！"慕元昊的声音很低沉，其中更是充满了无尽的愤怒，因为，刚才他打算拿起那张纸的时候，马浩然就是这么对他说话的，他既然找不到机会把这句话还给马浩然，那就只能先送给马浩然身边的拳王了。

慕元昊话音刚落，马浩然便微微地侧过了头，用眼角的余光扫了慕元昊一眼："古楼距离金陵市有几个小时的路程，而且现在是下午，市区堵车，等郑队他们的车开出市区，估计天都快黑了，再加上山路难行，警方能在晚上赶到这里，就已经算是极限了。如果我们现在不将方璐的尸体抬下来，做进一步的简单排查，确定死亡时间和尸体疑点，那才叫影响警方查案。"

说完这句话，马浩然便不再去看慕元昊，而是指挥着拳王，抱住方璐的双腿，将方璐的尸体从绳索上抬了下来。

慕元昊被马浩然当众尤其是当着乔烟的面前反打脸，可偏偏慕元昊还无言反驳马浩然，这种感觉对于慕元昊来说，就像是吞了几十只苍蝇一般的恶心，他的脸色，更是和死去的方璐没差多少。

慕元昊死死地攥着拳头，由于用力过猛，他的整条手臂都产生了轻微的颤抖。

不过，慕元昊的心理和反应，马浩然并不知道，他现在的心思，已经全都集中到方璐的尸体上了。

拳王将方璐的尸体抱了下来，小心翼翼地将其平放到了地上，旋即，马浩然便蹲下了身子，开始检查方璐的尸体……

就在这时候，门外一道好似银铃般的脆声突然响了起来："你想验尸吗？"

马浩然闻言抬起了头，朝着门外望了过去，便见乔烟一脸郑重地站在门前，一双美目紧盯着马浩然……

马浩然没有说话，只是淡淡地点了点头。

"我是医生，我想我应该可以帮到你。"乔烟异常平静地说了一句。

"原来你是医生，难怪你不怕尸体。"马浩然仿佛想到了什么，恍然大悟地说了一声，旋即便道："那就请你帮忙检查一下尸体吧！"

听了马浩然的话，乔烟也不矫情，直接迈出莲步，走进案发现场。

进入工作状态的乔烟，与马浩然倒是有几分相似之处，二人都是全神贯注，也都是心无旁骛。

就这样，马浩然和乔烟一左一右地蹲在方璐尸体的旁边，一个负责验尸，一个负责寻找疑点，看起来很合拍的样子。

不过，这一幕落到慕元昊的眼中，可就极具讽刺意味，甚至加快了慕元昊心中那颗嫉妒种子的成长。

再说马浩然，自从拳王将方璐的尸体从高空抱下来之后，马浩然的双眼便始终没有离开过方璐的尸体，从脚上踩的那双平底运动鞋，到修身的铅笔裤，再到塑形的短款牛仔夹克，马浩然都异常仔细地扫视了一番，直到马浩然将目光停留到方璐脖颈上的时候，他突然发现了一点异常……

"咦？"马浩然轻轻地惊呼了一声，头也下意识地向方璐的脖颈方向凑了过去。

就在这时候，碰巧乔烟也在检查方璐尸体的脖颈。为了更加清晰仔细地检查方璐的脖颈，乔烟也朝着那里凑了过去……

不偏不倚，马浩然和乔烟的头，轻轻地撞到了一起。

"啊！"

马浩然和乔烟几乎是同时微微吃疼地轻喊了一声。紧接着，二人捂着头，有些不好意思地相互望着对方……

之前二人齐齐发出惊呼声，已经成功地将众人的注意力吸引了过来，尤其是与马浩然和乔烟同在房内的慕元昊，更是目眦欲裂，妒火攻心！

不过，现在已经没有人去关注青筋暴起的慕元昊了，大家都将目光落到了马浩然与乔烟的身上。

"抱歉。"马浩然的神色有些不自然，这也是沉静如水的马浩然很难会出现的状态。

"没事！"乔烟只是轻轻地摆了摆手，便指着方璐的脖颈对马浩然说道："你看这里，死者的脖颈处有几道不明显的抓痕。"

马浩然循着乔烟手指的方向望去，发现乔烟所说的位置，和之前吸引他的位置，竟然是同一处！

马浩然刚才检查方璐尸体的时候，其实也是被脖颈处的异常所吸引，想凑近看看，没想到和乔烟撞到了一起……

当即，马浩然又朝着方璐尸体的脖颈方向凑了过去，近距离地观察起了方璐的脖颈，的确有抓痕，依稀可见是六道抓痕。

马浩然凝视着那六道极浅的抓痕，又朝着方璐的尸体凑近了几分，鼻尖几乎都要贴在方璐的脖颈上了。

当然，马浩然这么做是有原因的，因为他发现了那六道抓痕的左右两侧，其实还分别有两道极浅的抓痕，如果不是马浩然洞察力异于常人的话，恐怕还真无法发现最后的那两道抓痕。

可是，脖颈上有八道抓痕，又代表什么呢？

代表挣扎？

可房间内根本就没有打斗和纠缠过的痕迹。

马浩然抬起手，轻轻地揉着下巴，大脑也陷入了沉思的状态……

就在这时候，案发现场外的走廊中，突然传来了一道冰冷而且充满怀念，甚至还夹杂着一丝痛快的声音。

"晓彤回来了。"

这道声音好像来自地狱的招魂曲，在寂静的古楼二层不断回荡起来。

几乎在同一时间，所有人包括马浩然和乔烟以及慕元昊在内，都将视线集中到了那道声音的源头……

便见林姗姗双臂环抱在胸前，一脸冷漠地望着躺在地上的尸体："方璐死了，无声无息地死在了自己的房间里，你们有没有发现，方璐是上吊而死的，可上吊死的人，脚下竟然没有椅子，难道不奇怪吗？还是说，是方璐自己跳到绳索里面的？且不说方璐不可能跳那么高，单说那绳索，如果不踩着椅子和桌子，能将绳索系到房顶的横梁上吗？唯一的可能就是……晓彤回来了，她回来复仇了！"

林姗姗这番话说完，走廊中的人也都聚到了门口处，朝着房间的房顶望去……

由于这座古楼是很久之前的建筑物，而且慕家又没有对其进行太大的翻修，所以，房间内依旧保持着旧时候的建筑风格，就比如穹顶，依旧保有三根贯穿房间的木制横梁用来支撑主梁和圈梁，而吊着方璐尸体的绳索，便系在了中间那根横梁之上。

"林姗姗，你的意思是，方璐的死并非凶杀，而是阴魂索命？"就在这时候，慕元昊突然站了出来，双目直视林姗姗，表情一整，正气凛然地说道："我不相信世界上有鬼，也不相信什么阴魂索命，我认为，方璐是死于自杀或者凶杀。虽然你提出的问题很有针对性，也很难解释，但是，我绝对不认为方璐是死于阴魂索命！"

慕元昊这番义正言辞的话，倒是引得所有人为之侧目……诚然，在这阴森无比的鬼楼之中，而且这里还号称闹鬼，在这种情况下，慕元昊还能保持无神论的观点，的确值得佩服！

再说慕元昊，见所有人都将目光定格到他的身上，包括乔烟和马浩然，慕元昊脸上立刻露出了一抹不易察觉的微笑，旋即，慕元昊便侃侃而谈地发表起他的长篇大论……

"案发现场的举架高度，目测有两米八至三米，方璐身高一米六八至一米七，伸展手臂之后的高度接近两米至两米一，横梁距离穹顶大概有十厘米的缝隙。也就是说，方璐举起手臂的高度，加上横梁与穹顶缝隙之间的

第六章　遗书

十厘米之差，还需要再增加六十至八十厘米的高度，方璐才能将绳索系到横梁上……

"就算方璐再怎么用力跳，也不可能跳出六十至八十厘米的高度吧？如果不用桌椅等外部因素来增加高度，方璐不可能完成上吊！

"可是，案发现场之中的桌子和椅子，却是摆放整齐，证明方璐没有动过桌椅。既然如此，那方璐是如何完成上吊的？先踩着桌椅将绳索系到横梁上，然后再将桌椅放回去，最后自己跳起来，将头伸到绳索围成的圈里，进而吊死？

"绳索的圈距离横梁也只有十厘米至二十厘米的高度，就算方璐想要自己跳起来，将脖颈放进圈里，她起跳的高度也需要五十至六十厘米，这对于一名不经常运动的女生而言很吃力。尤其是，还要准确地将脖子套进绳索之中，这样的话，就要再加上方璐头部的高度……不管怎么说，不借助椅子和桌子，方璐绝对不可能完成上吊！"

"这样的话，我们就又绕回到了林姗姗提出的问题上……案发现场摆放整齐的桌椅。"慕元昊有些得意地挑了挑剑眉，仿佛在为他这番自认为精彩绝伦的推理而自傲那般，"那桌椅，总不会是方璐死后自己放回去的吧？"

最后，慕元昊坚决地下了结论！"想要破解方璐的死亡之谜，唯一的关键就是桌椅。通过我刚才的推理，可以肯定，方璐绝对不是自杀，她也不可能完成上吊自杀，而是被谋杀，这是一场策划周密的凶杀案！"

"慕元昊，你不相信是晓彤回来复仇吗？"林姗姗冷着脸，双目一眨不眨地盯着慕元昊，仿佛要将慕元昊看透那般。

"看来，你已经认定，方璐的死就是罗晓彤的阴魂回来复仇所导致的？"慕元昊盯着林姗姗，眼神无比的复杂，忽的，慕元昊仿佛想起了什么，径直走到桌前，盯着那张写着类似遗言的纸张，朝着门口的林姗姗问道，"你知道这张纸上写了什么吗？"

林姗姗没有说话，只是轻轻地摇了摇头。

"这张纸上写着……晓彤，我对不起你，现在，我就把命还给你！"慕元昊看着那张类似遗书的纸张，大声地将其中的内容宣读了出来。

然而，慕元昊的话音尚未落地，案发现场外的走廊中，众人便立刻爆发出了一阵动乱。

"罗晓彤……难道真的是罗晓彤的鬼魂回来索命了？"

"这分明就是方璐的遗书，难道方璐是自杀？不可能啊！慕元昊刚才已经分析过了，方璐绝对不可能是自杀！"

"所以说，这是阴魂索命！罗晓彤的鬼魂回来索命了！方璐说不定就是被罗晓彤的鬼魂上了身，这才会做出那种常人根本无法完成的事情！"

"好恐怖……对了……我们刚才不是都收到了罗晓彤的忌日请柬吗？还有忌日派对，该不会真的是罗晓彤回来了吧？"

"慕元昊不是说了吗？这是一场策划周密的凶杀案，而并非什么阴魂索命！"

"凶杀？你看现场的环境，还有那封遗书，怎么可能是凶杀？如果是凶杀，那凶手是谁？我们当中会有人是凶手吗？"

站在走廊中的人纷纷展开了议论，而议论的内容自然是关于方璐的死……

凶杀？索命？

没有人知道答案！

走廊中，众人经过一番议论之后，声音也逐渐地小了下来，而这时候，站在案发现场之内的慕元昊，突然提高了声调，嘴角轻佻地低喝一声，道："大家静一静！"

被慕元昊这么一喊，众人自然安静了下来，而且还在同一时间，将目光聚集到了慕元昊的身上……

便见慕元昊神采奕奕地朗声说道："各位，刚才林姗姗的话，倒是给我提了个醒。她始终认为，方璐的死是罗晓彤的阴魂回来索命才造成的。那么，我们是不是可以将其理解成蛊惑人心？

"你的一番言辞，已经让所有人的心中都产生了疑惑，并且将所有人的思维都成功地引到了罗晓彤的身上，再加上这张类似遗书的纸……这张纸早晚都会展现在大家面前的，到时候，岂不更是让人相信，方璐之死就是

第六章 遗书

罗晓彤的鬼魂索命而造成的？

"我记得，你和罗晓彤关系很好，但是和方璐的关系却不太好，对吧？

"所以，我现在完全有理由怀疑，你就是杀死方璐的最大嫌疑人！"

慕元昊说完这番话，嘴角上噙着的那抹轻笑也变得更加浓郁了，就仿佛他在为自己的智慧而得意……

慕元昊很得意，没错，他在马浩然面前似乎扳回了一局，可偏偏，就在这时候，慕元昊最不想听到的声音却偏偏响了起来……

"你说的，并不全对！"

马浩然缓缓地站起了身，先是回过头看了林姗姗一眼，不过，那双平静的眼瞳，并没有在所谓的嫌疑人林姗姗的身上停留太久，随后，马浩然便扭过头，双目直视慕元昊……

虽然马浩然的那双眼瞳充满了平静和淡定，但在慕元昊的眼中，马浩然的眼神仿佛透出了无尽的嘲讽和鄙夷……

当即，慕元昊的脸便冷了下来。

"你说，我说的并不全对？那你有何高见？"慕元昊恶狠狠地瞪了马浩然一眼，冷冷地说道。

慕元昊的愤怒情绪，似乎并没有对马浩然造成任何的影响，旋即，马浩然沉稳的声音便在古楼之内回响了起来……

"首先，先说你刚才的分析，前半部分很有道理，而且我也表示认同。但后半部分，尤其是你认为林姗姗是杀死方璐的嫌疑人，以及桌椅是破解这场凶杀案的关键的提议，我不认同！"马浩然说道。

"桌椅这个问题，的确很重要，但却并非关键。举个最简单的例子，如果凶手勒死了方璐之后，踩着桌椅，将绳索系到了横梁上，再抱着方璐的尸体，将其挂上绳索的圈中。完成了这一切之后，凶手再将桌椅摆放回原位，是可行的！"

马浩然的话音刚刚落地，站在案发现场之外的卢倩，再次笑出了声。

"慕元昊学长，原来，你刚才所说的那些看似很有道理的数字分析，其实都是没什么大作用的话……"卢倩笑嘻嘻地说完了这番话之后，便直接闪到了走廊之中，根本不给怒火中烧的慕元昊任何反驳的机会。

当然，卢倩的话也仅仅是插曲而已，此时，所有人的注意力都集中在马浩然的身上，并没有人因为卢倩的话而分散注意力。

马浩然有些无奈地朝着案发现场的门外看了一眼，不过，他并没有发现卢倩的身影，旋即，马浩然便继续进行他的推理。

"我为什么认定凶手是先勒死方璐，然后再将方璐的尸体挂到绳索之中呢？那是因为，我在方璐的脖颈处发现了八道极浅的抓痕，这种抓痕应该是在凶手勒死方璐的时候，方璐为了反抗而紧紧地抓住勒住自己的绳索，才会造成的抓痕。这是其一！"

马浩然的声音刚刚落地，便见乔烟将方璐的手，平放到了地上，她出言附和道："我刚刚检查过方璐的手指甲，里面的确有一些类似皮脂的纤维。"

说完这句话，乔烟便继续验尸。

专注的乔烟并没有注意到，当她说完这番话的时候，慕元昊的脸都绿了。

这边，乔烟刚说完，那边，马浩然便立刻接上了话。

"其二，方璐脖颈上瘀痕的范围，明显要比绳索大上一些，我们可以大胆地猜测，是凶手先勒死方璐，再将方璐挂到横梁上，因为方璐并不是直接吊死在横梁上的，所以，凶手并不能准确地将绳索覆盖在之前勒死方璐的痕迹之上，毕竟方璐的尸体有一定的下坠力，所以凶手也只能将错就错，将方璐的伤痕和绳索大概地调整一番位置，由于方璐的尸体长时间地进行了二次缠绕，所以方璐脖颈上的伤口，才会比绳索宽一些！"

"其三，是那张摆放整齐的桌子……"马浩然一边说着一边走到了靠着窗户那边的桌子一侧，蹲下了身子，指着桌腿内侧的灰痕，继续说道，"这里有灰痕，按照房间整洁的程度来看，这里根本不应该出现灰痕，就算之前进入古楼的人忘记打扫，也不可能会如此的明显，因为灰痕四周的范围都很干净，只是略微有一些浮灰罢了，与这明显的灰痕格格不入。

"根据这一处灰痕，我们可以再进行一番大胆的猜测……凶手就是在这里将方璐勒死，而在勒死方璐的过程中，方璐不停地挣扎，不仅抓住了绳索，想要为自己获得一丝喘息的时间，更是想要伸腿去蹬桌子，可是因为某种原因，方璐的挣扎失败了。不过，方璐却留下了这一抹好像被抹平的灰痕。方璐穿的是平底的运动鞋，如果在桌子上蹭一下，是完全有可能会造成这种灰痕的！"

"其四，信的字体……"马浩然指着那张类似遗书的纸，道："纸上的字迹很潦草，歪歪曲曲，并不像是方璐亲笔写出来的遗书，倒是有点像其他人用左手写出来的字迹。也就是说，写这封遗书的人未必是方璐，有可能是凶手，而且凶手为了掩盖笔迹，故意将字写丑，这样的话，也可以造成另外一种假象，就是刚才有人说的那种假象——被鬼上身！

"被鬼上身之后，写出这种字迹，那就很正常了！

"其五，笔！

"既然有遗书，那么，书写遗书的这支笔又在哪里？案发现场中似乎并没有那支笔！我认为，这才是关键，那支笔上很有可能留有凶手的指纹！因为，整个案发现场，只有那支笔消失了。这就说明，凶手因为某种原因，并没有戴上手套去写那封伪造的遗书！"

马浩然洋洋洒洒地说完这么一番话之后，才重重地喘了几口粗气。不过，他却并没有去看慕元昊，而是扭头望向了门外的众人，朗声说道："我认为，凶手就在我们之中。现在，只等乔烟医生做完简单的尸检，确定死亡时间之后，我们才能根据方璐的死亡时间，进行下一步的调查。"

马浩然话音落地，所有人都将目光定格在了他的身上，包括蹲在地上进行尸检的乔烟，都情不自禁地抬起了头，深深地看了马浩然一眼……

正所谓"有人欢喜有人忧"大家都为马浩然超乎常人的逻辑性和细致入微的洞察力所震惊，而慕元昊却并不在意这些，他在意的是，他又一次被马浩然打脸，而且又是当着乔烟的面！

还有，马浩然在推理的最后，并没有对慕元昊说任何的话，甚至连看都没有去看慕元昊一眼，这种无视对于慕元昊来说，简直就是奇耻大辱！

从小到大，慕元昊都被称为天之骄子，尤其是进入金陵警校之后，更是被称为这一届毕业生中的第一才子,包括推理能力,也一直都是慕元昊自傲的资本。

可是,这一切都被马浩然接二连三地粉碎了。

尤其是这次推理,马浩然列举出的五大疑点,将慕元昊驳得哑口无言,根本无从反驳。

慕元昊很不爽,很愤怒,但他却偏偏没有任何办法去针对马浩然,因为,这场才子之争和推理之战,慕元昊现在似乎全面落于下风,而且还是那种超逆风的下风!

慕元昊唯一的翻盘机会,便是借助马浩然的这些推理,先马浩然一步找到凶手。

否则的话,慕元昊"金陵警校第一才子"的名号,可就要被马浩然夺走了,而且还是在慕元昊引以为傲的推理方面,被马浩然全面击溃。

对于击败马浩然唯一的方法,慕元昊其实比谁都清楚,所以他着急了,他想在最短的时间,用最直接的方法击败马浩然,挽回自己丢失的颜面。

"你说的那些,无非都是你的猜测和推理而已,你并没有掌握任何的实际证据!"慕元昊的声音很低沉,似乎是在压制着心中的怒火,转而,慕元昊双目直视马浩然,道:"而现在,我已经知道了凶手的身份,也知道了凶手的动机和杀人手法。"

慕元昊此言一出,顿时,全场所有人都瞪大双眼,一眨不眨地盯着慕元昊,包括专心致志地检验尸体的乔烟,都不由得抬起头,将视线定格在了慕元昊的身上……

慕元昊说他已经知道了凶手的真正身份,并且也了解了凶手杀人的动机和手法,如此突如其来的变故,的确打了众人一个措手不及……可是,这件案子难道真的这么轻易就会被破解吗?

再说慕元昊,见所有人都将视线集中到了他的身上,下意识地,他得意地扬起了嘴角,尤其是当慕元昊见到乔烟的视线也被他的话吸引过来之时,嘴角上的笑意也更加浓郁了。

慕元昊装模作样地清了清嗓子,便缓缓地迈出了步子,走到案发现场

第六章 遗书

的门口,他一双明亮的眸子,在二楼走廊之中略微扫视了一番,最后将视线定格在杜宇的身上……

"我记得,方璐隔壁的两间房,一间是空的,另一间是杜宇你的,对吧?"慕元昊一边冷笑,一边凝视着杜宇,仿佛要看透杜宇的内心那般。

"方璐隔壁的房间,的确住的是我!"杜宇见慕元昊将矛头指向了自己,当即便皱起眉头,有些不悦地反问慕元昊,"你该不会是想说,我就是杀死方璐的凶手吧?"

说完这句话,杜宇突然大笑了一声,道:"慕元昊,你到底知不知道,我在追方璐?我会杀方璐?我根本就没有任何的动机!况且,吃过午饭之后,我一直在睡觉。"

杜宇的话还没说完,便被慕元昊毫不客气地打断了,便听慕元昊厉声喝道:"杜宇!我知道你在追求方璐,可是,你所追求的女人已经死了,而你,却没有一丝伤感的情绪,这不奇怪吗?或者说,你其实早就知道方璐会死!这就是你杀方璐的动机。你们两个之间,一定出现了裂痕,甚至是不可调和的矛盾,又或者是你有把柄被方璐抓到了!这些,都足以成为你杀死方璐的动机!

"还有,你住在方璐的隔壁。方璐死的时候,她的房内到底有没有发生过争执、挣扎,或者是异常的声音?我们众人之中,只有你最清楚。只要你否认,那么整个案件就又进入了死局之中。这,也是作为凶手的你,得天独厚的条件。

"再说方璐的死状。方璐明显先是被人用绳子勒死,然后再被挂到横梁上,因为在桌脚的内侧留下了方璐挣扎的鞋痕,整个过程,似乎没有发出过太大的动静,因为住在你隔壁的万雪,以及万雪隔壁的江楠,应该都没有听到异样的声音,对吧?"

说完这句话,慕元昊便将目光投向了最先发现尸体的万雪。

万雪见慕元昊将目光定格在了她的身上,旋即,她便抹了一把眼角上的泪痕,轻轻地点了点头:"我当时也在睡觉。所以,我真的没听见任何的声音。"

"现在已经确定，距离案发现场第二近的万雪，并没有听到任何的异响。我们众人之中，能够做到不发出任何响声便能勒死方璐的，也只有你了。杜宇，身为方璐的追求者，如果你去敲方璐的房门，方璐一定会为你打开房门，这样，门锁没有破损，也就可以解释清楚了，因为是方璐自己为凶手打开的房门！又或者，你和方璐之间有什么特定的暗号，再或者，你们其实早就约好了时间，在某某时刻见面，方璐特意为你留了门，所以你才能在没有发出任何响声的情况下，进入方璐的房间，然后又借着方璐对你完全放松的先天优势，用绳索勒死了方璐，再伪装成自杀的假象，并且用左手写下了一封遗书来迷惑我们。最后，你将所有的桌椅都摆放整齐，将这场凶杀案伪造成阴魂索命的现场，对吧？杜宇！"

说到最后，慕元昊已经情不自禁地提高了声调，似乎他很满意自己的推理，而在慕元昊的眼中，杜宇，就是杀死方璐的凶手！

经过慕元昊这么一番分析之后，走廊中的众人也都纷纷侧目望向杜宇，甚至大家竟然都下意识地朝着杜宇站立的相反方向，退了一步……

如此境况，自然惹得杜宇脸色阴沉下来。

"我说过，吃过午饭之后，我一直在睡觉！"杜宇冷冷地盯着慕元昊。

"有谁可以证明你一直在睡觉？"慕元昊不甘示弱地反问了杜宇一句。

"孔兵和褚民豪都在我的房间，和我一起吃的午饭，吃过午饭之后，我有些困意，将二人送走之后，我便直接睡了过去。"

杜宇的话还没说完，便直接被慕元昊打断了："那就是说，当褚民豪和孔兵离开你房间之后，你身边并没有其他人在。换言之，没有人能为你提供不在场证明，对吧？"

被慕元昊这么一问，杜宇倒是一时语塞，因为事情的确像慕元昊所言那般，孔兵和褚民豪离开了杜宇的房间之后，杜宇立刻就睡了过去，只不过他是自己一个人睡觉，所以他的不在场证明，并不成立。

见杜宇无言以对，慕元昊便更加地得意了。

"方璐的死，真正的凶手就是杜宇！"慕元昊凛然一吼，言罢，还装模作样地抬起了手，直接指向了一脸愤怒的杜宇。

一时间，整个古楼的二楼静得出奇，所有人都怔怔地瞪大了眼睛，目光始终在慕元昊和杜宇的身上不断游离……

　　可是，就在这时候，一道轻微的声音打破了慕元昊刻意营造出来的气氛。

　　"你的推理有几分道理，但有很多地方却是破绽百出。"

　　当这道声音响起的一刹那，所有人的目光都循着声音传来的方向，望向了声音的源头，说话之人正是马浩然！

　　当慕元昊发现说话的人是马浩然之后，他那只指着杜宇的手，也下意识地缓缓握成了拳头，眼神眉宇之间更是透出了一种叫做"憎恶"的情绪。

　　面对慕元昊冰冷的目光，马浩然冷漠的脸上并没有出现任何的表情，只是缓缓地开口继续说道："首先，你说杜宇是方璐的追求者，而方璐死后，杜宇并没有流过一滴眼泪，甚至都没有露出太过悲伤的表情——那么，我想问问你，一年前，罗晓彤出了车祸之后，你又为罗晓彤流过一滴眼泪吗？

　　"爱，是一件很神圣的事情，而失去所爱之人，有时候并不一定非要用眼泪去表达，有的人可以把这份悲伤藏进心里，而且还是内心的最深处。我相信，杜宇应该是这一类的人。

　　"慕元昊，如果按照你的推理来分析，那么，一年前，罗晓彤的车祸，会不会是你策划的？因为你当时也在追求罗晓彤，对吧？"

　　慕元昊听了马浩然的话后，立刻勃然大怒道："你这是强词夺理！男人追求女人，难道就一定要去杀死女人吗？这是什么逻辑？根本是毫无道理可言的强词夺理！我当初在追求罗晓彤，难道就要杀了她吗？"

　　马浩然耸了耸肩，很淡定地说道："因为杜宇在追求方璐，又因为方璐死了，而杜宇并没有露出一丝伤感的表情，这种表现在你眼里就是奇怪，甚至还演变成了杀人动机……我们究竟谁在强词夺理？

　　"你的推理，只有那么少数的几句话，能够让我眼前一亮，其余的话破绽百出，我可以从很多方面一一地反驳你，需要我一一地反驳你吗？

"还有……你不觉得你的推理很无聊吗？"

马浩然冷冷地说出了这番话，不过在说话的过程中，马浩然的脸上始终没有出现任何的情绪波动，甚至他的眼神由始至终都没有产生变化，就仿佛他在述说一件微不足道的事情那般，平静，淡定，泰然。

霎时间，古楼的二楼，所有人都用一种异样的眼神盯着慕元昊，这种"异样"包含了许多情绪，比如说不屑、痛快、怀疑、嘲讽……

毫无疑问，急于想要打败马浩然的慕元昊，在推理过程中犯下了一个致命的错误，这个错误与推理无关，与心急有关！

推理，最忌急于求成！

因为，所谓的推理，每一个环节都需要反反复复地去推敲，仔仔细细地去证明，而慕元昊却是走嘴不走心，他的推理完全是对"推理"两个字的亵渎。

马浩然淡淡地看了慕元昊一眼，他并没有对慕元昊说出和案件无关的任何一句话，而马浩然的这种表现落到慕元昊的眼中，变成了彻头彻尾的讽刺、看低、蔑视、不屑！

慕元昊的全身已经开始轻颤起来，他不甘、不服、不爽！

可是又能怎么样？

慕元昊再一次无言反驳马浩然，因为，他这次的推理的确是太急了。

与马浩然的五大疑点相比，慕元昊的推理的确可以用"无聊"两个字来形容。

毫无疑问，不论是从观察、逻辑、口才、思维、想象，推理等任何一个角度来评论，慕元昊在与马浩然的这次交锋之中完败，而且败得非常彻底！

他，慕元昊，在古楼中的人眼中，已经走下了神坛。他，不再是完美的才子。

气氛，忽然变得尴尬起来……

就在这时候，唯一能够化解尴尬气氛的人，终于站了出来……

乔烟缓缓地从方璐的尸体旁边站起了身，紧接着，乔烟深深地吸了一口气，用平和的语调说道："我已经确定了死者的死亡时间和死因，因为没有特定的分析仪器，所以我只能给出一个大概的结论。"

乔烟一句话，不仅化解了马浩然和慕元昊之间的尴尬，同时也将众人的注意力都吸引了过来……

"死者的咬肌、颈肌，以及面部肌肉都已经开始产生微僵，这就证明，死者的死亡时间在一至三小时之内。

"还有死者的体温，与室内温度基本持平，也可以证明死者死于三小时之内。

"另外死者身上已经出现了一小部分轻微的尸斑，这可以进一步地缩小死者的死亡时间。通常在一至两小时之内，死者身上才会出现这一类的轻微尸斑。当然，一些身体特殊的人死亡三十分钟之后，就会出现这类的尸斑，不过那类人太少。我觉得，方璐应该不属于那一类特殊的人群之一。

"现在是下午四点五十分，也就是说，方璐应该是死于下午一点五十分至三点五十分之间。

"还有一点，我对方璐的手指甲进行了初步的检查，她的指甲之中残存少许的皮屑，应该是方璐在抓自己脖颈的时候所产生的，残留在手指甲中的，是她自己的皮屑。

"方璐的死因是窒息而死，至于是被人事先勒死，还是上吊而死，就不是我能找到答案的事情了。"

说完这番话，乔烟便自顾自地走到了窗前，望着外面已经开始变暗的天空，她语气颇为凝重地说道："外面似乎开始阴天了，也许不久之后，会有一场大雨降临。警方，应该不会如时赶到了。"

"警方无法按时赶到，那我们也只好自救了！"马浩然轻声缓言道，"各位，从现在开始，我们大家最好不要走出古楼，而且一定要两个人，甚至是更多人聚集在一起，千万不能走单。这样的话，凶手也就没了可趁之机……"

马浩然的话还没说完，便被一道质问的声音打断了。

第七章　恐惧

"你是说，方璐死于凶杀，而且凶手就在我们之中？"说话的人是林姗姗，只不过此时的林姗姗，表情是那样的复杂，她皱眉、眯眼、撇嘴……

随即，马浩然扭过头盯着林姗姗，肯定地说道："凶手，只能是我们之中的某个人！"

"难道你不认为，方璐是死于罗晓彤之手吗？"林姗姗好像中邪一样，用一种近乎癫狂的语气喊道，"一定是晓彤回来报仇了！我记得，一年前的那天，就是方璐，暗中使坏，不断地让杜宇去灌晓彤喝酒。如果不是晓彤喝多了酒，她怎么可能会出车祸？"

说完这句话，林姗姗猛地转过了头，一双眼睛死死地盯着之前还是嫌疑人的杜宇，恶狠狠地说道："还有你！晓彤一样不会放过你！下一个，就是你！"

"她疯了！"杜宇有些慌张地摆了摆手，旋即便冲进了案发现场的隔壁，也就是他自己的房间之内。

"你害怕了，对吧？"林姗姗不依不饶，好像真的发疯似的，朝着杜宇的房间继续喊了起来，"晓彤一定会来找你的！"

"姗姗！别说了！"就在这时候，孔兵三步并作两步，走到了林姗姗的身前，想要伸手去拉林姗姗的手臂，可是却被林姗姗打开了。

林姗姗看了孔兵一眼，指着孔兵阴声说道："你也不是什么好人！"

随即，林姗姗又分别指了指褚民豪、王向荣、江楠和万雪四人，大声喊道："你们都是害死晓彤的凶手，晓彤不会放过你们的！"

说完这句话，林姗姗便发狂似的飞奔进了她的房间之中，便听"嘭"的一声闷响，房门被结结实实地关闭了！

所有人包括马浩然在内，都将目光定格在了林姗姗的房门之上，当然，没有人知道大家的心中到底在想些什么，沉默再一次笼罩在这座古楼之中。

片刻之后，作为气氛带动者，影帝自然是责无旁贷地站了出来，用一种温和的语气安抚起了众人："各位，咱们先听老大的。大家不要分散开，尽量保持两个人，或者两个人以上的团队待在一起，而且不要走出古楼。这样，也就不会给凶手可趁之机了。"

"哼！"影帝的话还没说完，慕元昊便冷冷地哼了一声，旋即，慕元昊便直接迈开步子，径直走向了三楼。

慕元昊被马浩然接连打脸，而且打得那叫一个响。他，应该是没什么理由继续留在这里了。

沈航见状，连忙向影帝点了点头，轻声说道："我去找慕少，我们待在一起！"

言罢，沈航便快步地追上了失意的慕元昊，二人一起消失在二楼的楼梯转角处……

杜宇、林姗姗、慕元昊和沈航相继离开之后，江楠和万雪走到了一起，一起返回了二人中的某间房。

而孔兵、褚民豪和王向荣，则是一起走向了案发现场隔壁的隔壁，也就是杜宇隔壁的房间。不过，三人在走进房间之前，孔兵还刻意地朝着对面的房间，也就是林姗姗的那间房间，投去了一抹担忧的眼神，这才随着另外两个人走进房间。

再之后，是李斌、赵广和吴明三人，也走过楼梯，进入了另外一半楼的某房间之中。

直到此时，案发现场也只剩下马浩然、影帝、拳王、卢倩和乔烟几人了。

马浩然递给了影帝一个眼神，影帝立刻会意，连忙朝着三楼跑了过去。

"你让他去干什么？"乔烟好奇地望着马浩然，几乎是下意识地脱口问道。

马浩然没回答乔烟的问题，只是淡淡地看了乔烟一眼，随后便对卢倩说道："你陪着乔烟吧。对了，如果可以的话，最好也陪一陪林姗姗，我看她的情绪似乎不太稳定。"

马浩然说完这句话，还暗暗地朝着卢倩眨了眨眼睛。

卢倩被马浩然眨眼睛的举动给惊到了，呆呆地站在原地，沉默了半晌，这才恍然大悟地"哦"了一声。没办法，谁让卢倩还没见过马浩然除了冷漠之外的表情呢？

回过神来的卢倩，便大大方方地拍着胸膛，对马浩然别有深意地说道："浩然哥放心，我会陪好乔姐姐和林姗姗的。"

马浩然闻言，便朝着卢倩重重地点了点头，很显然，聪慧的卢倩已经读懂了马浩然的眼神所要表达的意思了。

随后，卢倩和乔烟便一起走到了林姗姗的房门前，敲响了门。

没多久，门被林姗姗打开了，出乎马浩然意料的是，林姗姗竟然很爽快地让卢倩和乔烟进了她的房间。

"有点意思。"马浩然微微地扬起了嘴角，似笑非笑地朝着林姗姗的房间，深深地看了一眼。

这时，拳王憨憨地打断了马浩然的思绪，轻声对马浩然问道："老大，咱们是回房间，还是去找杜宇？貌似现在只有杜宇一个人落单了吧？"

马浩然回过头，看了拳王一眼，又看了杜宇的房门一眼，最后，马浩然抬起手指了指脚下，对拳王淡淡地说道："我们哪儿也不去，就待在这里！"

说完这句话，马浩然便将案发现场的房门敞开，转身走到了床边，将床上的白色床单抽了出来，转而，又走回到方璐的尸体前，将床单盖在了方璐的身上。

做完这些事情之后，马浩然也不啰唆，直接坐到了房间内的椅子上，

第七章 恐惧

坐定之后，还朝着拳王招了招手，示意拳王也过来一起坐。

拳王云里雾里地看了马浩然一眼，又看了看地上的方璐的尸体，虽然满心的疑问，不过，他还是选择一言不发地坐到了马浩然的身边。

马浩然没有说话，拳王也没有提问题，二人就像木雕一样，静静地坐在案发现场的椅子上，仿佛在等待什么……

沉默，足足持续了半响，最终拳王还是没有忍住，轻声地对马浩然嘀咕道："老大，我们留在这里，究竟要干什么？"

"看守现场，陪着杜宇，等影帝和卢倩回来。"停止了推理的马浩然，再次变回了曾经那个惜字如金的他。

不过，马浩然这简短的几个字，却解开了拳王心中的疑惑……

马浩然之所以没有选择回房间，而是选择待在案发现场，是要保护现场的完整，避免凶手暗中破坏和抹去证据。

还有杜宇，那家伙的房间就在案发现场的隔壁，如果真有什么情况发生，马浩然和拳王也能第一时间察觉。这样，杜宇也就不算落单了。

至于最后的影帝和卢倩，毫无疑问，二人都有任务在身。影帝嘛，还是之前的任务，而卢倩的任务就比较重了，她不仅要暗中看着乔烟和林姗姗，更要在不被察觉的前提下，撬开林姗姗的嘴，从她嘴里套出更多的情报，因为刚才林姗姗的突然发疯，一定事出有因，至于这个"因"，就是马浩然必须知道的几条线索之一！

所以，马浩然现在只能待在案发现场，等待他所布下的局，能否收回一些线索……

古楼之外，天色越来越阴沉，远方隐有沉闷的雷鸣声响起，"轰隆隆"的声音虽然不大，但却扰人。

马浩然缓缓地转过了头，望向阴云密布的窗外。此时，遮天蔽日的黑云，已经将光芒与古楼完全地隔绝开来，虽然现在还不到天黑的时候，可外面却暗得吓人……

"看来，郑队长他们是无法准时赶到了。"马浩然暗暗地叹了一口气，轻声嘀咕了一句。

"山里的天气就是这样,说不定什么时候就会突然来一场大雨!"拳王很有经验地说道,"我家那边经常会出现这种情况。"

拳王的话音还未落地,走廊中便传来了窸窸窣窣的脚步声,很轻,但却很快,如果不是因为马浩然始终将案发现场的房门开着,恐怕还未必能听见这阵脚步声!

当即,马浩然和拳王便径直将目光定格在了门口处。

不多时,便见影帝鬼鬼祟祟地跑了过来。路过案发现场的时候,影帝还特意朝里面看了一眼,当影帝看到马浩然和拳王之后,便连忙停下脚步,得意地朝着二人晃了晃手中的钥匙。随后,影帝也不管马浩然二人,继续向前跑去了。

"这家伙这么快就成功了?"拳王意外地眨了眨眼睛,茫然地望向马浩然。

马浩然只是笑了笑,没有说话。

没过多久,那阵窸窸窣窣的脚步声,便再次传入马浩然和拳王的耳中,随之,影帝的身影也闪进了案发现场内。

马浩然的目光并没有在影帝那张挂满了坏笑的脸上停留太久,而是被影帝手中的鲜红请柬吸引了目光……

"老大!二楼空着的房间,一共有四间,都集中在走廊的最右边,也就是我们的房间相反的方向。而且,我在那四间房中都找到了这个……"影帝一边朝着马浩然说道,一边晃了晃手中那四张鲜红的请柬,"我看了,都是罗晓彤署名的忌日请柬,与我们收到的请柬是相同的。"

"三楼的房间你找过吗?"马浩然点了点头,立刻出言问道。

影帝摇了摇头,低声对马浩然说道:"三楼的房间我也去了,并没有发现忌日请柬。而且,三楼空下来的房间,连打扫都没有打扫过!"

"也就是说,三楼的房间,早在上次他们来送食材的时候,就已经安排好了,对吧?"马浩然的嘴角上突然浮上一抹冷笑。

然而,这简单的一抹笑容,却是让影帝和拳王有些失神……

马浩然就是一张扑克脸,除了推理的时候之外,脸上根本就不会出现任何表情，而现在马浩然竟然笑了。

连整日与马浩然混在一起的影帝和拳王，都有些意外。

"老大，你笑了，你是不是想到了什么？"影帝一边说着，一边朝门口的位置靠了过去。

等到影帝走到门口的时候，他便鬼鬼祟祟地探出头，旋即才回过头，对马浩然点了点头，示意马浩然外面没人，有什么可以尽管说。

"其实事情很简单，这些忌日请柬，并不是什么阴魂显灵，而是人为的。而且，将这些忌日请柬放入大家房中的人，就是之前来过古楼的那批人之一！"马浩然淡然自若地继续说道，"三楼的房间，只有慕元昊、沈航和乔烟居住，这应该是那批人事先都知道的事情。所以就只收拾了他们居住的三间房间，自然而然，放忌日请柬的人，会找机会把请柬放到那三间房中。而二楼的房间不确定的因素太多，为了保证来古楼的每个人都收到请柬，幕后黑手便在每一间房间都放了一张忌日请柬。"

"那就是说，上次进入古楼的那批人之中，其中的某人，便是幕后黑手？"拳王压低了声音，不解地对马浩然问道："那方璐的死……"

"方璐的死，很有可能也是放忌日请柬的人所为，以罗晓彤的索命阴魂为掩饰来进行周密的杀人计划，至于动机，我就不清楚了……"马浩然微微地皱了皱眉，转而望向守在门口的影帝，"之前，究竟谁来过古楼，你打听到了吗？"

"打听到了！"影帝先是警惕地瞥了门外的走廊一眼，旋即才转过头，用极低的声音对马浩然说道，"慕元昊、沈航、李斌、赵广、吴明、杜宇、孔兵、褚民豪和王向荣，都是上一批进入古楼打扫卫生、运送食材的人。好像为了保持古楼的神秘，那些人约定，不透露他们之前来过这里的事情。老大，你说，这些人里谁会是真正的凶手？"

"事情好像变得更复杂了！"马浩然的双眼中陡然迸发出一抹精光，"除了我们、乔烟，以及四名女同学之外，大家都提前来过这里。那么，这些人就都有嫌疑……"

马浩然话音刚落，走廊中传来了一道开门的"吱呀"声。

影帝好像被这道"吱呀"声吓到了,身体情不自禁地打了一个激灵,转而,他便连忙循着声音传来的方向望了过去……

只见卢倩一脸欣喜地从林姗姗的房间中走了出来,见到影帝之后,卢倩的脸上闪过一抹惊诧,不过,仅仅是一瞬间,卢倩的俏脸便又恢复如初了。

当即,卢倩轻手轻脚地关上了林姗姗的房门,几个箭步,轻盈地钻进了案发现场。

虽然方璐的那具尸体已经被白床单盖住了,但卢倩还是下意识地绕了一大圈,这才坐到了马浩然的身边。

"浩然哥,我打听到情报了!"卢倩的声音虽然很低,却难以掩饰心中的兴奋。

"说!"马浩然斩钉截铁地说道。

"我和林姗姗长谈了一番,我发现林姗姗好像有点神经错乱,说话有些语无伦次,而且始终都在强调,方璐的死是罗晓彤的鬼魂来索命所导致的!"

"详细点!"马浩然的话依旧简短无比。

卢倩缓了一口气,这才滔滔不绝地说了起来:"一年前的那场聚会,方璐暗中使坏,鼓动追求她的杜宇不断地灌罗晓彤喝酒,这件事你已经知道了。不过,其中还有一些细节,比如说……罗晓彤之所以会参加那场聚会,是因为沈航、李斌、赵广和吴明这四个人,为了讨好追求罗晓彤的慕元昊而纠缠罗晓彤,最终,罗晓彤不太好意思不给同学面子,就答应参加那场聚会。当时,罗晓彤还特意拉了林姗姗一起去,因为罗晓彤平时和林姗姗的关系非常好,算是闺蜜!

"然后就是聚餐现场的事情……灌酒的人,其实不只是杜宇,包括褚民豪和王向荣,也在不停地灌罗晓彤酒。所以,林姗姗才会说,罗晓彤的死,是他们一手造成的。如果没有她们,罗晓彤不可能喝多,也就不可能出车祸……"

"等一下!"马浩然突然出言打断了卢倩的叙述,"你忘记了一个人。

第七章　恐惧

孔兵，当时他在干什么？"

"孔兵并没有参与灌酒，整个聚餐，孔兵的存在感似乎都很低，只是在聚餐结束的时候，孔兵想送罗晓彤回去，结果被罗晓彤拒绝了。林姗姗就认为是孔兵不好，如果孔兵坚持送罗晓彤回去，那罗晓彤可能就不会出车祸了！"卢倩解释道。

"那江楠、万雪和方璐呢？还有林姗姗，当时她在干什么？她不是和罗晓彤的关系最好吗？为什么没有陪罗晓彤一起回去？"马浩然再次发问。

"根据林姗姗所言，当时她也喝了一点酒，是方璐三人灌的，而且林姗姗不胜酒力，只喝了一点就醉了，最后还是沈航等人送林姗姗回的学校。为了这件事，林姗姗也很自责。自然，林姗姗也将怨气迁怒到了方璐三人的身上，如果不是她们三人灌林姗姗喝酒，那林姗姗就会陪着罗晓彤，可能也就不会出现罗晓彤遭遇车祸死亡的事情了！"

听到这里，拳王不由得嘀咕了一声："看来，这关系还挺复杂，貌似所有人都和罗晓彤的死有关……"

"不仅如此，我还听说，方璐、江楠和万雪三人，与罗晓彤、林姗姗的关系一直都不太友好，平日里也经常发生冲突，尤其是罗晓彤和方璐，关系更是恶劣。因为方璐始终不认为罗晓彤哪里比她强，系花应该是方璐而不是罗晓彤。所以，林姗姗说，罗晓彤才会第一个索方璐的命，因为二人平时积怨太深！"

顿了顿，卢倩继续说道："对了，林姗姗还和我聊了她私人的感情。她说，孔兵现在在追求她，只不过因为罗晓彤的事情，导致林姗姗无法接纳孔兵。"

卢倩的话还没说完，便被马浩然挥手打断了……

当即，卢倩停下了话语，连同拳王和影帝在内，大家都将视线集中到了马浩然的身上……

便见马浩然缓缓地伸出了两根手指，轻轻地敲击着桌案，一边敲击，还一边自顾自地笑了起来，虽然笑容很浅，但这对马浩然来说，却是十分难得了。

"有一个关键点，你们注意到了没有？"马浩然轻声说道，"那就是，罗晓彤的去向。大家吃完饭喝完酒，应该都是回学校，本可以一起回去，可为什么罗晓彤偏偏要自己走呢？其中，是不是还有什么我们不知道的线索，没有暴露在阳光之下？"

被马浩然这么一说，影帝三人也纷纷陷入了沉思……

按照正常的逻辑分析，大家聚餐之后，应该一起回学校才对。可为什么罗晓彤没有和大家一起回学校，而是拒绝了孔兵的护送，选择独自离去？

是喝多了酒，思维不受控制的原因？

还是，有其他某种不可告人的原因？

马浩然不知道，不过马浩然的直觉告诉他，这条线索应该也是非常关键的突破口，就像那支消失了的笔。

"浩然哥，你说的这件事，林姗姗倒是没有提。"卢倩微微有些失落地嘟囔了一声，似乎在为她没有完成好马浩然交给她的任务而懊恼。

马浩然见状，自然是不会埋怨卢倩，而是安慰道："没关系，这并不是你的过失，能够打探到这么多消息，你已经很了不起了。"

卢倩欲言又止，不过，经过一番挣扎之后，卢倩最终还是选择了开口："浩然哥，你说，真的是罗晓彤的鬼魂回来索命吗？还有，这座古楼里，不是也传说闹鬼吗？会不会是古楼里的鬼想索我们的命，而并非罗晓彤？我还真有点怕。"

"有我在，你怕什么？就算真有鬼，那就让鬼先吃了我好了！"马浩然还没回答卢倩的话，影帝便抢先开口说了一句，"而且这种事，你要是问老大，老大肯定会告诉你世界上本无鬼怪，只是人心在作祟而已！"

"我是无神论者！"马浩然瞥了影帝一眼，这才郑重地对卢倩说道。

"无神论者好巧，浩然哥，乔姐姐刚才在林姗姗的房里，也是这么说的。"卢倩的俏脸上露出了一抹坏笑，别有深意地说道，"你们两个还蛮合拍的！"

"乔烟，她是个聪明的女孩子！"马浩然似乎并没有往那方面想，反倒

第七章　恐惧

是出言称赞起了乔烟,"乔烟其实知道我让你去陪林姗姗的目的,所以,你离开林姗姗的房间,乔烟并没有跟出来。因为她知道我会在这里分析案情,而这时候她在场,会多有不便。"

"原来如此,那浩然哥,我们接下来要做什么?"卢倩似懂非懂地点了点头,转而问向马浩然。

"先去一楼的厨房看看吧,说不定会找到一些线索。"马浩然一边说着,一边站起了身,这才对卢倩说道,"你去林姗姗的房间,陪一陪乔烟和林姗姗,顺便注意一下杜宇房间和案发现场的动静。"

"那我去给沈航送钥匙,送过钥匙之后,我马上去林姗姗的房间找小倩,然后我们俩一起守在案发现场。"影帝朝马浩然晃了晃手中的钥匙说道。

"好。不过,你在还钥匙的时候,最好和沈航再打听打听,那天大家来送食材的时候,有没有人单独行动了很长时间?又有谁是始终都待在一起的!"马浩然应了影帝一声,又道,"我和拳王去一楼的厨房转一转。"

旋即,四人便开始分头行动……

影帝跑向了三楼,卢倩则是回到了林姗姗的房间,而马浩然和拳王则顺着楼梯走下了二楼,来到了异常沉寂的一楼。

当马浩然和拳王走下楼梯之后,面对空荡而静谧的一楼大厅,尤其是外面的天无比阴沉,隐有闷雷声响起,而古楼内部则是颇为阴森,还流传着闹鬼的传闻,况且楼上又刚刚死过人,种种的因素碰撞到一起,此时的一楼大厅,倒还真有几分"鬼楼"的味道。

"老大,你说,方璐的死真的不是鬼魂索命?而是人为的凶杀?"拳王四下张望了一番,便下意识地打了一个寒战,情不自禁地对马浩然悄声问道。

马浩然没有回答拳王的问题,而是看了一眼沿着正厅边缘、朝着左右两侧延伸的狭长走廊,最终,马浩然选择走向左手边,也就是案发现场那个方向的走廊,当先迈出了步子。

拳王见状,自然是快步跟上了马浩然的脚步,仿佛为了不让气氛这么安静而故意寻找话题似的，问向马浩然道："老大，这是去厨房的路吗？"

"是！因为另外一边隐约有水声传来，而且尽是水锈和铜锈的味道。这就说明，我们的房间下面应该是卫生间，而这边应该就是厨房了。因为没人会在这么大的房子里，把厨房修在卫生间的旁边。"马浩然似乎也看出了拳王有些害怕，便故意说了这么多的话，来转移拳王的注意力，因为这古楼内的确充斥着一种极其诡异的气氛。

就在二人说话之际，马浩然和拳王也走到了走廊的尽头。在走廊尽头，有一扇双开的推拉门没有紧闭，露出了接近三十厘米的大缝隙。透过缝隙，马浩然可以清晰地看到冰柜和烤炉等物品。看来，这里的确是厨房。

"老大，你可真厉害！"拳王探头朝着推拉门后面望了一眼，随后便朝着马浩然竖起了大拇指。

这次，马浩然可没有搭理拳王，而是直接伸手拉开了推拉门，旋即，便和拳王一前一后地走了进去⋯⋯

马浩然入眼之处，是一圈老旧样式的橱柜，橱柜上的灶台已经落满了灰尘。不过，铁锅碗筷之类的餐具和用品却是很干净，包括两台巨大的冰柜也接通了电源，自行运转着⋯⋯看来，这厨房应该没有被打扫过，而这些干净的东西，应该都是前几天那批人来的时候特意准备的。

马浩然异常仔细地扫视起了厨房内部的陈设、用品，包括细节和角落，都没有逃过马浩然的检查范围。

然而，就在马浩然检查厨房的时候，楼上隐约传来了一阵脚步声⋯⋯

当即，马浩然转过头，狐疑地朝着厨房外面看了一眼，而这时候，拳王也随口说了一句："应该是影帝那家伙打探完情报，下楼去找卢倩，这才会发出脚步声。"

"不对！脚步声有些重，而且有些乱！"马浩然猛地一挥手，打断了拳王的话。

一时间，厨房内的马浩然和拳王，都下意识地闭上了嘴，屏住了呼吸，静静地聆听楼上传来的脚步声⋯⋯

踏踏踏⋯⋯

第七章　恐惧

这阵脚步声的确如同马浩然所言那般，有些重，而且也有些乱，最关键的是，脚步声并没有在二楼停下，而是直接出现在了一楼。

"影帝来一楼干什么？找我们？他不是说要去陪卢倩吗？"拳王狐疑地看了马浩然一眼，似乎是在等马浩然为他解惑。

马浩然没有说话，只是继续全神贯注地聆听脚步声，直到那脚步声由强开始转弱，好像快要走出一楼的时候，马浩然才恍然大悟地低吼一声，道："不对！不是影帝！脚步声很杂乱，人数肯定超过一个！而且听脚步声的位置和强度，好像距离我们越来越远，也就是说，有人要离开古楼！"

马浩然话音刚落，他便直接甩开步子，冲出了厨房。

拳王听了马浩然的话之后，先是一愣，而在下一瞬间，拳王也反应了过来，亦是疯狂地冲出了厨房，追上了马浩然的脚步。

当马浩然和拳王二人奔出厨房，穿过走廊之后，便见到了三条背负行李的背影。此时那三人已经离开了古楼，甚至跑到了铁门外！

"追！他们要跑！"马浩然冷喝一声，便和拳王疯狂地朝着那想要离开古楼的三人追了出去。

现在可是敏感时期，在这时候跑出古楼，恐怕，这三个人就有点问题了。

马浩然和拳王快速地奔出了古楼，此时的古楼外，已经渐渐沥沥地下起了小雨，天色更是阴沉得吓人，恍若世界末日那般。

不过，当马浩然和拳王二人顶着雨追出铁门外的时候，那三条身影在黑暗的掩护下和雨水的遮挡下，已经完全消失了。

"老大！怎么回事？那三个家伙，好像是孔兵、杜宇和褚民豪吧？他们为什么要跑？难道是心里有鬼？"拳王喘了几口气，抹了一把脸上的雨水，不解地嘀咕了一声。

"我也不知道！"马浩然暗暗地叹了一口气，用力地甩了甩头，仿佛要甩掉头上的雨滴，又好像是一种自我发泄的方式。

就在这时候，古楼内突然传来了影帝的喊声："老大，拳王！拦住他们！他们要逃离古楼！"

马浩然和拳王闻声回头，却见影帝和卢倩冒着雨水，一前一后地追出了古楼。

"他们已经跑了！天太暗，又下着雨，根本追不上。"拳王无奈地朝着影帝喊了一声。

影帝和拳王这一声呐喊，倒是惊动了本就沉静的古楼内的众人，便见古楼的窗户纷纷被打开了，慕元昊等人也从窗户中探出了头，朝着马浩然这边张望起来。

"先回去，问问和他们在一起的王向荣，到底发生了什么事？竟然让这三个家伙一起冒着雨水跑出古楼。"马浩然看了一眼古楼，又看了一眼庄园外的树林和深山，不甘地迈出了步子，朝着古楼内跑去了。

当马浩然几人略带颓废地返回古楼内部之时，之前留在古楼里的慕元昊等人，也都被惊动了，众人相继出现在了一楼，包括林姗姗，以及算是半个当事人的王向荣。

一见马浩然等人走进古楼，还没等马浩然发问，王向荣便当先朝前迈出了一步，问向马浩然道："他们真的走了？"

马浩然没有说话，只是一边盯着王向荣的双眼，一边抖了抖身上的雨水。

不过马浩然虽然没说话，但一直跟在马浩然身边而且同为警校毕业生，也有几分推理能力的影帝，立刻发现了王向荣话中的疑点，便压着声音对王向荣问道："王道长，你这话是什么意思？什么叫他们'真的'走了？"

王向荣刚才说的是，他们"真的"走了，而并非他们"怎么"走了，这就代表，王向荣一定知道些什么！

那王向荣被影帝这么一问，自然而然，众人的目光便齐齐地定格在了王向荣的身上，甚至慕元昊还刻意朝着王向荣相反的方向退了一步，一边碰了碰乔烟的衣袖，示意乔烟也过去，一边开口对王向荣不善地冷喝道："王向荣，快说，他们三个为什么要走？难道真的被我说中了，杜宇就是杀死方璐的凶手？还有你，是不是同谋？"

"我怎么可能是同谋呢？还有杜宇他们三个，好像也不是杀死方璐的凶手，因为并没有证明杜宇他们就是凶手啊！"王向荣畏畏缩缩地看了慕元昊一眼，好像有些害怕似的继续说道，"当时，我和孔兵，还有褚民豪一起返回房间的时候，孔兵就有些害怕地说过，怕是罗晓彤真的来索命，想离开古楼，褚民豪也立刻赞同了孔兵的提议，二人就给隔壁房间的杜宇发了一条短信……因为……因为孔兵和褚民豪知道，马浩然他们就在方璐的房间里，所以才没有走出房间去找杜宇。"

"那你呢？"影帝插了一嘴。

"我……其实我也想和他们一起离开，只不过我后来睡着了，他们什么时候走的，我都不知道！"王向荣早就没了之前那王道长的气势，就像惊弓之鸟一般，偷偷地抬了抬眼皮，看了影帝一眼。

"他们三个，真的都是因为认定了方璐的死，是因为罗晓彤的索命，才选择逃离古楼，而并非畏罪潜逃？"慕元昊又有了想要找回面子的想法，当即便冷言喝问起了王向荣。

王向荣被慕元昊的冷喝声吓得一激灵，连忙说道："他们是这么说的，害怕是罗晓彤来索命，至于他们到底是不是畏罪潜逃，我真的不知道……"

慕元昊、影帝与王向荣三人的对话过程，马浩然始终都在仔细地听，甚至，马浩然的双眼还一刻不离地盯着王向荣，只不过，马浩然并没有从王向荣的肢体、语言和表情中发现任何的异常，他只是发觉王向荣有些不对劲，最起码，与之前那个淡定的王道长相比，有些太过胆小了。

马浩然深深地看了王向荣一眼，旋即便扭头问向卢倩："小倩，你在林姗姗的房中听到异常的声音了吗？"

"我倒是没听见开门的声音，只听到了一点脚步声，还以为是家辉来了，不过等了一会，林姐姐的房间却并没有响起敲门的声音，我就觉得有点不对劲，因为如果是家辉来了，他肯定会来找我的……等我打开房门的时候，就发现对面的两间房间，房门是打开着的，而且房间里面只有还在睡觉的王道长。"

马浩然没有多说什么，只是朝着卢倩点了点头，忽的，马浩然看了一眼站在卢倩身后始终用手指绕着头发的林姗姗……这种小动作通常都会出现在紧张的人身上，而林姗姗在这时候做出这种动作，是不是说明林姗姗知道一些什么？

"林姗姗同学！"马浩然陡然提高了声调，他的声音在寂静的古楼内不断扩散、回荡，久久不曾散去，犹如绕梁之音。

被马浩然这么一叫，林姗姗情不自禁地停下了手上缠绕头发的动作，茫然地望向了马浩然。

"我记得，孔兵应该在追求你吧？他们三个走了，你事先就不知道风声吗？比如说，手机短信之类的？"马浩然的声音又放缓了下来。

林姗姗毫不犹豫地摇了摇头，不过，摇头之后，林姗姗的情绪似乎又变得有些不太稳定了："他们一定是心虚了，他们害怕晓彤回来索命，所以才会选择逃走。可是，他们却忘记了，这里是深山，而且外面还下着雨，这种天气是最容易招来冤魂的。"

"你别说了！"

林姗姗的话还没说完，剩下的另外二女万雪和江楠便抱在了一起，好像全身都在轻颤，而且，这二女几乎是异口同声地打断了林姗姗的话，就连声音都有些轻颤。

林姗姗转过头，冷冷地瞥了一眼江楠和万雪，突然冷笑了一声："你们不要急，晓彤应该很快就会来找你们了！"

被林姗姗这么一说，江楠和万雪的身体抖得更厉害了。

一时间，一股诡异的气氛好像病毒一般，疯狂地扩散，蔓延，仿佛整座古楼都陷入了其中。

外面的天空阴沉得可怕，"哗哗哗"的雨声不绝于耳，时不时还传来一阵阵闷雷之声。静悄悄的古楼内，众人大眼瞪小眼地相互凝望，而在二楼还有一具冰冷的尸体，静静地躺在那里……

忽的，一道明亮的闪电划破天际，照亮了古楼内的每个角落，虽然只是一瞬间的光亮，但是这一瞬间的光亮却是让人更加胆战，更加心惊，仿佛这一道闪电，将恐怖的气息推向了最顶峰。

轰隆隆！

第七章　恐惧

一道震耳欲聋的闷雷陡然炸开，古楼内的众人也随之一惊。

"今天这种天气，这种气氛，已经不适合再举行烧烤晚会了。"慕元昊似乎想显示一下他的胆识，当即便率先出言打破了沉默，对沈航说道，"晚上我们继续吃快餐吧！"

说完这句话，慕元昊便故作深沉地转过身，朝着楼上走去。

慕元昊离开之后，马浩然略微沉吟片刻，开口嘱咐道："大家还是按照下午时候的分配，不要一个人行动，一定要两个人甚至更多人在一起，如果可以的话，最好把大家的房间集中一下。"

"你们都搬到我们住的隔壁吧！"影帝建议道，"毕竟，方璐的尸体还在她的房间里，而这种天气，我们又走不了，郑队他们也过不来，还是大家离得近一些，相互之间也好有个照应。"

"那我这就去搬行李。"王向荣第一个表态赞同。

"我们也搬。"万雪一边说着，一边紧紧地拉着江楠的手，既紧张又害怕的情绪布满了整张脸。

影帝的建议很好，大家聚在一起，不仅能够让大家心中的恐惧减弱几分，更是能有效地监视所有人，避免再发生杜宇三人逃离的事件。

且不说杜宇三人是不是畏罪潜逃，就说外面的天气和地形，离开古楼，只能是平白无故地增加危险系数而已。

然而，马浩然没有说话，只是自顾自地走上了楼梯。

见马浩然走了，拳王也没有停留，立刻跟上了马浩然。

至于其他人……乔烟则和卢倩一起，帮着林姗姗、江楠和万雪搬行李，沈航和影帝忙起了晚饭的事，李斌帮王向荣换房间，赵广和吴明则是抓住机会，去了三楼陪慕元昊。

大家虽然分散，但却没有走单的人，最少都是两人一组地待在一起。

再说马浩然，回到房间之后，拳王便将房门关上了，转而，拳王就紧张兮兮地跑到了马浩然的身边，低声问道："老大，杜宇他们三个会不会是真的凶手？因为心虚而逃离了古楼？"

马浩然微微摇了摇头，道："我也不清楚。不过，按照正常的逻辑来分

159

析,他们有嫌疑,但却无法确定就是凶手,因为外面的天气和地形非常恶劣,走出古楼,就相当于一场荒野求生,说不定还会在外面发生意外,凶手应该不会这么傻。而且我猜测,如果杜宇三人真的是凶手,或者其中有人是凶手,那么,留在古楼应该是最好的选择,毕竟,我们现在还没有掌握任何的线索和证据。"

"那谁会是凶手?王向荣?沈航?或者是慕元昊和李斌他们?毕竟这些人当初可都提前进过古楼,那忌日请柬,应该就是这几个人中的某人搞出来的!"拳王的双眼之中充满了疑惑,仿佛蒙上了一层雾气那般。

"提前进入古楼的人固然可疑,但之前没有进过古楼的人同样值得怀疑……因为,方璐的死和忌日请柬,也可以变成两件完全独立但又通过一连串的巧合而产生联系的案件。"马浩然的双眼无比清澈,"包括林姗姗、江楠和万雪,我暂时都不能断定,她们与本案无关,甚至是我们不完全了解底细的乔烟,在没有新线索出现之前,我们也不能排除嫌疑!"

"那……谁才是真正的凶手?"拳王似乎越来越迷茫。

对于拳王提出的问题,马浩然只是思索了一会,便进入了推理状态,滔滔不绝地讲了起来……

"其实大家都有几分嫌疑,林姗姗,她始终在强调,一切事情都是罗晓彤的阴魂来复仇所引出的,有混淆视听的嫌疑!

"还有王向荣,根据我的观察,杜宇三人逃离之后,王向荣所表现出的情绪,很懦弱胆小,但刚来古楼的时候,王向荣却并非如此。还有,如果王向荣真的是胆小之人,那这么胆小的他,又怎么可能在刚刚发生凶案之后睡着呢?尤其是孔兵他们商量离开古楼的时候,王向荣也知道,如果他真的胆小,害怕所谓的阴魂索命,那他一定会跟着孔兵几人一起走,可他却说自己睡着了,似乎有些不合逻辑。

"包括沈航,他手里有钥匙,可以轻易地打开方璐房间的门,他同样值得怀疑。

"江楠和万雪,她们与方璐关系最亲密,随便一条短信过去,就能让方璐自己开门,并且能在方璐毫无防备的情况下杀死方璐。

第七章　恐惧

"逃离古楼的三个人，杜宇、孔兵和褚民豪，也没有关键的不在场证明，尤其是他们悄悄地逃离古楼这件事，更是让人费解，值得深思，他们难道真的与本案无关吗？

"慕元昊，古楼是他的，里面究竟有没有机关暗道，只有他知道，如果真的有这些东西，那慕元昊也能轻易地完成杀人，毕竟当时，好像除了我们几个之外，大家都没有不在场证明。"

马浩然几乎是一口气说出了这些话，说完之后，马浩然便深深地缓了几口气，这才让不断起伏的胸腔逐渐平缓下来。

"老大，你说了这么多，只是把疑点不断地扩大，并没有任何实质性的情报。看来，想破解这件案子，还真是有很长的一段路要走……"拳王无奈地耸了耸肩说道。

"其实，破解谜团，只要有一个契机、一个闪光点便足够了，就比如这件案子，如果我能抓住其中的某一处闪光点，我就能顺势解开所有的谜团！"马浩然紧紧地握起了拳头，忽的，马浩然仿佛想起了什么，直接从椅子上跳了起来，不由分说地冲出了房间。

拳王见状，只是略微地错愕了那么一瞬间，紧接着，便也跟随着马浩然的脚步，冲出了房间。

马浩然和拳王二人冲出房间的一刹那，刚好影帝端着热气腾腾的快餐，走到了马浩然的房门口，差点被突然冲出来的马浩然和拳王把手中的饭盒撞翻了。

"老大，拳王！你们干什么去？"影帝见马浩然和拳王连头也不回地朝着二楼走廊的另一边飞奔了过去，好像有什么急事要办似的，当即，影帝也不管什么吃不吃饭了，也跟上了二人的脚步，在走廊里飞奔起来。

三人两前一后地穿过二楼的中厅，恰在这时候，遇到了江楠和万雪，此时，二女站在二楼通往一楼的楼梯口的位置，似乎在犹豫什么。

不过，马浩然三人并没有将注意力集中在江楠和万雪的身上，而是径直穿过中厅，直奔方璐死亡的案发现场而去。

当马浩然冲到了方璐死亡的案发现场门前，后面的拳王和影帝也终于追了上来。

"老大,你这么着急来这里,想干什么?"拳王喘了几口气,十分不解地问向马浩然。

"我忽略了一件事情,非常重要的事情!"马浩然的语气中隐约透出一股自责的味道,"我竟然忘记了方璐的手机,里面也许会有重要的线索!"

手机!

刚才马浩然提到,如果江楠和万雪给方璐事先发一条短信,那方璐绝对会毫不犹豫地打开门,让二女进去,这样也就不会出现任何的敲门声等异常声音了。

所以,马浩然才突然想起来,他,似乎并没有查过方璐的手机!

听了马浩然的话之后,拳王和影帝也恍然大悟,尤其是影帝愤愤不平地嘀咕了一句:"如果不是当时慕元昊胡搅蛮缠,老大也不可能忘记手机这件事情。"

"先去找手机!"马浩然一挥手,打断了影帝的抱怨,旋即,马浩然极其小心地打开了案发现场的房门。

案发现场之中并没有开灯,只能借外面时不时乍现的闪电光芒来分辨屋内的情况。

里面的一切都没有任何的变动,方璐的尸体在白床单的覆盖下,仍旧静悄悄地躺在那里,只不过,配上此时电闪雷鸣、暴雨交加的环境渲染,那气氛可就有点诡异了。

不过,马浩然还是毫无惧色地迈出了步子,走进案发现场内。

花开两朵,各表一枝。就在马浩然三人再次回到案发现场,想要寻找方璐的手机之时,站在一楼与二楼的楼梯中央、犹豫不决的江楠和万雪,仿佛下定了某种决心似的,毅然地走下了楼梯,去往一楼……

"小雪,我们要不要再找几个人一起来?"江楠无比紧张挽着万雪的胳膊,双眼还警惕地望向四周。

"我们只是去洗手间而已,应该不用找那么多人吧?我们两个应该没问题。"万雪回了江楠一句,不过,她的声音之中却是缺乏底气和自信,就好像连她自己都不相信她所说的这番话似的。

"要不……我们回去吧！"江楠一边说着，她的脚也一边踩下了最后一级楼梯。

"都已经走到一楼了，我看，就别回去了，快点去卫生间方便一下，然后马上回去，应该不会有问题！"此时，万雪也走下了楼梯，与江楠一起出现在了古楼一楼的阴暗正厅之中。

江楠停下脚步，仿佛很紧张似的，连声音都开始颤抖了："我怕……我怕见到……那些东西……"

江楠的话还没说完，万雪便直接打断了她的话："别说那些事了，我们赶紧去方便吧。"

言罢，二女便颤颤巍巍地相互扶持，走向了与厨房方向相反的长廊。

这条长廊很狭窄，最起码，要比二楼的走廊窄上不少，而且此时又是夜晚，外面雷雨交加，楼上还停放着一具死尸，最关键的是，这座古楼里，不仅有闹鬼的传闻，还有阴魂索命的谣言！

如此之多的负面情绪，不断地叠加，也使得江楠和万雪神经始终紧绷，内心仿佛随时都会崩溃一般。

这二女一小步一小步地缓缓朝着卫生间移动，而且每走一步，二女都会停下来，静静地聆听四周的声音，无比小心，无比紧张。

经过了大概数分钟的艰难前进，二女也终于走到了走廊的尽头，也就是卫生间的门前了。

"我记得，灯在这里。"江楠在黑暗之中小心翼翼地摸索着卫生间门口处的墙壁上的开关，"啪"的一声轻响传来，二女眼前的卫生间也陡然绽放出了明亮的灯光。

当灯光出现的一刹那，二女心中的恐惧仿佛也被驱散了，几乎是齐齐地下意识松了一口气。

人的天性便是如此，看不见的地方，永远都代表着未知，可一旦前方的黑暗被驱除，心中的勇气也会平白无故地增添几分。

"走吧！"万雪定了定神，拉着江楠，一前一后地走进了卫生间。

由于古楼里的卫生间是那种类似公共卫生间的布局,中间是一扇落满灰尘的窗户,而窗户两边分别有两个格子。二女也没有去关卫生间的大门,而是分别进入了靠在一侧的两个格子中,旋即,二女几乎是同时关上了各自格子的门。

没多久,一阵"哗哗哗"的冲水声响起,江楠要比万雪快上那么一点,也因为卫生间内的灯还亮着,所以江楠也就鼓起勇气,一边和万雪闲聊,驱散心中的恐惧,一边打开了她所在的格子的门,然后走了出去。

卫生间内的一切都没有变化,江楠不由得长舒一口气,正当江楠转身,走向正对着那扇窗户的洗手台之时,她却突然停下脚步,然后瞪起了双眼,那双眼睛呈爆凸状,仿佛要将眼珠都瞪出来似的!

紧接着,江楠的脸上便布满了惊恐、慌张甚至是绝望的神色,那双眼睛始终一眨不眨地盯着那面镜子。

因为,那面镜子之中,竟然显现出了这样一幅诡异的画面:镜子正对着窗户,而透过窗户的玻璃,在窗户的外面竟然有一条人形的白色影子,在缓缓地移动着!

江楠彻底地傻眼了,喉咙不断地蠕动,发出了一连串"咯咯"的声音,就仿佛她想喊可却喊不出来那般……

江楠怔怔地站在原地,好像丢了魂似的,一言不发,爆凸的双眼只是直勾勾地盯着那面镜子,简单地说,她是在盯着镜子里的白影。

那白影异常地真实,而且还在不断地左右移动,动作极其缓慢,而在白影的头部位置,江楠还能清晰地通过镜子的反射,看到一颗被漆黑长发遮住了脸、完全看不见五官的头!

"鬼……"江楠犹如梦呓一般地嘀咕了一声,下一刻,江楠仿佛疯了一般,几乎用尽全身的力气,疯狂地尖叫了一声,"鬼!"

雷雨交加的夜晚,又是身处无比诡异的古楼之中,而且还是在传说中阴气最重的卫生间里,最重要的是,这座古楼有闹鬼的传言,也有阴魂索命的谣传!

而如今,江楠又目睹了如此惊悚、足以让她终生难忘的一幕,说实话,

第七章　恐惧

她没有被直接吓死或者吓晕，已经算是她胆子大了。

所以，江楠发出了这么一道惊天动地的喊声，并不丢人，甚至可以说，她已经很勇敢了。

而江楠发出这道喊声之际，万雪刚好打开格子的门，她是真的被江楠这突如其来的一声给吓了一跳，连脚都吓软了，刚走出格子，便直接坐到了地上，目瞪口呆地望着脸色极差、表情更是惊恐无比的江楠。

再说身在二楼案发现场的马浩然。

当马浩然从方璐的身上摸出手机之后，恰好听到了一楼传来的这声惊叫，尤其是那个"鬼"字，更是让马浩然产生了一种极其不祥的预感。

不仅是马浩然，包括拳王和影帝在内，三人好像被踩到了尾巴的猫，也顾不上那么多了，直接一个箭步就冲出了案发现场，甚至连门都忘记了关，便疯狂地循着声音传来的方向冲去了。

此时的二楼，已经完全沸腾了，江楠那声"鬼"的惊声尖叫，完全是响彻古楼，就算是听力再差的人都能听见。所以，众人也都纷纷地冲出了各自的房间，出现在了走廊之内。

众人见马浩然三人径直朝着一楼冲了过去，便纷纷跟上了马浩然三人的脚步，也相继离开二楼，冲向了一楼。

进入一楼之后，马浩然三人一刻不停，直奔卫生间而去，倒不是马浩然能听出声音的源头，只是在古楼的一楼之中，只有走廊尽头的卫生间方向亮着灯光，任何人，估计都会本能地冲向本应该是一片黑暗可此时又变得无比明亮的卫生间吧？

此时，卫生间的门是开着的，而当马浩然三人冲到卫生间门前的时候，就看到了这样一幕……

江楠张大了嘴巴，上下牙不断地碰撞，发出了一连串"咯咯"的声音！

她的双眼爆凸而出，恨不得要将眼球瞪出眼眶那般！

她的四肢在轻颤，就像是患了帕金森症状一样！

她的胸口在剧烈地起伏，仿佛随时都有可能提不上气而窒息！

她的双眼空洞而无神，就像是电影中的行尸走肉，完全丧失了自主意识似的！

马浩然死死地盯着江楠，甚至都忽略了坐在地上、脸色惨白的万雪。

"老大，江楠她怎么了？"影帝伏在马浩然的耳边轻声出言道，"看她这样子，再加上她刚才喊的那句话，莫非，她真的见鬼了不成？"

影帝的声音很轻，可是在这更加寂静的卫生间内，却是清晰无比。

"鬼……对！江楠刚才喊了一声'鬼'！"万雪仿佛受到了影帝的刺激，连滚带爬地从地上站了起来，疯一般地跑到了马浩然三人的身后，仿佛找到了依靠那般，长长地舒了一口气，"江楠……是不是见鬼了？"

马浩然闻言，立刻转过了头，狐疑地望着万雪："你与江楠一直在一起，她有没有见鬼，难道你不清楚吗？"

"我……我……"万雪结巴地说道，"我和江楠在方便，不过，她先我一步走出了格子，她看见了什么，听见了什么，我都不知道……等我走出来的时候，江楠就开始喊了起来，这才把我吓得坐到了地上……"

就在万雪说话之际，楼上的众人也都陆续地跑了下来。

当即，马浩然的目光便在人群中飞快地扫视了一眼。所有人，除了已经死去的方璐和逃离古楼的三人之外，其余人全都在场，就连神经兮兮的林姗姗都出现了。

"乔小姐，小倩，你们先把江楠扶上楼，她好像受到了惊吓。"马浩然沉声说道。

言罢，乔烟和卢倩便从人群中走了出来，走进卫生间之后，二女一左一右地架起了江楠的胳膊，将仿佛石化了的江楠，架出了卫生间。

"我也来帮忙。"万雪深吸了几口气，用那双仍在颤抖的手，也扶起了江楠，就这样，三女有些吃力地，半拉半抬，将江楠弄上了楼。

值得一提的是，由始至终，同样身为女人的林姗姗，却始终将双臂环抱在胸前，完全没有要伸手帮忙的意思。由此可见，哪怕是罗晓彤死后，林姗姗与江楠和万雪等人的关系，都没有得到任何的改善，反倒还加剧了。

第七章 恐惧

待到三女的身影完全消失在众人的视线之内，这时候，沈航仿佛鼓起了莫大的勇气一般，用一种怀疑、惊恐、不解的语气轻声嘀咕道："江楠……该不会是真的见鬼了吧？"

沈航这番话犹如烈火一般，直接点燃了留在一楼的所有人心中的恐惧和疑惑！

"见鬼……江楠刚才不是喊了吗？她喊的是'鬼'这个字！"

"难道真的有鬼？"

"我们来这里，不就是为了解开古楼的闹鬼之谜吗？"

"可是……我突然有点害怕了……"

沈航的三个室友，李斌、赵广和吴明，开始窃窃私语起来。

而慕元昊，虽然面色如常，但他紧握着的双拳似乎已经出卖了他，他的内心貌似并不像表面上看起来那么淡定。

还有王向荣，这家伙出人意料地没有参与到李斌等人的讨论之中，更加没有吓得跟着几女走上二楼，而是仍旧留在了卫生间前，只不过，他的双眼却始终在不停地转，似乎是在寻找什么……

而除了马浩然三人之外，仅剩的林姗姗则始终靠在墙上，双臂环抱在胸前，一脸冷笑地凝望着众人。

众人所表现出的样子，并没有逃过马浩然的观察，或者说，马浩然让卢倩等人先将江楠扶上楼去，为的就是想细致地观察一下众人的表情。

陡然间，一道耀眼的闪电由空中划落，最后，分出了无数细枝，一闪而过……

第八章　往事

不过，这道闪电，却用它的全部照亮了整条一楼走廊。

轰隆隆！

紧接着，一道仿佛响彻天际的炸雷陡然炸响，这道巨响声不仅在冲击着众人的耳膜，更是轰进了众人的心里，让所有人的心在这一刻不由得为之一颤。

不过，马浩然并不为所动，径直走进了卫生间，异常仔细地在卫生间里搜索着，仿佛不想错过任何角落那般，尤其是江楠身前的那面镜子。

当马浩然站在镜子前，也就是江楠之前站立的位置，他却突然发现，镜子的反射角度刚好能够照到卫生间的那扇窗户。

当即，马浩然毫不犹豫地走到窗边，先是用衣袖抹了抹布上一层淡淡薄灰的玻璃，随后马浩然便透过玻璃望向了外面。

窗户之外，是一片荒草丛生的空地，这片空地大概有不到十米左右的宽度，再之后，便是院墙了。只不过，这后院的院墙已经是年久失修，破败不堪，更有一部分的墙体已经塌陷了三分之一，形成了一个"凹"字形。

马浩然一言不发地打开了窗户，那扇仿佛许久没有被开启过的窗户，立刻发出了一道痛苦的"吱呀"声，随之而来的，便是一阵劲风扫落的雨水。

强风才刚刚吹了进来，便在门窗紧闭的古楼内产生了一阵低沉而诡异的"呜呜"声，就好像……鬼叫！

第八章 往事

马浩然没有理会身后众人惊惧的叫喊声，而是冒着雨水将头探出了窗外，仔细地观察起了地面。由于外面狂风大作，暴雨降临，地上的杂草，早已是东倒西歪，马浩然根本看不出任何的线索。

无奈之下，马浩然也只能选择将窗户关闭，不过，他似乎并不想放弃。

关闭了窗户，马浩然一回身，直接对影帝和拳王说道："你们和我去外面看看有没有留下脚印之类的线索。"

影帝双眼一转，当即便出言道："老大，我和拳王去就行了。"

影帝明白，此时此刻的古楼内，可以没了他沈家辉，也可以没了拳王王大全，但偏偏不能没有马浩然。

马浩然倒是没拒绝，只是朝着影帝点了点头，旋即，影帝和拳王便朝着古楼外迈出了步子。

可是，当影帝和拳王才刚刚踏出一步之时，始终冷笑的林姗姗突然说话了……

"你们去外面找脚印，是想证明这所谓的闹鬼是人为的吧？"林姗姗一边冷笑，一边扫视起众人，忽的，林姗姗突然压低了声音，诡秘地说道，"江楠刚才的样子，以及她喊出来的话，都证明她见鬼了，而且，我猜江楠见到的鬼魂，有很大的可能，是晓彤的鬼魂，而不是古楼里面传说中的那只鬼魂，所以外面是绝对不可能有脚印的……看来，她，真的来了！"

林姗姗这番无比诡异的话，瞬间便将场中众人的心打入了深渊。

她来了！

罗晓彤来了！

来索命了！

在场的所有人，除了马浩然之外，全都大眼瞪小眼地相互凝望起来，就连影帝和拳王脸上都闪过了一抹怪异的表情。

一时间，古楼一楼的卫生间门前，所有人差不多都屏住了呼吸，整片区域，落针可闻。

轰！

又是一道闷雷响彻古楼！

心不在焉的众人几乎齐齐被这道闷雷吓得一颤！

不过，就在这时候，马浩然却是无比平静地出言道："影帝，你和拳王去外面看看有没有脚印，或者有没有其他线索留下。"

说完这句话，马浩然便径直走出了卫生间，朝着二楼走去了。

见马浩然离开这里，影帝和拳王便纷纷找起了遮雨的工具，而其他人，包括林姗姗在内，则全都下意识地跟上了马浩然的脚步，走上了二楼。

当马浩然与众人出现在二楼之时，江楠的情绪也终于稳定下来。此时，她正站在二楼的正厅之中，后背靠着墙，左右两边由乔烟和卢倩搀扶着……虽然江楠还有力气来支撑自己的身体站立，但她的身体却是仍旧在不断地轻颤，很显然，刚才那一幕给江楠的打击实在是太大了。

众人全部聚集在了二楼正厅，当然，除了影帝和拳王，以及慕元昊和沈航四人之外，全员到齐，因为大家都很好奇，江楠刚才究竟看到了什么。

以江楠为中心，众人全都围了过来，而这时候，众人之中最为好奇的万雪，也终于稳定了情绪，试探性地开口，朝着江楠问道："江楠，你刚才看到了什么？"

"我看到了……鬼！"江楠仿佛又想起了刚才的场面，全身抖得更厉害了，那双眼睛又瞪了起来，整张脸上都写满了惊恐的情绪。

足足沉吟了半晌，江楠才用一种极其恐惧的语气，断断续续地将她刚才的经历，一字不漏地说给众人听。

在江楠讲述她经历的过程时，马浩然的双目始终都在扫视着众人，好像生怕错过某个细节那般。

直到江楠将她刚才的经历讲述完毕之后，整个古楼的二楼正厅，仿佛被一股诡异的沉寂笼罩了那般，平静得令人发指，就好像站在这里的都不是人，而是一群没有呼吸的游魂。

诡异的寂静大概持续了数分钟，忽然，一道诡异的笑声打破了沉静……

"哼哼……我说过，是晓彤回来了！"林姗姗冷冷地瞥了江楠一眼，阴

第八章 往事

阳怪气地继续说道,"这次,晓彤只是警告你。但下一次,晓彤绝对会要了你的狗命!"

说完这番话,林姗姗便自顾自地走向了她的房间,丝毫不理会众人那种异样的眼神,以及愤怒的表情。

直到林姗姗的身影彻底消失在了众人的视线内,众人才开始交头接耳地小声议论起了她。

"林姗姗……是不是疯了?"

"自从罗晓彤死了之后,她不是一直都这样吗?"

"我听说,她好像因为罗晓彤的死受了刺激,连性格都变得极其怪异。真是搞不懂,孔兵究竟看上她哪儿了,竟然追了这么久……"

李斌等人围绕着林姗姗轻声地展开了议论,好像生怕林姗姗听到似的,声音极低,就连马浩然也只是勉强能听清楚一点而已。

另一边,江楠被林姗姗这番话,说得是惊恐交加,脸上尽是惧意,而一旁的万雪,则是在小声地劝着江楠,被万雪劝了一会之后,江楠的情绪也再次地稳定了下来。不过,就在这时候,又一道声音出现了……

这次说话的是王向荣,只见他朝前踏出几步,径直走到了江楠的面前,对江楠说道:"江楠,你真的见到鬼了?"

江楠被王向荣这一问,仿佛又回到了不久之前的那一幕,她的全身又开始抖了起来,不过,江楠还是下意识地点了点头。

江楠这一点头,二楼正厅又炸锅了。

"根据江楠的形容,她见到的好像是个长发女鬼……我记得,罗晓彤就是长发吧?"李斌下意识地打了一个激灵。

"刚才在江楠讲述她见鬼过程的时候,我就在想,是不是罗晓彤的鬼魂,可我不敢往那方面深想啊!实在是太恐怖了!"吴明有些惊恐地瞪大了双眼,用一种害怕的语气说了一声。

赵广正要开口,可是却被王向荣直接打断了。

王向荣完全没了之前懦弱胆怯的模样,而是换上了一副胸有成竹的表情,拍着胸膛,极其自信地说道:"你们在这里议论,有用吗?别忘了,我们这次来古楼,是灵异探险,是来寻找鬼魂的!既然鬼魂已经出现过了,那我们为什么不行动起来?就算来的鬼魂是罗晓彤,又能如何?"

王向荣这番话,倒是把众人的目光全都吸引了过来,尤其马浩然。这家伙前后的反差,未免也太大了吧?

便见王向荣自信地对着江楠说道:"你放心,只要你还有大家都跟在我身边,鬼魂也伤不了你们。"

王向荣说完这番话,众人看向他的眼神立刻变得不一样起来。江楠还挣脱了乔烟和卢倩的搀扶,直接和万雪靠到了王向荣的身边。

不仅是江楠和万雪如此,包括李斌等三人,也是不假思索地就凑到了王向荣的身边,而且还在不断出言吹捧王向荣。

"向荣的外号可是王道长,精通捉鬼降妖之术,我们怎么把这事给忘了?真是太不应该了。"

"有王道长在,那些妖魔鬼怪绝对不敢近身,王道长真是活神仙一样的存在!"

"道长,等我平安地离开古楼,我一定好好地请你大吃一顿!"

听着四周吹捧味道极其浓郁的话语,王向荣的脸上情不自禁地浮上了一抹得意的笑容,就好像,此时此刻便是王向荣最高光的时刻,仿佛他从来都没有经历过这种被众人吹捧的事情一般……

春风得意和趾高气扬,已经完全不能形容王向荣此时的模样了,这时候的王向荣,俨然一副拯救世界的超级英雄的模样。

而马浩然盯着王向荣深深地看了一眼,似乎,马浩然想清楚了许多事情……

比如说,王向荣的外号叫作王道长,他来古楼的本意,就是来探索极其神秘而未知的生物,也就是鬼魂!

包括王向荣为什么没有跟杜宇他们一起离开古楼,那是因为王向荣根本就没打算离开古楼,他来这里的目的是所谓的捉鬼,所以,他才会睡得那么气定神闲!

还有,王向荣在杜宇等人逃离古楼之后,表现出了一副懦弱的模样,

第八章　往事

为的就是这一刻，来给他营造救世主的气氛做铺垫。

强势出击的王道长和胆小懦弱的王向荣，这两种截然不同的反差，如果放到一起对比，那绝对够震撼，也绝对堪称救世主级别！

难道这就是王向荣的真正目的？

马浩然不知道。

也就在王向荣受到众人吹捧之际，古楼一楼的正门突然被人推开了，紧接着，两道急促的脚步声，"踏踏踏"地传入了众人的耳中。

披着雨披的影帝和拳王走上了二楼。

二人先是微微一愣地看了一眼犹如被众人众星拱月般的王向荣，旋即才转过头，望向了马浩然。

由影帝出声，轻言对马浩然说道："老大，我们什么都没发现。况且，外面的雨很大，就算真的有脚印，也早就被雨水冲干净了。"

"什么都没发现？"马浩然听了影帝的话，难能可贵地露出了一丝思索的表情。

影帝也是一脸的愁云惨雾，瘪嘴摇头，道："老大，你说，会不会真的有鬼？"

马浩然淡淡地看了影帝一眼，不过没等马浩然说话，那边，王向荣便无比得意地说道："有鬼？那正好！让那鬼魂尝尝我王道长的手段！"

王向荣话音一落，众人又是一阵吹捧，包括江楠仿佛也从见鬼的阴影之中走了出来，完全将王向荣当成了救星……

王向荣得意地瞥了马浩然一眼，随后，他便大摇大摆地走向了他新换的房间，而其余众人也是屁颠屁颠地跟上了王向荣的脚步，一起走进了王向荣的新房间。一时间，偌大的二楼正厅，便只剩下了马浩然、影帝、拳王、卢倩和乔烟五人了。

"老大……"影帝想说话，可是却被马浩然挥手打断了。

旋即，马浩然用衣袖将手包住，这才从怀中摸出了还没来得及看一眼的方璐的手机。方璐的手机是关机状态，当马浩然开启了方璐的手机之后，却发现手机中的通话记录以及短消息，全部都被清空了！

"方璐的手机内容被清空了？"始终站在马浩然身边的影帝，自然看到了方璐手机所呈现出的这一幕，当即，影帝便苦笑一声，道，"老大……我们的线索，似乎全断了！"

的确，影帝说得没错，目前为止，马浩然等人对于此案可谓毫无头绪，也毫无进展，而方璐的手机便是他们此时唯一的线索。

只不过，让人失望的是，方璐的手机中，通话记录和短消息已经全被清空了，换言之，马浩然等人又陷入了死胡同之中，因为他们最后的线索和希望，也被掐断了。

一时间，仿佛有一团阴云将众人笼罩在了其中，与王向荣的房间内传出的欢声笑语相比，反差实在是太大了。

"你们……"这时候，乔烟突然轻声说道，"不要太悲观，也许，这也是一条线索呢？"

乔烟的话才一出口，便将马浩然等人的注意力全都吸引了过去。

乔烟见众人都将目光聚集到了她的身上，当即莞尔一笑，道："其实，你们可以换个思路想一想，就是马浩然同学之前说过的逆向思维……既然方璐的手机内容被人清空了，那么，清空方璐手机的人又是谁？我猜，有很大的可能，是凶手所为。要不然，方璐怎么会闲到去删除短信和通话记录呢？"

乔烟一席话，可谓点醒梦中人。

当即，众人的脸上纷纷露出了希冀之色。

其实，乔烟所说的道理并不难被想到，只不过，因为马浩然等人的注意力都集中在了那只被清空的手机上面了，所以才会在短时间内忽略了这一点。如果再给马浩然几分钟的缓和时间，马浩然也会想到这一点的。

"根据这只被清空的手机，我可以断定，凶手一定是事先给方璐发了短信，或者打了电话，方璐才会给凶手开门，让凶手毫无阻拦地走进方璐的房间行凶！"马浩然斩钉截铁地说道。

"可是，老大，那凶手为什么不删除他给方璐发的那条短信，而是直接把所有信息都清空呢？这有点画蛇添足了吧？而且，凶手此举也会给我们

第八章　往事

带来新的线索，这有些不太合乎常理。"影帝疑惑地出言说道。

影帝说完这番话，众人的脸上也都露出了茫然的神色，似乎，影帝的这个问题也是众人心中想要问的问题。

"其实，很简单。"马浩然平静地对众人解释起来，"这就说明凶手不止给方璐发过一条短信，或者打过一通电话，而是给方璐发过很多条短信，甚至早在很久以前，凶手就开始给方璐发短信了……由于凶手作案时间有限，碰巧方璐又没有删除短信的习惯。所以，凶手只能一次性地将所有通话记录和短信都删除了。"

"很有道理。"乔烟轻轻一笑，酒窝若隐若现，既迷人又娇艳。

"那老大，我们现在应该怎么办？"影帝再次发问，"难道，方璐真的不是死在阴魂索命之上，而是真正的凶杀？"

"当然！"马浩然眯起了双眼，语气平静地说道，"我始终不相信世界上有鬼。"

"真巧，我也是无神论者！"乔烟笑了笑，道。

"你们两个不用这么有默契吧？"影帝一边坏笑，一边瞄着马浩然和乔烟，"不信有鬼就不信有鬼，何必这么异口同声地表态呢？"

这边，影帝话音刚落，那边，心直口快的卢倩便忍不住地出言轻笑道："不过，话说回来，浩然哥和乔姐姐，你们两个还真挺合拍的。"

"瞎说！"被卢倩这么一说，乔烟的脸上顿时浮上了一缕红晕，逃离似的离开了正厅，进了卢倩的房间。貌似，二女已经商量过，晚上要住在一起吧？

再说马浩然，脸上竟然也破天荒地露出了微红之色。

为了化解尴尬，马浩然立刻清了清嗓子，道："先回房间！"

说完这句话，马浩然便径直走向了走廊最深处的那间房间，而卢倩、影帝和拳王，则是一脸坏笑地跟在马浩然的身后，与马浩然一起返回了房间。卢倩并没有进入马浩然的房间，而是直接回到了她和乔烟的房间。

进入房间之后，影帝脸上的坏笑丝毫没有减弱，对此，拳王表示很不满。

"影帝，能不能把你的贱笑收起来？"拳王义正词严地说道，"我们现在在探讨案情。"

"闭嘴！单身狗！你是不是嫉妒老大的春天来得比你早？"影帝不甘示弱地回了拳王一句。

拳王正要反驳，马浩然挥手打断了二人的争吵。

又恢复到平时那种冷漠状态的马浩然，淡然地看了影帝和拳王一眼，说道："通过手机这条线索，又有三名嫌疑人进入了我们的视线中。"

"谁？"拳王憨憨地望着马浩然，不解地问道。

"首先，方璐的追求者杜宇，他既然追求方璐，那他平时肯定少不了和方璐发短信、打电话吧？

"然后是江楠和万雪，二女与方璐是闺蜜，三人之间发短信和打电话的次数，肯定不会少！

"所以，这三人都符合凶手清空短信和通话记录的条件！"

马浩然顿了顿，便继续说道："现在，杜宇逃离古楼的举动，非常值得怀疑……还有江楠见鬼，也值得怀疑。我们并没有亲眼所见，无法确定江楠所言是真是假……相比之下，万雪的嫌疑就要小很多，但我也不能肯定地将她排除。"

"老大说得对！"影帝立刻附和一声，道，"可是，老大，我们接下来应该怎么查呢？杜宇我们现在是肯定找不到了，难道直接去审问江楠？郑队长不在这里，恐怕江楠未必会配合我们吧？"

"我们，其实还有两条线索……这也是我拿到方璐手机之后才想起来的。"马浩然淡淡地说道，"消失的笔，以及一年前的聚餐之后，罗晓彤为什么不与同学们一起返回学校，而是要单独走。"

"怎么查？再去案发现场找笔？还是我去找沈航打听一下情报？不过，沈航现在和慕元昊在一起，其他人又是围着王向荣转了起来，我貌似没什么机会和他们单独接触……"影帝颇为为难地说道。

"找笔，是肯定要进行的。至于剩下那件事，我给郑队长打一个电话，让郑队长想想办法。说不定，一年前的事情，警方那边还留着案底呢！"

第八章 往事

马浩然略微沉思片刻，便继续说道，"这样，影帝，你和拳王现在就去案发现场，包括杜宇等三人的房间，也要搜一搜，去找找看，试试能不能找到那支笔！"

"好！"影帝点头应了马浩然一声，旋即，便与拳王轻手轻脚地离开了房间，二人仿佛生怕惊动其他人那般。

待到影帝和拳王走了之后，马浩然才拿出电话，拨通了郑祺的手机号码，不过，由于这里是深山老林，而且外面还是那种狂风暴雨的天气，所以马浩然的手机信号并不是很好，这通打给郑祺的电话，足足打了五十几个，也没能拨通。

马浩然不知道过了多久，更不知道究竟给郑祺拨了多少次电话，总而言之，当向来淡定的马浩然，心中都难能可贵地开始产生烦躁情绪的时候，电话终于通了！

又经过了接近五分钟的对话，马浩然终于把他想查一件一年前的案子的事情，向郑祺表达清楚了，不过郑祺也很干脆地回答马浩然，他记不住一年前的案子，让马浩然给留守在金陵市的冉潇打电话，冉潇应该会从电脑中调出马浩然想要的资料。

事不宜迟，马浩然刚刚挂断和郑祺的通话，立刻打给了冉潇。

又是一番无限重拨的过程……

当电话被接通的那一刹那，马浩然无比珍惜时间地将他要查的案子对冉潇说了一遍，这次信号好转了很多，冉潇一下子就明白了马浩然的意图。不过，冉潇给马浩然的回答是，那是一起交通案件，归交通队负责，不在重案组的负责范围之内！

最后，冉潇非常义气地向马浩然保证，给他点时间，他这就去和交通队交涉，尽快查到相关资料。

挂断了电话，马浩然也只能等着影帝、拳王，以及冉潇这两方面的消息了。

也不知道是马浩然这两通电话打的时间太长了，还是影帝二人搜索得太快了，马浩然才挂断电话没多久，房门便被影帝推开了，随后，影帝和拳王便愁眉苦脸地走了进来。

一见二人的表情,马浩然就知道,他们一定没找到那支笔。

两条关键的线索,似乎又断了一条……

不过,好在冉潇那边还没有传回消息,这是好现象,最起码还为马浩然保留了一线希望。

时间一分一秒地流逝着,忽的,马浩然的手机传来一道短信铃音,当即,马浩然便异常快速地抓起手机,打开了那条短信。

短信是冉潇发来的,而且内容也很简单,只有一句话:"我从交通队的电脑中查到了那件案子,这件案子被定性为意外交通事故,而且案子中有个关键人物,叫作慕元昊,稍后我将详细信息发给你!"

一年前,罗晓彤出车祸的那件案子,关键人物竟然是慕元昊?

马浩然怔怔地望着手机上的几行字,一时间,他竟然有一种似虚似幻的感觉。

那件案子既然已经被定性成交通意外,那么,慕元昊为什么会成为关键人物?

而且,慕元昊当天不是去参加酒会了吗?

他,慕元昊,怎么就成了罗晓彤车祸的关键人物了?

难道,一年前的案子还有隐情不成?

那么,这隐情又与此时的古楼凶杀案,有什么关系?

收到了冉潇短信的马浩然,并没有拨开云雾见青天的感觉,反倒是越来越迷茫了。

古楼凶杀案之中,并没有任何的线索是直指慕元昊的,虽然慕元昊这人有些自负,但是,他和乔烟,算是除了马浩然等四人之外,最没有作案动机和时间的人。

可如今,如果慕元昊成了一年前那件案子的关键人物,那么,他在古楼凶杀案中的定位可就要产生变化了,而且这种变化也会让马浩然更加地无从下手。

一时间,马浩然的脸上露出了复杂而迷茫的神色,双眼始终紧盯着手

第八章　往事

中的手机,仿佛想要在冉潇发来短信的第一时间便打开信息查看。

再说拳王和影帝,他们认识马浩然四年了,可是,他们却是第一次见到马浩然露出这种表情。

出于本能,拳王和影帝都下意识地闭上了嘴巴,甚至连大气都不敢喘,就好像他们害怕因为他们的呼吸而打断马浩然的思绪一般。

时间仍在一分一秒地流逝着,也不知道过了多久,马浩然手中的电话终于第二次响起了短信铃音,只不过,这次的短信铃音是接二连三地响起,马浩然收到了五六条短消息。

马浩然几乎是在短信铃音刚响起的一瞬间便依次打开了信息……

"一年前,罗晓彤死于车祸,起因是罗晓彤的同学们举行了一场聚餐,而聚餐之后,罗晓彤在路上出了车祸,当场死亡!

"根据警方调查,那场聚餐是由慕元昊发起的,只不过,最终慕元昊没有去参加那场聚会。

"不过,警方却从罗晓彤的手机中查到了一条线索。那就是,罗晓彤接收的最后一条短信,根据手机上的时间显示,那条短信是在聚餐结束之后被传送到罗晓彤手机上的,而发短信的人正是慕元昊!

"那条短信的内容很简单:来金陵大酒店1515号房间找我,开学之后,你就是学生会副主席!

"一年前罗晓彤那件车祸案件,最开始是警方介入,但不是我们重案组,只是普通警员例行调查罢了。经过警方的初步调查,以及交通队方面给出的结论,都认为是一场意外。慕元昊,并无任何嫌疑。

"还有一点,关于罗晓彤的手机中最后一条短信的消息,第一个认领罗晓彤尸体的人是知道的,那人是罗晓彤的室友,叫作林姗姗!"

马浩然读完了短信中的最后一个字,突然长长地舒了一口气,旋即,便将电话扔到了方桌上,那双深邃的眼瞳目不转睛地盯着窗外阴云密布狂风暴雨的天际……

马浩然将电话扔到了桌子上,影帝和拳王也立刻围了上来,开始翻阅起短信中冉潇为马浩然提供的情报。

不过，马浩然却并不关心影帝和拳王的举动，只是自顾自地凝望着漆黑的天际，他的眉头时而紧锁，时而舒展，似乎在思索……

影帝和拳王看完了短信中的内容之后，便将视线齐齐地转移到了马浩然的身上，恰好这时候，马浩然也收回了凝望天际的目光，三人相互对视了一眼，最终还是影帝率先开口……

"老大，咱们接下来该怎么做？去查慕元昊？"影帝忧心忡忡地问道。

"慕元昊，应该不是杀死方璐的凶手。"马浩然摇了摇头，无比淡定地说道，"但是，慕元昊的为人却是让我微微地吃了一惊。"

"我也没想到，慕元昊这家伙，竟然……"影帝颇为不爽地说道，"一年前，聚会结束之后，他让罗晓彤去金陵大酒店找他，并且许诺罗晓彤，大四开学之后帮她坐上学生会副主席的位置，这明显就是交易，真是卑鄙！"

马浩然似乎对慕元昊的人品没有更多的关注，只是轻声说道："毫无疑问，我们解开了两大关键点的其中之一……罗晓彤之所以没有和大家一起返回学校，并且拒绝了孔兵的护送，就是因为罗晓彤想去见慕元昊，而且这种事情自然不能让其他人知道，可谁能想到，罗晓彤还没见到慕元昊，便出了车祸！"

"总的来说，罗晓彤之所以会出车祸，并且当场毙命，慕元昊都有不可推卸的隐性责任！"拳王有些激动地攥紧了拳头，低吼出声道，"如果真的是罗晓彤的鬼魂来索命，那为什么不先索了慕元昊的命，而去找方璐呢？"

"行了，你消消火！"影帝见拳王这般愤怒，当即便拍了拍拳王的肩膀，轻声安慰拳王道，"我们都知道你疾恶如仇，可你也不能诅咒罗晓彤来索慕元昊的命吧？毕竟，罗晓彤不是慕元昊杀的！"

拳王还想再说什么，可就在这时候，马浩然却突然挥手打断了拳王和影帝的对话，喃喃自语地嘀咕起来："如果真的是罗晓彤的鬼魂来这里索命报仇，那为什么不先索了慕元昊的命？按照我们从小说中或者是电影中所了解的冤魂习惯，冤魂肯定会第一个找慕元昊，可为什么是方璐？"

马浩然好像中邪一样，突然从椅子上站了起来，在房间内来回走动，

第八章 往事

徘徊，而且他一边踱着步子，一边自言自语地嘀咕道："还有林姗姗，她知道罗晓彤是因为慕元昊的那条短信，才会独自离去，可她为什么不说出来？是想隐瞒什么吗？包括林姗姗的言行举止，也很不正常。明明大家都已经快要淡忘阴魂索命的事件了，可为什么林姗姗却总是三番五次地提及阴魂索命？用神秘玄妙的鬼神之说来恐吓大家？就好像，林姗姗并不想让人相信，方璐之死是有人蓄意谋杀！"

"还有案发现场丢失的那支笔，又是怎么回事？为什么死者和那几个人的房间里面都没有？这又代表了什么？"说完这句话，马浩然突然停下了脚步，转头望向影帝和拳王，仿佛突然顿悟那般地问道："方璐留下的那封遗书在哪儿？"

"还在案发现场……"影帝指了指案发现场的方向，下意识地对马浩然说道。

马浩然听了影帝的话，二话不说，直接跑出了房间。

影帝和拳王相互对视了一眼，最终，二人只能选择跟上马浩然。

三人风风火火地再次回到了案发现场，而这一次，马浩然完全无视了躺在地上、被床单覆盖的尸体，以及其他的位置，直奔那张桌子跃了过去，而那张桌子上自然平稳地放着那封类似遗书的信。

当影帝伸手打开案发现场的灯光时，马浩然立刻用衣袖盖住了手，掐着那封遗书的边角，将遗书捏了起来，无比认真地对着灯光，仔细地检查了起来……

马浩然对着那封遗书，足足看了五六分钟，这才将遗书放回到桌子上。

"老大，你发现了什么？"影帝见马浩然将遗书放回到桌上，便立刻出言问道。

"如果仔细看，这封类似遗书的信，其实是有问题的。"马浩然微微沉吟片刻，这才继续开口对影帝和拳王解释道，"如果仔细看，你们会发现，遗书上的字迹，是那种中间带空白的断层字迹。也就是说，写这封遗书的笔，或者是马上就要没有油水了，或者是笔尖的圆珠有毛病。总而言之，这并不是一支好用的笔。"

马浩然深深地吸了一口气,再将其重重吐出,旋即,马浩然如释重负地轻声道:"我好像……接近谜底了!"

人们平时使用的圆珠笔,如果在快要没有油水,或者笔尖的圆珠有问题的时候,写出来的字,通常是两边是笔水,而中间是空白,遗留在方璐房间之中的这封遗书,就是这种状态。只不过,这封遗书上的字迹,并不是那么好辨认的。所以,马浩然对着灯光看了那么久才发现这个问题。

听了马浩然的话之后,影帝和拳王也纷纷学着马浩然的模样,用衣袖覆住手指,然后陆续拿起那封遗书,对着灯光仔仔细细地看了起来。半响之后,二人便将遗书放回到桌案上,并且朝着马浩然点了点头。

"老大,这遗书上的字迹,的确如你所说的那般。可是,这又能说明什么呢?"拳王疑惑地向马浩然问道。

听了拳王的问题,马浩然转过头,淡淡地看了拳王一眼,仿佛心情很好似的,嘴角竟然微微地上扬起来,这才对拳王说道:"这就说明,这支消失的笔,很好辨认。"

"很好辨认?可我们现在连笔都没找到,好辨认又能怎么样?"拳王轻声地嘀咕了一句,他的思维已经被马浩然远远甩开了。

"好了,我们回去吧!"影帝笑了一声,又拍了拍拳王的肩膀,很是时候的讽刺了拳王一句,"你能不能辨认出那支笔,不重要;你能不能找到那支笔,依旧不重要;包括你能不能想到后续的推理细节,更加不重要。这些事,只要老大能办到,就可以了!"

"你这家伙!"拳王很不爽地打开了影帝搭在他肩膀上的手臂。

正当拳王准备出言反击之际,走廊中突然传出了开门的"吱呀"声,紧接着,一连串的脚步声和一阵乱哄哄的鼎沸之声便响彻走廊,甚至是响彻二楼……

"王道长,我们这么多人跟着你,真的没事?"

"有我在,怕什么?"

"说得对!王道长在这里,任何妖魔鬼怪都得绕着走!"

"那今天晚上可就全看王道长的了!"

第八章　往事

"如果真的能抓到鬼，那我们今天可就真算大开眼界了！"

议论声不断地接近马浩然等人所在的案发现场，可突然，那阵议论声却又逐渐地远了起来。伴随着议论声的减弱，脚踏楼梯的声音也传入了案发现场中。

"一定是那群家伙，还没忘记灵异探险的事情。"拳王将其对影帝的愤怒全都发泄到了其他人的身上，"这里都死人了，他们还有心情去捉鬼？"

"是王向荣！"马浩然淡淡地说道，"他之前的种种疑点，都是在为了这一刻而做的铺垫，包括他来古楼的目的，其实也是想捉鬼！"

"捉鬼？王向荣真有这本事？"影帝随口说了一句。

"王向荣有没有捉鬼的本事，我不知道……"马浩然一边说着，一边走到了案发现场的门口，当他踏出案发现场之际，便微微地侧过头，对着案发现场里面的拳王和影帝说道，"我只知道，世界上根本没有鬼。"

说完这句话，马浩然便转了个弯，消失在了影帝和拳王的视线之内。

影帝和拳王相互对视一眼，二人也连忙关了灯，并关上房门，出了案发现场。

当马浩然三人出现在走廊里的时候，走廊另一侧的两间房间的房门也被推开了，便见卢倩和乔烟，以及林姗姗三人，分别从不同的两间房间内走了出来，而且，这三人也是不约而同地朝着二楼中央正厅的方向，迈出了步子。

最终，马浩然三人与乔烟三人，在二楼中央的大厅会聚到了一起。

"他们要去干什么？捉鬼吗？"卢倩跑到了影帝的身边，亲密地挽住了影帝的胳膊。

"当然了！"影帝撇了撇嘴，道，"王道长不是说过吗？有他在，任何妖魔鬼怪都掀不起什么风浪！"

"我们也去看看吧！"乔烟很淡定地笑了笑，她的笑容很恬静。

不过，乔烟在说话的时候，目光却是不经意地飘向了马浩然，似乎是在询问马浩然的意思。

就在这时候，早就被惊动了的慕元昊和沈航，恰好走到了三楼通向二楼的楼梯位置，借着居高临下的优势，始终关注乔烟的慕元昊，也发现了乔烟偷偷望着马浩然的眼神，当即，慕元昊便怒火中烧，极其不爽地冷哼了一声。

慕元昊的冷哼声，立刻将二楼众人的视线拉到了他的身上，马浩然六人也自然全都将目光定格在了他的身上。

而这时候，憨厚直爽的拳王几乎是下意识地朝着慕元昊迈出了一步……

电光石火之间，眼疾手快的影帝捕捉到了拳王的小动作，而且影帝很了解拳王，这家伙可是正义的朋友，如今又得知了慕元昊的小人行径，又见慕元昊如此盛气凌人，拳王一定忍不下去了，影帝料定，拳王此时绝对是想把慕元昊和罗晓彤之间那最后一条短信的事情抖出来。

说时迟，那时快，就在拳王踏出了一步的脚刚刚落地之际，影帝几乎是下意识用另外一只没有被卢倩挽住的手，狠狠地拉了一下拳王的衣袖。

拳王被影帝这么一拉，自然将目光投向影帝，而影帝则是什么都没说，只是朝着马浩然的方向扬了扬下巴。

马浩然、影帝和拳王三人，在一间寝室共同生活了四年，彼此之间的生活习惯、脾气秉性，相互都是了若指掌，拳王虽然憨厚老实，但他却读懂了影帝所要表达的意思。

一切听老大的，老大还没说话，你也不要冲动……这就是影帝那道眼神的潜台词！

读懂了影帝眼神的拳王，立刻深深地吸了一口气，仿佛是在强行地压制住自己的怒火那般。由于马浩然始终没有说话，最终拳王还是选择先忍下来！

而另一边，马浩然似乎感觉到了影帝和拳王的异动，自然，马浩然也想到了二人之所以会产生异动的源头。

当即，马浩然便完全无视慕元昊那几欲喷火的目光，只是淡淡地说道："我们也去看看他们是如何捉鬼的……"

说完这句话，马浩然便当先走下了楼，而影帝、拳王、卢倩，自然是紧随马浩然之后，甚至就连林姗姗都迈出了步子，走下了楼梯。

第八章 往事

乔烟站在原地，微微仰起头，淡淡地看了慕元昊一眼……没错，乔烟并没有对慕元昊说任何的话，仅仅是看了他一眼而已！

旋即，乔烟也跟上林姗姗，走下了楼。

此时，场中也只剩下了尴尬不已的慕元昊，以及始终跟在慕元昊左右的沈航了。

"慕少，要不，我们也去看看？"沈航似乎想化解此时的尴尬，又好像是因为他对王向荣等人抓鬼的举动很好奇，才会说出这个提议。

慕元昊没有说话，只是又发出了一道冷哼声，不过，他最后还是选择了走下楼梯。乔烟去了，慕元昊没有理由不去，因为慕元昊真的害怕乔烟会冷落他、疏远他。

见慕元昊朝着楼下迈出步子，沈航也暗暗地舒了一口气。貌似，沈航之所以会对慕元昊建议，是想看王向荣是如何捉鬼的，实际上就是给慕元昊台阶下罢了。

就这样，马浩然、慕元昊等一行数人也来到了一楼。

而此时的一楼，以王向荣为首的那群人，已经聚集在了卫生间的门口……

当马浩然走到一楼之后，便扭头望向了人满为患的卫生间方向，然而却看到了让他啼笑皆非的一幕……王向荣，竟然穿着一身土黄色的长袍，手中还握着一柄木剑，看那模样，真的就像是阴阳先生。

"这也太搞笑了吧？"影帝极其无语地指着被人群围在核心的王向荣，无奈地说道，"这家伙还真是早有准备，竟然弄出了这么一身行头，我算是服了！"

"不过，这王向荣真的有抓鬼的本事？"卢倩非常好奇地伸着脖子，不住地朝人群中的王向荣张望起来。

这边，卢倩话音刚落，那边，林姗姗便阴阳怪气地冷笑起来："就凭他？呵呵！"

就在几人说话之际，王向荣也注意到这边又有新的观众加入了，所以，这家伙也就更卖力地表现起来……什么口念咒语、脚踏七星、木剑施法，几乎大家耳熟能详的套路，都被他使了出来。

毫无疑问，王向荣成功地将众人的视线吸引到了他的身上，也就在这个时候，庄园之外却突然响起了一道响彻天际的号叫声！

"啊……"

这阵号叫声很响亮，在这无比寂静的深夜更是嘹亮异常，尤其是没了雷声的干扰，雨声根本无法遏制声音的传播。

古楼内的所有人都听到了这道凄厉的号叫声，当即，众人便下意识地转过头，朝着古楼的正门之外举目眺望起来……

"去看看！"马浩然当机立断，直接撒开腿跑出了古楼。

马浩然一动，影帝和拳王等人也动了，包括那些将王向荣围在中心的众人也纷纷迈出步子，朝着古楼之外奔去了……貌似这道来自古楼之外的凄厉号叫声，远比王向荣更加有吸引力。

古楼外，雨已经开始变小了，但空气中却依旧弥散着寒冷和诡异的气息。

马浩然推开古楼的正门，站在古楼正门前的雨搭之下，陆续地，聚集在马浩然身后的人也越来越多，直到最后，连身穿道袍的王向荣都走出了古楼。

众人一言不发地站在古楼的正门前，不住地朝着远处漆黑一片的深山之中眺望。

此时，在马浩然的心中隐约出现了一种奇异的想法，貌似，这近乎响彻天际的叫声，就是为了将众人吸引出来似的。

大概过了三四分钟的光景，古楼外依旧没有任何的动静，而此时有些人已经不想再等下去了，比如王向荣，再比如慕元昊。

"这么冷的天，不进屋，还站在这里挨冻做什么？"王向荣颇为不满地嘀咕了一句。

本来，王向荣已经顺利地成为所有人眼中的焦点，可是却被这道突如其来的叫喊声给打破了，王向荣的心情自然很不爽。

说完这句话，王向荣便打算转身，带头走进古楼内，可是就在这时候，

第八章　往事

异变终于发生了，而且还是那种足以让众人铭记一生的异变……

古楼正前方的不远处，突然出现了一条白影，而且这条白影以黑色的夜空为背景，那身白色的长衫极其刺眼，极其诡异。

这就完了吗？

当然没有！

更夸张的是，那条白影竟然不断地向上飘，而且还在随着夜风吹拂的方向不断移动，那长衫飘荡在虚空中，衣袂更是随着夜风吹过的方向抖动不止。

这时候，站在古楼之前的所有人都愣住了，仿佛见到了奇迹一般，甚至连呼吸都被大家自动屏蔽了，整片古楼之前的区域无比寂静，无比沉闷，无比诡异！

夜空下的那条白影还在飘荡着，依旧随着夜风吹动的方向前进着，渐渐地，白影又与众人拉近了几分距离，视力比较好的人，已经能够看到白影那被风吹到无比凌乱的漆黑长发在夜空下肆意乱舞了。

这是鬼吗？

马浩然也是下意识地瞪大了双眼，一眨不眨地凝视着飘荡在夜空下的白影，一时间，他竟然忘记了呼吸。

不知不觉间，一股充满了诡异和恐怖的气息便已经将所有人，甚至是整栋古楼、整座庄园，都包裹在了其中。

"那是……"江楠猛地惊呼了一声，上牙和下牙也在这时候发出了一阵"咯咯"的打战声音，随后，便听江楠犹如梦呓一般地低声呢喃起来，"是鬼……是鬼……就是它……我在卫生间见到的鬼！"

江楠的声音好像是这场"猛鬼现身"大戏的奏鸣曲，直接拉开了恐慌的帷幕！

"鬼！"

"我的天！真的是鬼！"

"你们看它的脸……被头发遮住了……看不清楚五官……它会是罗晓彤吗？"

"鬼……鬼……肯定是罗晓彤……死在古楼里的守夜人是男的……怎么可能会有这么长的头发？"

"王道长……王道长……"

众人无比恐慌地呼喊起来，纷纷开始四下寻找王向荣的身影，可是，被众人寄予厚望的王道长，此时却已经被吓得一屁股坐到了地上！

王道长被吓得惊慌失措的样子无形之中也将众人内心的最后一道防线，压垮了！

霎时间，所有人一边惊恐地号叫着，一边冲进了古楼里，慌不择路的众人，有摔倒的，有踩踏的，有踢翻桌椅的……总而言之，古楼内已经乱成了一锅粥。

然而，在古楼之外还有那么几个人，并没有被吓得退回古楼内，而是选择继续站在古楼外，仰头凝视着那跟随着风向而飘荡在空中，并且开始朝着古楼相反方向飘去，距离众人越来越远的白影……比如马浩然、影帝、拳王，以及卢倩、乔烟、林姗姗，还有慕元昊。

马浩然始终没有挪动半步，他心情无比复杂地盯着空中逐渐远去的白影。

而站在马浩然身后的影帝、拳王和卢倩，则是全都向后退了半步，当几人发现马浩然并没有想要离开的意思之后，也坚定地停下了脚步，虽然内心很害怕，但三人还是选择留下来与马浩然并肩作战。

然而，除马浩然之外，还有两个人也是半步都没有退缩过，那就是乔烟和林姗姗，只不过二人的表情却是有着天壤之别……

乔烟的美目之中依旧闪烁着清澈的目光，似乎她并没有被眼前的恐怖景象吓到，而林姗姗则仍旧保持着一脸的冷笑，静静地站在原地，凝视着那条白影。

至于最后的慕元昊……其实慕元昊已经退进了古楼内，但他发现马浩然和乔烟都一动不动地站在原地之时，慕元昊又硬着头皮走了回来，忐忑不安地站到了乔烟的身边。

足足过了半晌，当古楼的一楼正厅恢复了平静，所有人都跑回了二楼

第八章　往事

之时，站在古楼之前的马浩然突然轻笑一声……

"我好像解开谜底了。"马浩然微微地扬起嘴角，露出了一抹难得出现在他脸上的笑容。

马浩然的话立刻将几人的注意力吸引了过来，不过，这一次并不是影帝率先发问，而是乔烟。

"你解开谜底了？可是那只鬼刚刚从我们眼前飘过，难道这么快你就知道谜底了？"乔烟转过头，一双美目灵动地眨着，紧紧地盯着马浩然，双瞳之中充满了好奇。

见到乔烟露出如此表情，慕元昊更是怒火中烧，嫉妒的火焰已经让慕元昊忘却了心中的恐惧，当即，慕元昊便出言冷讽道："有些人为了逗英雄，彰显自己的能力，总是会胡编乱造出一个结局，来蒙蔽大家的双眼。"

慕元昊言罢，乔烟便转过头，淡淡地瞥了慕元昊一眼，不过，乔烟看向慕元昊的眼神并非望着马浩然那种好奇的目光，而是充满了不屑。

见到乔烟的眼神，慕元昊立刻攥紧了拳头，额头上更是青筋暴起。

只不过，慕元昊指桑骂槐的对象马浩然却并没有理会慕元昊，而是对着影帝轻声说道："去找沈航，问问他，上次大家来古楼运送食材用品的时候，都有谁拿过沈航手中的钥匙？最后负责锁门的人又是谁？"

"好！"影帝应了马浩然一声，旋即便与卢倩一起反身跑进了古楼。

虽然影帝和卢倩，对于刚才那"猛鬼现身"的戏码，都很心惊，但是，影帝和卢倩的直觉和本能却是在告诉自己，相信马浩然！

没多久，影帝和卢倩便已经奔上了二楼，而站在古楼之前的乔烟，却继续好奇地向马浩然追问道："你说，你已经解开了谜底，那谜底是什么？"

"别急！"马浩然头也不回地朝身后的乔烟摆了摆手，双目始终紧盯着庄园的正门，"我猜，用不了多久，你们就会见到凶手了！"

说完这句话，马浩然又对拳王嘱咐道："大全，一会儿，不管是谁，只要走进庄园，你便伺机将其制住。记住，无论是谁，只要有机会，你都要毫不犹豫地出手。"

"我知道！"拳王沉声喝了一句，旋即，他便捏了捏拳头，顿时，一阵犹如炒豆一般"噼里啪啦"的爆裂声，便从王大全的拳头之中传了出来。

"你的意思是，真正的凶手会回来？也就是说，真凶不在我们众人之中？或者说，真凶暂时不在古楼里？"乔烟的美眸突然闪过一抹光芒，她发现眼前的这名冷漠青年，似乎比她想象中还要厉害，还要神秘。

别的不说，单说刚才见鬼的场面，乔烟自己身为医生，早已见惯了生死，更是坚定的无神论者，所以她才没有后退半步，可乔烟眼前的冷漠青年，也没有后退半步，而且还在这段极其震撼甚至足以让人大脑短路的一瞬间，想通了整个案件。光是这一点，就已经让乔烟彻底地将所有注意力都集中到马浩然的身上了。

"如果我的推理没错的话，一会儿走进庄园的人，应该和当初提前进入古楼并且拿过沈航钥匙的人，是同一个人。而且，极有可能也是最后负责锁门的人……

"其实，整个过程都很简单，包括我们刚才见到的'猛鬼现身'的大戏，手法也是一样的简单．只不过，接二连三发生的诡异时间，打乱了我的部署和思绪，才让我忽略了最根本也是最简单的事情。

"而且，如果不是接下来发生了这一连串的事件，恐怕我也不可能根据最初的几条线索而断定凶手的身份，因为最初的那几条线索，根本不足以让我掌握有力的证据。只有将所有事件全都串联到一起，才能真正地解开谜底！"

马浩然一进入到推理状态，话也不自觉地多了起来。

众人被马浩然的这番话，说得有些云里雾里，不过，众人还是选择继续留在这里，等着马浩然口中的凶手自投罗网，包括始终看马浩然不顺眼的慕元昊也是如此，因为慕元昊并没有真正地解开谜底，他对于整个事件的幕后黑手也极其好奇。

马浩然几人一言不发地站在古楼的正门前，在等凶手，也在等影帝。

没多久，古楼内便响起了下楼的脚步声，踏踏踏……

第八章　往事

众人的注意力，自然被这阵急促的脚步声吸引了过去，便见影帝和卢倩一前一后地从楼梯上奔了下来，二人的脸上均是露出了震惊但却还有一丝迷惑的矛盾表情。

"老大！"影帝先卢倩一步，跑到了马浩然的身边，一边喘着粗气，一边对马浩然说道，"我问过了，上一批进入古楼送食材的人中，几乎都拿过钥匙。唯一值得怀疑的是，等到离开古楼之前，负责锁二楼门的人是孔兵，而负责锁三楼门的人是沈航。这是不是说明，孔兵和沈航都有嫌疑？"

"没错，之前浩然哥已经分析过了，忌日请柬很有可能是在那次他们来送食材的时候，就已经被放进了各个房间，那么有机会下手的，也就只有孔兵和沈航了……而且，孔兵没有三楼的钥匙，进不去三楼的房间，那三楼的几间房间，忌日请柬又是怎么出现的？"卢倩不解地说道，"会不会沈航和孔兵是同谋？还有，那孔兵……真的就是将忌日请柬放进我们房中的人？甚至，他会是杀死方璐的凶手吗？"

"而且，老大，将忌日请柬放入各人房中的幕后黑手，真的就是杀死方璐的真凶吗？"影帝再次发问。

第九章　真相

　　影帝和卢倩连珠炮火般的发问，并非在胡乱地提问，相反，二人问出的问题，其实都是这件案子的关键。

　　不过，马浩然的脸上却并没有产生任何的表情波动，只是淡淡地对着马浩然和卢倩说道："影帝刚才不是说过了吗？钥匙，大家都拿过，只有在锁门的时候，是沈航负责锁了三楼的门，而孔兵负责锁了二楼的门，对吧？"

　　"没错！"影帝茫然地点了点头。

　　"那么，当初打扫三楼的时候，应该只是打扫了三间房间吧？也就是慕元昊、乔烟小姐和沈航这三人的房间，对吧？"马浩然继续反问。

　　影帝的脸上依旧尽是茫然，但他还是重重地点了点头。

　　"这就能解释，为什么二楼每间房间里都有忌日请柬，而三楼却只有那三间被打扫过的房间有忌日请柬了……因为，忌日请柬应该就是孔兵趁着锁门的机会，放进二楼各个房中的。毕竟，孔兵当时并不知道我们会来多少人，也不知道二楼会有哪几间房被空出来，所以，他就在二楼每间房都放了事先做好的忌日请柬，至于三楼的那三间房……"马浩然说到这里，突然停了下来，似乎他并没有打算继续说的意思，只是淡淡地轻笑了一声。

　　而另一边，被马浩然的分析彻底吸引的众人，则完全处于一种如鲠在喉的状态，即将揭晓谜底的时候，马浩然却突然停了下来，别说是影帝和卢倩等人着急了，甚至连慕元昊脸上都露出了一丝急切的表情。

第九章　真相

"老大，你倒是继续说啊！"影帝急切地发问道，"现在，我们几乎可以肯定，那个几乎没有任何嫌疑的孔兵，极有可能就是将忌日请柬放入众人房中的黑手。但三楼的房间，他是如何将忌日请柬放进去的？还有杀死方璐的凶手，到底是不是孔兵？包括刚才那场闹鬼的大戏，又是怎么回事？"

"现在，有些事情我还没有确定，所以不能给你们解释这些事情。不过，只要等到凶手回来，那么，一切的谜底就都会解开了，包括能让凶手哑口无言的证据。"马浩然的表情极其沉稳，声音也是异常的平淡，就好像他在述说一件微不足道的事情一般。

马浩然话音刚落，拳王便瓮声瓮气地说道："证据？老大，现在，我们最值得怀疑的人是孔兵和沈航对吧？那我们干脆就先搜他们的房间。"

"如果沈航和孔兵真的是凶手，那他们会把线索留在自己的房间里呢？那可真就是无言以对的铁证了。"影帝不屑地朝着拳王撇了撇嘴，道，"从方璐的死以及现场的周密布置来分析，凶手是绝对不会犯下这种低级错误的，证据绝对不会在凶手的房间里。"

"家辉说得没错！"卢倩附和了一句，旋即便对马浩然问道，"可是，浩然哥，你说，凶手一定会回来吗？难道，凶手是孔兵、杜宇和褚民豪三人之一？"

"凶手会回来的！"马浩然异常坚决地点了点头，旋即，马浩然突然转过头，双目直视慕元昊，轻描淡写地说道，"我之所以坚信凶手还会再回来，那是因为凶手最想杀的人并没有死！"

马浩然声音落地，众人便循着马浩然的目光望向了慕元昊……很显然，马浩然所指的那个人，也就是凶手最想杀的那个人，就是慕元昊！

"凶手想杀我？凶手为什么最想杀我？"慕元昊的脸上先是露出了一抹惊诧，旋即，便对马浩然怒目而视道，"有什么话你直说，不要在这故弄玄虚！"

慕元昊的话很不客气，甚至有一种准备和马浩然撕破脸的感觉。

只不过，马浩然对于慕元昊的愤怒，仿佛完全无视那般，他只是淡淡地看了慕元昊一眼，旋即便将目光定格在了庄园的正门处……

夜空漆黑如墨，虽然雨已经小了很多，但黑压压的乌云仍旧压得月亮不敢露头，这种恶劣的天气，自然让众人的可见度降到了最低点，而此时那黑漆漆的庄园正门，就像是通向另外一个未知世界的出入口那般，充满了神秘、诡异，甚至还会让人产生无限遐想……

再说慕元昊，接连被马浩然打脸之后，这次又被马浩然完全无视了，而且还是当着乔烟的面，这可真是不能再忍了！然而，就在慕元昊准备爆发之际，庄园之外的远处，突然响起一阵凌乱且急促的脚步声，伴随着脚步声同时传进庄园的，还有一道道惊慌失措的低吼声。

就在这时候，站在古楼正门前的众人，几乎全都将目光定格到了庄园的正门处……

一条身影似乎很狼狈地不断接近庄园，而且，马浩然等人依稀可以看到，那条身影还时不时地回过身，似在张望什么，又好像在寻找什么……

没过多久，那条身影接近了正门……

又过了片刻，那条身影走进了庄园之内，借着庄园内的灯光，马浩然等人可以清晰地看清楚那个身影的模样……是孔兵！

只不过，此时的孔兵无比的狼狈……他的脸色无比苍白，他的双眼充满惊恐，他的上下牙仍在不断撞击，他的衣衫尽是污泥，他的裤子已经被刮出了数道口子，还有他的鞋，满是泥垢……

总的来说，此时的孔兵就像是刚刚逃难回来的难民，而且这难民仿佛还受过某种让人无法接受的惊吓似的，惊魂未定，狼狈不堪，用这八个字形容此时的孔兵，恰到好处。

"你们……救救我……有鬼……晓彤的鬼魂……来索命了……"孔兵一边惊恐地呼喊起来，一边朝着众人奔跑，当他跑到距离众人三四米的时候，脚下一个踉跄，整个人都摔倒在地。

不过，对于孔兵的摔倒，马浩然等人似乎都没有去搀扶他的打算，而且众人还都用一种怪异的眼神盯着孔兵。

是一种什么样的眼神呢？

第九章　真相

　　充满了惊讶、震撼、狐疑、不解、愤怒，几乎人类所能展现出的所有负面情绪，都在众人的眼中闪过了。

　　"老大……"影帝轻唤了一声。

　　影帝的话刚吐出两个字，另一边，拳王就动了！此时的拳王，犹如一头猎豹，疯狂地扑向了摔倒在地的孔兵，以拳王的身手，再加上孔兵此时是趴在地上的，虽然孔兵的身形和拳王差不多，都是那种虎背熊腰、孔武有力的类型，但是，孔兵现在可是趴在地上，毫无防备，而拳王则是有备而攻，想要擒住孔兵，自然是易如反掌。

　　几乎就是一瞬间的时间，拳王便直接骑到了孔兵的身上，并且将他的双手反扣过来，算是彻底地制住了孔兵。

　　"你们要干什么？我是孔兵啊！"孔兵一脸震撼地盯着马浩然等人，与此同时，他的身体也开始剧烈地挣扎，只不过，无论他如何努力，都挣脱不了拳王的压制。

　　"孔兵……我当然认识你！"马浩然的双瞳突然闪出一抹精光，整个人又进入了推理状态，"回来的人……果然是你！"

　　马浩然的这番话，就像是一阵飓风，席卷了众人的思维。

　　回来的人是孔兵，难道说，真凶真的是孔兵？

　　还有那句"果然是你"，似乎代表着马浩然其实在孔兵没有出现之前，就已经知道他会回来，并且猜到他就是幕后的凶手了吧？

　　可是，马浩然又是凭什么认定孔兵就是幕后真凶？

　　这一刻，所有人的目光都聚集到了马浩然的身上，也包括慕元昊。

　　而这时候，因为孔兵的突然回归而闹出的大动静，已经惊到了楼上的众人，虽然依旧胆怯，但楼上的人却还是鼓起勇气，大家一起走了下来……

　　"老大，你的意思是说，孔兵就是幕后的真凶？将忌日请柬放入我们众人的房中并且将方璐杀死的人，是孔兵？"影帝瞪大了眼睛，深深地吸了几口气，仿佛不敢相信马浩然所说的那番话。

　　自然而然，影帝的话也将那群刚从二楼跑下来的人吸引了。当即，所有人都将视线定格在了马浩然的身上，而且，每个人的脸上都写满了震撼和惊愕，那一双双的眼瞳之中，也尽是茫然和迷惑之色，所有人，都在等着马浩然为他们解谜……

"马浩然，你凭什么说我是凶手？凭什么说那忌日请柬是我放入众人房中的？"孔兵趴在地上，很是愤怒地朝着马浩然吼了起来，并且想要挣脱拳王的压制，只不过，孔兵的挣扎在拳王眼中是徒劳的。

孔兵的怒吼声仍旧在雨夜之中回荡。马浩然没有说话，似乎，他在整理脑中的思绪……

可是，马浩然不说话，不代表其他人会继续保持沉默。

这边，孔兵话音落地没多久，那边，之前见过鬼的江楠便颤颤巍巍地从人群中走了出来，仿佛鼓起了很大的勇气那般，语气轻颤地说道："孔兵平时很老实，怎么可能是凶手？而且，我们都亲眼见到了刚才升天的女鬼，并且我还见过了两次，方璐应该是被女鬼，也就是罗晓彤索命而死吧？"

江楠这番话一出口，便立刻得到了众人的支持，也许在众人心目中，孔兵的确不太可能是真正的凶手，而不久之前，众人亲眼所见的那场升天大戏之中的鬼魂，才更像是真正的凶手！

"亲眼所见，有时候也未必是真。"马浩然背对着众人，面向孔兵，先是微微地摇了摇头，旋即，马浩然的嘴角突然扬起了一抹奇异的弧度，一边走向孔兵，一边轻声说道，"现在，我便一点一点地为大家解开谜团。"

马浩然走下了古楼的台阶，双脚踏在了被雨水浸透的大地之上，"首先，我们先说忌日请柬这件事。早在我们到达古楼之前，沈航和其他众人包括孔兵，就已经来过这里了，而他们当时的任务是运送食材和打扫房间等工作。为了让这座古楼继续保持神秘感，所以众人对此事集体地闭口不语。也就是在那时候，孔兵趁着锁门之际，将忌日请柬放入了各人的房间之中！

"至于三楼的慕元昊、沈航和乔烟三人的房间之中所出现的忌日请柬，暂且不谈。因为，这件简单的事情，对后面的事件会有很大的

第九章　真相

影响！

"忌日请柬出现之后，大家都被'罗晓彤'这个已经死去了一年之久的人吓到了，加上这座古楼之前就流传过闹鬼的传闻，所以，大家也都是人心惶惶……

"可就在不久之后，所有人几乎都在睡觉的时候，方璐突然吊死在了自己的房间中，而且门锁没有破损，房间内没有打斗的痕迹，疑似阴魂索命。但我却找出了五大疑点，力证那并非阴魂索命，而是一桩部署巧妙的凶杀案！

"凶杀案过后，孔兵、杜宇和褚民豪三人便逃离了古楼，而在三人离去的这段时间，江楠见了一次鬼，我们大家又在古楼的正门前，集体见过一次鬼……

"最后，孔兵回来了，而杜宇和褚民豪下落不明……整个事件的经过，大致就是这样。"

马浩然气定神闲地将整个事件的经过，简略地叙述了一遍。

可是，当马浩然的话音落地之时，孔兵便立刻大喊着争辩起来："杜宇和褚民豪撞邪了，被鬼魂上了身，他们自尽了……"

孔兵的话还没说完，便被马浩然冷言打断了："孔兵，你的身上又背负了两条人命！"

"我……"

孔兵还想解释什么，可是，马浩然却并没有给他机会，而是继续分析起了案件。

"忌日请柬的事情，我已经说过了，孔兵负责锁二楼的门，他有充足的时间将忌日请柬放入二楼所有的房间之内，包括在忌日请柬出现的时候，我就已经说过，门把手上留有灰尘，很显然，忌日请柬不是我们进入古楼之后被放入我们房中的，而是在数日之前便已经存在于我们的房中了，这一点无须质疑！

"接着说方璐之死。马浩然顿了顿，又继续说道，"其一，通过绳子的勒痕，很明显，是凶手先将方璐勒死，然后再将方璐挂到了横梁上。

"其二，椅子摆放的位置，这个也很好解释。凶手踩着桌子或者椅子，将方璐的尸体挂上去，再抹去椅子或者桌子上的灰尘，并且将其放回原处，伪造成阴魂索命的诡异场面。这一解释，只要不是特别迷信的人，都可以接受，而且也非常符合事实的逻辑。

"其三，桌脚内侧的灰烬，这一点其实也很好解释，凶手在勒死方璐的时候，方璐的脚略微地挣扎了一下，并且踏在了桌脚内侧，然后腿一软，脚滑了下来，就可以造成案发现场所出现的平整形态的灰尘。

"其四，尸体脖颈的抓痕。我之前说过，这是方璐在挣扎的时候，自己抓伤了自己的颈部，因为方璐想让勒在她颈部的绳子松一点。

"其五，案发现场没有打斗痕迹，门锁没有坏。关于这点，就需要一些推理了，比如说，凶手给方璐发了一条短信，然后方璐便将房门打开，让凶手大摇大摆地走进去，这是完全符合逻辑的推理，因为我在事后找到了方璐的手机，我发现方璐的手机通话记录和短信内容，全都被清空了。"

这边，马浩然话音刚落，那边，慕元昊突然出声冷笑起来，"你这也算是推理？完全是在说一堆没用的废话罢了。"

慕元昊声音落地，四周也立刻响起了叽叽喳喳的议论声。

没错，马浩然刚才说的那番话，只是结合凶案现场而得出的常规结论，并没有特别出彩的地方，也没有让人信服的证据，所以慕元昊才会果断地出言反击马浩然。

马浩然似乎并没有被慕元昊的言语扰乱思路，继续说道："我要说的是，关键是第五大疑点：为什么方璐会收到一条短信或者电话，就放心大胆地将房门打开？为什么方璐的手机之中，短消息和通话记录被清空了？"

不过，慕元昊却是不依不饶地挤兑起了马浩然："你所提出的两个问题很好解答，如果凶手是杜宇，那就可以轻易完成。杜宇追求方璐很久了，我们大家都知道，只要杜宇给方璐发一条短信或者打一通电话，方璐绝对会毫无防备地开门，这也是为什么方璐的手机会被清空内容的原因，因为杜宇作为方璐的追求者，平时肯定会经常给方璐发短消息或者打电话，为了避免惹上嫌疑，以及节省作案时间，清空手机的内容，对于杜宇来说，是最佳选择！"

这次，听了慕元昊的话之后，马浩然终于转过头，正视起了慕元昊，只不过，马浩然的脸上仍旧挂着一抹自信的笑容，他并没有被慕元昊的反驳而打乱阵脚，相反，慕元昊想到的一切，马浩然之前就已经想到了。

"你会这么想，凶手也会这么想，如此一来，我们的目光就都聚集到了杜宇的身上，对吧？"马浩然淡定自若地说道，"其实，还有一个人，不对，是两个人，也可以让方璐没有任何防备地打开门。"

马浩然此言一出，所有人都下意识地屏住了呼吸，因为大家都知道，真正的重头戏现在才开始！

"第一个人……"马浩然一边说着，一边竖起了一根手指，"就是慕元昊！"

马浩然话音落地，众人全部将视线集中到了慕元昊的身上，脸上尽是好奇、震惊、不解、疑惑等复杂的神色……

"慕元昊帅气，有为，多金，是金陵警校几乎所有女同学的梦中情人，如果你给方璐发一条短信，说要去方璐的房间坐一坐，我想方璐绝对会求之不得，她一定会乖乖地打开房门，等着你去找她……"

马浩然抬手一指慕元昊："而且，以你的身高和力量，绝对有能力趁着方璐毫无防备之际将其勒死，并且不发出任何的声响，毕竟，方璐只是弱女子，而你在格斗搏击、体育健身等领域都有所建树。杀人之后，你还可以轻而易举地将方璐的尸体挂到横梁上，最后，再做完那一系列的掩饰计划，伪造成阴魂杀人的现场，并且清空方璐的手机，将嫌疑人的身份抛给杜宇……这点心计，你慕元昊，绝对能够毫不费力地想出来，对吧？"

马浩然此言一出，当真是满场哗然。

所有人几乎都齐齐地倒吸了一口凉气，不约而同地将目光定格到了慕元昊的身上，更有甚者，还下意识地后退了一步，仿佛要与慕元昊拉开距离那般。

此时，便见慕元昊青筋暴起，双拳紧握，仿佛在极力克制自身的愤怒一般，低沉地咆哮道："一派胡言！我为什么要杀方璐？而且，你有什么证据来证明，方璐就是我杀的？"

"证据……"马浩然微微一笑，"案发现场的那封遗书，大家都记得吧？"

马浩然提到那封诡异的遗书，所有人都下意识地点了点头，因为，那封类似于遗书的诡异信件太过震撼，而且，毫不夸张地说，如果没有那封遗书，众人也不会将方璐的死与罗晓彤的索命联系到一起。

所以说，那封遗书在方璐之死的案件之中，占据着很重的分量。

见众人都沉默了下来，马浩然便继续说道："那封遗书的笔迹很奇怪，仿佛是写遗书的人不想让我们认出他的笔迹。而且，事后我又仔细地检查过那封遗书，发现遗书的字体很奇怪，就仿佛是用一根即将没有油水或者是圆珠马上就要破损的笔书写的那般，这就说明，那支笔很好辨认，而且我之前也说过，破解案件的关键点之一，便是那支不在案发现场的笔。"

"我猜……那支笔，现在应该在慕元昊的房间里！"

马浩然冷喝一声，旋即，放下了指向慕元昊的手。

也就在这时候，几乎所有人都下意识地向后退了起来，将慕元昊孤零零地晾在了古楼之前，就好像他已经被所有人都排挤在外似的……

"我说过，我不是凶手，我也没有杀死方璐的动机，那支笔也绝对不可能在我房中！"慕元昊忍不住了，几乎是歇斯底里地咆哮了起来，若不是他现在被马浩然泼了一身脏水尚未洗清，恐怕，慕元昊早就冲向马浩然，和他贴身肉搏了。

就在这时候，马浩然突然话锋一转，轻松地说道："我知道，你并不是凶手，因为，这一切都是真正的凶手为你设计的，包括藏在你房中的笔，以及故意清空方璐手机中的信息，都是凶手为你精心谋划的一场栽赃！

"我要说的凶手，是第二个能够让方璐打开门的人……这个人就是孔兵！"马浩然说完，便扬手指向了被拳王按在地上、一脸愤怒的孔兵！

"你不用露出这种表情……"马浩然微微摇了摇头，思路清晰地继续解释道，"孔兵，之所以能让方璐毫无防备地打开房门，那是因为孔兵是林姗姗的追求者，而林姗姗与方璐不睦已久，甚至，几女之间还有一些无法解

第九章 真相

开的隔阂，只要孔兵给方璐发一条短信，说林姗姗想找方璐和解或者是想向方璐低头，因为不好意思直接开口，所以让孔兵来找方璐。对于方璐这种为了一个系花虚名而煞费苦心的虚荣之人，她绝对愿意见到林姗姗向她服软的那一天……

"这样的话，孔兵就可以轻而易举地让方璐打开房门，然后走进方璐的房间，并且用我刚才说的方法杀死方璐，清空手机，留下遗书，伪造成诡异的阴魂索命的现场。

"而且，我要说明一点，那封遗书很有可能是孔兵早就写好的遗书，只不过在方璐死后，遗书才出现在我们的眼前而已，这样的话，才能方便孔兵将嫌疑人的锅丢给慕元昊。包括杜宇，也只不过是孔兵为了迷惑我们而布下的疑阵罢了，他真正的目标是慕元昊！"

慕元昊和孔兵之间的角色变换，以及马浩然说出的神转折，都已经让众人的大脑有些应接不暇的感觉了，而众人脑中的疑惑自然也犹如火山喷发一般地狂涌而出，只不过，这些疑惑都需要马浩然来一一揭开。

"孔兵为什么要栽赃我？"慕元昊定了定神，似乎很不想对马浩然发问，可他又不得不问。

"因为……"马浩然突然眯起双眼，语气冷冽地说道，"孔兵真正喜欢的人，其实是罗晓彤，而并非林姗姗，他之所以会追求林姗姗，我想，最初也只是因为林姗姗是罗晓彤最好的闺蜜，可是，随着孔兵与林姗姗相处的时间越久，孔兵知道的秘密就越多，比如，当初唯一一个知道罗晓彤手机中最后一条短信内容的林姗姗，应该就已经将这条短信内容透露给了孔兵。

"而罗晓彤收到的最后一条短信之中究竟说了什么，慕元昊，我相信比你我更清楚！"

马浩然说完这句话，便扭头望向慕元昊，而此时，慕元昊的脸则是青一块，白一块，完全没有了刚才气势汹汹、兴师问罪的气势，反倒是，好像在马浩然说出了那条短信之后，慕元昊一下子就矮了马浩然一截似的……

而这，也让众人更加好奇短信的内容了。

只不过，在场的众人之中知道那条短信内容的人，都选择了闭口不语，包括马浩然。

一时间，气氛仿佛凝固了那般，不过，最终打破沉闷的还是马浩然。

"我之前已经说过了，凶手一定会回来，因为，这里还有一个凶手最想杀的人并没有死，而那个凶手最想杀的人，就是你，慕元昊！

"我猜测，孔兵应该会杀了你，然后将你伪造成自杀的假象，再留下一封类似于对不起罗晓彤、对不起方璐等人的遗书，而事先被孔兵藏在你房间里的那支笔，便成为指证你的最好证据……"

"你胡说！"马浩然的话还没有说完，孔兵便大吼起来，"我怎么能做出那么多我根本无法完成的事情？况且，我是千真万确地见到了阴魂出现，相信各位应该也看到了阴魂升天吧？"

"阴魂升天，只不过是一种极为普遍的小把戏而已！"马浩然缓缓地摇了摇头，似乎有些失望地说道，"既然你说到了阴魂升天，那我就为大家解开谜底吧！"

"阴魂一共出现过两次，一次，是江楠在卫生间通过镜子的反射亲眼所见，另外一次，就是刚才我们目睹的阴魂升天。

"第一次，江楠见鬼，那应该是孔兵乔装打扮，自己伪装成阴魂来吓江楠的，他本以为能一下子将江楠吓死，可惜江楠并没有被吓死。

"而第二次，便是我们刚才见到的阴魂升天。在我们见到阴魂升天之前，听到过一声惨叫，这道声音应该是孔兵发出来的，目的便是将我们引出来，亲眼看见阴魂升天。"

这时候，王向荣突然出言追问了一声："你说了这么多，那阴魂升天到底是怎么回事？"

"对啊？那到底是怎么回事？"

"我们可是都亲眼看见一只白衣女鬼飘上了天……"

王向荣话音落地，众人也纷纷追问起来，很显然，大家对阴魂升天这场大戏十分的好奇。

第九章　真相

"其实凶手的手法很简单：氦气！

"氦气，其实与氢气差不多，都是一种能够让起球起飞的气体，我们在街上能见到一些能够自行飞向天空的氢气球，阴魂升天的大戏，不过也是如此伎俩罢了。

"凶手用他之前吓唬江楠的那套白衣和假发，罩在多只灌入氦气的气球里，自然而然，气球会随着风吹拂的方向而起飞，包括我们之前看到的阴魂，也根本看不清脸，那是因为，凶手为了给阴魂增添神秘感，将一部分假发用双面胶粘在了气球上，造成了长发遮面的视觉错觉。

"还有一点，氦气的成本要比街上见到的氢气球中的氢气，高了十倍不止，因为，如果将气球里面灌入氢气，那么，在这种雷雨天绝对会爆炸，这样，阴魂升天的大戏可就无法进行了。所以，凶手选择了用更加稳定的氦气来代替，又因为白衣和假发具有绝缘效果，而且，我相信凶手一定还用了其他绝缘的办法，来避免气球在飞行的过程中引爆。

"至于，凶手为什么会选择在那时候放出气球，伪造成阴魂升天的场面，那是因为，那时候的风向应该是两种风向，这两种风向，先是会将气球朝着我们这边吹过来一点，再向我们相反方向的远处吹去。

"所以，那白衣阴魂在黑夜的掩饰下，既出现在了我们面前，又让我们无法将其捕获，也给我们造成了极其巨大的心理压力，让我们相信，所有的事情都是阴魂索命而发生的，这样，凶手就可以大摇大摆地回到庄园，继续他的杀人计划，也可以将杜宇和褚民豪的死算到阴魂的身上，一石数鸟！

"至于褚民豪和杜宇，我想，一定是孔兵不断地挑唆，才让二人决定跟着孔兵逃离古楼，这样，也就让孔兵可以顺利地实行他的下一步计划……比如说，让我们相信世界上有鬼之后，再回来杀死慕元昊，伪造成慕元昊自杀的假象，最后，凭借孔兵事先留在慕元昊房间内的蛛丝马迹，指证慕元昊就是整件案子的幕后真凶。这样，既杀了人，也摆脱了嫌疑！"

洋洋洒洒地说完这么一大番话，马浩然便微微地转过头，直视孔兵道："对吧，凶手先生，孔兵！"

孔兵没有说话，只是目光幽审地望着马浩然。

"你凭什么说我不喜欢姗姗？"孔兵露出气愤的表情，朝着马浩然吼了起来。

"影帝和卢倩曾经有过这样一段对话：卢倩说她害怕鬼，影帝说，如果鬼魂想动她，就要先从影帝的尸体上踏过去，大概是这种意思，这才是一对恋人应该有的对话，而你……虽然你和林姗姗并不算是真正的恋人，但作为追求者，你应该比影帝更加地想要在女孩子面前展现自己才对，而你却扔下了林姗姗，伙同杜宇和褚民豪逃离了古楼，这，难道不足以说明你并不喜欢林姗姗吗？

"还有一年前，所有人都喝醉了，只顾着自己回学校，而你却在醉意朦胧的时候还想着送罗晓彤，难道这不是喜欢的一种表达方式吗？

"只不过，当你知道了罗晓彤手机中的那条短信之后，你便开始谋划起了报复，等了很久，终于，你等到了机会，也就是这次的灵异探险！

"已经死去的方璐，包括生死未知的褚民豪和杜宇，只不过是你扭曲人格之下的殉葬品，你真正想要杀的人是慕元昊，你想要杀了这个引起罗晓彤惨案的卑鄙、肮脏、虚伪的慕元昊！"

当马浩然这番话的最后一个字音落地之后，整个古楼之前都被一股一样的沉默笼罩了，所有人都目瞪口呆地望着马浩然，望着孔兵，望着慕元昊……

马浩然这番推理看似简单，但其中少了任何一个环节，都无法将"忌日请柬""阴魂索命"和"闹鬼大戏"这些因素串联到一起，分析整个过程，对于洞察力、推理能力和思维逻辑的要求，都是极高的，普通人的确无法完成这一环扣一环的线索拼凑！

孔兵，恐怕任何人都没有想到，最后的凶手竟然会是他！

还有慕元昊，对于马浩然最后的形容，卑鄙、肮脏、虚伪这六个字，他却没有出言反驳，这是极不符合常理的！

所有的一切，就像是一团迷雾，蒙住了众人的双眼，甚至是内心，只不过，这团迷雾，马浩然似乎并不想述说太多。

第九章 真相

　　足足过了半晌，就在所有人都哑口无言之际，那孔兵却突然冷笑起来，仿佛在对马浩然挑衅那般地说道："我承认，你的推理很精彩，也很细致，但是，你有证据吗？如果你没有证据证明我是凶手，那么，你刚才的推理，也仅仅是推理而已！"

　　"证据？我当然有证据！"马浩然凛然一笑，"还记得我说过，三楼的忌日请柬也是你放进去的，可是，当时负责锁三楼房门的人是沈航，对吧？

　　"其实，三楼与二楼不同的地方就在于，二楼的忌日请柬，是你在锁门的时候，一一放入各人房中的，而三楼的忌日请柬，却是在你们运送食材、离开了古楼之后，你又在某天单独回到了古楼，然后将忌日请柬放入了三楼的三间房中，还有那支笔，恐怕，也是在那个时候放入慕元昊房中的，因为，你在第一次进入古楼的时候就已经从沈航嘴里，探听到了哪间房是特意为慕元昊准备的。

　　"我所说的证据，便是……钥匙！"

　　马浩然一边说着，一边指了指孔兵，道："影帝打听过，在你们第一次进入古楼的时候，都曾经拿到过钥匙，而且，你也趁着拿到钥匙或者是锁门的时间，将三楼那三间房间，以及古楼一楼大门的钥匙，都印入了某种模具之中，比如橡皮泥之类的东西。

　　"然后，等你回到金陵市的时候，用蜡油或者塑料等东西，灌入橡皮泥的模具之中，等到其干涸之后，也就完成了最简单的钥匙，最后，你去配钥匙的店铺里，按照塑料模具的形状，再配出四把钥匙，这样的话，你的计划就可以实施了。

　　"证据，便是这几把钥匙……哪怕其他三把钥匙已经被你丢弃，但是，慕元昊房间的那把钥匙，你是绝对不会丢弃的，并且，你还会把这极为重要的物品贴身收好，因为，能否杀死慕元昊的关键，就是那把钥匙，你害怕你离开古楼之后，我们会大肆搜索古楼，所以，按照你的头脑，你不会把这么重要的东西留在古楼，那么，也就只能贴身藏在你的身上了。

　　"所以，你的身上如果搜出了慕元昊房间的钥匙，那就证明你就是凶手,也证明,我之前的推理全部属实。

"因为,除了沈航手中的那一串钥匙之外,世界上不可能存在第二把慕元昊房间的钥匙,恐怕,就连慕元昊自己的手上和家里都没有那把钥匙,而你,为什么会有呢?"

马浩然气定神闲地长篇大论起来,不过,随着马浩然话语的深入,孔兵的脸色也是越来越难看,直到马浩然的最后一个字音落地,孔兵不仅脸色变得无比阴沉,整张脸庞更是露出了狰狞的笑意。

"马浩然……我千算万算,竟然低估了你!"孔兵极其不甘心地咆哮了一声,"你为什么要来古楼?如果没有你,单凭慕元昊这虚伪小人的智商,以及那些只懂得阿谀奉承的马屁精,根本不可能识破我的布局,所有人都会在恐惧中死亡,所有人!"

孔兵的最后一句话,几乎是咆哮着说出来的,由此可见,他此刻的内心是多么的不甘,多么的愤怒,而且,这也说明孔兵的身上,真的有慕元昊房间的钥匙!

马浩然没有理会怒不可遏的孔兵,更加没有理会仿佛陷入石化状态的其他人,只是微微地侧过了头,对影帝说道,"和沈航去慕元昊的房间搜一搜,看看有没有发现!"

"哦?好!"影帝被马浩然这么一喊,这才如梦初醒一般地点了点头,旋即,便拽着同样呆若木鸡的沈航,奔进了古楼之中。

影帝走后,马浩然又将目光投向了打从孔兵出现的那一瞬间,便不再言语的林姗姗身上,"林姗姗,其实,你比我们都了解孔兵,也应该早就发现了孔兵有问题,虽然你不确定,整件事情到底是不是孔兵所为,但你还是用所谓的阴魂索命的话题来为孔兵打掩护,对吧?"

林姗姗默然地转过了头,仿佛是在刻意避免与马浩然的目光接触一般。

见林姗姗并没有要接话的意思,马浩然也是无所谓地摇了摇头,又将目光定格到了孔兵的身上:"褚民豪和杜宇,已经被你杀死了?"

"死有余辜!"孔兵并没有任何悔改的意思,甚至,嘴角上还勾勒出一抹残虐的邪笑,"我唯一遗憾的就是,没能杀死慕元昊!"

第九章 真相

"你谋划这出连环杀人案的初衷,又是什么?"马浩然的表情骤然变得冷了下来。

"我要为晓彤报仇!这些人都是害死晓彤的凶手!"孔兵大声咆哮起来,情绪很激动。

"为了一场意外,你已经让三个人惨死于你的手上,难道就只为了虚无缥缈的复仇?"马浩然的情绪也罕见地激动起来,厉声怒喝道,"孔兵,你的心理,你的人格,都已经完全地扭曲了,你就是疯子,你根本就不懂生命存在的意义!

"只为了一场意外,便迁怒于朝夕相处的同学?因为一条短信,便要置慕元昊于死地?你完全是把内心中对现实社会的不满情绪,以及罗晓彤的那场意外,延伸到了我们所生活的现实世界之中。其实,真正有精神病的人,是你!"

"生命存在的意义?生命在金钱和权势面前不值一提!如果不是慕元昊给晓彤发了那条短信,晓彤又怎么会出意外?"孔兵大叫起来。

"你错了!"就在这时候,一道不属于马浩然的声音,却突然从古楼内传了出来,而且很坚定!

众人纷纷转过头,循着声音传来的方向望去,便见影帝和沈航缓缓地从古楼之中走了出来,而且,影帝的手中还拿着一条麻绳,以及一支笔。

"老大,这是我们在慕元昊房中搜出来的,这支笔,我试过,写出来的字的确和正常的字体有些不一样,倒是与遗书上的字迹有九成的相似,还有,这条绳子也与勒死方璐的那条绳子,几乎一模一样!"影帝一边说着,一边将手中的笔和绳子,递到了沈航的手上,转而,影帝将目光定格到了孔兵的脸上。

"我说,你错了!"影帝很严肃,而"严肃"这种表情,对于影帝来说,也是极其罕见的表情,就像马浩然会突然发笑一样,都是很难出现在二人脸上的表情。

"生命,在金钱和权势面前,并不是不值一提,而是生命创造了金钱,创造了权势!"

"生命,既渺小,又伟大,但生命,从不认输,从不低头!

"生命存在的意义,便是人这一生的梦想、努力、目标和价值的体现!

"每一条生命,都隐藏着足以改变世界的力量,这种力量从来不会缺席,但只是会迟到而已。

"生命的意义,是不忘初心,是脚踏实地,是在活着的几十年之中找到自己存在的价值!"影帝这句话,几乎是用喊的方式说了出来,"经过这件事,我,已经找到了我存在的价值,也找到了属于我的,生命的意义!"

孔兵被影帝这番大道理说得目瞪口呆,其实,不仅是孔兵,包括其他众人,以及慕元昊和乔烟在内,大家都已经被影帝这碗心灵鸡汤给惊到了,大家看影帝的眼神,似乎也产生了微妙的变化,这种变化,以卢倩和拳王最为明显!

只不过,孔兵似乎并没有真正认识到生命的价值,依旧固执地认为,他没有错。

这是一种心理疾病,而且还是非常严重的心理疾病!

"马浩然,你也只不过是利用了我对慕元昊执着的杀意,才解开了我的布局。如果没有这么多巧合,你,不可能解开我的完美杀人之局!"孔兵似乎并不想与影帝继续纠缠生命的话题,而是倔强地朝着马浩然怒吼起来。

"巧合?"马浩然冷冷地笑了起来,"孔兵,你知道吗?方璐被勒死的时候,除了去抓绳子之外,应该还有另外一种本能反应,那就是抓住凶手的手或者胳膊,所以,方璐指甲里的皮屑,不一定全是方璐的,也可能有你的,等到郑队来了,将方璐的尸体运回重案组,那里的鉴定仪器,便能检测出脂肪皮屑究竟有没有属于你的皮屑,所以,这也算是证据之一!

"还有杜宇和褚民豪,虽然我还没去过案发现场,但我相信二人死去的地方,一定也会留有痕迹和线索,世界上根本不存在完美的杀人计划,一个谎言,需要你用一百个甚至更多的谎言去圆谎,杀人比撒谎更加困难,也更加不好掩盖。

"包括你的行李,以及道具,只要警方搜山,那些东西绝对逃不出警方

第九章 真相

的视野，而那些东西上一定也有你留下的线索！

"钥匙！金陵市帮助你配钥匙的店铺，对你的印象应该也会很深，毕竟拿着模具配钥匙的人太少。

"而且，在你第二次来古楼的时候，我不相信你能完全避开交通部门的电子眼，只要警方查找通往古楼的几条必经山路的监控设备，一定能够找到你的踪迹。别忘了，这是荒山野岭，没人会来这里，想找到你的踪迹，再顺着车辆信息追查下去，揪出幕后的你，难吗？我想，司机对你的印象一定也很深刻吧？毕竟，很少有人会来这里。

"最后，还有最关键的一点，那就是，你的整个布局都是和阴魂有关，只要坚信无神论，便能轻易地洞悉你的全盘计划。很不巧，我，就是坚定的无神论者，我不相信世界上有鬼，因为，人心便是隐藏在世界中的鬼！"

马浩然这番话，说得孔兵哑口无言！

破解这件案子，马浩然可不单单是靠运气，这番话已经充分地证明了这一点。

此时，所有人望向马浩然的目光都产生了极其巨大的反差，尤其是乔烟，恨不得不转眼珠那般地盯着马浩然，马浩然的推理带给了乔烟前所未有的巨大震撼，以及从未感受过的惊喜和意外。

另一边，孔兵的脸色也逐渐地黯淡下来，他知道他已经无力再去反驳什么了……

风，弱了。

雨，小了。

但天，依旧漆黑。

拳王和影帝用孔兵留在慕元昊房中的那条麻绳，将孔兵绑了起来。马浩然、卢倩、影帝和拳王等人，寸步不离地在古楼二楼本属于马浩然的房间之中，看守起了孔兵。

"影帝，你刚才那几句话说得实在是太有道理了！"拳王似乎有所感触，竟然没有讽刺影帝，反倒称赞起了他。

"其实，我在慕元昊的房间找线索的时候，就听到了老大的那番话，也是因为老大的那番话，才让我懂得了那些道理……"影帝微微地叹了口气，转头望向漆黑的夜空，"其实，我和慕元昊一样，都算是金陵市的富二代，我们都始终活在父母为我们构建的世界里，我不想这样活一辈子，而现在我找到了生命的意义，我生命的意义便是成为警察，因为，每一次解开案件的那种感觉，都让我感觉到了我存在的价值，这样的生命才有意义！"

拳王和影帝你一言我一语地交流着，也许，他们二人从来没有像现在这样心平气和地交谈，而卢倩则是用手支着下巴，一言不发地望着拳王和影帝……

至于马浩然，他又翻开了随身携带的那本泛黄的老旧笔记本，将孔兵的原罪记录在了笔记本之中……

深山鬼楼一案，凶手孔兵伏法，他内心的原罪，乃是因为暗恋之人的意外死亡而迁怒于身边的同学。严格地说，算是一种内心扭曲、精神分裂的体现，也算是一种对现实世界的不满而衍生出的负面情绪。由于这种怨天尤人的怨恨滋生，这才导致了一连串的悲剧发生。

数个小时之后，天亮了，郑祺率领重案组的众人如约而至。

古楼外，响起了阵阵威严的警笛之声，便见四辆警车缓缓地驶入了庄园之内。

负责看守孔兵的马浩然几人，自然见到已经打开了车门、走下警车的郑祺和苏叶，以及其余重案组的同事。

当即，影帝便打开了窗户，朝着庄园内的郑祺喊道："郑队，苏大美女，我们在这儿！"

"等我！"郑祺一整头上的警帽，朝着影帝正色地喊了一句，旋即，便带着苏叶等人，奔进了古楼之内。

郑祺等人的到来，自然惊动了古楼内的其余学生，不过众人并不认识郑祺，更加不可能去和那些警员交谈，于是乎，不论是警员，还是留在古楼内的学生，几乎都在这时候凑到了马浩然的房间门外。

而在马浩然的房间内，也只有马浩然四人、凶手孔兵，以及郑祺和苏

第九章　真相

叶几人而已。

"小马，到底是怎么回事？"郑祺颇为意外地看了一眼被绑起来的孔兵，惊诧道，"才一夜时间，你就把案子破了？"

"也许只是一件破绽百出的案子而已，郑队至于这么惊讶吗？"苏叶不屑地撇了撇嘴，顺便还瞪了马浩然一眼。

似乎，苏叶与马浩然之间的过节并没有缓和，苏叶仍旧不喜欢马浩然。

不过，这种事对于马浩然来说真的不算什么，马浩然也不会去和苏叶争辩什么，他只是异常平静地对郑祺说道："郑队，凶手已经抓获，而且这不是我一个人的功劳，还多亏了影帝、拳王、卢倩，以及乔烟医生的帮忙，如果没有大家，我也不可能单独破案，所以这是大家齐心协力一起破获的案件。"

郑祺深深地看了马浩然一眼，又扫了影帝和拳王一眼，最后他转过头，一改脸上的严肃之风，倒是颇为戏谑地对苏叶说道："小马似乎找到了新的合作伙伴，看来你以后验尸的工作要减少了。"

"谁稀罕与他合作？"苏叶撇了撇嘴，很不屑地说了一句，不过，说完这句话之后，苏叶便暗暗地转移了目光，在门口那里搜索起了马浩然口中那名叫作乔烟的医生的身影……

乔烟，一听就是女人的名字，而在门外也只有江楠、万雪和乔烟三个女人而已，那江楠和万雪不管怎么看，都不像是医生的模样，只有乔烟冷静、大方、沉稳，站在人群中，就犹如一朵绽放的玫瑰，美艳动人，但有着"禁止靠近"的花刺。

"郑队，可以开始录口供了，刚好大家都在这里，也就不必等到返回金陵市再录口供了。还有，尸体一定要尽快运回警局的停尸间，我怕时间久了，线索和证据会消失。"马浩然似乎有意想要岔开话题。

"好！"郑祺微微一笑，应了马浩然一声，随后便开始安排和部署。

重案组进入古楼之后，由郑祺亲自负责给慕元昊和乔烟等人录口供，而另外一部分警员则是进入深山，搜寻线索以及褚民豪和杜宇的踪迹。

最终，由警方证实，褚民豪和杜宇被勒死在了一处狭小的山洞之中，马浩然认为，这山洞应是孔兵早就寻找好的作案地点，只要有人肯跟着孔兵离开古楼，那么，这处山洞便是孔兵杀人的案发现场！

一场由灵异探险和古楼怪谈所引发的连环杀人案最终告破，虽然郑祺等人没能目睹整个案件的全过程，但光凭其余人的口供，郑祺等人便已经感觉到了这件案子扑朔迷离的程度，远不是能轻易解决的。

不知不觉间，马浩然在重案组内的名声和手段，也彻底地让那些警员信服了。

最后，慕元昊提前终止了这次的古楼探险之旅，并召回了小巴，将众人送回了金陵市，而马浩然和卢倩四人，则是乘坐重案组的警车返回了金陵市。

经过一段时间的适应，马浩然几人也顺利地完成了角色过渡，从学生的角色正式转变成临时警员的角色，新的挑战也如约而至……

八月，酷暑难耐，整座金陵市仿佛被扔到了火炉中炙烤一般，炎热的天气也让人们的内心变得焦躁起来。

金陵市警局，重案组。

马浩然站在巨大的落地窗前，若有所思地望着警局大楼下方车水马龙的街道，就在这时候，一道电子提示音从马浩然的身上传了出来。

哔！

马浩然的思绪也被这道电子提示音打断了。

当即，马浩然从怀中摸出了电话，打开微信软件，便见一名叫作"江东烟雨"的联系人给马浩然发来了一条信息，上面写着：中午有时间吗？请你吃饭！

马浩然的双眼并没有泛起任何的涟漪，只是冷漠地扫了一眼电话上显示的信息，便将电话锁了屏。

就在这时候，悄无声息摸到马浩然身后并见到那条信息的影帝，则是贱贱地笑了一声，不怀好意地向马浩然问道："老大！谁找你吃饭啊？那头像怎么是一把手术刀？是变态杀人狂吗？"

马浩然闻言，微微地侧过了头，瞥了影帝一眼，淡淡地说道："我会把

第九章　真相

你对她的形容转告给她的。"

"那你也得先告诉我是谁啊？要不，咱们哥儿仨一起去赴约？也让我和拳王见见这个变态杀人狂？"影帝不以为然地耸了耸肩。

"这人你们都认识，是乔烟。"马浩然扔下这句话，便直接朝着重案组的门外走去，只留下了目瞪口呆、站在原地发傻的影帝……

直到马浩然走出了重案组，影帝才回过神来，当即，影帝便一边朝着离开重案组的马浩然追去，一边惊慌地喊道："等等！老大！用手术刀当头像的变态杀人狂，是乔烟？就是我们在古楼里遇见的美女医生？不对，谁说乔大美女是变态杀人狂了？"

影帝一边呼喊，一边追上了马浩然，并且对马浩然投去了献媚一般的微笑："老大，这事你可不要和乔大美女透露。对了，我还没问你呢，你怎么和她联系上的？"

"离开古楼的时候，我们相互留了联系方式。"马浩然停住脚步，淡淡地看了一眼影帝，随后，他的目光又在走廊里搜寻了一番，这才对影帝轻声问道："拳王呢？"

"那家伙没跟出来？"影帝也回身望了一眼空旷的走廊，摇头自语道："都到午饭时间了，那家伙竟然没跟出来吃饭，真是见鬼了！"

说完这句话，影帝和马浩然便双双迈出步子，再次回到重案组内。

此时，重案组内，马浩然的同事们已经全都去食堂吃饭了，撇开马浩然和影帝二人不谈，便只剩下专心坐在座位上、捧着一本厚厚的书阅读的拳王了。

马浩然和影帝相互对视了一眼，二人均从对方的眼中看到了些许的意外。

拳王这家伙向来都是和健身器材与格斗训练捆绑在一起的角色，此时怎么转了性，突然喜欢上看书了？而且看得还那么入神？

当即，马浩然和影帝二人便轻手轻脚地朝着拳王走过去，因为他们也很好奇，拳王到底在看什么书，竟然看得这般入神，连吃饭都忘记了。

"拳王，你小子看什么呢？看得这么入神？"影帝的话还没说完，便直

213

接伸手将拳王手中的书给抢了过来。

　　影帝突然来了这么一出，倒是把人高马大的拳王吓得一激灵，直到拳王看清来人是马浩然和影帝之后，这才重重地舒了一口气，不满地抱怨了一声："吓我一跳！"

　　"五大仙传说……狐黄白柳灰……仙家上身……"影帝随手翻了翻手中的书，戏谑地嘀咕了一阵，这才笑吟吟地对拳王说道，"看不出，你这家伙还挺迷信的，怎么？不准备当警察了，准备改行做大仙吗？"

　　"做什么大仙？"拳王不满地撇了撇嘴，又从影帝手中把书给抢了回来，"我们也算是经历过两次以灵异为主导的案件了，我也没帮上大家什么忙，就想先了解了解灵异方面的事，等到再遇到案件的时候，也能给老大出出主意。"

　　"你就负责站在旁边，看我和老大表演就行了，智商方面的事，你帮不了我们！"

　　"信不信我揍你？"

　　"被我戳中要害，恼羞成怒了？"

　　拳王的话还没说完，便被影帝打断了，二人又进入相互挖苦抬杠的状态中了。

第十章 臭味

"行了！"马浩然抬起双手，分别碰了碰影帝和拳王的肩膀，习以为常地说道，"去吃饭吧！"

马浩然一声令下，影帝和拳王也回归了平静，不过，就在这时候，走廊里却突然传来了一阵急促的脚步声……

踏踏踏……

片刻之后，郑祺带着冉潇和苏叶，三人风风火火地冲进了重案组。

见到马浩然三人仍在，郑祺微微一愣，不过下一瞬便恢复如常，沉声对马浩然三人说道："小马，你们跟我来，有案子了！"

"案子？"影帝立刻接话道，"郑队，什么样的案子？我们哥儿仨可还没吃饭呢，要是不急的话，我们先吃完饭再过去？"

"来不及了！"郑祺根本没打算给影帝吃饭的时间，直接出言拒绝道，"刚刚接到消息，金陵市区芳草桃源小区发生了凶杀案，是一起非常残忍的案件，上面指名要我们重案组接手！"

扔下这句话，郑祺便脚步不停地冲进了重案组最里面属于他的办公室，而马浩然三人则是微微一愣，各有所思地将目光投向了冉潇和苏叶的身上……

"苏大美女，怎么回事？"影帝很自然地将问题抛给了苏叶，貌似，在这家伙心中，如果可以选择和美女说话，那么他绝对不会浪费口舌去和男人说话，所以冉潇也就被影帝直接无视了。

"听说是一件很诡异、很离奇也很残忍的凶杀案。"苏叶冷冷地瞥了影帝一眼,故意只把话说了一半。

苏叶似乎不太喜欢影帝……不对,苏叶对马浩然三人始终就没喜欢过!

"然后呢?"马浩然的注意力也被苏叶说出的三个形容词吸引了过去,下意识地脱口问了一句。

当然,苏叶只是给了马浩然一个比给影帝还要大的白眼,然后,就气定神闲地转过了头,朝着窗外眺望起来,就好像在故意吊马浩然等人的胃口。

场面一度很尴尬,不过,另外一名知情人士冉潇,却开口化解了这份尴尬。

"案子是这样的……"冉潇顿了顿,便继续说道,"芳草桃源小区有人报警,说是小区发生了命案,死者叫作柳鸣,是关外人,在金陵市工作,算是'南漂'大军中的一员。报警电话是在十分钟之前打进来的,是与柳鸣同住在芳草桃源小区的吴先生报的警,吴先生住在柳鸣家的对面楼……"

"说重点!"影帝不客气地打断了冉潇的话,"苏大美女不是说了吗?案件很诡异,很离奇,很残忍,你就说这三个点就行!"

"好!"胆小和善、从来都不会与人去争的冉潇,讪讪地笑了一声,他并没有因为影帝毫不客气的言论而生气,反倒是继续为马浩然三人讲起了案件的大概,"我们还没去过案发现场。不过,我们有同事刚好在芳草桃源小区附近,郑队接到任务之后,便安排了同事破门进入现场,根据现场同事传回的消息,死者的死状之所以诡异离奇,那是因为死者全身都是伤痕,而且还是那种类似于被某种动物撕扯之后,遗留下的伤痕。"

"这算什么离奇?"影帝很不在乎地撇了撇嘴,"我们在深山里目睹了女鬼升天的场面,你说的案子在离奇和诡异方面,根本不算什么!"

"的确,这件案子最多只能算是行凶手段比较残忍的凶杀案,但是……"说到这里,冉潇深深地吸了一口气,仿佛回想起了某种惊悚的场景一般,下意识地压低了声音,对马浩然和影帝三人说道,"刚才,郑队给报案的吴先生打了电话,吴先生算是半个目击者……吴先生在昨天深夜,碰巧见到了一条诡异的影子,而那条诡异的影子就出现在死者柳鸣的家里!"

"诡异的影子?什么样的影子?"马浩然顿时来了兴趣,朝前踏出一步,走到了冉潇的身边。

冉潇略微沉思了片刻,这才用一种不确定的语气说道:"听说是一种动物的影子,四肢不太长,头部不太大,但身体很长,而且尾巴和身体差不多长……"

这边,冉潇的话还没说完,那边,拳王猛地低吼了一声:"是黄鼠狼!民间五大仙之一的黄仙,黄鼠狼!"

拳王这番话立刻将马浩然等人的注意力吸引到了他的身上,当即,拳王继续说道:"据说,黄鼠狼的爪子狭长锋利,切割人类的皮肤易如反掌,该不会,那死者是被黄鼠狼给撕碎了吧?"

拳王一语落地,整个重案组之内立刻被一种诡异的沉寂包围起来……

黄鼠狼的影子出现在案发现场,然后用利爪把死者撕碎,这……的确很离奇!

忽地,影帝走到了拳王面前,上下仔细地打量了拳王一番,就像在看外星人似的,双眼紧盯拳王:"我说,兄弟,你嘴巴是不是开光了?你最近在研究民间五大仙,然后我们就接到了一件与黄鼠狼有关的案子……虽然案发现场出现的只是黄鼠狼的影子,但这未免也有些太过巧合了吧?"

"和我有什么关系?"拳王愤愤地回了影帝一句。

"别吵了!"马浩然再次介入影帝与拳王之间的争论,并且打断了二人的争吵,"我们还是先去案发现场看一看情况吧!"

马浩然言罢,便紧盯着郑祺办公室的那扇门,他已经迫不及待地想要和郑祺一起去案发现场查案。

诡异的影子出现在了案发现场,而且还是那种类似黄鼠狼的影子,包括死者全身遍布抓痕的诡异死法,所有的一切,都让马浩然对这件案子产生了浓厚的兴趣！

没多久，郑祺办公室的门被推开了，便见郑祺风风火火地从办公室里走了出来，不修边幅的衣服和邋遢的胡子并没有任何改变，唯一改变的，是郑祺手中又多了两包香烟。

原来，郑祺之所以火急火燎地返回办公室，只是为了拿烟而已……

"出发！"郑祺一挥手，便大步流星地踏出了重案组。

随后，马浩然、拳王和影帝，以及法医苏叶和电脑高手冉潇，也紧跟上走路都带风的郑祺，风风火火地离开了警局大楼，分别坐上了两辆闪着警笛的警车，直奔案发现场芳草桃源小区而去。

马浩然与郑祺等人到达芳草桃源小区，已经是四十分钟之后的事情了，由于金陵市区的交通实在是太堵了，所以众人在路上耽搁了不少时间。

警车驶入芳草桃源小区之后，便随意地找了两处停车位，将车停好。

众人鱼贯走下警车，马浩然首先做的就是观察起了四周的环境……

芳草桃源在金陵市算是一座小型的小区，小区内只有八栋楼，按照规整的顺序，前后排成竖形。

郑祺走到马浩然的身边，深深地吸了一口烟，平静地对身后的冉潇说道："冉潇，资料调查了吗？"

"我在来的路上已经调查完毕了，而且，郑队，现在就在案发现场的小程，也把现场的进展传给了我。"冉潇一边说着，一边打开了几乎从不离身的笔记本电脑。

"给大家详细介绍一下案件的过程吧！"郑祺又猛吸了一口烟，把香烟丢到地上用脚碾灭，不过，一根烟过后，郑祺又给自己点上了一根。

苏叶瞥了郑祺一眼，没好气地嘀咕了一声："你的烟有些过量，再这么下去，你的肺早晚会被烟给腐蚀没了！"

"这话你爸经常对我说！"郑祺不以为意地朝着苏叶笑了一声，随后，又朝着冉潇招了招手，示意冉潇继续。

得到郑祺的指令之后，冉潇便指着马浩然等人眼前的那栋楼，说道："这里就是案发现场所在的二号楼，死者柳鸣居住在二号楼二单元的九层 1

第十章　臭味

号，而亲眼看到诡异影子的吴先生，则住在我们左手边的一号楼二单元十层1号，吴先生便是通过卧室的窗户，亲眼见证了那诡异的一幕。"

听了冉潇的话之后，马浩然便打量起了一号楼和二号楼：这两栋楼的楼间距不算太大，大概有二十五米，在深夜时分，居住在十楼的吴先生，完全能够看到柳鸣家出现的诡异影子，这一点很符合逻辑。

随后，冉潇继续说道："死者柳鸣，关外人，三十五岁，目前单身，在一家投资公司担任部门主管，每月收入可观，在金陵市也算是白领阶层，生活无忧。而且，柳鸣生前并无任何的感情纠葛，也没有不良嗜好，在工作方面也很顺利，几乎可以排除因生活不如意或者遭遇挫折而产生厌世情绪，进而自杀的可能。

"还有案发现场，根据程警官传回的消息显示，案发现场的防盗门，并没有被破坏过的痕迹，屋内的窗户也都是锁死的，只不过，屋内有挣扎打斗的痕迹，现场颇为混乱，初步判断，是一起密室凶杀案，但凶手是如何进入房间，又如何离开房间的，程警官暂时还查不到线索。"

"不是自杀，就是他杀了吧？"郑祺轻声嘀咕了一声，旋即便对冉潇说道，"马上着手调查死者是否有仇家之类的社会关系，包括死者隐藏在常规资料下的详细资料，都给我查出来。其他的情况，我们去现场再做进一步的了解。"

"是！郑队！"冉潇应了郑祺一声，便抱着电脑钻进了警车里，不过，冉潇在钻进警车之前，下意识地轻声嘀咕了一句，"说不定，真的是黄仙索命……"

而另一边，郑祺又将手中的香烟扔到了地上并碾灭，这才转头望向马浩然等人，说道："各位，说说你们的看法吧！"

"我要先看到尸体，验尸之后才能给你们结论！"苏叶伸出了纤纤玉手，整理了一下因为长时间坐车而导致有些凌乱的女式休闲西装，言罢，她便转身走向其中一辆警车，并且从中取出了一套一尘不染的白色大褂，将其穿在了身上。

穿上白大褂之后的苏叶，气质立刻焕然一变，好像整个人都变得充满了英气，与之前的小女人模样，形成了鲜明的对比。

"苏大美女穿上白大褂果然漂亮，也不知道那位乔大美女穿白大褂是什么样子……"影帝啧啧坏笑，顺便还朝着马浩然挑了挑眉毛，似乎是在暗示马浩然什么。

不过，对于影帝的打趣，马浩然则完全将其无视了，包括苏叶，也只是表情不善地瞪了影帝一眼，大家谁都没有去接影帝的话。

这时候，开始尝试改变的拳王，却出人意料地发言了。

"郑队，老大，你们说，会不会真的是黄仙索命？我从书中看到过，如果人类对神仙不敬的话，神仙会报复的，尤其是在关外很有名气的五大仙……

"对了，死者柳鸣，就是关外人吧？不可能这么巧吧？黄仙偏偏出现在柳鸣的家中……

"关外五大仙，在金陵市并不太出名，知道的人少之又少，可在关外就不一样了，尤其是关外的农村，更是声名远播，有许多人声称，可以请大仙上身。

"你们说，这柳鸣该不会是传说中可以请仙上身的那一类人，然后被反噬了吧？"

憨厚老实的拳王，洋洋洒洒地说了这么一大番话，倒是把马浩然等人说得一愣一愣的，一时间，竟然没人出言回应拳王所提出的黄仙索命的话题。

这时候，郑祺迈着沉稳的脚步，慢慢地踱着，他走到了马浩然的身边，轻轻地拍了拍马浩然的肩膀，淡淡地笑了一声，道："小马，你有什么看法吗？你该不会和他们一样，认为这是黄鼠狼索命的灵异案件吧？"

"我不信鬼神，也不信五大仙！"马浩然的脸仿佛除了推理的时候，其余时间永远都不会出现表情似的，漠然说道，"我觉得，我们应该先去现场看一下现场的情况，再去那位吴先生家里做进一步的调查，然后等着冉潇和苏叶的消息，再做最后的案件总结！"

"不错！"郑祺咧嘴一笑，便当先迈出了步子，朝着案发现场走去。

郑祺之后，马浩然和苏叶便一左一右地紧跟上他的脚步，而拳王和影

第十章　臭味

帝则走在了最后。

"我说拳王，你这么个五大三粗的汉子，怎么还研究起玄学了？"影帝低声地对拳王打趣道，"还五大仙？你还真以为，一条黄鼠狼能完成密室杀人吗？"

"按照关外民间的说法，那是黄大仙，最擅长迷惑人类，而且黄大仙可以做到杀人于无形……"拳王神神秘秘地朝影帝凑了过去，轻声言道，"书上说过，黄大仙能够释放出有毒的臭味气体，人类若是闻了这种气体，轻则产生幻觉，重则昏迷，甚至会致死，我想，死者很有可能就是闻了黄大仙释放的臭味气体，才会死亡！"

"别闹了！"影帝不屑地挥了挥手。

"你别不信，我最近可是一直都在研究这些民间的灵异传说，谁让我们每次碰到的案件都和灵异事件有关呢？我也是想帮老大。"

"帮老大？"影帝一边紧跟着马浩然和郑祺等人的脚步，一边顿了顿语气，凝视着马浩然挺拔的背影，莫名自信地嘀咕了一句，"老大根本不相信鬼神之说，他一定会解开这所谓的黄仙索命之案的。"

影帝和拳王的对话，马浩然一字不漏地听入了耳中，但他却并没有发表任何的言论，因为，马浩然知道，不论是拳王还是影帝，最终的目的都是想帮到他而已。

马浩然和郑祺等人，一言不发地走进了发生凶案的二号楼二单元，众人鱼贯走进电梯之后，郑祺按了一下"9"字键，电梯便缓慢地开始上升起来。

在电梯上升的期间，马浩然还特意看了一眼电梯上方的四角……有一个监控摄像头在！

"影帝，回头去物业查一下这个摄像头！"马浩然指着头顶斜上方的摄像头，对影帝淡淡地说了一声。

"好！"影帝点了点头，回应了马浩然一句。

就在二人说话之际，电梯已经升到了九楼，伴随着"叮"的一声脆响，电梯门开了。

当即，郑祺便率领众人鱼贯走出了电梯，一时间，本就不大的楼梯间也立刻显得局促狭小起来……

这是一处一梯两户的楼层，电梯门正对着安全出口，而安全出口的铁门是打开着的，露出了略显昏暗的步梯，在安全出口的上方，还有一个监控器，视角正对着电梯。

马浩然略微打量了一眼楼梯间的格局，便直接迈出步子，穿过了楼梯间，越过安全铁门，走进了步梯间的区域。

这栋楼的格局与现代绝大多数的高层楼的格局是相同的，电梯正对着楼梯间，穿过楼梯间的安全铁门，便是步梯区域，而高层楼的公摊面积，之所以要比低层楼的公摊面积大，关键点就在于此处。

当然，马浩然对电梯间、楼梯间和步梯区域，以及公摊面积等问题，自然没什么兴趣，他之所以会走到步梯区域这边，为的是想看一看这片区域有没有监控设备。

马浩然快速地扫了一眼步梯区域，楼道内的灰尘比较多，而且还堆放着几把看起来已经废弃的椅子，至于监控设备，马浩然并没有发现，这也不免让马浩然无奈地摇起了头。

步梯区域如果没有监控设备，那么，这件案子也就损失了一大重要的线索来源。

没有在步梯区域停留太久，马浩然便转身走回到了楼梯间，并且将视线锁定在了案发现场……

九层1号，便是案发现场，此时，案发现场的门是敞开着的，两名老警员正戴着塑胶手套，在房屋内逐步排查着什么……

而案发现场的门内，站着一名绑着马尾、穿着T恤衫牛仔裤、身材纤瘦、个子高挑的年轻女孩，看年纪，也就与马浩然相仿而已。

"她叫程稳露，江北刑警学院的毕业生，和你们一样，也是实习警员。"郑祺看了那年轻女孩一眼，便例行公事地为马浩然等人相互介绍起来，"小程，苏叶你认识……他叫马浩然……这是影帝沈家辉……他是拳王王大全……"

第十章 臭味

"你们好！"程稳露扬起嘴角，露出一抹和煦的笑容，是很阳光的那种姑娘。

马浩然没理程稳露，而是冷着脸将目光定格在了九层1号的防盗门上……

见马浩然没搭理人家，影帝自然义不容辞地接下了这个化解美女尴尬的任务："美女你好！"

影帝笑眯眯地朝前迈出了一步，打算走进案发现场，和程稳露进一步地聊一聊，可就在这时候，马浩然却突然扬起手臂，直接挡住了影帝前进的路。

楼梯间本就狭小，马浩然这么一扬手臂，倒是把影帝进入房间的路，给拦得死死的！

当即，影帝便停下脚步，不解地嘀咕道："老大，你干什么？"

马浩然没搭理影帝，而是继续盯着防盗门，并且抬起了另一只手，指着防盗门沉声道："这门为什么是坏的？我记得，冉潇说过，防盗门并没有损毁痕迹。"

被马浩然这么一说，大家也都将目光集中到了九层1号的防盗门上。

只见，那防盗门的门锁已经彻底损坏，就像是被重物狠狠捶砸过似的……

瞬间，所有人都将视线定格到了程稳露的身上。

毫无疑问，程稳露，就是之前冉潇他们口中那位先到达案发现场的同事，而且，马浩然清晰地记得，冉潇明明说过，防盗门完好无损，案发现场算是一间密室，可如今，防盗门却突然破损，显然，这属于破坏现场的范畴！

程稳露有些不好意思地挠了挠头，难为情地说道："这门是我用安全斧劈开的……"

用安全斧……劈开的？

一个看似柔弱的小美女，竟然抡起安全斧砸门，这场景想想都觉得辣眼睛。

众人目瞪口呆地望着程稳露，郑祺更是直接抬手捂住了额头，一脸的无奈……

"你破坏了案发现场,你知道吗?"马浩然面无表情地盯着程稳露,话语之中听不出任何的喜怒,不过,他这番话却明显是在质问程稳露。

"没办法!"程稳露被马浩然这么一质问,也有些怒火,当即便略微不满道,"我来的时候,房门是紧闭的,为了第一时间进入现场,保护现场,排查出第一手线索,我只能动手破开房门了,万一我们警方的爆破小组来晚了,案发现场内部发生了某种细微的变化,都有可能成为我们查案的障碍!"

"你应该联系物业,让他们帮忙开锁!"马浩然的脸上仍旧没有任何的表情变化,就好像程稳露不甘的怒火并不是在对他释放似的。

"谁能顾及那么多?我只想尽快进入案发现场而已!"程稳露继续争辩,"说不定,等我联系完物业,物业的人再找开锁公司的人来开锁,到了那时候,现场之内发生了影响案件的意外,怎么办?"

"行了,别吵了,先进去看看里面的情况再说!"最后,郑祺无奈地挥手,打断了二人的争吵。

郑祺都发话了,马浩然和程稳露自然停下了争吵,随后,程稳露便向后退了几步,给郑祺等人让出了足够大的空间,方便众人进入案发现场。

郑祺引着众人走进案发现场,但马浩然却并没有进去,而是蹲在地上,仔细地观察起了被程稳露破坏的门锁。

走进案发现场之后,郑祺很是无奈地点了点程稳露的额头,好像长辈训斥晚辈一样:"你还真对得起你名字里的那个'稳'字!"

"我又不是故意的!"程稳露吐了吐舌头,小声嘀咕了一句。

郑祺没理会程稳露,自顾自地扫视起了案发现场,而影帝则凑到了程稳露的身边,装模作样地弹了弹身上的浮灰,这才假装正经地对程稳露说道:"重新认识一下,我叫沈家辉,江湖人称'影帝',想知道我绰号的由来吗?"

程稳露淡淡地瞥了影帝一眼,很不给面子地回了一句:"没兴趣!"

言罢,程稳露瞄了一眼仍在观察房门的马浩然,这才追到了郑祺的

第十章 臭味

身边。

"呵呵哒！"拳王抓住机会，立刻嘲讽起了影帝，"碰钉子了吧？顺便，我再和卢倩说说你刚才的表现。"

"滚！"影帝很不爽地低骂了拳王一句，随后，便回身走向了马浩然身边，"老大，有什么发现吗？"

马浩然的视线终于离开了防盗门，淡淡地看了影帝一眼，然后，茫然地摇了摇头……很显然，马浩然并没有从那扇已经被破坏的防盗门上看出任何的线索。

轻轻揉了揉下巴，马浩然走进了案发现场，开始打量起了案发现场的环境和布置……

这是一间标准的两室一厅的房子，一进门的左手边是客厅，右手边是厨房连带着餐厅，正对着进户门的位置是卫生间，卫生间的两旁分别是主客卧室。

马浩然进门之后，先是看了一眼脚下的室内拖鞋，摆放得很整齐，好像没有人来过的样子。

再向右看，厨房内部连吸油烟机和炉灶煤气都没有，很明显，这间房的主人，也就是死者，根本不在家里开火做饭。

略微地扫了一眼餐厅和厨房之后，马浩然便直接向左转，朝着客厅走了过去，因为，郑祺和苏叶他们此时都围在了正厅的沙发附近。

当马浩然走到沙发附近的时候，他突然抽了抽鼻子，因为他嗅到了一股异样的味道。

可是，马浩然也说不好这股味道到底是什么味道，对于这股异样的味道，他的第一反应是……有点臭！

马浩然面无表情地抽动了几下鼻子，旋即，他的注意力便被洒在地上的外卖吸引了过去。那是一碗很普通的牛肉面，只不过，牛肉面的油汤，此时已经在地上干涸凝固了，这就说明，这油汤应该是很久之前就被打翻在地的。

沿着那碗被打翻的牛肉面，马浩然的目光情不自禁地向上移去，他发现茶几上的水杯之类的器皿，有半数被打翻在茶几的另一侧，玻璃碎片散落一地。

马浩然的目光跳过茶几，投射到沙发上，他看到了一具瘫倒在沙发上的尸体，呈网络中最流行的"葛优瘫"的姿势，倚靠在沙发上，包括那浅色的布艺沙发，此时都已经被鲜血染成了深褐色，完全干涸的血浆，就像是一层薄膜，直接铺在了沙发之上、尸体之下。

再说那具尸体。死状的确很诡异，他的胸膛仿佛被某种利刃胡乱切割过一般，皮肉外翻，而且，虽然伤口繁多而凌乱，但是其中却隐藏着另外一种规律。

乍看之下，伤口很混乱，可如果仔细观察的话，就能发现，这些伤口其实很有规律，甚至，可以将这处大的伤口看作无数小伤口重叠拼接到一起的产物。

而且，每一处小伤口，总是保持四道或者三道间距相等并且接近平行的割痕，看起来，就像是某种动物的利爪直接抓上去一般。

死者胸膛上的巨大伤口，就像是那种动物双爪并用，毫无章法地乱抓乱撕，进而才会形成的致命伤。

不得不说，这死者的死状还真是有点诡异，就像真的是被某种动物给硬生生地撕抓致死一般！

"老大……"就在马浩然盯着尸体看的时候，拳王却突然凑到了马浩然的身边，压低了声音，对马浩然说道，"你有没有闻到一股异味？有点臭的那种味道？再加上尸体的伤口，该不会真的是黄仙索命吧？毕竟，书上说过，黄仙能够释放出一种恶臭的气体来迷惑人类。"

马浩然闻言，微微侧过了头，淡淡地看了拳王一眼，随后摇了摇头，但他却并没有明言，这摇头究竟代表着什么意思。

"兄弟！"影帝一脸贼笑地凑到了拳王身边，搂着拳王的脖子说道，"和老大说这些，你认为有用吗？老大可是最坚定的无神论者。等着吧，老大会把最后的谜底解开的！"

"你很闲吗？"马浩然又将眼神定格到了影帝的身上，面无表情地对影

第十章 臭味

帝说道,"去找物业,把电梯里的监控录像和九层的监控录像都调出来,还有,联系一下报警的吴先生,我觉得,我们如果想在案件上有所突破,那突破口一定是吴先生的口供和监控录像的内容。"

"收到!"影帝打了个响指,便风风火火地冲出了案发现场,临走之前,还把拳王也给拉走了。

影帝和拳王走后,郑祺便安排大家各自展开了侦破工作。

程稳露和那两名老警员开始排查案发现场内的指纹和脚印等可疑痕迹,而苏叶则已经开始了验尸的工作。

"小马,你有什么想法?"郑祺走到马浩然的身边,摸出了一根香烟,正准备点燃,却被马浩然直接抬手按住了他那马上就要划着火的打火机。

马浩然朝着郑祺微微地摇了摇头,道:"郑队,你最好不要在这里吸烟……之前,你在其他的案发现场吸烟也就算了,但这里不行!"

"为什么?"郑祺下意识地收起了香烟,颇为好奇地问向马浩然。

"这里有一股奇怪的味道,有些臭,用拳王的话说,有可能是黄大仙遗留下的那种足以导致人脑神经错乱的气味,一旦你的香烟点燃,这股气味就会受到影响,不利于我们查案!"马浩然正色说道。

听了马浩然的话,郑祺不由自主地抽了抽鼻子,似乎他也嗅到了那股马浩然所说的异味……

"还真有一股淡淡的臭味!"郑祺哑然失笑,又对马浩然说道,"小马,你该不会也认为,这是黄鼠狼索命吧?"

马浩然很坚决地摇了摇头,说道:"我不认为世界上有鬼神之说,我现在几乎可以肯定,这是一起谋划周密的凶杀案!"

"凶杀案?不是自杀案?"郑祺立刻来了兴致,连忙向马浩然追问起来,"你先把你的理由和发现说出来听听!"

"首先,是厨房,既没有吸油烟机,也没有炉灶厨具,这就说明死者根本不在家里开火做饭,而是经常叫外卖,而且,案发现场之内,客厅的地上还有被打翻的牛肉面。郑队,死刑犯临死之前,还有鸡腿可以吃,如果死者有自杀的倾向,他会在自杀之前,在家里不开火做饭的前提下,只吃一碗牛肉面吗？死者并不是吃不起大餐的人。我几乎可以断定，死者不是自杀！

"然后，是房门口的拖鞋，摆放得很整齐，我想，这应该是凶手为了迷惑我们而布下的疑阵，目的应该是想让我们先入为主地认定，这间屋子内从头到尾都只有死者一人，并没有其他人来过，就算有，也是那所谓的黄大仙，而并非穿拖鞋的人，倒是颇有几分此地无银三百两的感觉。

"最后，是凌乱无比的现场，这分明就是死者在临死前挣扎过的痕迹，与第二处疑点的拖鞋产生了截然相反的冲突，既然无人进来，那死者是和谁发生了冲突和挣扎？黄大仙吗？在我的世界观里，黄大仙根本就不存在。那么，死者只能是和凶手动过手，而凶手便故布疑阵，目的就是让我们认为，这是死者与黄大仙争斗的结果，迷惑我们的思维。

"可是，布下疑阵的凶手却忽略了一件事情，疑点二与疑点三的冲突。

"凶手，或者说凶手虚构出来的黄鼠狼，在杀了死者之后，离开房间之时，会刻意地不去触碰那些拖鞋吗？

"如果凶手真的是黄鼠狼，我想，黄鼠狼是绝对不会这样做的，因为，根据死者身上的伤口来看，杀死他的黄鼠狼爪子很大，同样，那黄鼠狼的身体一样会很大，那么巨大的身躯离开案发现场，怎么可能会不碰到拖鞋呢？最起码，也会摩擦一下拖鞋或者让拖鞋稍微移动一下方位吧？

"而且，拖鞋就摆放在门口，黄鼠狼想要离开这里，也只能从拖鞋上迈过去，在不破坏拖鞋保持整齐的前提下，四条腿行走的黄鼠狼想要打开门离开这里，难度很大！

"我们走进来的时候，可都是小心翼翼地保持案发现场的完整，才刻意地跨过拖鞋，进入内室，但把客厅弄得一团糟而不收拾现场的黄鼠狼，它会去在意那几只拖鞋摆放的位置吗？这很矛盾！

"虽然，我始终认为，那所谓的黄鼠狼大仙根本就是不存在的生物！"

进入推理状态的马浩然，仿佛换了一个人似的，脸不红气不喘地说完了这么一大番话，随后，他便一言不发，静静地望着郑祺。

第十章　臭味

郑祺则是微微地皱起了眉头，略微沉吟片刻，才对马浩然说道："你的说法虽然有些牵强，但也有几分道理，凶手百密一疏，刻意营造出的黄鼠狼杀人现场，却成为一大败笔……你还有其他线索吗？"

"暂时没有！"马浩然缓缓地摇了摇头，眼神下意识地飘向了尸体旁边正在仔细验尸的苏叶身上，"进一步的线索，需要等苏警官的验尸报告，以及电梯和楼梯间的监控录像，还有报警目击了黄鼠狼出没的吴先生所提供的口供。结合这几点，我们才能继续对案件展开侦破。"

说完这番话，马浩然便走到了窗前，朝着对面的一号楼二单元十层眺望。那里，便是目击者吴先生的家。

就在这时候，不远处，程稳露的声音突然飘了过来……

"对了！郑队，我进来的时候，客厅的窗帘是闭合的，因为室内光线不足，影响我们侦破，所以我才将窗帘拉开的！"程稳露有些不好意思地朝着郑祺吐了吐舌头，俏皮地眨起了眼睛。

郑祺一只手抬起指着程稳露，另一只手则是捂住额头，很无语地闭上了双眼。

而另一边的马浩然，则看了一眼被程稳露拉开的窗帘，又瞥了程稳露一眼，冷漠地说道："你又破坏了案发现场，你知道吗？"

"我又不是故意的，我只是想尽快排查案发现场而已……"程稳露不满地争辩了起来，似乎，她并没有为她的冲动和莽撞而内疚，反倒是很不服气马浩然无形的嚣张气焰一般，"如果换成是你，你会不打开窗帘吗？这里没有光，不打开窗帘让阳光进来，我怎么排查现场？"

"你说，案发现场没有光？那灯呢？"马浩然仿佛想起了什么，立刻向程稳露追问起来。

"灯？"程稳露微微一愣，随后便指着墙角的立式台灯说道，"只有这东西还亮着，不过，灯光太暗，打开窗帘之后，我就把它关了。"

这一次，马浩然没有说话，只是冷冷地扫了程稳露一眼，毫无疑问，对于程稳露自作主张而破坏案发现场的行为，马浩然非常不满！

可是，马浩然却是一个不善表达的人，所以，他也只能选择冷眼扫视程稳露一眼了。

这边,马浩然不说话,不代表郑祺不说话,当即,郑祺便极其无奈地对程稳露说道:"你还动了哪里?一次说出来算了!"

"郑队,这次真没了!"程稳露一摊双手,不好意思地笑了起来。

"等这件案子结束之后,我一定要把你送到其他部门!"郑祺恶狠狠地威胁起了程稳露,不过,看郑祺那模样,就像是训斥晚辈那般。

马浩然倒是不在意郑祺和程稳露说话的方式,对他们之间的关系,也没有任何的兴趣,他只是静静地望着对面的一号楼,他脑中只有案件而已。

盯着对面的一号楼看了一阵,马浩然突然挪动脚步,朝着那两间卧室走去。

马浩然一动,郑祺等人的目光便立刻被马浩然吸引了去,当即,几个人便一起走向了那两间还没涉足的卧室。

马浩然先去了主卧,他发现主卧的床铺很干净,这就说明,死者在临死之前并没有打算就寝入睡,应该是没到时间,或者有一些事情要处理。

只是淡淡地扫了一眼主卧,马浩然便反身走向了次卧,那里仍旧没有什么有价值的线索,唯一还算有价值的线索,便是那台开着的电脑……结合主卧的情况,马浩然很容易就想到,死者应该是有没完成的工作要干,所以才没有准备睡觉的迹象。

至于次卧的电脑,马浩然并没有什么兴趣,因为次卧和主卧一样地干净,没有一丝的痕迹,这就说明,凶手似乎并没有走进次卧,再退一步来说,凶手布局如此周密,又怎么可能会节外生枝,在这两间卧室或者是电脑上,留下有可能暴露身份的痕迹呢?

微微摇了摇头,马浩然再次回到了客厅的窗前,看来,案发现场真正有搜查价值的地方,也只有这里了。

就在这时候,走廊中突然响起了"叮"的一声脆响,随后,电梯门被打开了,一阵脚步声也顺理成章地传入了众人耳中。

便见双手插兜的影帝和捧着笔记本电脑的冉潇,一前一后地走进了案发现场,但是却不见了拳王的踪影。

第十章 臭味

"老大,拳王去吴先生家里了。"影帝一边整理着略微凌乱的发型,一边对马浩然说道。

"我已经知道了。"马浩然淡淡地扫了影帝一眼,便抬手指向对面楼的十楼,只见拳王站在窗户前,不断地朝着马浩然这边挥手呢!

"看来吴先生在家,那我们就先看一下物业提供的监控录像,再去找吴先生聊天吧!"影帝一打响指,便将冉潇推到了前面,"物业提供的监控录像,已经在冉潇的电脑中了,只不过,楼梯间的摄像头早在几个月之前就坏了,物业那帮人比较懒,业主又没有要求,他们就没修,还好电梯的监控设备没坏。"

"这里的物业的确不太负责任。"马浩然微微皱眉道,"我刚才在步梯区域那边,发现楼梯上已经落了不少灰尘,还堆放了一些杂物,这就说明,物业很少或者根本就没有打扫步梯区域。"

"不管怎么说,电梯里的监控设备没坏,这对于我们来说,还不算是最坏的结果!"影帝也鄙夷地讽刺起了这里的物业,虽然物业方面的人根本就听不见影帝的嘲讽,更不会对他们以后的工作态度产生任何的影响。

"郑队,浩然,你们过来看……"这时候,冉潇轻声说了一句,言罢,便操控起了笔记本电脑的键盘,待到做完一切之后,这才将笔记本的显示屏幕,转到了马浩然和郑祺那边。

当即,马浩然和郑祺的视线便落到了笔记本的屏幕上……

看监控录像的过程就比较枯燥了,还好,冉潇将这份监控录像以快进的形式展现给马浩然和郑祺看,这才不至于浪费时间。

监控录像之中并没有任何特别之处,虽然乘坐电梯的人不少,但却没有人是到九楼的。

直到昨天晚上九点十分的时候,第一名乘坐电梯到九楼的人出现了。

"来了!"影帝立刻指着显示器的屏幕,说道,"来九楼的人,都是找死者柳鸣的,因为我刚才和物业的人打听过了,柳鸣对面房的住户早在上个月就已经出差了,短时间内是回不来的。"

听影帝这样说,马浩然等人也将视线紧紧地锁定在了电脑屏幕之上,仿佛恨不得通过电脑屏幕将里面的人给看穿一般……

那是一名四五十岁的中年男人，身穿老旧的中山装，身体挺得笔直，头发梳得一丝不苟，表情严肃，就像是旧时的老学究，乍看之下，便给人极深的印象，让人过目难忘！

画面中，这老学究在电梯停到了九楼的时候，便迈步出了电梯，十几分钟之后，老学究又走回了电梯，电梯开始下降，当电梯下降到一楼的时候，老学究才走出电梯，一切都是那么地自然，并没有任何可疑的地方。

可是，当第二个乘坐电梯到九楼的人出现在画面中的时候，马浩然和郑祺等人都下意识地集中起了注意力，甚至，郑祺和马浩然还情不自禁地皱起了眉头……

电脑屏幕上出现的第二名出现在电梯里的人，是一名穿着比较时尚的男性青年，而且，这男青年从进入电梯开始，就一直不停地左顾右看，不是抖脚，就是挠头，看起来很焦急，也很可疑……

没有人说话，大家都将视线集中到了电脑的显示器之上，静静地注视着电梯里的时尚青年。

没多久，九楼到了，这时尚青年仿佛下定了某种决心一般，重重地挥了一下手，便很坚决地走出了电梯。

约莫二十分钟的时间后，电梯又到了九楼，那名时尚男青年再次进入电梯，而且这家伙从进入电梯开始，嘴就一直没停过，似乎在嘀咕着什么，不仅如此，这家伙看起来还很愤怒地朝着电梯外指了指，甚至还敲打了一下电梯内部的广告牌。

趁着第二人走出电梯，第三人还未进入电梯的这段空隙时间，郑祺轻声说了一句："昨天晚上九点五十，第二人来找死者，十点十分左右从死者的房中走了出来，行为可疑。"

"的确很可疑！"马浩然轻轻地摸了摸鼻子，说道，"从监控器拍到的画面来看，这名时尚青年离开了死者柳鸣的家里之后，情绪似乎有些失控，包括他指着电梯门的动作，再配合嘴上不停地嘀咕，很有可能是在咒骂柳鸣，尤其是最后那一下敲打广告牌的动作，更是能看出这家伙很愤怒。

第十章 臭味

"一般来说，电梯里面的人很少会出现这种举动，因为，在这种悬浮的密闭空间之中，只要是正常人，内心深处都会有一种莫名的恐慌与烦躁，更加不会去用力拍打电梯，因为在潜意识中，大家都害怕电梯会因为某种拍打而发生故障。

"这家伙，的确很可疑！"

马浩然话音落地，立刻得到了郑祺等人的支持，除了正在检查尸体的苏叶没搭腔之外，便只剩下程稳露没有出声赞同马浩然的分析，甚至，程稳露还小声嘀咕起来："这么简单的事，谁看不出来？"

没人理会程稳露，因为，第三人在这时候已经走进了电梯……

这第三个人虎背熊腰，穿着一条牛仔裤、黑背心，露在外面的胳膊上还布满了文身，那大光头更是闪闪发亮，堪比灯泡。

当郑祺见到显示器中的大光头之后，惊讶地低呼了一声："哎？他怎么也来了？"

"郑队认识他？"马浩然的视线仍旧锁定在电脑屏幕上，嘴上对郑祺问了一句。

"他叫大熊，金陵市的一个小地痞。我没记错的话，这家伙应该是三进宫之后刚放出来！"郑祺回道。

在郑祺说话之际，大光头已经走出了停在九楼的电梯。

影帝看了一眼空无一人的电梯，嘿嘿坏笑了一声："小猪佩奇怎么没纹在他身上？"

被影帝这么一说，之前态度不太友好的程稳露，包括正在专心检查尸体的苏叶，以及那两名警员，全都情不自禁地笑出了声。

"正经点！"马浩然淡淡地扫了影帝一眼，那双眼睛没有任何的情绪出现。

影帝讪讪地笑了一声，就在这时候，大熊又走进了电梯，并且毫不停留地直达一楼，前前后后也就几分钟的时间，算是这三人之中与死者接触时间最短的人了。

这时候，冉潇轻声插了一句，道："郑队，十点三十分，大熊从死者家里走出来之后，就没人来过了，只有这三人来找过死者柳鸣。"

"只有他们三个吗？"郑祺若有所思地叼上了香烟，但却没点燃，随后便向苏叶问道，"小叶，死者的验尸报告什么时候能出来？"

"死者的死因已经确定，是被利刃多次划割胸膛并且刺穿心脏造成的，死亡时间根据尸体的温度和尸斑的程度，暂时可以推断，尸体死亡时间介于十二个小时与二十四个小时之间，目前尸体全身僵硬，尸僵程度已经达到顶峰，可以将死者的死亡时间缩小到十二个至十五个小时之内！"

苏叶回过头，微微撩起一缕垂在眉梢上的黑发，看了一眼墙上的时钟，这才说道："现在是下午一点，死者的死亡时间应该是在昨夜十点至今天凌晨一点之间，进一步的伤口细胞分析等事宜，需要把尸体带回局里才能进行。"

"那就先把尸体带回局里！"郑祺朝着苏叶点了点头，随后便往房门外走，一边走一边说道，"我们先找目击者聊一聊。"

见郑祺起身，马浩然、影帝、冉潇和程稳露四人，便跟着郑祺走出了案发现场，而苏叶和另外两名警员已经开始联系总局，派人来将尸体运走。

走出了案发现场，郑祺便悠然地点上了一根香烟，深深地吸了一口，便转头问向马浩然，道："小马，来过这里的人，只有那三个家伙，你有什么想法？"

"我不相信所谓的黄仙索命，那三人之中，必有一个是凶手！"马浩然斩钉截铁地说道，"按照苏警官说的死亡时间和正常的思维逻辑来推断，最后一人大熊的嫌疑是最大的！"

"不错！"郑祺点了点头，说道，"大熊那家伙有案底，若是说他杀人，我肯定相信，而且，如果杀死柳鸣的是第二个可疑的青年，那大熊再来找柳鸣的时候，见到的应该是死尸，他不可能这么淡定地走进电梯，而且，为了避免嫌疑，这家伙肯定会主动报警……"

"郑队……"郑祺的话还没说完，便被影帝打断了，"目击者不是说，在深夜时分见到过黄鼠狼的诡异影子吗？如果凶手真的是大熊，那黄鼠狼的诡异影子，就没有来的必要了吧？毕竟，那时候的柳鸣已经死了。"

"你说得也有道理。"郑祺赞许地朝着影帝笑了一声，"死者的致命伤，是胸前那些乱糟糟、类似爪痕的伤口，大熊回到电梯里，身上并没有血迹，而且也没看到身上藏有凶器的痕迹。"

郑祺话音落地，电梯的门便自动打开了，随后，郑祺便再次开口说道，"冉潇，去把那三个家伙叫到警局录口供，问问他们来找柳鸣的目的，谈了什么，案发时间的不在场证明，都要着重调查。"

"是！郑队！"冉潇应了郑祺一声。

随后，马浩然和郑祺等人便陆续走进了电梯。

离开案发现场二号楼之后，马浩然等人便直接去了一号楼的目击者家，即吴先生家里。而冉潇则是抱着笔记本，朝停车的方向跑了过去。

再说马浩然、郑祺、程稳露和影帝四人，径直走进了一号楼二单元，并乘坐电梯，来到了目击者吴先生家所在的楼层。

当电梯在十楼停稳之后，电梯门便打开了，电梯左手边的那户人家，防盗门已经打开，仿佛在等待什么人似的……不用问，那里就是十层1号的目击者吴先生的家了。

当即，马浩然等人便跟着郑祺，鱼贯走进了吴先生的家。

这时候，拳王和一名穿着家居服、身材中等、样貌平凡、脸上始终挂着憨厚笑容，就算是扔进人群中也不会让人发现任何异常的中年男子，出现在了马浩然等人的眼中。

"郑队，老大，这就是吴先生！"拳王见马浩然等人走了进来，便快步朝着他们迎了过去，并且对几人介绍起了这间房子的主人，也就是目击者吴先生。

"吴先生，你好，我们是金陵警局重案组的人，希望吴先生能配合我们调查一下柳鸣的案子。"郑祺很有礼貌地对目击者吴先生自我介绍起来，并且伸出右手，和吴先生简单地握了握手。

"你是郑祺队长吧？"吴先生笑容可掬地说道，"我在报纸和电台中听说过你的名字。有什么问题你尽管问，我肯定配合警方查案！"

得到了吴先生的肯定回答之后，郑祺才慢条斯理地对目击者吴先生说道："那就请吴先生做一个自我介绍，并且把昨天夜里发生的事情，和我们详细地说一下吧！"

"我就是一名普通的出租车司机，早出晚归，为家庭奔波。

"柳鸣我认识，因为大家都住在同一个小区，所以，我经常送他去公司，有时候时间来得及，我还会去他的公司接他，把他送回家，一来二去，我和柳鸣也就熟了。

"就在昨天晚上，我收工回家，简单地吃了一口饭，冲了个澡，就去客卧玩了几局电脑游戏，一切都正常，就在我关闭电脑准备睡觉的时候，我习惯性地站起了身，活动了一下身体，就在这时候，我通过客卧的窗户，见到了对面楼的诡异影子！

"当时可把我吓坏了，一夜我都没睡好，今天早上，我一大早就起床，特意等在窗户前，等着看柳鸣出来。毕竟，昨天晚上发生了那么诡异的事情，我也有点不太放心柳鸣。

"可是，我等了一上午，仍然不见柳鸣从二号楼二单元走出来，我就有些担心，柳鸣是不是发生了什么事情，这才打电话报了警。"

吴先生在讲述案件经过的时候，房间内静得出奇，马浩然等人都将目光聚集到了吴先生的身上，仿佛生怕会错过什么细节似的。

直到吴先生说到此处，缓了几口气，马浩然等人这才跟着吴先生的节奏，也喘了几口粗气。

"吴先生，那你再和我们说说，你昨天是几点见到的诡异影子，那诡异的影子又是什么样子的？那影子有什么可疑的地方吗？"郑祺接上了吴先生的话，直奔主题地问道。

吴先生正想开口，却发现众人现在还都围在门口那片区域站着呢。

当即，吴先生便有些不好意思地挠了挠头，憨憨地笑了一声，道："大家先进来坐，我慢慢和你们说。"

吴先生一边将马浩然等人让到了客厅的沙发上，一边继续对众人说道："我昨天晚上见到对面楼的诡异影子，应该是在十二点左右，不仅是我，包括有晨跑习惯的老陈头，还有喝多了酒刚回家的小孟，都见到了那诡异的影子。"

第十章　臭味

吴先生说完这句话，便心有余悸地拍了拍胸膛，仿佛陷入某种恐怖的回忆之中，足足停顿了半晌，才继续说道："我见到的诡异影子，就像黄鼠狼一样。这一点，我在电话里已经和你们说过了。那黄鼠狼的影子很大，而且四肢好像很短，不对，应该说，四肢被小柳家的窗台挡住了一部分，所以才会显得有些短。"

吴先生又挠了挠头，同时还皱起了眉头，似乎很紧张的样子，有些语无伦次地说了起来："至于可疑的地方……我也说不出哪里可疑，但我总感觉，我看到的诡异影子有些不对劲，可哪里不对劲，我也说不上来……感觉那影子有点生硬，对，就是生硬！"

"影子有点生硬？"马浩然低声重复起了吴先生的话，剑眉也微微地皱了起来，仿佛在思索什么。

而另一边，郑祺也若有所思地说道："这么说，亲眼见到诡异影子的目击者，并非只有吴先生一人，包括老陈头和小孟都见到过？"

"对！"吴先生肯定地点头说道，"因为当时，我看到诡异的影子之后，顺势往楼下看了一眼，老陈头刚好经过小柳家楼下，而小孟也正好晃晃悠悠地路过这里，二人见到诡异影子之后，还都被吓了一大跳，一边低呼，一边匆匆地返回了各自家里。"

"这么说来，并非吴先生你眼花，而是那诡异的黄鼠狼影子真的存在？"郑祺的眉头越皱越紧，甚至都快要拧到一块去了。

"我可没有眼花，而且，根据那影子的外形，我差不多可以认定，那绝对是一只巨大无比的黄鼠狼。最起码，我想不起来还有什么动物的外形和黄鼠狼接近。"吴先生说完还补充了一句，"还有，那黄鼠狼的影子出现的时间并不太长，只有几十秒，这段时间，黄鼠狼的影子倒是没有太大的动作，只是偶尔会做出几下点头之类的动作……"

"谢谢你的合作！"郑祺看了吴先生一眼，便站起身，对吴先生说道，"如果你又想起了什么线索，请与我们警方联系！"

"我会的！"吴先生和善地笑了一下，随后便将郑祺和马浩然等人送出了家门。

第十一章　动机

　　而郑祺和马浩然等人,从离开吴先生的家里之后,便没有再说过话,直到众人走出一号楼,坐回到了车上之后,郑祺一边将汽车发动,一边若有所思地对马浩然开口。

　　"小马,你有什么看法?"郑祺又点燃了一根烟,深吸了一口,问向马浩然。

　　马浩然揉了揉下巴,略微沉吟一阵,便回道:"按照目击者的说法,如果黄鼠狼的诡影是在午夜十二点左右出现的,那么,三个嫌疑人便都没有嫌疑,柳鸣是死在黄狼诡影之下的前提是,我们要相信死者是被黄鼠狼杀死的!"

　　"那你相信吗?"郑祺似笑非笑地看了马浩然一眼,道。

　　"我不信!"马浩然很坚决地摇起了头,继续说道,"这样的话,就引出了下一个问题,如果凶手是那三名嫌疑人中的一个,那么,午夜十二点的黄鼠狼去案发现场,又是为了什么?

　　"这两件事如果放在一起,根本就是完全矛盾的两件事,完全说不通,黄鼠狼之所以去案发现场,难道就是为了特意去看一眼柳鸣的尸体?然后用爪子划开柳鸣的胸膛?"

　　马浩然的话让车内的影帝、拳王以及坐在副驾驶上的程稳露,都陷入了沉思之中……

　　马浩然深吸一口气,又道:"还有一个问题,非常关键的问题。亲眼见

第十一章 动机

到黄狼诡影的目击者，不止吴先生自己，还有其他两人，这就说明，那诡异的黄狼之影是真实存在并且出现过的，这才是关键！

"如果我们无法解开黄狼诡影之谜，那么，民众便一定会认为，柳鸣是死于黄狼诡影的利爪之下。严重一点，恐怕还会引起民众的恐慌。"

这一次，马浩然话音落地，车内众人仍旧没有人说话。大家的思绪都被困在了这仿佛解不开的矛盾迷局之中了。

相信黄大仙的存在？

那便否定了马浩然内心所坚信的无神论。

不相信黄大仙的存在？

可那黄狼诡影却真实地出现过，并且在死者的死亡时间范围内出现于案发现场。

信？

不信？

一切，似乎又回归到原点，那个解不开的原点。

众人不语，郑祺默默地踩了一脚油门，汽车缓慢地朝着小区外驶去……

这件案子表面上看起来并不太复杂，甚至条理清晰，嫌疑人也可以确定，唯一的关键点就在于那黄狼诡影。

也正是因为黄狼诡影，才让马浩然等人陷入了充满层层迷雾的谜局之中。

警车平稳地驶出了小区，可是，刚刚离开小区，郑祺的警车便被早就等在这里的记者们围了个水泄不通，根本无法前行分毫。

长枪短炮纷纷亮相，使得郑祺只能无奈地摇了摇头，带着马浩然等人走下汽车，接受起了采访……

"郑队长，我是金陵电视台记者，我想请问郑队长，重案组对这次的诡异案件有什么突破性的进展吗？"

"你好，郑队长！我是金陵晚报记者，有关这次的黄大仙杀人案件，你能否给出一些科学解释？"

"郑队长！我是金陵时报的记者，我刚刚采访过其中一名目击者，目击者声称在案发现场，目睹了一道诡异的黄鼠狼影子，此事已经在金陵市传开，引起了民众的重视和恐慌。请问郑队长，这件案子真的是民间传说的黄大仙索命吗？"

一群记者叽叽喳喳地将郑祺等人围在了核心处，当然，记者们所谈论的话题，始终离不开同样困扰着众人的黄狼诡影……

再说马浩然等人，第一次经历这种大场面，难免会有些紧张，就连向来面无表情的马浩然，脸上都露出了一丝不自然的神色，就更不要说拳王和程稳露了，似乎，大家都被这种排山倒海一般的气场压制了……

唯一另类的当数影帝，这家伙一边对着镜头微笑摆造型，一边比画起了剪刀手。

只不过，不论是马浩然、拳王、程稳露，还是搞怪耍宝的影帝，都已经被那群记者无视了，记者们的眼中只有郑祺，仅此而已。

"各位记者朋友。"郑祺气定神闲地叼着香烟，抬起了一只手，手掌微微地向下压了压，示意众记者先安静一下。

看得出来，这种情况郑祺经常遇到，所以，处理起来也颇有几分得心应手的感觉。

郑祺发话了，记者们自然安静了下来，只有相机的"咔咔"声仍在不断地回响……

见将众记者的注意力都吸引到了自己的身上，郑祺便扔掉了手中的香烟，嘴角突然扬起，露出了一抹坚定而自信的微笑："各位，我们重案组暂时还没有掌握实质性的证据来指认凶手，不过，嫌疑人我们已经锁定，并且也开始对其展开针对性的调查……对了，还有一点！"

郑祺突然竖起了手指，指着自己心脏的位置，义正词严地说道："世界上根本没有鬼神之谈，那些所谓的妖魔鬼怪，只是隐藏在所有人心中的犯罪动机。身为人民警察，我可以很负责任地告诉大家，本案一定是人为凶杀案，也只能是人为凶杀案，我们重案组会全力侦破此案，给广大群众一个合理的答案！"

第十一章　动机

说完这句话，郑祺便昂首挺胸地走向了警车，而马浩然几人却在现场微微地错愕了那么一瞬间，显然，大家都被郑祺的话镇住了，因为，谁都没想到郑祺会当着新闻媒体的面，直接将无神论公之于众，尤其是那些记者，更是一个个目瞪口呆地凝视着郑祺，哪怕郑祺已经坐上了警车，这群记者仍旧没有从郑祺带给他们的震撼之中清醒过来。

这就是郑祺的气场，也是郑祺的人格魅力所在！

下一瞬间，当马浩然几人回过神来之后，也纷纷离开了记者们的包围圈，坐上了警车。随后，警车缓缓前行，离开了小区……

直到警车完全消失的一刹那，那群新闻记者才从郑祺带给他们的震撼之中清醒了过来。

"果然是郑祺队长，警界的标杆人物！"

"既然郑队长都这么说了，那我们就等着重案组侦破此案吧！"

"郑队长这番话绝对是今天的头条，这才是正能量！"

就在记者们议论纷纷的时候，郑祺驾驶着警车，已经飞奔在返回警局的路上了。

当郑祺与马浩然等人再次回到重案组的办公室之际，冉潇和苏叶已经等在那里了……

"有什么新进展吗？"郑祺一边脱掉外衣，一边坐到靠椅上，双脚搭在办公桌上的同时，还为自己点燃了一根香烟。

时而正气凛然，时而机智搞怪，时而不拘小节，甚至有时候还有一股子痞气，这就是郑祺，让人捉摸不透的警界标杆。

苏叶微微皱起了秀眉，欲言又止地看了郑祺一眼："尸体还在托运的路上，验尸这边暂时没有新的线索。"

"郑队，我这里有线索！"冉潇怯生生地说了一句。

当即，众人便立刻将视线集中到了冉潇的身上。

"我刚才详细地调查了三名嫌疑人，以及死者柳鸣的资料，我发现了三件有趣的事情……"冉潇一边说着，一边将手中的一沓文件放到了郑祺身前的桌案上，这才继续说道，"第一件事，柳鸣所在的投资公司，其实是民间借贷公司，就是有手续的高利贷！

"第二件事，三名犯罪嫌疑人，第一个进入电梯的老学究，第二个进入电梯的时尚青年，以及最有嫌疑的大熊，三人均与死者柳鸣所在的投资公司有业务往来。也就是说，三人均从柳鸣所在的投资公司借过钱，而且经办人都是柳鸣！

"第三件事，老学究、时尚青年和大熊，竟然也都住在芳草桃源小区，只不过三人均是租房者，并未拥有该小区的房产。"

冉潇这番话，立刻使得办公室内的气氛变得凝重起来。

众人一言不发地盯着桌案上的一沓资料，似乎大家都在思索着什么……

"三名嫌疑人都从柳鸣所在的投资公司借过高利贷，经办负责人又都是柳鸣，而且三名嫌疑人又都与柳鸣住在同一小区……"郑祺深吸了一口烟，随后，将烟狠狠地摁在了烟缸之中，似笑非笑地说道，"这是巧合，还是与本案真的有某种联系？"

"郑队，我先把资料展示给大家看吧！"冉潇见郑祺丝毫没有想要翻阅资料的意思，便直接拿起了桌案上的资料，走到了幻灯机那边。

随后，冉潇以幻灯片的方式，将三名嫌疑人的资料进行投影，将其完全展示在了众人的眼前，而马浩然等人也全神贯注地盯着投影上显示的资料，仔细地阅读起来……

第一名嫌疑人老学究名叫刘永昌，今年五十岁，旧时代的大学生，酷爱国粹，年轻时曾唱过京剧，耍过杂技，也算是金陵市小有名气的名角，后来成了金陵戏院的股东之一，最近几年，他成为金陵戏院最大的股东。

由于时代的进步，金陵戏院的京剧等项目逐渐受到了冷落，戏院逐年亏损，入不敷出，为了解决戏院的财务问题，三个月前，刘永昌成了柳鸣的客户，借款一百万元投入金陵戏院，但戏院仍旧没有起色，根据投资公司的机密资料显示，刘永昌已被列入无力偿还的名单之内，投资公司准备将金陵戏院告上法庭。

如果刘永昌和投资公司的债务纠纷，被法院受理了的话，很有可能会将金陵戏院作为不动资产和抵押资产，判到柳鸣所在的投资公司名下，这

第十一章 动机

是完全符合法律程序的结果。

第二名嫌疑人，也就是那名时尚青年，叫作李子航，二十二岁，无业，痴迷于赌博，近期欠下过一笔不小的债务，通过死者柳鸣的投资公司筹集到了二十万元，偿还了赌债。

偿还赌债之后，李子航恶习不改，仍旧隔三岔五地去赌几手，又欠下了一些债务，加之之前的本金无力偿还，也被投资公司列入了无力偿还的名单之内，投资公司准备近期走法律程序。

对于赌徒李子航来说，一旦投资公司准备走法律程序，那么，几乎可以确定无力偿还债务的他，会面临一场牢狱之灾。

第三名嫌疑人，大熊，本名何雄，三十五岁，金陵市人，三进宫之后，与其余闲散人员做起了生意，由于经营不善，损失七十五万元，所以找到了柳鸣的投资公司进行借贷，希望能够把生意维持下去。

可天不遂人愿，何雄的生意在注入新的资金之后，并没有任何起色，仍旧在亏损。

同样，何雄也被该投资公司列入无力偿还的名单之内，准备近期进行起诉。起诉的结果，将会和李子航一样，何雄难逃第四次牢狱之灾。

幻灯片上显示着三名嫌疑人的资料，同时，还有三名嫌疑人的照片，与监控器上看到的三人模样完全吻合。

幻灯片结束，程稳露便立刻站了起来，指着已经没了影像的幻灯片说道："这不是还有一个共同点吗？刘永昌、李子航，还有何雄，三人都欠死者所在的那家投资公司的钱，而且同样无力偿还，这便可以成为杀人动机！"

"小程说得不错，这就是新的突破口，而且绝对足以构成杀人的动机！"郑祺敲了敲桌子，将众人的视线吸引到了他的身上，吸了一口烟，便对若有所思的苏叶说道，"小叶，加快验尸的进度，明天上班之后，我要看到最详细的验尸报告，尤其是伤口的检验结果！"

"好！"苏叶应了郑祺一声，便直接站起身，走出了重案组的办公室。

苏叶离开之后，影帝小声地嘀咕了一句："苏大美女该不会是要连夜验尸吧？月黑风高，解剖惨死的尸体……"

说到这里，影帝仿佛想到了当时的场景，没来由地打了一个寒战。

"小沈，你去配合小叶！"郑祺朝着影帝坏笑了一声，很显然，他听见了影帝的抱怨。

"郑队……别开玩笑好不好？晚饭我约了卢倩……"影帝委屈地望着郑祺，貌似，他是非常渴望郑祺收回命令的。

"下次再让你去配合小叶解剖尸体，不过，晚上这顿饭你就别吃了……"郑祺也就是吓吓影帝，其实，他还另有任务交给影帝，"柳鸣所在的那家投资公司，我不管你用什么方法，凭你自己的能力也好，动用你家里的关系也罢，我要你立刻去认识他们的高层人员，最好能打探出一些我们警方调查不到的情报回来，否则，我就把你派给小叶当助手，永远的助手！"

望着郑祺的坏笑，影帝没来由地打了一个寒战，当即便好像弹簧一样从座位上弹了起来，一溜烟地跑出了重案组，开始执行属于他的任务了。

"冉潇，你也去查一查柳鸣所在的那家投资公司，试试看，能不能挖出更有价值的情报，你和小沈双管齐下，我就不信套不出线索来。"

冉潇应了郑祺一声，也奔出了办公室。

见众人都有任务，程稳露急了，三步并作两步地走到了郑祺身边，急切地问道："郑队，我呢？"

"你？"郑祺看了程稳露一眼，又扫了一眼同样没有任务的马浩然和拳王，似乎在思考，片刻后，悠然地又点上了一根烟，淡淡地说道，"三个嫌疑人，你选择一个去盯梢吧，另外两个，我和拳王一人跟一个！"

"好！"程稳露颇为兴奋地握紧了拳头，似乎是因为有任务而兴奋，不过，回过神来的程稳露立刻露出了狐疑的神色，指着马浩然道，"郑队，你亲自去盯梢嫌疑人，那他呢？"

场中众人，连新人程稳露都有了任务，甚至连郑祺都要去亲自盯梢一名嫌疑人，唯独马浩然，郑祺却没有安排任何任务，这让程稳露很不解，也很不爽，因为，她可没忘记在死者家里，马浩然是如何呛她的，这仇她

第十一章 动机

已经记下了。

"小马负责睡觉。"郑祺微微一笑，从椅子上站起身，将外套挂在了肩膀上，深深地看了马浩然一眼，说道，"他才是破获此案的主力！"

"我去盯大熊了，那家伙比较危险，剩下两个人，小王，你和小程自己分配吧，小马回家睡觉。"郑祺一边说着，一边走出了重案组。

郑祺话音落地之际，他的身影也完全消失在了重案组的办公室……

"哼！"程稳露瞪了马浩然一眼，仿佛想要用眼神来宣泄她心中的不满一般，随后，程稳露便豪爽地指着拳王说道，"我去盯那个小赌徒，这么危险的任务，你这大块头不适合执行！"

说完，程稳露便怒气冲冲地走出了重案组。

"我不适合执行危险任务？"拳王指着自己，茫然地问马浩然道，"老大，她一个娇滴滴的小姑娘，比我更适合执行危险任务吗？"

"从某种程度上来说，她要比你更加狂野彪悍。"马浩然淡淡地说了一句，随后便站起身，一边盯着电话，一边朝着重案组外走去。

"老大！等等我！"拳王快步追上了马浩然，顺便还瞥了一眼马浩然的手机，一行文字映入了拳王眼中——晚上请你吃饭，感谢你在山里的帮助！

拳王眨了眨眼睛，憨厚耿直地问道："老大，谁啊？"

马浩然收起手机，淡淡地瞥了拳王一眼："乔烟。"

"乔烟？"拳王一愣，这也导致他和马浩然之间的距离又拉开了几步，等到拳王回过神来之后，便立刻追上了马浩然，十分惊讶地说道，"老大，你真的要去和乔烟吃饭？那我怎么办？你不陪我去执行任务啊？"

"我刚好要找乔烟问些事情，你先自己去盯着刘永昌，晚些我过去陪你。"马浩然说完这句话，便突然停下了脚步，正色对拳王说道，"一定要完成任务。这件案子，我觉得郑队认真起来了，他想用最短的时间破获此案。"

"为什么？"拳王不解地问了一句。

"因为我们是人民警察！"马浩然牵起嘴角，露出了一抹僵硬的笑容，很明显，他还不太习惯微笑这个动作。

言罢，马浩然便自顾自地走出了警局大楼，拳王若有所思地跟了出去……

离开警局大楼，拳王去了金陵戏院，准备盯梢嫌疑人之一的刘永昌，而马浩然则是去赴乔烟的约，因为，马浩然有一个疑问想向乔烟求证一下，从医学的角度求证一下。

那个疑问也是本案的一大疑点……案发现场的怪异臭味！

案发现场的怪异臭味，马浩然始终记在心里，但他却并没有在刚才的临时会议中提出来，那是因为马浩然不想乱了军心。

那臭味如果在会议中提出来，绝对会让人联想到黄鼠狼所释放的那种味道，这对于查案毫无帮助，甚至还会有所阻拦。

通过之前记者的采访，以及郑祺回到重案组之后的一系列调兵遣将，马浩然已经感觉到了郑祺想要破获此案的决心。

郑祺，不仅仅是想为死者申冤，将罪犯绳之以法，最关键的是，郑祺想用科学和刑侦的角度来向金陵市的市民证明，世界上根本就没有什么黄仙索命之说，一切都是隐藏在人心中的犯罪根源在从中作梗，鬼神之说只是无稽之谈，郑祺要用人民警察的身份，维护社会的稳定和长治久安。

所以，那时候真的不适合提出这种疑点。

夕阳的余晖洒落大地，一辆出租车稳稳地停在老工业区的一条老街上，马浩然付过车费，便走下了车。

这是一条狭窄的老街，街内尽是十几二十年前的老旧建筑，看得出来，这条老街已经存在很久了，不过，老街的环境却很规整，一排排小铺整齐划一地排列在老街的两侧，街内更是人头攒动，好不热闹。

马浩然迈出步子，走进老街，在拥挤的人群中，找到了他和乔烟在微信上约定的地点——杜记馄饨。

看了一眼老旧的牌匾，马浩然毫不迟疑地走了进去……这家店并不大，但生意却好得一塌糊涂，许多外地来的游客都会来这里品尝一下极具金陵特色的杜记馄饨。

第十一章 动机

走进杜记馄饨，马浩然只是在店铺里略微地一扫，便找到了乔烟的倩影。相比于其他食客来说，乔烟实在有些太特殊了。

乔烟穿着一身淡蓝色的连衣裙，漆黑如瀑的秀发随意披散在肩上，精致而无瑕的俏脸上尽是出尘、恬静与绝美，甚至能够让人过目不忘，在喧闹的人群中，她的光芒无人能掩盖。

马浩然发现乔烟的同时，乔烟也看见了马浩然。

一抹恬静的笑容爬上了乔烟的俏脸，当即，乔烟便朝着马浩然招了招手。

马浩然轻轻迈出步子，走到了乔烟所在的那张餐桌，随后，他便一言不发地坐到了乔烟的对面。

"这里的馄饨很不错，我吃了十几年都没有吃够，为了感谢你在古楼里没有对我产生怀疑，我决定请你吃我最喜欢的馄饨。"乔烟展颜一笑，完全不像在出发前往深山鬼楼之前面对慕元昊的那种冷漠。

"你家住在附近？"马浩然看了一眼桌子上的两碗馄饨，嗅着碗中散发的香气，轻声问乔烟。

"你还是那么聪明！"乔烟莞尔，抬起手示意马浩然尝尝碗中的馄饨。

"你与我年纪相仿，如果不是住在附近，又怎么可能吃了十几年的馄饨呢？小时候，父母应该不会让我们去太远的地方吧？"马浩然一边说着，一边拿起筷子夹了一个馄饨送进嘴里，的确很美味。

"小时候，家里经济条件不好，能在这里吃上一碗馄饨，对于我而言，已经很满足了！"乔烟用玉手撑起了洁白无瑕的下颌，仿佛陷入回忆之中，"那时候，我就天真地告诉自己，我要努力读书，以后天天都要吃这么美味的馄饨，很可笑，是不是？"

"不可笑，这说明你念旧，也说明你拥有坚韧不屈的性格。"马浩然的声音仍旧没有任何的情绪波动，只不过，他在说话之余已经吃下第三个馄饨了。

"念旧倒谈不上，至于坚韧不屈，就更和我不沾边了。"乔烟眨了眨灵动的双眼，用一种复杂的目光望向面无表情的马浩然，说道，"我只是想用馄饨来激励自己，我不是含着金汤匙出生的天之骄子，想要改变我的人生，我只能靠自己，如果现在不努力，那么，以后的我连努力的机会都没有！"

"你很务实，而且，你现在已经成功了。"马浩然指了指眼前的馄饨，"就像它，只是一种很平常的食物，但却能吸引到这么多食客特意来这里品尝它，这就说明它有独特之处，而你则付出了常人无法想象的努力。"

马浩然话音落地，乔烟忍不住地笑出了声："你还真有趣，竟然把我比作馄饨。"

"你是医生，对吧？"马浩然见聊得差不多了，便也不再废话，而是直奔主题。

"目前担任金陵市第四医院急诊室临时主任医师。"乔烟一边说着，一边优雅地咬开了一个馄饨。

"主任医师？"马浩然的脸上终于出现了表情，一抹惊讶从他的眼中闪过，"我记得，主任医师需要拥有博士学位吧？"

"博士学位还没考下来，不过应该快要成功了！"乔烟淡淡一笑，"所以，我现在是临时的主任医师。"

"很厉害！"马浩然由衷地赞叹了一声。

说实话，乔烟和马浩然的年纪差不多，而且还是一个普通家庭走出来的女孩，在全无背景的前提下，凭着自己的努力，达到了同龄人很难达到的地步，不得不承认乔烟的个人能力真的很强。

"你对医院很感兴趣？"乔烟问道。

"我对医院没什么兴趣，我只是想向你求证一件事情……"马浩然放下了筷子，脸上又恢复到了往昔的冷漠模样，"有没有一种气体，散发着类似臭鸡蛋的味道，就像是……黄鼠狼的肛门腺喷出的那种味道？"

"你说的是今天各大报纸头条相继刊登的'黄狼诡影案'吧？"乔烟冰雪聪明，自然从马浩然的话语之中找到了关键所在，"这件案子我听说过，很诡异，医院的同事们纷纷传说是黄大仙索命，怎么，难道负责调查这件案子的是你们？"

马浩然不否认地点了点头，但他却没有和乔烟深聊下去，而是双眼一

第十一章 动机

眨不眨地盯着乔烟，因为，马浩然在等着乔烟为他解惑，或者说，马浩然在等着乔烟来给他提供一些专业方面的证据，至于马浩然心中的疑惑，他其实已经有了大概的猜测，只是尚无法确定而已。

乔烟见马浩然不说话，倒也没有露出不悦的神色，只是饶有兴趣地打量着马浩然，突然，乔烟开口对马浩然问道："如果你不是来问我这件事的话，你会来和我吃饭吗？"

马浩然微微一愣，他没想到乔烟会问这种问题。

不过，马浩然仍旧没有回答乔烟的问题，只是继续盯着乔烟，因为就连马浩然自己也没有想过乔烟提出的这个问题背后的真正答案。

"你还真是块木头。"乔烟展颜一笑，她在这顿饭中所露出的笑容要比在鬼楼里的那几天多得多，"你说的能够产生类似于黄鼠狼肛门腺排出来的那种气味，并不是气体的，而是一种液体，叫作丁硫醇！"

"果然如此！"马浩然轻声嘀咕一句，双眼之中也闪过了一抹莫名的光芒。

乔烟眨了眨眼睛，好奇地看了马浩然一眼，这才继续对马浩然解释道："丁硫醇这种液体，有味无色，易溶于水，属于易燃品，而且，溶解之后的丁硫醇有毒性，但想致命，却需要相当多的丁硫醇液体。

"当然，丁硫醇这种东西并不是很难获取，但要获取大量丁硫醇，却很有难度，除非有特定的医院或者是其他相关部门开出来的手续，否则的话，普通人想要获取足以致命分量的丁硫醇，是绝对不可能的。

"而且，你们重案组的那名美女法医，难道没有从尸体的呼吸道中发现丁硫醇的残留物吗？"

"详细的验尸报告还没出来。"马浩然微微摇头，说道，"况且我不想在大家面前提起这件事，这样的话会让大家陷入黄鼠狼杀人的误区之中，影响大家查案的思绪。"

"听你的意思，你认为这件案子不是黄大仙索命，而是人为的凶杀案？"乔烟来了兴趣，立刻出言，对马浩然问道，"该不会是凶手利用丁硫醇的毒性，以及丁硫醇挥发的时间差，来进行杀人吧？这样的话，凶手就

249

有充足的不在场证明了。"

"这种情况应该不太可能发生，你刚才也说过，普通人想要获取大量的丁硫醇，并不是一件简单的事情，而我们警方目前锁定的几名嫌疑人，他们并没有渠道或者权限获得大量的丁硫醇，所以你说的情况，应该不会发生。"

"而且，你对查案很感兴趣？"马浩然把乔烟之前反问他对医院很感兴趣的话，换了一种方式送给了乔烟。

"我对查案倒是没有太大的兴趣，不过话说回来，你和女孩子都是用这种方式聊天吗？你知不知道，你就是那种几句话就把天给聊死的人？"乔烟将一双莲藕玉臂环在了胸前，似笑非笑地盯着马浩然。

"也许是吧！"马浩然摇了摇头，又点了点头，他不否认乔烟的话，因为，他除了母亲之外几乎很少和女孩子聊天，这次来赴乔烟的约，也只是想求证一下有关丁硫醇的事情罢了。

"说说案子吧！"乔烟满头黑线地看了马浩然一眼，很无奈地说道，"这件案子相比于我们在深山鬼楼里经历的案子，好像还要复杂，你有头绪吗？"

"暂时没有太多的线索，不过，只要能解开黄狼诡影之谜，我相信凶手便无处遁形了。"马浩然说道。

"凶手？"乔烟眨了眨眼睛，好奇地问道，"你是说，这件案子是人为的凶杀，而不是黄大仙杀人事件？我听说有不少目击者声称目睹了诡异的黄鼠狼影子在凶案现场出现过。"

"我们在深山里不也目睹了阴魂升天的大戏吗？结果有鬼吗？"马浩然微微地扬起了嘴角，露出了一抹略显生硬的笑容。

"我很好奇，你为什么不相信世界上有鬼呢？"

"因为……"马浩然的眸子突然闪过一抹精光，这一刻，他脑中浮现的是郑祺的身影，"因为我是警察！"

乔烟怔怔地望着马浩然，仿佛马浩然的话带给了她很大的冲击似的……

第十一章 动机

就在这时候，马浩然的手机突然响了起来……

手机上显示的来电名字是郑祺，当即，马浩然便毫不迟疑地按下了接听键，还不待马浩然说话，电话的另一边便传来了郑祺低沉微怒的声音："马上来老工业区，'黄狼诡影'又杀人了！"

喧闹的馄饨店内洋溢着飘香的美食气味。

马浩然举着电话，神色微凝，而坐在他身前的乔烟根本就听不清电话中的声音。

马浩然挂断电话之后，一言不发，眉头微皱地坐在座位上。

聪慧的乔烟自然看出了马浩然的脸色变得有些不自然起来，当即便下意识地出言问道，"发生了什么事？"

"第二起凶案爆发了，而且地点就在老工业区，同样地，案发现场也出现了黄狼诡影！"马浩然叹了一口气，言罢，便缓缓地站起身，对乔烟淡淡地说道，"谢谢你的馄饨，下次有机会，我请你吃饭！"

说完这句话，马浩然便头也不回地朝着馄饨店外走去，仿佛楚楚动人的乔烟也不能成为阻拦他去案发现场调查的因素，哪怕乔烟从头到尾只吃了一个馄饨，马浩然也没打算等乔烟吃完再离去。

"真是块木头，就不能陪女士吃完馄饨再离开吗？"坐在原位的乔烟看了一眼满满的馄饨碗，又抬起头望着已经走到馄饨店外的马浩然，美目中异色连闪。

微微叹了一口气，乔烟拎起放在另外一张椅子上的包，便直接站起身，朝着已经走出馄饨店的马浩然追去。

"等等我！"乔烟快步追到了马浩然的身边，又好气又好笑地埋怨了马浩然一句，"就算你想过河拆桥，也不用这么明显吧？问完了丁硫醇的事，就把女士独自扔下，这可不是有风度的男士能做出来的事情！"

"我已经说了，下次我请你吃饭！"马浩然有些不解风情地回了乔烟一句。

马浩然这句话倒是呛得乔烟满头黑线、无言以对。

"我服你了！"乔烟幽怨地瞪了马浩然一眼，完全没了之前在深山古楼

251

中的那种高冷气质,"你刚才说,老工业区又发生了命案,我从小就是在老工业区长大的,你如果不熟悉路的话,我可以帮你!"

"我的确不认识这里的路!"马浩然面无表情地点了点头,一点也不客气地对乔烟说道,"案发现场在老工业区的钢铁小区。"

"钢铁小区?就在我家附近,只不过那里是二十几年的老小区了,如果没人给你带路的话,你还真不一定能找到!"乔烟朝着马浩然俏皮一笑,"我带你去,顺便看看你这次是如何破获奇案的,走吧!"

乔烟朝着马浩然晃了晃手中的车钥匙,随后便摆出了一副胜利者的模样,一边哼着流行音乐,一边朝着老街外的停车场走去。

乔烟之所以会露出胜利者的微笑,那是因为马浩然听了乔烟的话之后也不争辩了,乖乖地跟在乔烟的身后,朝着老街外走去。

马浩然跟着乔烟走到了一辆红色甲壳虫前,随后,乔烟打开车锁,便和马浩然一前一后地分别坐上了车。

"这车很适合你!"马浩然随口点评了一句。

"算你会说话!"乔烟微微翘起了嘴角,不过,下一瞬间她便抱怨起来,"为了买下它,我可是把这几年的积蓄都花光了……"

"钢铁小区,谢谢!"马浩然毫不客气地打断了乔烟的话,在马浩然心中,案件远比乔烟的车要重要。

"哼!"乔烟不满地冷哼了一声,随后,她便发动汽车,朝着钢铁小区的方向行驶而去……

其实,连乔烟自己都不知道,她为什么不生马浩然的气,更加不知道,她为什么在马浩然面前会表现得如此轻松,要知道,不论是在医院,还是在其他地方,她可都是以高冷著称的冰美人,除了最贴心的闺密之外,她貌似还是第一次会在一个第二次见面的人面前,表露出这种小女人的姿态……

甲壳虫在夜幕下穿梭于金陵市的大街小巷之中,没多久,甲壳虫便转进了一处楼群集中地。

这里楼体老旧,路况狭窄,最高的楼也不过七层而已,与金陵市区内

第十一章　动机

的摩天大楼形成了两种截然相反的感觉，简单地说，这就是科技与落后的反差。

甲壳虫转进了楼群集中地之后，马浩然很容易地就找到了案发现场……一栋仿佛被众老楼围在中央的七层高楼之下，停了三辆警车，而且警戒线已经完全封锁了那栋高楼中间的单元口，警戒线外还有不少居民指指点点，仿佛在议论着什么。

乔烟将车停好之后，便和马浩然一起走下了车，直向那栋被警戒线包围的旧楼快步走去。

当马浩然和乔烟来到警戒线外时，碰巧，郑祺、拳王、程稳露，还有影帝几人，也从一辆警车中走了出来。

"小马！"郑祺一眼便看见了匆匆赶来的马浩然，连忙朝马浩然招了招手，道，"我们也刚到，一起上去吧！"

"你们不是去监视嫌疑人了吗？"马浩然撩起警戒线，走向郑祺。

"别提了！"郑祺有些不爽地挥了挥手，"也不知道是什么原因，我、小程和拳王负责跟踪的三个目标，全都不在他们最应该出现的地方，我已经发布了命令，传唤他们三个人到警局去做笔录了！"

"你们全都没有跟上嫌疑人？"马浩然不由得皱起了眉头。

郑祺等三人扑了个空，这就代表第二件凶案发生之时，警方并没有掌握三名嫌疑人的行踪。

郑祺朝着马浩然重重地点了点头，随后，郑祺便发现了站在警戒线外、一脸不悦地盯着马浩然的乔烟，当即，郑祺连连摆手，对乔烟喊道："乔姑娘吧？听说你是医生？"

"嗯！"乔烟冷冷地点了点头，也不知道是在生马浩然没为她撩起警戒线的气，还是对待其他人，乔烟都是这副冷冰冰的模样。

"来得早不如来得巧，刚好小叶不在这里，不知道乔姑娘能不能客串一下法医，先帮我们验一下尸？"郑祺一边说着，一边走到了警戒线的边缘，为乔烟撩开了警戒线。

"好！"乔烟仍旧只是回答了一个字，言罢，便微微弯下了纤细的腰肢，走进了警戒线范围之内。

"人齐了，走，先去案发现场！"郑祺一挥手，便一马当先地走进了单元口。

郑祺之后，程稳露、马浩然、拳王紧随其后，只有影帝故意放慢了脚步，和乔烟肩并肩地走在最后。

"乔大美女，好久不见！"影帝笑嘻嘻地和乔烟打了一声招呼。

乔烟微微侧过头，淡淡地看了影帝一眼，点了点头，便没再说话。

在乔烟这碰了个软钉子，影帝并没有任何尴尬的情绪，只是自顾自地笑了起来，而且还压低了声音，神秘兮兮地对乔烟说道："乔大美女，听说你请老大吃饭了？"

"不行吗？"乔烟瞥了影帝一眼，冷冷地说了三个字。

"不是不行，只是老大这人的感情细胞都转化成了推理细胞，有些事，他完全领会不到其中的真谛……"影帝轻笑一声，若有所指地说道。

乔烟还想说什么，可就在这时候，众人已经走上了旧楼的三楼，三楼左手边的那户人家，防盗门是敞开的，同样，也被拉起了警戒线。毫无疑问，这里便是案发现场！

"老李，介绍一下案发现场的情况！"郑祺仿佛心中有气一般，直接撤下了警戒线，走进了案发现场，并且对着房内的一名老警员喊了一声。

"死者名叫王辅，男，三十岁，单身独居，在四海风险投资公司任职……"

"等一下！"走在最后的影帝听到这里，便立刻出言打断了老李的话语，一个箭步直接冲到了郑祺的身边，无比震撼地低吼出声道，"老李大哥，你刚才说死者叫王辅，在四海风险投资公司工作？"

影帝的动作、表情和语言，立刻将众人的视线吸引到了他的身上，包括马浩然在内，所有人都用一种奇怪的目光望向影帝，因为他的表情和举动有些太不正常了。

那名叫作老李的警员，先是看了一眼手中的记录本，又看了一眼影帝，仿佛害怕说错了某些字眼似的，直到老李确定他所说的话和记录本上写的

第十一章　动机

字眼完全一致，这才茫然地点了点头，说道："没错！"

"影帝，怎么了？"马浩然仿佛察觉到了什么，面色顿时凝重起来。

马浩然很了解影帝，这家伙平时玩世不恭，随心随性，很少会表露出这种惊讶震撼的神情……

"老大！郑队！"影帝分别看了一眼郑祺和马浩然，苦笑一声道，"柳鸣所在的投资公司，就叫四海风险投资公司，而且我刚刚打听到，因为柳鸣的死，所以有个叫王辅的家伙，被提到了部门主管的位置，也就是柳鸣生前的位置，并且接手了柳鸣生前所负责的所有借贷项目……"

这第二位死者的身份，实在是太让人意外了！

竟然是第一位死者柳鸣的继任者！

马浩然、郑祺，包括程稳露和拳王在内，众人全都呆愣在了当场！

巧合？

还是有针对的蓄意谋杀？

马浩然微微皱起了眉头……

诡异的沉静将整个案发现场都笼罩起来，众人耳畔唯一能够听见的声音，便是各自的呼吸声。

足足过了半响，郑祺才出言打破了沉默……

"柳鸣的继任者死了，这说明什么？"郑祺沉声冷喝，隐有怒意，"这说明凶手在向我们警方挑衅！"

听着郑祺愤怒的声音，众人无人开口……貌似，从马浩然认识郑祺开始，就没有瞧见郑祺发怒过！

其实，郑祺发怒，并非意外……

众所周知，郑祺是工作狂，更是警界楷模，他不会允许任何人公然触碰法律的底线，更加不允许有人挑战警察和法律的威严！

而柳鸣和王辅的命案，毫无疑问，已经触碰到了郑祺的逆鳞，郑祺岂有不怒之理？

"郑队，我还打听到了一个消息……"影帝轻声说道。

"说！"郑祺抽出了一根香烟，想点，但却没点，只是狠狠地咬了

255

一下。

　　似乎，郑祺想起了第一起命案爆发之时在案发现场马浩然对他说过的话，烟味会对这起黄狼诡影案之中遗留下的怪异气味造成影响，所以，郑祺只是叼着香烟，并没有将其点燃。

　　影帝闻言立刻说道："我听说柳鸣死了的消息传开之后，四海投资公司就已经开始斟酌起了接任柳鸣工作的人选，大概在我们从第一起命案的案发现场离开，返回到重案组那时候，四海投资公司便已经确定，由王辅来接手柳鸣的工作，也就是说，凶手很有可能先我们一步，得知了王辅接手柳鸣工作的消息。"

　　"这样的话，杀死王辅的凶手，只能是刘永昌、李子航与何雄三人之一了……这三个家伙针对的目标很简单，谁负责他们的债务，便针对谁，之前的柳鸣和现在的王辅，就是最好的证明，因为那三个家伙无力偿还债务！"郑祺又狠狠地咬了一下烟嘴，怒道，"老李，马上传唤这三名嫌疑人！"

　　"郑队！"郑祺话音刚落，马浩然便毫不客气地出言打断了郑祺的话，"郑队，我觉得现在还不是传唤三名嫌疑人的好时机，我们应该派遣警力，先暗中盯梢，等我们检查完现场和尸体之后再决定，是否传唤三名嫌疑人，毕竟，我们现在手上没有任何实质性的证据，更加无法确定，三人之中到底谁是凶手！"

　　马浩然说完，还微微地抽了抽鼻子，因为，他闻到了一股不算太浓重的臭味，就像臭鸡蛋味，和柳鸣死的时候案发现场出现的气味，几乎一模一样！

　　众人中之所以没有人提出关于臭味的问题，那是因为毫无征兆的第二起命案，以及案发现场郑祺的怒火，都让众人无法再保持冷静，自然没有注意到这股并不浓重的臭味。

　　再说郑祺，听了马浩然的话之后，郑祺的胸膛剧烈地起伏了几下，逐渐地，郑祺的呼吸也变得平稳下来。

　　深深地吸了一口气之后，郑祺的语气才恢复到往昔的从容与淡定，"影

第十一章 动机

帝,你去外面找一下目击者,最好把报警的人带上来,拳王和小程,汇报一下你们盯梢嫌疑人的过程,小马勘查现场,还有乔姑娘,麻烦你帮忙检查一下尸体!"

郑祺有条不紊地发布着一道道命令,众人也纷纷依令行事。

影帝快步走出了案发现场,去外面寻找目击者和报警的人了,而拳王和程稳露,则陆续讲述起了二人离开警局之后所发生的事情……

"我离开警局,准备去盯梢李子航,我打听到了李子航经常会去一家棋牌室赌钱,于是,我就决定立刻动身去棋牌室盯梢李子航!

"可是,等我找到棋牌室,并且假装赌客成功地混进去之后,却并没有发现李子航的踪影,所以,我决定在不暴露身份的前提下,和老板打听一下关于李子航的行踪和情报!

"和老板费了很多口舌,我终于打听到一点有价值的线索……棋牌室的老板告诉我,李子航刚才的确来过这里,只不过,李子航还没在这里待上多久,便接到了一个莫名其妙的电话,挂断那通电话之后,李子航的脸色也变得很差,不仅没有继续留下来玩几手,甚至连招呼都没打,就径直匆匆离开了!"

程稳露简单地说起了她行动的过程。

想不到,这看起来冲动鲁莽的女汉子,竟然还有细心的一面,还知道不暴露警察的身份去打听李子航的行踪……

程稳露说完,拳王便出言说道:"我和老大分开之后,就直接去了金陵戏院,我还在戏院对外公开的节目单上发现,今晚有一场京剧,是由刘永昌亲自登台出演的。

"随后,我就假装排队买票,那金陵戏院并没有太多的客人,所以,几乎没怎么等,就排到我了。

"只不过,就在排到我的时候,却突然有工作人员出现,并且将门口的公开节目单修改了一下,我就停下了买票的举动,等到工作人员修改完节目单之后,我一看,刘永昌的那场京剧表演竟然被临时撤了下来!

"我觉得有些可疑,就主动找上了卖票的大叔,以及刚才撤下刘永昌节目的工作人员，和他们闲聊了起来。

"在闲聊的过程中，那工作人员向我透露，他们的院长刘永昌好像刚走不久，而且走的时候脸色还不太好，所以，今晚由刘永昌出演的那场戏，也就临时取消了！"

拳王洋洋洒洒地说完之后，还微微叹了一口气，无奈地摊手说道："我和程稳露一样，连嫌疑人的面都没见到，就直接把人给跟丢了！"

"我和你们的情况差不多，我离开警局之后，就直接找到了何雄的公司，假装有急事找何雄，可何雄公司的人告诉我，何雄接到了一通电话，刚走没多久！"郑祺说完，又狐疑地补充了一句，"这三名嫌疑人，竟然都在我们确定跟踪之后，离开了各自经常出现的地方，而且三人之中，有两人是因为接到了一通神秘的电话才离开的……很可疑，就好像凶手为了迷惑我们的视线，故意让我们在案发之时找不到三名嫌疑人似的！"

"这案子变得更加复杂了！"程稳露沉吟片刻之后，便开口自言自语起来，"就好像，在我们看不见的黑暗之处，有一只手在操控着一切，让我们无法琢磨，甚至还始终都在牵着我们的鼻子走！"

程稳露的发言，也将案发现场内的气氛压到了最沉闷的程度，众人纷纷紧锁眉头。

"越来越有意思了！"就在这时候，郑祺突然冷笑了一声，那双清澈明亮的眼睛之中，全然没有颓废和丧气的神色，"我一定要把凶手揪出来，将其绳之以法！"

郑祺的话充满了自信，仿佛他根本就没有被遮挡在眼前的迷雾所迷惑一般，与众人的垂头丧气和皱眉发愣，形成了极其强烈的鲜明对比！

郑祺几人所说的话，一字不漏地传入了马浩然的耳中，包括案发现场内的沉闷气氛，马浩然也略有所感，只不过，马浩然却并没有对此发表任何的意见，而是全神贯注地勘查起了现场……

案发现场在王辅家的客厅，王辅瘫卧在沙发上，死状与柳鸣一模一样，皆是胸口被横平竖直、间距也几乎相等的利刃划开，血肉模糊，鲜血淋漓！

第十一章 动机

同样，屋内也没有任何挣扎或者打斗过的痕迹，唯一让马浩然疑惑的，是尸体脚下的那一小摊尚未干涸的清水……

丁硫醇有味无色，易溶于水，这一摊水完全符合丁硫醇溶解挥发的条件。

马浩然当即便蹲了下来，将鼻子凑到了那摊水的上方，用力地嗅了嗅……那股刺鼻的臭鸡蛋味，立刻疯狂地涌入了马浩然的鼻息之中！

此时，马浩然完全可以确定，案发现场内的臭味，便是由溶于水中的丁硫醇而引发的，目的便是伪造成黄大仙散发的体臭，进而伪造成黄大仙索命的假象。

包括第一起命案发生之时，洒在地上的面汤，应该也是凶手让丁硫醇溶于水的掩盖，只不过，面汤的味道掩盖了丁硫醇散发味道的本源，只剩下了弥散在空气中的臭味罢了。

想通了这一点，马浩然便站起身，目光只是在王辅尸体的伤口上扫了一眼，便落到了客厅角落里一个长方形的纸箱之上……

那纸箱很普通，箱体外面并没有粘贴任何的标识，而且轮廓也差不多有马浩然上半身那么大，只不过，纸箱里面却是空空如也……

马浩然走到了纸箱之前，略微检查了一番便放弃了，因为他并没有从纸箱上发现任何可疑的线索。

"这纸箱我已经检查过了，除了留有死者王辅少部分的指纹之外，没有任何其他人的指纹！"老李见马浩然对纸箱颇为感兴趣，便善意地提醒了一句，"还有案发现场的客厅范围，指纹有些凌乱繁多，还需要进一步的排查！"

马浩然没有多说什么，只是轻轻地点了点头，也就在这时候，郑祺的电话突然响了起来，当即，除了正在验尸的乔烟之外，包括马浩然在内，所有人的目光都聚集在了郑祺的身上……

郑祺摸出电话，随手按了一下接听键，率先出言道："小叶，是不是柳鸣的尸体，发现了什么线索？"

说完这句话，郑祺便不再言语，只是认真地听着电话另一边苏叶断断续续的声音……

片刻之后,郑祺挂断了电话,对众人说道:"小叶那边有了新的进展,第一起命案的死者柳鸣,伤口上并没有任何的细胞表皮或者碎屑的残留!"

"这就说明……"

程稳露微皱秀眉,正想说出答案,却被郑祺抢先了一步。

"这就说明,杀死柳鸣的,并非什么黄大仙的爪子,一切都是凶手布下的疑阵!"郑祺紧紧地攥着手机,有些兴奋地低吼道,"如果柳鸣真的是被黄大仙开膛破肚,那么伤口上一定会留下细胞表皮或者是碎屑之类的东西,那黄大仙不可能四脚不沾地吧?更不可能在杀人之前,还特意地洗一洗手吧?"

郑祺的话让众人纷纷振奋起来。

既然柳鸣的伤口上没有任何的表皮和碎屑,这就基本可以确定,这件案子应该不是所谓的黄大仙索命,而是真正的凶杀案!

"可是,郑队,那案发现场出现的黄狼诡影又该如何解释……"程稳露不解地问向郑祺,"就算凶手想用黄大仙来将此案伪造成灵异案件,可我们仍旧无法解开黄狼诡影之谜,解不开黄狼诡影这个谜团,我们也就没办法继续追查凶手了!"

程稳露这句话,倒是让众人刚刚高涨起来的士气又降低了几分……

就在这时候,正在专心致志地检查尸体的乔烟,却突然惊呼一声:"马浩然,你过来,尸体的手上有新线索,我想,应该是尸体为我们留下的信息,有可能会帮到你……"

所有人的注意力都被乔烟吸引了过去,尤其是马浩然,几乎是一个箭步便冲到了乔烟的身边!

马浩然蹲下了身体,目光紧紧地锁定在了王辅的右手上……马浩然发现,王辅右手的五根手指肚上,都有一条深浅不一但却异常笔直的勒痕!

死者王辅右手五指肚上的勒痕很细,也很怪异,每一根手指肚上的勒痕,都笔直无比,但如果把五根手指并拢,那勒痕却显得不伦不类,最重要的是,除了手指肚之外,小拇指的侧面,有着更加明显、更加深刻的勒

第十一章　动机

痕，就仿佛这勒痕是被人刻意用力勒过哪里才造成似的。

马浩然盯着死者王辅手掌上那毫无规则可寻的勒痕，微微地皱起了眉头……

这时候，众人也都围了过来，开始仔细观察起了死者手指肚上的一条条勒痕，当然，大家都没有猜出，这些细微的勒痕到底代表着什么……

"尸体的右手上为什么会有勒痕？"程稳露揉了揉下巴，自言自语地说了起来，"死者的脖颈等部位并没有勒痕，不可能是死于窒息，应该就是死于胸前的致命伤，那这勒痕又代表什么？"

程稳露言罢，众人都没有出声，因为，程稳露问出了众人心中最好奇的问题，当即，所有人便将视线集中到了马浩然的身上，甚至是正在验尸的乔烟，都下意识地停下了手上的工作，一双美目睫毛连抖，充满希冀地盯着马浩然……

而马浩然，他好像进入了自己的世界中，仿佛整个世界，只有他自己存在一般，一边揉着鼻子，一边盯着死者右手上的勒痕……

就在这时候，一阵急促的脚步声在楼道中响了起来，便见影帝引着一名模样憨厚的中年男子走进了案发现场。

"郑队，老大，这位赵先生就是本案的目击者，而且，赵先生还看见了疑似凶手的可疑人物出现过！"影帝无法掩饰内心的兴奋，大声叫嚷起来。

影帝一语，立刻让案发现场内的众人眼前一亮，尤其是他的最后一句话……亲眼看见了疑似凶手的嫌疑人出没。

第十二章　执念

"赵先生，请把你看见的事情，都和我们说一下！"郑祺强压下内心的激动，用一种尽量平和的语气对目击者赵先生说道。

目击者赵先生，先是心有余悸地看了一眼尸体，当他看见尸体的惨状之后，整个人的脸色立刻变得惨白，全身也开始不停地颤抖，很显然，赵先生没见过这么恐怖的尸体，尤其是这种活生生出现在他眼前的尸体，更带给了他无以言表的震撼与恐惧！

郑祺见状，连忙摆了摆手，示意拳王和马浩然等人聚过来，恰好，几人的身体完全挡住了赵先生的视线。

直到此时，赵先生那张惨白的脸色，才略微地好转了一点。

"事情是这样的……"赵先生似乎很紧张，咬了咬嘴唇，又略微沉思了片刻，这才对郑祺和马浩然等人说道，"大概是天刚黑下来的时候，我站在家里的阳台上，一边闲来无事地看来往人群，一边等着女儿放学，然后，我看见了一名穿着黑色长衣、戴着鸭舌帽的人，抱着一个大纸箱，好像很着急似的，进了这个单元，时间差不多在一个小时之前吧。

"我当时没多想，以为是送快递的，就没太注意……

"大概过了十几分钟之后，卧室的窗帘突然被拉上了！"赵先生说到这里，便指着卧室内完全闭合的窗帘，继续说道，"窗帘被拉上之后，一条身体狭长的动物影子便映到了窗帘上……就像，就像是和白天报纸和电视报道的那起黄大仙杀人案中差不多的诡异影子！"

第十二章 执念

说到这里,赵先生的呼吸也立刻变得急促起来,足足稳了两三分钟,他才继续说道,"那诡异的影子很大,也没有完全映在窗帘上,诡异影子的四肢只露出了一半,还有头部也始终保持着低头的动作,只有身躯时不时地动几下……

"也就几秒钟的时间,窗帘上的诡异影子就消失不见了,大概又过了几分钟的样子,之前我见到的那个可能是送快递的人,就从单元口中走了出来,快步地消失在了小区!"

赵先生话音刚落,郑祺便立刻追问道:"你看清那人的样貌了吗?"

赵先生茫然地摇了摇头:"天太黑,而且那人戴着鸭舌帽,几乎将整张脸都遮了起来,我看不清他的样貌,而且那人身上的黑衣特别宽松,体型跨度很大,就算是这两名警官,我想都能分别穿上,而且还能很好地将自身的体型隐藏在衣服里。"

说完,赵先生便指了指马浩然和拳王……的确,这体型跨度真的很大!

"这凶手很狡猾,故意打扮成那副模样来掩饰自身的体型!"郑祺握了握拳头,愤愤地说道,"拳王和小马的体型跨度,那三名嫌疑人都符合,在无法确认凶手样貌的同时,我们无法根据体型来猜测凶手……"

这时候,乔烟站起身,出言说道:"嫌疑人出现的时间,与死者的死亡时间完全符合,死者的死亡时间就是一个小时之前的那段时间!"

这边,乔烟话音刚落,那边,程稳露便极其不满地对赵先生埋怨道:"你见到黄狼诡影出现的第一时间,为什么不报警?"

"我当时都被吓傻了,生怕像传言中那样,黄大仙盯上了我,来索我的命!"赵先生心有余悸地说了一声,言罢,还拍了拍胸膛,脸上又涌上了惊恐之色。

"我们现在可以确认,这两起案件并非黄大仙杀人,而是真正的人为凶杀!"郑祺一挥手,打断了程稳露和赵先生的话,用肯定的语气说道,"不管凶手是三人中的哪个人,我都要将他绳之以法!"

郑祺的话好像强心剂,让众人的神色不由得一振!

263

毫无疑问，重案组的警员们经过抽丝剥茧的排查之后，已经越来越接近真相了，尤其是，他们已经确认了案件并非黄大仙索命，而是人为凶杀，所以，大家的内心深处也都下意识地松了一口气，毕竟，不论大家是不是无神论者，这种带有灵异味道的传说，很容易对人的内心产生影响……

有那么一句老话说得好，未知的永远是最恐怖的！

"老李大哥！"就在这时候，马浩然毫无征兆地突然出言问向负责排查现场的老李，"你刚才说，那纸箱上只有死者的指纹，没有其他人的指纹，对吗？"

"对啊！"老李不解地点了点头。

"这就奇怪了！"马浩然的话，将众人的视线全都吸引到了纸箱上，当即，马浩然的嘴角立刻浮上一抹冷笑，"赵先生明明说过，纸箱是疑似凶手的家伙抱着送上来的，可是，为什么会没有那家伙的指纹，而只有死者的指纹呢？"

"这还不简单？"程稳露撇了撇嘴，扫了马浩然一眼，"既然凶手想假装成快递员的模样，以送快递的名义杀人，那他一定会戴手套，这样，纸箱上自然就没有指纹了，快递员几乎都会戴手套！"

"快递员的确会戴手套，但是，有一个细节，你却忽略了！"马浩然泰然自若地说道，"快递员的手套，五根手指的部位，都是那种被拆开的手套，目的就是方便拿捏快递单，抽取快递单夹层里面的寄件联。

"而这个纸箱这么大，快递员的手指尖不可避免地会触碰到纸箱，所以，纸箱上只有死者的指纹，正好说明那快递员是凶手假扮的！"

马浩然说着，脸上的笑意更浓了，"我猜，凶手是想用快递员的身份来掩盖他的样貌，如果其他陌生人，抱着这么大的纸箱出现在老旧而且彼此熟悉的小区里，肯定会让附近的居民起疑，只有快递员这个身份，才能让他的出现和打扮，包括这个纸箱，显得顺理成章。毕竟，像这种老小区，邻里之间相互都很熟悉，大家几乎都认识，突然冒出了这么一个可疑的陌生人，自然会引起大家的注意，这可不是凶手想要的结果。

"还有，既然凶手选择了快递员的身份，那快递就必须要送到这里，不

第十二章 执念

然，抱进来再抱出去，想不让人注意都不行，尤其还是在刚刚发生了黄狼诡影的异象之后。

"这个纸箱被遗留在现场，我猜测，应该也是凶手不得已而为之，似乎凶手有苦衷，他不得不将纸箱里的东西带入现场……比如，纸箱中装着某种杀人的必备品。

"可惜纸箱上没有他的指纹，只有死者的指纹，反而成了一个疑点。我想，应该是王辅接替柳鸣位置这件事太突然，突然到让凶手措手不及，所以才会临时想出这么一套漏洞百出的杀人计划……凶手其实是想利用快递员的身份引导我们将纸箱当成普通的快递纸箱，可是却偷鸡不成蚀把米！"

马浩然洋洋洒洒地说了这么一大番话，听得众人纷纷侧目，一双双眼睛之中，皆是发出了异样的光芒，尤其是乔烟和程稳露！

只不过，乔烟眼中闪烁的是欣赏，仿佛马浩然会做出这些推理，都在她的意料之中！

而程稳露眼中的光芒却是震惊，就好像马浩然能够做出这种推理，完全超乎了她的意料！

二女的反应，可以说是天差地别。

"老李大哥，检查一下死者遗留在纸箱上的指纹，是否出现指纹凹陷或者断层！"马浩然略微缓了一口气，便对老李说道。

"指纹很正常，没有凹陷或者断层……小马，你是不是在怀疑，应该是死者在手掌上出现断痕和勒痕之前，因为某种不明原因而触碰了纸箱？"老李回了马浩然一句。

"没错！"马浩然凛然低喝道，"如果是这样，那么，死者触碰纸箱的时候，手上应该还没出现那神秘的勒痕！"

郑祺若有所思地接上了马浩然的话，继续说道："也就是说，在死者的手指出现怪异勒痕之前，凶手抓着死者的手，或者用其他方法，故意将死者的指纹印到了纸箱上，而那时候，死者并没有彻底死去，在弥留之际，也就是凶手在纸箱上印完了死者的指纹之后，死者用了某种办法，才让手上出现了勒痕，这是在给我们警方提供线索！"

郑祺话音落地，案发现场内便再次被一阵沉寂完全笼罩起来。

多个看起来并没有太多联系的线索，零零碎碎地拼凑成了这两件凶杀案，而目前，重案组的警员们还没有将这些零碎的线索拼凑串联到一起。

所以，案发现场会出现这种死一般的沉寂气氛，也是正常的现象。

可是，也就在沉寂不断发酵，逐渐发酵到爆发极限的时候，沉吟了半晌的马浩然，却突然笑了一声，打破了这死一般的沉静！

当即，马浩然轻声说道："我觉得，我已经接近真相了！"

马浩然这句话犹如洪钟之声，重重地砸进了所有人的心中。

接近真相了？

大家一脸茫然地望着马浩然，因为在其他人的心中，整个案子似乎也只是有了一个大概的轮廓而已，至于接近真相，还差得远。

"小马，现在是时候将三名嫌疑人传唤到警局录口供了吧？"郑祺走到马浩然的身边，轻轻地拍了拍马浩然的肩膀，"虽然我现在还没有完全看穿凶手的把戏，但我相信你，你真的接近真相了。现在，只有亲眼见到那三名嫌疑人，才能帮助你解开最后的谜团，对吧？"

马浩然没有多说什么，只是朝着郑祺点了点头，表示认同郑祺的话……他那双眼睛之中的迷惑已经越来越淡了。

"赵先生，也请你和我们去一趟警局吧！"马浩然突然转过头，对第二起命案的目击者赵先生别有深意地说道，"也许，你就是我们破获此案的关键人物！"

"我？"赵先生困惑地指了指自己，不过，他还是点了点头，同意协助警方侦破此案。

郑祺安排老李等人将尸体带回警局，并且清理案发现场，又与警局取得联系，发动警局的全部警力，全城传唤刘永昌、李子航与何雄三名嫌疑人，最后，众人才离开案发现场。

当郑祺等人回到警局的时候，已经是晚上八点多钟了。值得一提的是，乔烟并没有回家，而是跟着郑祺和马浩然等人一同返回了警局。对此，郑祺并没有发表任何的意见，毕竟，乔烟刚刚帮助重案组找到了重大线索，

第十二章 执念

郑祺怎么好意思拒绝乔烟呢？

而乔烟，她跟着大家返回警局，主要是受心中的好奇心所驱使，她想见证一下，马浩然是如何破获这起闹得满城风雨的"黄狼诡影"案的。

重案组的办公室内。

郑祺等人围在一起，召开了一场关于此案的临时小型会议。

会议才刚开始，冉潇便匆匆忙忙地跑了进来，他的手中还抱着一沓资料……

"郑队！"冉潇一边喊着郑祺，一边跑到郑祺身前，将手中的资料递到了郑祺的面前，说道，"这是我从四海公司收集到的情报！"

郑祺没有去接冉潇递过来的资料，只是摆了摆手，对冉潇说道："用幻灯片，让大家一起看看！"

冉潇点点头，便用投影机将手中的资料放大，当即，重案组内的投影上便显示出了一些关于柳鸣和王辅在工作上的资料……

柳鸣没什么可说的，倒是那王辅的资料让众人眼前一亮……

根据资料显示，王辅此人，贪得无厌，经常会利用工作牟取私利，比如说，收取借款人的钱财，为借款人私下延缓偿还本金或利息的时间；又比如说，王辅还经常会利用债务关系，主动向借款人索要好处，而且还是狮子大开口，如果借款人不妥协，王辅便会以各种理由停止放款借贷……

既然是去四海风险投资公司借贷的人，那就一定有急用钱的理由和苦衷，试想一下，如果放款延缓或者停止，那么，对于借贷人来说，会造成何等巨大的打击？毫不夸张地说，导致借贷人生意巨亏甚至是家破人亡，也不为过。

别看王辅如此卑劣，但他却是一个吹捧的好手，社交方面的天才，王辅与四海公司的高层关系都很好，私下里更是有不少灰色交易，所以，那些高层对王辅的一些行为也就睁一只眼闭一只眼，甚至，还在柳鸣死后的第一时间，将王辅扶上了柳鸣的位置。

总而言之，王辅此人，是一个名声极臭但手腕极强的滑头。

"这家伙，该不会是想用老办法来向何雄等人讨要额外利息吧？"郑祺叼着香烟，不屑地撇了撇嘴，说道，"由于王辅狮子大开口，惹怒了本就无力偿还债务的三人之一，最后，凶手决定一不做二不休，直接杀了王辅，反正已经杀过一个人了，而且我们警方对第一起案件毫无头绪，这也助长了凶手的气焰，这才会爆发第二起命案，这完全符合逻辑！"

"郑队说得不错，凶手的杀人动机完全成立！"程稳露若有所思地说了一句，"可是，虽然我们已经将本案的大致思路都理顺了，但黄狼诡影之谜却仍未解开。还有，三人之中到底谁才是凶手？"

程稳露的疑惑，其实也是大家由始至终都想不通的问题，尤其是黄狼诡影之谜。

就在这时候，老李也快步走进了办公室，对郑祺喊道："郑队！刘永昌、李子航，还有何雄三人，全部都找到了。并且，我已经将三人分别安排进了三间不同的审讯室之中！"

"好！"郑祺闻言，直接从座位上站了起来，"老李，你们是在哪里找到这三个家伙的？"

"何雄和李子航，是在自己的家中，也就是第一起命案所在的芳草小区找到的，而刘永昌则是在芳草小区附近的一处老小区内找到的，我调查过，那里是刘永昌以前的家，只不过房子一直都没有卖而已！"老李答道。

"马上安排审讯工作，老李，由你带队负责……冉潇，立刻把三间审讯室的监控连接到这里，我们就在这里观察，看看这三个家伙会不会露出马脚！"郑祺井然有序地安排起了各人的任务。

可是，郑祺话音刚落地，马浩然却突然开口说道："郑队，找三件我们警方的黑色防暴服和帽子，让三名嫌疑人在审讯室里换上，最好能让他们换完衣服之后，在审讯室的监控摄像头之前站一会儿……"

郑祺微微错愕地看了马浩然一眼，忽地，郑祺笑了，他好像想明白了马浩然此举的目的，当即便应允道："小马，你这招不错，就这么办！"

随后，郑祺便将这项任务交给了老李，老李才匆匆离开了办公室，而冉潇则捣鼓起了办公室内的监控设备……

没多久，办公室内的投影上便分别出现了三幅画面。

第十二章 执念

画面之中，刘永昌、李子航与何雄三人正坐在审讯室之中四下张望呢！

当即，众人的视线便死死地锁定在了屏幕中的三人身上，众人仿佛想要透过监控设备来看穿三人的内心一般，无比地全神贯注，整个办公室内立刻陷入诡异的沉寂之中……

先说刘永昌，他还是那身老学究的打扮，脸上的表情很平静，就好像此时的他不是在警局的审讯室，而是在自己家里的沙发上似的……

只不过，刘永昌真正吸引马浩然的地方，并不是他的平静，而是他略微有些弯曲的脊梁……

马浩然记得，第一次在芳草小区的电梯间中，通过监控设备看到刘永昌的时候，他的脊梁挺得笔直，超乎意料地直……

其实，不仅是刘永昌身上有疑点，包括李子航与何雄，也都出现了不同的疑点。

比如说李子航，这家伙坐在审讯室的椅子上，不断地四下张望，那双眼珠滴溜溜地乱转，透过监控设备，刚好还能看见李子航那两条放在审讯桌下的腿，不停地抖啊抖……很心虚的模样。

还有何雄，这家伙从进入审讯室之后就没坐过，只是在审讯室中一刻不停地来回踱步，时不时地还偷瞄几眼审讯室中的监控器，马浩然可以透过监控设备，清晰地从何雄的眼中捕捉到惊恐的神色，看起来，何雄也十分地紧张，甚至是不安！

三名嫌疑人的异常，马浩然都记在了心里，他不由得下意识地扬起了嘴角……对于马浩然来说，他的脸上很难会出现这种表情的变化。但是，熟悉马浩然的都知道，一旦马浩然露出这种表情，那就说明马浩然真的接近真相了。

没多久，六名重案组的警员两两进入一间审讯室，三间审讯室同时开审！

强烈刺眼的白炽灯，分别在三间审讯室内亮起，照得那三名嫌疑人全部下意识地眯起了双眼，并且用手遮挡起眼前的光线，再配合审讯室墙上挂着的那句脍炙人口的"坦白从宽，抗拒从严"八个字，审讯室的气氛立刻变得严肃凝重起来！

针对"黄狼诡影"案的审讯，终于正式开始了！

由于办公室内的监控设备和审讯室的监控设备被冉潇连接起来了，所以，审讯室的画面和声音，郑祺这边都听得一清二楚，最夸张的是，冉潇还递给了郑祺一只蓝牙耳麦，用冉潇的话说，郑祺可以坐在办公室同时遥控指挥三间审讯室的工作。

"老李，你和同事们先问三名嫌疑人，在第二起命案爆发的时候，他们人在哪里，有没有不在场证明！"郑祺对着蓝牙耳麦低声说道。

当即，监控设备之中便传来了三道分别来自三间审讯室的声音……

这三名嫌疑人倒是很配合，纷纷在第一时间交代了各自的行踪，只不过，结果却让郑祺有些失望，甚至心中再起疑惑……

根据何雄三人的交代，包括刘永昌在内，他们在案发之前全都接到过一通神秘电话，电话中的声音很诡异，就好像是有人掐着嗓子在说话似的，分不清是男是女，而且，三人的电话内容也出奇地一致，那神秘电话让三人立刻回家，今天最好不要再出门，也不要见人，不然的话，会有血光之灾，甚至还会引起黄大仙和柳鸣鬼魂的注意，成为下一个死者。

其实，若是放在平时，李子航三人绝对不会在意这句话，甚至还会将其当成无稽之谈，可当时的情况却有些不同……

柳鸣之死和黄狼诡影，轰动整个金陵市，李子航三人不可能不知道，尤其是黄狼诡影，更是被坊间传得有声有色，就好像黄大仙真的存在，而且还会杀人那般。

还有柳鸣的鬼魂，李子航三人事后都知道，柳鸣死前，三人是最后见过他的人，用民间的说法，被柳鸣的鬼魂缠上，也不是不可能。

在无法用科学解释的灵异传说面前，李子航三人的心理防线也彻底崩塌了，当即，便按照那神秘电话的吩咐，老老实实地独自窝在了各自的家中……

这解释很符合李子航等人离开各自当时所在地时的表情，试问，在轰

第十二章 执念

动全城的黄狼诡影出现之后,谁还能保持淡定?

尤其是身为嫌疑人的这三个人。

所以,李子航等人露出惊慌的表情,也在情理之中。

随后,李子航三人又同时说了另外一处疑点。大概在夜幕降临的时候,又分别接到了神秘电话,这次,神秘电话只是询问了一下三人是否独自待在家中,得到了三人肯定的回答之后,电话便挂断了。自此,三人便再也没有接过神秘电话。

那边,三名嫌疑人刚刚交代了问题后,郑祺便对冉潇轻声说道:"立刻查三人的通话记录,找到那神秘电话的来源!"

郑祺言罢,又点燃了一根香烟,忽地,郑祺笑出了声:"听见了吗?那神秘的电话不止一次给三名嫌疑人打过,而且在第二次,很有可能就是某个嫌疑人正在行凶,为了确保其他两人与自己一样,都没有不在场证明,所以才会拨出第二通电话,确认另外两人是否独自待在家中!"

"郑队的分析很有道理,而且,事实应该就是这样!"马浩然淡淡地说了一句,"我还有一些事情需要确认一下……郑队,你让老李大哥他们问一些各人的经历,就像平时聊天一样,越详细越好,最好是能让那三个人简单地将他们这一生的经历说一下!"

听了马浩然的话,郑祺只是露出了狐疑的神色,但他最后还是选择依照马浩然所言来审问三名嫌疑人。

当即,郑祺便将马浩然的意思通过蓝牙耳麦,分别传递到了三间审讯室之内,老李等三组审讯人员也都是老警员了,对于这种事情,自然是娴熟无比,当即便用聊天的形式和三名嫌疑人拉起了家常。

那边,审讯室内的气氛突然变得不太严肃起来,而办公室这边的气氛,却是越来越凝重……

郑祺干脆让冉潇将耳麦变成了扩音器,与大家一起分享审讯室的声音,所有人一言不发地仔细聆听三间审讯室传回的消息……

第一名嫌疑人刘永昌,他年纪最大,人生经历也最丰富,二十世纪七八十年代的时候,他读过高中。要知道,高中文凭在那时候,已经算是了不起的成就了,哪像现在,丢块砖头都能砸中一个大学生。

高考失利之后,刘永昌受到家里人的熏陶,以及对国粹艺术的不舍,开始学习京剧和杂技等传统国粹,更是有过街头卖艺的经历。改革开放之初,刘永昌凭借在京剧领域过硬的本领,和几个朋友一起去金陵戏院表演,逐渐成名。最后,刘永昌入股金陵戏院,成为戏院的股东之一,直到现在,已经变成了戏院最大的股东。

由始至终,刘永昌都抱着重振国粹艺术的念头在经营戏院,只不过,随着现代科技的进步和发展,不少年轻人不再喜欢那些具有艺术形式的表演风格,而是盲目地追求摇滚劲舞等形式的表演风格,所以,金陵戏院也越来越难以维持经营,甚至濒临破产。

再说第二名嫌疑人李子航,这家伙目前的人生经历虽然短暂,但警员们却问出了让马浩然等人也为之惊讶的消息……

李子航这小赌徒,竟然是著名学府金陵大学的在读生,目前就读大四,处于校外实习阶段。

李子航并不是金陵市本地人,而是江北人,父母都在江北,没有家长管束,而且还不用上课的李子航,便误入歧途,开始染上赌博的恶习,谁知,一发不可收,欠下了几十万元的巨额债务,这才走投无路,开始四处借钱,妄想一朝翻本,把以前输的钱全都赢回来。

其实,这是每一个赌徒的通病,输了钱,赌徒们都认为下一次一定能赢回来,久而久之,这个"下一次"便永远都是"下一次",而赌徒们却永远也不可能翻本,十赌九输,这是从古到今流传下来的至理名言。

"赌"也成为仅次于"毒"甚至与"毒"旗鼓相当的危害之一。

第三名嫌疑人何雄,就简单多了,这家伙初中辍学,进入社会和一群狐朋狗友开始胡混,不务正业地干一些偷鸡摸狗的勾当,警局更是几进几出,在号子里,都算是常客,案底更是牢牢地占据警局的黑名单之上,他的亲戚朋友,甚至是父母,都与他划清了界限,因为大家都知道,何雄就是一颗定时炸弹,随时都有可能引爆,殃及池鱼。

最近一次出狱,何雄准备和那群狐朋狗友做点生意,当然,也是游走

第十二章 执念

于灰色地带的生意，只不过出了一些问题，资金无法周转，这才找上了四海公司。

办公室内的众人听了三人简短的叙述之后，也纷纷皱起了眉头。

"我觉得，李子航这家伙嫌疑最大！"影帝撇了撇嘴，说道，"我认识几个赌徒，而且家境都不错，不过几年的光景就败光了家产，可那些赌徒却不知悔改，着魔一般地认为，他们一定能翻本，就开始四处借钱，借不到钱，就去偷去抢，什么事都能干得出来，杀人也有可能！"

"我觉得何雄这家伙应该是真正的凶手，这家伙什么坏事都能干得出来，在无法偿还债务的前提下，恼羞成怒去杀人，也不是不可能！"程稳露盯着投影中的何雄，咬牙切齿地说了一句。

"照你们的说法，刘永昌也有动机，这家伙一心想要振兴国粹，却因为资金方面的问题而导致他一生的梦想即将付之东流。在这种前提下，刘永昌自然无法保持冷静，甚至还会促使他的内心产生扭曲，杀人也不是不可能的！"郑祺敲了敲桌案，说出他的想法。

大家都有各自怀疑的目标，但却并没有实质性的证据，所以，这些话也只能停留在猜测的基础之上。

"李子航是金陵大学的学生？那他的学习成绩应该不错吧？"乔烟突然插了一句话，"那李子航，应该是三人之中唯一了解丁硫醇这种化学物质的人吧？"

乔烟一番话，立刻引来了众人的侧目，当即，乔烟便将马浩然在现场嗅到的臭味，以及丁硫醇方面的事情，和郑祺等人详细地解释了一下，并且着重讲述黄鼠狼肛门腺中所喷射出的异味，与丁硫醇有着异曲同工之处等专业知识。

"按照乔姑娘的说法，那李子航就更有嫌疑了！"郑祺轻声说道，言罢，他便将目光落到了马浩然的身上。

办公室内，所有人都参与到了讨论中，只有马浩然始终坐在原位，一言不发。郑祺现在最想听见的声音，就是马浩然的分析之声。

可是，马浩然却仍未开口……

就在这时候，冉潇突然出声，道："郑队，我查到那个神秘电话了！"

"那电话怎么回事？"郑祺立刻将注意力转移到了冉潇的身上。

"那电话并非实名制的电话，根据我的调查，电话的所属人是金陵市电子街一家卖手机的店铺，也就是我们所说的……黑户！"冉潇略微失望地继续说道，"而且我查过了三名嫌疑人的通话记录。那通神秘电话是连续分别打给三人，打过之后便关机了，而第二次拨通三人电话的时候，又是用这种方式，连续拨打过之后马上关机，而且通话时间极短，目前又始终保持关机状态，无法追踪！"

"那神秘电话给三名嫌疑人都打过？"郑祺将烟头狠狠地摁在了烟灰缸里，"我敢肯定，那神秘电话一定是三人中的一人所有，而且还时刻不忘给自己拨打一下，达到掩人耳目的目的。这凶手还真狡猾！"

"郑队，我们现在该怎么办？"程稳露望向郑祺，"这么审下去，也不是办法，根本找不到实质性的证据，尤其是我们最初的问题，黄狼诡影，如果无法解释这个谜团，那所有的推理就都不成立，案子也没法侦破！"

"黄狼诡影……"郑祺呢喃自语一声，又自嘲地摇了摇头，"我想不出解开黄狼诡影之谜的办法！"

郑祺话音刚落，始终一言不发的马浩然突然从座位上站了起来，双眼中精光一闪，淡淡地对郑祺说道："郑队，是时候让三名嫌疑人穿上警方提供的防暴服了，我想我已经解开了所有谜团。现在，只要从凶手身上找到最后的证据，就可以结案了！"

马浩然此言一出，办公室内的人无不震撼！

马浩然……已经解开了所有的谜团？

只要从凶手身上找到最后的证据，就能结案了？

所有人都用一种复杂而惊喜的目光凝视着马浩然！

尤其是乔烟，一双美目连连闪动，而且，美目之中还流露出一种叫作"自信"的情绪，就好像她完全相信马浩然不是在吹牛。

"你说你解开了所有谜团？"程稳露精致的俏脸上立刻露出了不敢相信的神色，甚至还有一丝鄙夷夹在其中，就好像程稳露认为，马浩然根本不可能在现有的线索之上解开所有谜团,他只是在说大话。

程稳露的话就像一颗炸弹,直接引爆了办公室,众人也因为程稳露这句话而纷纷回过神来,只不过除了程稳露之外,大家倒是没有流露出任何与"鄙夷"沾边的表情,众人只是用那种又惊又喜的眼神望向马浩然而已。

还好苏叶不在这里,不然的话,苏叶绝对会和程稳露站在同一战线,因为苏叶始终都看马浩然很不顺眼!

"小程同志,你在怀疑老大吗?"影帝颇为戏谑地朝着程稳露挑了挑嘴角,无比自信地说道,"老大从不撒谎,你就等着看好戏吧!"

马浩然说他已经解开了所有的谜团,那么在影帝心中,或者说在影帝和拳王心中,马浩然就肯定已经解开了所有的谜团,对此,影帝和拳王深信不疑。

"小马!"郑祺也从椅子上站了起来,目光闪烁地凝视着马浩然,"你真的已经解开了所有的谜团?那黄狼诡影究竟是怎么回事?"

"黄狼诡影……"马浩然微微扬起嘴角,露出了一抹自信的微笑,"只不过是通过最简单的手法创造出了最复杂的谜团罢了!"

"老大,那凶手到底是谁?"拳王迫不及待地追问起来。

最初,拳王对于黄大仙杀人一案,可是深信不疑。可是,随着案件被抽丝剥茧,越来越多的线索相继出现,拳王也逐渐相信,这并非黄大仙索命,而是两起人为的凶杀案,只因为"黄狼诡影"之谜始终没有解开。所以,拳王心中还是抱有疑惑的,而疑惑的根源,就是出现在两起案件的案发现场的黄狼诡影。

"凶手是谁,你们马上就会知道了。不过,在此之前,郑队,让三名嫌疑人穿上我们事先准备好的防暴服吧!"马浩然微微地眯起了双眼,盯着投影中的三名嫌疑人,神秘地对郑祺说了一声。

郑祺自然应允了马浩然的建议,当即,郑祺便通过蓝牙耳麦,将这边的部署传达到了三间审讯室之中……

随后,老李等六名负责审讯的警员,便分别拿出了事先准备好的防暴服和鸭舌帽，要求三名嫌疑人穿戴上。

三名嫌疑人虽然不解，但还是很配合地穿上了防暴服并戴上了鸭舌帽……由于三名嫌疑人的身材不同，而老李又是案发现场中的几人之一，所以，他特意准备了三套最大号的防暴服，目的就是把三名嫌疑人，现场打造成伪装成快递员的凶手。

不多时，三名嫌疑人便套上了防暴服，在老李等人的授意下，三名嫌疑人又站在摄像头之前转了几圈……

而在这个过程中，备受瞩目的马浩然根本就没有去看投影，而是在三名嫌疑人套上了防暴服的同时，便走出了办公室，去另外一间办公室，找第二起命案的目击者赵先生聊了几句……

直到三名嫌疑人穿着防暴服，重新坐回到座位上之后，马浩然才引着赵先生，一起走进了郑祺等人所在的办公室。

"郑队，我们走吧！"马浩然的语气很平淡，不过，那双深邃的目光之中却闪出了一道精光，仿佛他已经进入了推理状态一般，"让我们亲手将凶手绳之以法！"

"走！"郑祺深深地看了马浩然一眼，旋即，郑祺咧嘴一笑，一招手，众人便跟着郑祺，鱼贯走出了重案组的办公室，朝着三间审讯室的方向走去。

没多久，郑祺等人便浩浩荡荡地走到了三间审讯室外的走廊中。

"郑队，刘永昌所在的审讯室是哪一间？"马浩然问道。

这三间审讯室是紧挨在一起的，马浩然并不知道三间审讯室之中分别都有谁，所以才会有此一问。

"刘永昌在第一间审讯室！"郑祺狐疑地看了马浩然一眼，颇为意外地反问了一句，"怎么？小马，难道你认为刘永昌是凶手？"

马浩然没有说话，甚至他的脸上连一丝的表情波动都没有，他只是自顾自地走到了第一间审讯室的门外，轻轻地敲响了审讯室的铁门。

嘭嘭……

敲门声低沉又高亢，犹如扣人心弦的乐曲，让郑祺等人不由得紧张

第十二章　执念

起来……

"吱呀"一声，铁门被推开了，两名警员从铁门中走了出来。

"你们先去休息吧，这里我们来处理就可以了！"郑祺分别拍了拍那两名警员的肩膀，语气复杂地说道。

随后，两名负责审讯的警员离开了，而郑祺等人则鱼贯走进了审讯室之中。值得一提的是，身为第二起命案唯一的目击者，赵先生却没有跟进去，而是靠着墙在铁门的死角处站定，似乎他并不想跟着大家一起走进去。

众人虽然疑惑，但却并没有在赵先生的问题上纠缠，待到郑祺一行人走进审讯室之后，马浩然便随手关上了铁门……

哐！

铁门紧闭的声音，犹如一道惊雷，让众人的神经全部为之一振！

没有人开口，所有人都下意识地将目光转移到了马浩然的身上，等着马浩然来为他们解惑……

再说身处第一间审讯室中的刘永昌，见郑祺等一众人风风火火地进了审讯室之后，那双眼睛之中也悄然闪过一抹不易察觉的慌乱，当然，这一抹慌乱无人捕捉到！

"刘永昌先生，我叫马浩然，是重案组的实习警员。"马浩然已经完全无视了郑祺等人，就仿佛他的眼中只有刘永昌似的，一边说着，一边坐到了刘永昌的对面，双目死死锁定在刘永昌的脸上。

马浩然坐到了刘永昌对面的审讯位置，而郑祺则引着大家站到了审讯室的一侧，静静地等待着马浩然为他们揭晓答案……

"你好！"刘永昌气定神闲地朝马浩然打了一声招呼，并且补充了一句，道，"如果你们的口供录完了，我是不是可以回戏院了？"

"先别急！"马浩然突然扬起嘴角，露出了一抹略显生硬的笑容，道，"刘先生，我想问你一个问题，你为什么要杀柳鸣？杀王辅，我可以理解，毕竟王辅的人品不太好。但柳鸣，我实在是想不出你的杀人动机！"

马浩然此言一出，刘永昌先是一愣，随后，立刻摇头苦笑起来："马警官，你该不会是认为，我是杀死柳鸣和王辅的凶手吧？"

"如你所料，我的确认为你就是杀死柳鸣和王辅的凶手……不对，不是认为，而是事实！"马浩然话音落地，忽然站起身，一边缓慢地踱步，一边自信地说道，"我们先说第一起命案吧！"

伴随着马浩然话音落地，审讯室内的气氛仿佛突然凝固了一般，所有人都下意识地屏住了呼吸，包括当事人刘永昌。

"案发当天的夜里，你、李子航与何雄三名嫌疑人，分别单独去了柳鸣的家中，而你是第一个！

"按理来说，你应该是最没有嫌疑的人，反之，与死者死亡时间最接近的何雄，则是最有可能犯案的人！

"只不过，午夜时分，案发现场突然出现了诡异的黄狼之影，这就不得不让我重新思考整件案子了！

"巧合的是，你、李子航与何雄三人，都住在芳草小区，所以我推断，凶手，也就是你，一定是去而复返，在午夜时分又返回了柳鸣的家中，并且将他杀死，凶器应该是一柄匕首或者是水果刀之类的东西，一刀刺穿了死者的心脏，然后，你又在死者的胸膛划出了一些类似抓痕的伤口，最后，你用特殊的手法创造出了黄狼之影，来迷惑众人……"

马浩然的话还没说完，刘永昌便发出了一道讥笑声："马警官，既然你说我是凶手，那么凶器在哪儿？我又是如何返回柳鸣家中的？黄狼之影又是如何出现的？"

马浩然深深地看了一眼气定神闲、面带嘲讽的刘永昌，忽地，马浩然也笑了……

"我就知道你会有此一问！"马浩然淡淡地说道，"好，那我就一一解开你所布下的谜团，将黄狼诡影之谜展现在大家的眼前！"

马浩然话音落地，刘永昌的笑容也立刻僵硬在了脸上。

不过，马浩然却并没有理会刘永昌，而是继续进行他的推理……

"先说第一个问题，凶器……其实，在每件命案之中，凶器都是非常重要的一环，可惜在黄狼诡影案中，凶器可以被忽略，因为那就是一把普普通通的水果刀或者匕首，而并非什么黄大仙的爪子，这一点，我们的法医苏叶已经确认，柳鸣胸前的伤口并没有任何的纤维和细胞等元素。

"至于那件凶器，我可以肯定，已经被你处理掉了，也许是掩埋在某处，也许是随意丢弃到了某个垃圾箱之中。总而言之，在偌大的金陵市内，想要找到你杀死柳鸣和王辅的那件凶器，难如登天。所以，我们干脆放弃寻找那件凶器，因为就算我们找到了，凶器上面应该也不会有指纹之类的重要证据，对吧，刘永昌先生？

"再说返回柳鸣家中这件事，案发现场的电梯之中，监控设备的确没有在午夜时分拍到你返回死者所在单元的影像，但是，你别忘了，没了电梯，还有楼梯，对吧？

"柳鸣所在的楼层，楼梯间的监控器已经坏了，无法进行正常工作，而芳草小区的步梯区域，根本就没有任何的监控设备，这是同样住在芳草小区的你，熟知的一部分犯罪前提。当然，你自然也知道，芳草小区的物业极其懒惰，消极怠工，根本不可能去修理那些完全派不上用场的监控设备。

"还有其他楼层，比如，你所居住的那栋楼，楼梯间的监控设备也一样都是坏的，也许是因为年久失修，也许就是你在谋划如何杀死柳鸣的过程中将其破坏了。这样，两处可疑地点，就都无法拍摄到你的影像了。

"还有，芳草小区的物业很不负责，并没有对坏了的监控设备进行修复，这些都在你的意料之中……这就是你自信我找不到线索指证你的原因之一！

"只要通过步梯区域，你可以轻而易举地离开你自己住的房子，并且爬到柳鸣所在的九层，敲响柳鸣家的门，柳鸣虽然好奇你为什么会去而复返，又是在深夜，但柳鸣还是会选择给你开门，因为你们认识，而且还挺熟的，柳鸣怎么也想不到你会杀他，更加不会对你采取任何的防范措施。这样，你就可以顺利地进入柳鸣家，然后用凶器出其不意地杀死柳鸣！

"再说第三个问题，黄狼诡影之谜……"

说到这里，马浩然突然顿了顿，说道，"由于你居住在芳草小区，所以，你知道第一起命案的目击者之一老陈头有夜练的习惯，而老陈头也是你选择的目击者，用来证明黄狼诡影真实存在的目击者。

"还有喝醉酒的那名目击者，他应该是出乎你意料之外的证人之一，只不过，这对你来说都不重要，因为见到黄狼诡影的人越多，对你所制造出的烟幕弹就越有利！"

马浩然说完，便缓了一口气，这才气定神闲地继续说道："其实这件案子的过程很简单，你先是特意与案发时间擦了个边，玩了一个时间差，将自己的嫌疑最小化。等到午夜时分，你又返回了二号楼二单元，通过楼梯爬上了九楼，敲开了柳鸣的家门，并且将他杀死，而且还划开柳鸣的胸膛，伪造出柳鸣是被黄鼠狼的利爪撕开胸膛的假象，然后又用丁硫醇再次伪造出一股淡淡的臭味，暗示警方和群众黄鼠狼的确来过案发现场……丁硫醇，我相信，作为旧时代的高中毕业生，你不可能不知道这东西，对吧？

"最后，你用特殊的手法，创造出了黄狼诡影，特意选择在老陈头夜练的时间段，将黄狼诡影展现在众人的视线之内。做好了这一切，你将房间整理一番，再把一切用具和凶器带走，通过楼梯离开二号楼，借助黄狼诡影在深夜闹出的恐慌，平安地离开了案发现场，而留给我们的，是一处伪造出的真正的黄大仙杀人的现场！"

马浩然所说的这番推理，真的很简单，但其中却是环环相扣，缺一不可！

不过，听了马浩然的推理之后，刘永昌脸上的讥笑更浓了："马警官，你还是没有解开黄狼之影的谜团，包括你之前所说的一切，也都只是你的推理罢了，并没有任何证据，不是吗？"

"你错了！"马浩然微微摇头，说道，"我有证据，只不过在我拿出证据之前，我要让你无话可说！"

马浩然立刻出言补充道："现在，我来解开黄狼诡影之谜……

"你钟爱国粹，什么京剧杂技，你都精通，甚至还当街卖过艺，所以，我就大胆地推断一下，你一定也懂皮影戏，对吧？就是那种利用硬纸或者是羊皮等物品，再系上渔线之类的绳索，通过光的折射，将影子呈现在画布或者是窗帘等荧幕之上，呈现在众人眼前的古老手法！"

第十二章　执念

皮影戏！

当马浩然说出这句话之后，整个审讯室仿佛被一股无形的死寂包围一般，连呼吸声都完全消失了！

郑祺等人瞪大了双眼，震撼又意外地盯着马浩然，而刘永昌的笑容，第二次僵硬在了脸上！

深夜……窗帘映出的黄狼诡影……诡影略显生硬……貌似一切都完全符合逻辑。

"还有第二起命案中所出现的黄狼诡影，根据目击者赵先生所言，那黄狼之影，下半部分并没有倒映出来，我想，你应该是害怕渔线之类的操控线映在窗帘上，暴露你的小把戏，所以才会那么做的，对吧？包括你在杀死王辅之前，特意将窗帘拉上，也是为了让黄狼诡影再次出现在众人的眼前！

"这，就是所谓的黄狼诡影之谜，其实只不过是皮影戏的一种展现方式而已！

"而你，似乎使用了反手法的皮影戏，将渔线那一类的操控线系在了皮影的底部，而不是吊在上面。这样，就能把渔线完美地隐藏起来！"

马浩然笑了笑，突然抬手指着刘永昌说道："第一起命案，在电梯的监控录像里，你的腰杆挺得笔直，而在审讯的过程中，你的腰却有些弯曲。我猜测，那时候，你应该是将硬纸或者羊皮粘在了你的后背上，你怕影响黄狼诡影的效果，所以你不敢弯腰。

"而且，你所使用的道具应该是硬纸，毕竟，羊皮无法在不被吊着的前提下立起来，但硬纸却可以。这样，也就满足你使用的反装渔线的皮影戏手法了。

"早在案发当天的晚上，九点多钟的时候，你就已经将制造黄狼诡影的道具藏在了身上，离开电梯之后，你将那些东西藏在了楼梯间的某处，比如，那堆椅子的缝隙里。因为，你害怕被其他住户发现，所以才会选择在晚上将道具带上九楼。其实，你本就知道，步梯间在电梯楼中，几乎很少有人涉足，尤其是高达九层的步梯区域，更加不可能会有人涉足。

"你之所以没有选择在行凶的时候带着道具,是害怕道具影响你行走的速度,因为你害怕把道具弄出褶皱,这样,你的黄狼诡影也就会丧失最初的效果。

"接着你杀死柳鸣之后,就可以将制作皮影戏的硬纸卷起来,离开案发现场,因为人你已经杀完了,也就没必要保持硬纸的平整状了。

"等你回到家里之后,再用电熨斗将硬纸烫平整,所以,你行凶之后,离开柳鸣家的过程中,速度并没有受到任何的限制,我说得对吧?

"还有第二起命案,你伪装成了快递员,目的就是想通过纸箱将创造黄狼诡影的道具,名正言顺又在不引起别人注意的前提下,带入王辅的家中……这就是你不得不利用快递员的身份打掩护,也不得不将纸箱带入现场的原因。

"我们在王辅家中发现了纸箱,那里面装的应该就是羊皮或者硬纸,你怕将道具弄皱,又怕留下指纹,所以纸箱上并没有你的指纹,只有死者的指纹,其实,这是你最大的败笔!

"纸箱上的死者指纹,并没有勒痕。对了,勒痕,你知道吗?就是那种被渔线勒过的痕迹,你应该不知道!因为,你在伪造纸箱上的指纹之时,你认为王辅已死。

"你用同样的手法杀了王辅之后,王辅其实还没有死,他用力地攥了攥你用来扯动皮影的渔线,这才导致尸体的手上有勒痕。

"你杀了王辅,又弄出了黄狼诡影来伪造现场之后,就着急离去。你假扮成了快递员,自然没有理由将纸箱带走,所以你故技重施,将羊皮或者硬纸卷起来,收进了宽大的快递服之内,扬长而去。

"通过王辅为我们留下的信息,再结合你的人生经历,我联想到了皮影戏,也确认凶手就是你,刘永昌!"

马浩然洋洋洒洒几乎是一刻不停地说完了这么一大番话之后,不由得深吸了几口气,这才让他的呼吸逐渐变得平缓起来。

然而,此时的审讯室,仍旧是鸦雀无声,落针可闻……

郑祺等人就不说了,他们已经彻底被马浩然天马行空般的想象力征服

第十二章 执念

了,而刘永昌则是目瞪口呆地盯着马浩然……

"好了!"马浩然淡淡一笑,"谜底都解开了,现在,我就拿出让你无法狡辩的证据!"

马浩然话音落地,便径直走向铁门那边,随后马浩然将铁门打开,便见赵先生神色复杂地走进了审讯室……

赵先生走进审讯室之后一言不发,只是目不转睛地盯着身穿防暴服、头戴鸭舌帽的刘永昌。

赵先生异常仔细地盯着刘永昌,从上到下,从左到右,恨不得仔仔细细地看清刘永昌的骨骼一般,忽地,赵先生抬起手指着刘永昌,用一种无比坚定的口吻说道:"就是他,他就是那个快递员!"

赵先生一句话,直接将审讯室引爆了。

郑祺等人纷纷侧目,十分无语地盯着马浩然……

赵先生根本没看清楚凶手的模样,这是大家都知道的事情,可如今赵先生一改常态,直接一口咬定,他见到的快递员就是刘永昌。不用解释,郑祺等人也知道,马浩然又开始使诈了,诈到凶手亲口承认犯案为止。

这就是马浩然所说的,在凶手身上找出他无法反驳的证据。

血腥玛丽案,马浩然就是用的这种方法让周翠慌张,进而认罪。

当然了,郑祺和影帝等人见识过马浩然诈凶手的手段,但程稳露可没见过,再加上程稳露本就是直爽的女汉子一枚,这种睁眼说瞎话的事,她自然会本能地露出疑惑的表情……

一旦程稳露脸上的疑惑表情被刘永昌捕捉到,那么,马浩然所布置的一切计划,可就付之东流了。

说时迟,那时快,歪脑筋最多、反应最快,同样也是最了解马浩然的影帝,一瞬间便迈开步子,横挡在程稳露的身前,一边抬手拉起了程稳露的手臂,一边笑嘻嘻地对程稳露说道:"终于结案了,我们的约会,可以继续进行了!"

话音落地,影帝便不动声色地将一脸茫然的程稳露从审讯室中拉了出去,当然,直到影帝和程稳露离开审讯室,刘永昌的脸上仍旧是一脸呆滞的模样……

见状,郑祺等人纷纷暗自捏了一把汗……如果真的因为程稳露的心直口快而破坏了马浩然的部署,那一切可就真的白忙了。

足足过了半晌,刘永昌突然发出了一道惨笑声,笑声中有不甘,有委屈,有憎恨……

"马警官,想不到我最终竟然输在了你这么一个年纪轻轻的小警察身上!"刘永昌肆意狂笑,仿佛想以此来抒发他心中的负面情绪似的,笑够之后,刘永昌面色一整,咬牙切齿地低吼道,"没错,柳鸣和王辅都是我杀的,我从不认为我的计划会有漏洞,可是却被你一一破解了,但是我不服,因为你最后是靠着目击证人才破获此案的,如果没有这个目击者,你们仍旧没有证据指证我!"

"是吗?"马浩然盯着刘永昌,微微地扬起了嘴角,淡淡地冷笑道,"天网恢恢,疏而不漏,你既然犯了罪,那就要承担所有的后果……还有一件事,我要告诉你,赵先生根本就没看清楚你的脸,他之所以出面指认你,是我授意的,我只是想和你玩点心理战而已……先解开所有的谜团,让你心慌,最后再让赵先生来指认你,看来我得到了我想要的答案,警方也找到了指认你的证据,毕竟你亲口承认了你就是杀人凶手!"

马浩然话音落地,郑祺等人的脸上终于露出了许久不见的释然笑容……

马浩然这种诈犯人的手段,郑祺等人也习以为常了,毕竟这"黄狼诡影"案,只留下了一些蛛丝马迹而已,那些实质性的证据,其实根本就没有。

马浩然如此做,也是无奈之举。不过,结局是好的,这就足够了。警方,已经有足够的证据将刘永昌绳之以法了!

这边,马浩然话音刚落,那边,刘永昌便一脸颓废地瘫坐回了椅子上,仿佛这一刻,刘永昌的世界已经完全被黑暗占据了,那双眼睛只是空洞而无神地凝望着天花板……

"刘永昌,我很好奇你为什么要杀柳鸣?"马浩然缓步走到了刘永昌对面的椅子上坐定,又说道,"你杀王辅,一方面是因为王辅对你进行敲诈或者是恐吓，另一方面，也许是因为你对你的杀人手法太过自信，你觉得没有人能解开你的黄狼诡影之谜，杀了也就杀了，对吧？"

"你说得不错！"足足过了半晌，刘永昌才重重地叹了一口气，这一刹那，刘永昌仿佛一下子苍老了十几岁一般，就连声音都低落了几分，"王辅的确对我进行了敲诈，他要一笔数额不小的好处费，但被我拒绝了，而我也的确对自己的杀人手法太过自信，这才会肆无忌惮地杀了王辅，至于柳鸣……"

说到这里，刘永昌的表情突然变得狰狞起来，"柳鸣他该死，他诋毁了我的梦想，诋毁了国粹艺术，诋毁了我这一生为之付出想要将其振兴的国粹艺术！"

"国粹的落寞，的确是我们神州的一大损失，你为了梦想而努力坚持，也的确值得我钦佩，但是……"马浩然话锋一转，言语凌厉地大喝一声道，"你杀了人，就要受到法律的制裁，任何人都不能诋毁生命，践踏生命，无视生命，哪怕你有再充足的理由，也不能！"

整个审讯室始终都在回荡着马浩然的怒吼声，这也是第一次，马浩然怒了！

诋毁刘永昌梦想的柳鸣，即使有错，也罪不至死，而刘永昌却是完全无视了生命，肆意谋杀生命，这，却是罪无可恕！

之后，郑祺直接在审讯室内将刘永昌逮捕，等待他的是法律的最终判决……

老李等警员将刘永昌押出了审讯室之后，马浩然和郑祺等人也鱼贯走出了审讯室……

"马浩然！"马浩然等人才刚刚走出审讯室，程稳露便语气不善地叫嚷起来，"难道你就只会耍这些小手段吗？找目击者伪造证词来诈凶手认罪？真是卑鄙！"

面对程稳露的质疑，郑祺等人只是微微一笑，毕竟案子已经结了，凶手刘永昌也认罪了，这就足够了，至于什么假装指认凶手等手段，不过是其中的一道插曲而已，不用太在意。

"散了吧！"郑祺摆了摆手，笑吟吟地说了一声，看样子，郑祺的心情很不错。

郑祺一声令下，众警员也相继散去，只有程稳露很是不爽地瞪着马浩然，不过，她的目光已经被马浩然完全屏蔽了。

"小程同志，郑队都说散了，你怎么还站在这里？"影帝笑吟吟地走到了程稳露的身边，戏谑地说道，"你是不是被我们老大的才华迷住了？"

"呸！"程稳露发出了一道充满鄙夷的轻啐声，随后便转身快步消失在了众人的视线之内……

程稳露离开之后，乔烟才缓步走上前来，一双美目连连闪动，一眨不眨地盯着马浩然，恬静一笑，道："马浩然！你又颠覆了我的世界观，让我再次对你刮目相看！"

"运气好而已！"马浩然异常平静地说道。

这边，马浩然话音刚落，那边，影帝便再次凑了过来，对乔烟坏笑道："乔大美女，你是不是也被我们老大的才华迷住了？"

"也许吧！"乔烟盯着马浩然，俏脸突然浮上了一抹红晕。

乔烟的话不仅让马浩然为之一愣，更让前来打趣的影帝一脸愕然……

而走廊的尽头，郑祺靠在墙上，对着身边不知道什么时候赶过来的苏叶，别有深意地说道："小马这家伙的确很优秀，怎么样，你要不要考虑一下？"

"哼！"苏叶没有回答郑祺的话，只是站在远处，盯着马浩然那没有一丝表情的脸庞，冷哼了一声。

"我说，小叶，你也是时候考虑一下人生大事了！"郑祺打趣地说道，"我知道你眼光高，但小马这家伙也足够优秀，我看和你就很般配！"

"如果你没别的事，那我就下班了！"苏叶复杂地看了郑祺一眼，毫不犹豫地转身离去，没多久，她的倩影便消失在了警局的长廊之内……

直到苏叶的倩影完全消失，郑祺才忍不住地摇头苦笑了一声，仿佛在自言自语一般，轻声说道："看来，想让这丫头低头，小马还需要再拿出一些本事才行了！"

就这样，轰动全城的"黄狼诡影"案结案了。

马浩然这个名字，不仅响彻重案组，更是在金陵市刮起了一阵旋风，坊间只要有民众议论"黄狼诡影"案，便不免会提及破获此案的警界新人马浩然，一旦提到马浩然，民众便会不自觉地竖起大拇指。

这一次，马浩然不仅破获了"黄狼诡影"案，更是将警方坚信无神论、崇尚科学、守护人民的形象，深深地刻进了民众的心中。

依照惯例，结案之后，马浩然也将刘永昌犯罪的根源，也就是隐藏在内心的原罪，记录到了泛黄的笔记本上。

就像马浩然所说的，梦想和国粹不容诋毁，但生命更不容践踏。

纵然柳鸣诋毁了刘永昌的梦想，纵然王辅敲诈了刘永昌，但二人却是活生生的两条人命，刘永昌没有剥夺他人生命的权力。

刘永昌的所作所为，乃是典型的心理扭曲症状，他没有遏制住心中的扭曲和偏执，反而愈演愈烈，最后成为犯罪的导火索，并且将他自己送上了一条不归路！

黄狼诡影案结束了，但更加诡异恐怖的头七回魂之夜即将拉开帷幕……